作者简介

　　蔡爱国　1977年生于江苏盐城，2006年毕业于苏州大学，获文学博士学位。现为江南大学人文学院副教授。主要从事20世纪中国通俗文学研究。

教育部人文社会科学研究青年基金项目"清末民初的侠义小说与国民性改造的研究"（14YJC751001）研究成果

QINGMO MINCHU XIAYI
XIAOSHUOLUN

当代人文经典书库

清末民初侠义小说论

蔡爱国◎著

九州出版社
JIUZHOUPRESS

图书在版编目（CIP）数据

清末民初侠义小说论／蔡爱国著．－－北京：九州
出版社，2016.11

ISBN 978－7－5108－4886－5

Ⅰ.①清… Ⅱ.①蔡… Ⅲ.①侠义小说—小说研究—
中国—近代 Ⅳ.①I207.42

中国版本图书馆 CIP 数据核字（2017）第 045519 号

清末民初侠义小说论

作　　者	蔡爱国　著	
出版发行	九州出版社	
地　　址	北京市西城区阜外大街甲 35 号（100037）	
发行电话	（010）68992190/3/5/6	
网　　址	www.jiuzhoupress.com	
电子信箱	jiuzhou@jiuzhoupress.com	
印　　刷	北京天正元印务有限公司	
开　　本	710 毫米×1000 毫米　16 开	
印　　张	15	
字　　数	245 千字	
版　　次	2019 年 1 月第 1 版第 2 次印刷	
书　　号	ISBN 978－7－5108－4886－5	
定　　价	68.00 元	

目 录
CONTENTS

绪　论

　　范伯群先生把向恺然的长篇武侠小说《近代侠义英雄传》称为"民国武侠小说奠基作"，①孔庆东也认为，因为《近代侠义英雄传》等作品，"中国的武侠小说终于走进了现代"。② 作为现代武侠小说代表作的《近代侠义英雄传》能够于 1923 年开始在《侦探世界》杂志连载，一方面自然是因为作者的如花妙笔和如泉文思，另一方面，显然也与当时的社会氛围、文化环境有着密切的关联。同时应该强调的是，在很大程度上，它的问世，还归功于这一类型小说在此前的丰富积淀。

　　这里所谓的"此前"，可以追溯至唐传奇，甚至更远，但就其关联度而言，其实更多的是指清末民初，尤其指戊戌变法失败之后，到《近代侠义英雄传》问世前后的这一段时期。在这一阶段，由于梁启超等人的鼓舞与推动，小说写作迅速呈现更为繁荣的状态，其中不少期刊刊发了大量的侠义小说，与此同时，也有部分侠义小说合集和长篇单行本问世。此中主要是原创作品，当然也包括部分翻译作品，它们贴着"侠情小说"、"义侠小说"、"技击小说"等标签，在思想的传递、人物的描写、趣味的营造等方面进行着较有价值的探索，孕育了"武侠小说"这一概念，并为成熟的现代长篇武侠小说的出现打下了良好的基础。对这些侠义小说进行梳理和研究，可以更加全面地了解现代武侠小说在其酝酿期的表现形态。

　　特别需要指出的是，此时期的侠义小说不仅仅是一种蓬勃发展的小说类别，

---

①　范伯群：《论民国武侠小说奠基作〈近代侠义英雄传〉》，《西南大学学报》（社会科学版），2011 年第 1 期，第 37 页。

②　孔庆东：《话说平江不肖生》，《平江不肖生研究专辑》，上海：复旦大学出版社，2013 年版，第 18 页。

更是国民性改造思潮的一种实现路径。在这一时期,梁启超提出的"新民"论影响不断延续,国民性改造思潮影响日趋扩大;义和团运动留下了诸多的事迹和话题;现实中的革命党人正在与各种秘密社团、江湖人士联合进行着革命活动;列强的欺凌、日本的崛起和国人羸弱的身躯、屡败的战绩不断刺激着有识之士的神经,尚武思想在清末民初的中国广为流行。此时的侠义题材小说通过对各类小说元素的独特呈现,体现出对社会现实的高度关注,以及对国民性改造思潮的积极回应。从这一角度出发,可以更清晰地体察、把握小说与时代思潮之间的关系,从而使得对清末民初侠义小说更加深入、更为细致的理解成为可能。

关于清末民初侠义小说,学术界的关注由来已久。刘若愚(James J. Y. Liu)在 *The Chinese Knight – Errant*(1967 年)中提到了清末民初时期致力于宣扬武功的小说,并指出他们在对身体的可能性的探索方面毫不输于此前的剑侠小说。罗立群的《中国武侠小说史》(1990 年)对此时期的侠义小说与尚武思潮的关系进行了较为深入的讨论。汤哲声的《中国现代通俗小说流变史》(1999 年)对此时期的侠义小说写作的社会文化背景及经典作家作品进行了以点带面的分析与概括。韩云波的《论清末民初的武侠小说》(1999 年)指出,此时期的短篇武侠小说一方面努力脱离旧侠义长篇和旧文言轶事短篇小说母体,一方面从不同方面尝试建立侠义小说新形式。徐斯年、刘祥安的著作《中国近现代通俗文学史·武侠党会编》(2000 年)在论及此时期的武侠小说时给出了一个总体评价:"辛亥前后的武侠小说创作,无论在张扬时代精神还是发展文学样式方面,都体现着一个历史阶段的开端。"①此说诚然。同时还应指出,学术界关于武侠小说史等方面的研究为本文的论述提供了重要的话语空间。在武侠小说本体、小说史及经典作家作品的阐释方面,陈平原的《千古文人侠客梦》(1991 年)、徐斯年的《侠的踪迹》(1995 年)、韩云波的《中国侠文化》(2004 年)、王立的《武侠文化通论》(2005 年)等专著致力于全面、体系、宏观地梳理侠的发展历程和武侠小说特征。韩倚松(John Christopher Hamm)的 *Paper Swordsmen*:*Jin Yong and the Modern Chinese Martial Arts Novel*(2005 年)通过个案研究,强调了武侠小说这种成人童话的现实根基;林保淳的《成人的童话世界——武侠小说的本体论》(2008 年)则精辟地论述了武侠小说的

---

① 徐斯年、刘祥安:《武侠党会编》,《中国近现代通俗文学史》(上册),南京:江苏教育出版社,1999 年版,第 466 页。

社会角色。以上种种,皆为后来者的研究打下了坚实的基础,提供了诸多的启发。总的来说,以上关于武侠小说史、清末民初侠义小说的研究分别都已经达到了较为深入的程度,其中不少观点都具有开拓性的意义,它们为本文的讨论提供了良好的学术基础。

下文首先对这一时期的侠义小说创作和演变的情况进行简要的梳理与概括。

一、清末侠义小说的旧中有新

1902 年,梁启超在《新小说》杂志第 1 期发表《论小说与群治之关系》,此文在当时形成了极大的社会影响。基于梁启超的"小说新民"观及随之兴起的小说期刊兴办热潮,清末报章小说大量出现,对于"侠"的时代书写也因此搭了顺风车,呈繁荣景象。清末小说对于侠的呈现,既有传统的一面,又表现出多种新态势,体现出特别的旨趣。

《仙侠五花剑》出版于 1901 年,作者署名"海上剑痴",即孙玉声。它的价值在于延续传统和提供一个阅读的参照系。小说讲的是红线女、虬髯客等剑仙重回凡间收徒传功,并引领徒儿行侠仗义的事情。这是一部剑侠小说,此前类似的作品也并不乏见,可以说它延续了一种写作传统。它有值得言说的地方,比如小说写到,众剑仙是为行刺奸贼秦桧而下山,这具有一定的积极意义:既为侠客,即使已成仙,也不能对人间的疾苦视若罔闻。小说又写到,空空儿下凡后收燕子飞为徒,并授以芙蓉剑,不料燕子飞心术不正,得真传后干尽坏事,众剑仙竟奈何其不得,只好请公孙大娘出山,特地使用克敌秘器,方为人间除恶。这样的情节设置很有意味,它至少暗示了这么一层意思:功夫的作用,取决于人品;倘使人的道德存在问题,则功夫越高,为恶越甚。这样的认识是有意义的,相信也能够被时人所接受,同时也为道德与智识的分歧提供了一个小说家言式的答案。但小说最终所安排的结局,是众剑仙带领徒儿回仙山去了。从这一结局可以看出,小说虽然也曾摆出介入现实的架势,但众剑仙存在的根本目的不是为了改变人间历史的进程,而是要为他们的仙家名誉加一个人间的注解。他们的最终归隐的选择所要传递的立场,是出世,而非入世。这显然不能代表清末民初侠义小说的立场。

与《仙侠五花剑》不同,陈景韩的"侠客谈"致力于改造世界,体现出入世的情怀。他在当时无疑是"侠"的最有力的推崇者之一,但或许不偏至就难以说明问题,陈的部分观点显现出了极端的色彩。陈景韩所编的《新新小说》杂志重点突出"侠客谈"这一栏目,在对"侠"的宣传方面无疑是不遗余力的。这本杂志的最显眼之处,在于陈景韩自撰《刀余生传》中所列出的"杀人谱"。"杀人谱"列出了一系列必杀之人,老弱病残皆在其中,它传递的,是当时的一部分时代精英的激进心态。仔细探究,可以发现这样的心态并不新鲜。一度被称为武侠小说成熟之作的《水浒传》当中,梁山好汉们杀人不皱眉头的英勇气概很受追捧,而追捧者往往很少思考小说中的被杀之人是否已经到了该杀的地步。陈景韩的这种写法,其实是此时期部分信奉社会达尔文主义的知识分子的思想的一种文学呈现。梁启超在译介康德时有云:"所谓人人自由,而以不侵人之自由为界也。"①但这句话的意思在当时的中国要想得到更多的认同,还需要时日。

相比《仙侠五花剑》和《刀余生传》等作品,清末时期其他致力于书写侠义精神的小说,往往将侠置于一个更为广泛的语境之中,突出其为国为民的价值取向,从而使其能跟上时代的步伐。《新小说》杂志第一期刊载了梁启超所撰写的"传奇"《侠情记传奇》。虽为"传奇",但在梁启超等人的观念中,实际上也是小说的一种。《侠情记传奇》彰显了意大利的马尼他姐弟二人受英雄事迹的激励,欲为祖国而牺牲的精神,作品借人物之口说道:"这些慷慨义烈的英雄,他原以流血救民自命,就是马革裹尸,也不能算作不幸。只是他抱此热肠,为能够替意大利祖国出一口气,怎好便这般结局呀……"②作品用文学的形式,显现出以梁启超为代表的时代精英对于"侠"的基本认识。与之相似,黄海锋郎在《日本侠尼传》中也曾发出如下的呼唤:"试读日本维新史,便知那班维新豪杰、开国元勋,从前多是读书的、行医的、经商的、无业的,无权无力、困苦流离,所倚赖的,全是一条爱国的热肠,满腔忧时的血泪,人人都抱顶天立地的气概,个个都有成仁取义的精神。"③从这一表述中,可以找到爱国、忧时等人们非常熟悉的词汇,这既是对于儒家传统的继承,也是对现实需求的回应。从梁启超等人开始,文学作品中的侠,作为一种为国为民的精神,不分性别,不分职业,体现在诸多的理想国民身上。作为一种国民精神的侠,在此时高调走进中国文学。

---

① 中国之新民:《近世第一大哲康德之学说》,《新民丛报》,1903 年汇编,第 98 页。
② 饮冰室主人:《侠情记传奇》,《新小说》,1902 年,第 1 期,第 155 页。
③ 黄海锋郎:《日本侠尼传》,《杭州白话报》,1902 年第 1 期,第 1 页。

随后的一些小说延续着这一思路，从不同身份、职业的人身上寻找和放大侠义精神的印迹，从而加强了对侠的宣传力度。《新小说》杂志"札记小说"栏目自第8期开始登载啸天庐主所撰写的《啸天庐拾异》，啸天庐主即为马叙伦。《啸天庐拾异》中有《侠胥》、《义盗》、《侠客》等数篇，短小精悍，寓意深长。当中所述之诸侠，其出身各有不同，但都能够为保护他人而努力，为扭转社会不平而付出。还值得一提的是，《啸天庐拾异》头一篇为《瓯邑寡妇》，讲述庚子年间一寡妇伙同数名无赖子在乡间试图作乱，最后被歼的事情。这一故事，从不同的角度来叙述定然会呈现不同的面貌，传递不同的理念，但这不是本文的论述重点。本文要强调的是作者的一句评论："瓯俗之武，异日中国之复强，或将有赖与。虽然，彼寡妇者，余爱其勇，余又恶其愚也。"①显然，《啸天庐拾异》与同时期的诸多文字一样，其着力的就是开启民智，因为在他们看来，国人并不缺武或者勇，真正缺乏的是精神、智力，这种想法在当时精英知识分子的文学写作中是一直贯穿的。

清末的小说在侠义精神的弘扬方面比较突出之处，还在于对女性的侠义精神的渲染。女性在当时是社会的弱者，从弱者的自强写起，自然更有说服力。关于这一点，《女娲石》中是如此表述的："我国山河秀丽，富于柔美之观，人民思想，多以妇女为中心，故社会改革，以男子难，而以妇女易，妇女一变，而全国皆变矣。虽然，欲求妇女之改革，则不得不输其武侠之思想，增其最新之智识。"②《女娲石》出版于1904年，标为"闺秀救国小说"，更加突出地显现出时人对于妇女解放的殷切希望，与《日本侠尼传》呈呼应之势。当然，就清末时期大众的阅读视野而言，传统小说中的女侠并不乏见，传奇、话本姑且不论，《儿女英雄传》的十三妹想来当时的人还记忆犹新，所以本时段初期一部分作品中的女侠形象塑造延续了唐传奇以来的写作传统，觅得了写作资源。《醒狮》杂志第2期刊载"游侠小说"《母大虫》，作者是柳亚子。小说中的女子"家世绿林，然不杀不辜，专为社会除罪恶"，③且颇有视死如归的精神，不过"大虫"一词的采用，有趣味，可深究。《女子世界》杂志于1904年第4期刊载《中国女剑侠红线、聂隐娘传》，第7期续完，同期又载《梁红玉

---

① 啸天庐主：《啸天庐拾异·瓯邑寡妇》，《新小说》，1903年，第8期，第136页。
② 卧虎浪士：《女娲石·叙》，《晚清文学丛抄·小说戏曲研究卷》，北京：中华书局，1960年版，第190页。
③ 侠少年：《母大虫》，《醒狮》，1905年，第2期，第20页。

传》，作者皆为松陵女子潘小璜。红线、隐娘等形象传统色彩强烈，折射出精英知识分子无处着力的尴尬，但细细品味，还是能找到女权主义者努力前行的痕迹。有必要指出的是，这些女权主义者到底是何种身份？潘小璜系何人？还是柳亚子。一位男性作家，化名为女性，在为女性而办的专门杂志上，发表促使女性觉醒的文章，这一模式颇有意味。然而，传统终究是稳固而强大的，到1911年赵焕亭《蓝田女侠》出版，沅华修习少林、武当派功夫以报家仇、力助弟兄，遂成一名女侠。这一文本的存在提醒我们，大约对女性来说，救国之事过于渺茫，扶助父兄更为实际一点。

此时"侠情小说"也已经气势渐起。刊载于《月月小说》第9期、第14期的《岳群》就是其中一篇。小说中的岳群乃庚子之役中的一员勇将，其所爱的女子寿奴既美，且有才，当为必然。而自《月月小说》第11期开始连载的"侠情小说"《柳非烟》，作者署名为"天虚我生"，小说把代表"侠"的陆位明设法成全才子施逖生与美人柳非烟的情这么一段故事演绎得扣人心弦，加上功夫、易容、机关等有趣的元素，可读性较强。侠情小说的出现，可以被理解成为当时的作者为了普及"侠"的理念而与大众的喜好深度结合，走上了一条更能够为大众所接受的路径。从辛亥革命之后的侠情小说之风行来看，这一路径有其存在的合理性。

二、民初侠义小说的伦理建构

到了民国初年，大量出现的原创侠情小说与义侠小说，没有显现出对传统礼教的明确反对，但它们在寻求各类现代道德伦理的建构路径中，体现出与具有时代意味的价值取向，从而明确了自己的立场。

不少小说强调了以族群意识为中心的侠义精神。周瘦鹃的侠情小说《中华民国之魂》刊于《礼拜六》第26期，写了三个青年男女之间的纠葛。小说中，侠义精神在个人与国家关系的层面上得到了非常明确的阐释，它甚至压倒了血缘关系。剑秋《好男儿》刊于《礼拜六》第11期，其价值诉求与《中华民国之魂》类似。这些小说之所以能够以如此的形态来颂扬为国为民的精神，关键还在于我们的世界中始终存留侠义精神的火苗。

民国初年有多篇侠情小说以妓女为主要人物。如《朝霞小传》（《礼拜六》第1期）、《义妓》（《娱闲录》第6期）、《英花小传》（《礼拜六》第66期）等小说，皆是如此。这些小说,大多写妓女为了心爱的文人而甘愿做出牺牲,当然,作为回报,她们最后也往往品尝婚姻的果实,这与诸多民国野史的记载相映成趣,可见不同文本之间的良好互动关系。值得思考的是,何以在这些小说中,能够为爱牺牲的只能是妓女?答案也很简单,普通女子在此时尚无决定自己爱情的权利。徐枕亚《玉梨魂》的悲剧,正源于此。而胡适的《终身大事》发表则在若干年之后。小说借妓女形象,表达了对女子"为爱牺牲"精神的渴望。

更有多篇侠情小说以婢女为主要表现对象,表现出对身份卑贱者的殷切期望。代表者有《雌雄侠》(《礼拜六》第 5 期)、《雪里红》(《礼拜六》第 15 期)、《侠婢诛仇记》(《民权素》第 16 期)等。这些小说主要写婢女如何在极端环境下为主人复仇与申冤,虽历经磨难,直至牺牲,矢志未改。梁启超曾经说:"人人务自强,以自保吾权,此实固其群、善其群之不二法门也。"①小说的这种情节设置,跟梁启超的观点非常贴近。以上小说没有探讨婢女的存在是否与现代文明匹配的问题,但对她们所负载的侠情的描写,一定程度上有利于改变时人对她们的态度,小说潜在地体现出一定的平等意识。当然,也不排除一种可能,即作者以此来激励居于社会主流的三尺好汉,不要再继续作"东亚病夫"状。

当小说在讲述带有侠义色彩的普通人的故事时,个体与社会环境之间的关系就显得意味深长。岑楼的《浪儿》写热衷侠义的浪儿变卖家产,欲资助奇士,可惜一无所得。他说:"今天下人心,日割于势利,山鬼罔两,交望于道。欲澄乱源,宜先掊腐朽人心。然非大力者莫能致也。"②这就带有社会批判的色彩了,它在其他类似小说中也有呈现。尘因的《铁儿》标"义侠短篇"。小说写乞丐铁儿勇于救人和报恩,颇有侠义之心。他说:"凡睹人处危极之际,不奋身受其险,此人情之常,吾不禁庇之,是非吾所自知,尤非吾能所自阻者。"③作者写出这句话来,大约是要将侠归于天性。然而,这篇小说所描写的诸多人物的无义之态,则容易让人产生绝望之心。海沤的《芳姑》刊于《民权素》第 11 期,标"侠情短篇",小说写玉生有爱国心,勇于与日本人为敌,芳姑也能勇于复仇以救夫婿,后同入狱中。这篇小说值得关注的是其呈现的令人压抑的社会环境。当玉生因反感日本人之跋扈挺身

---

① 梁启超:《新民说》,沈阳:辽宁人民出版社,1994 年版,第 43 页。
② 岑楼:《浪儿》,《民权素》,1915 年,第 6 期,第 14 – 15 页。
③ 尘因:《铁儿》,《民权素》,1915 年,第 10 期,第 19 页。

而出并因此入狱时,革命党"某大伟人"竟派来手下,以筹集革命费的名义实施勒索杀人的勾当,而当地官府则以其通革命党之罪没收其全部财产。虽然小说在解释时将以上之一切均归于一人之罪,不过恐难服众。以上种种,都在事实上将批判的矛头指向了当时社会,由此小说要传递的认识是:侠的存世,是非常可贵的,因为社会并没有培育侠义精神的土壤。不过,在这些小说中,侠义行为固然无比动人,侠义精神所面对的无物之阵又是难以名状的庞然和强大。

既然无自保能力的普通人行侠仗义被一部分人认为是不可能的,那么,人们所向往的侠义精神就只能由游离于传统社会结构之外的有自保能力的人来承载了。《饲猫叟》(《小说月报》第3年第4期)、《侠盗》(《礼拜六》第4期)、《燕子》(《礼拜六》第12期)、《烟扦子》(《礼拜六》第12期)、《古刹中之少年》(《礼拜六》第22期)等小说中,侠义人物均功夫一流,身份则或匪或盗,但作者总能够在文中为其发声辩解,如:"我岂生而匪者,特为汝辈贪官污吏所迫,不得已而落草耳。"[1]又如:"顾某之为盗,与他人异,专劫贪官污吏,且时为人雪不平事。"[2]再如:"我们虽做这妙手空空的生涯,却是尚侠重义,偷富不偷贫,偷不义,不偷慈善,遇着那穷困的人,还要周济他些呢。"[3]以上种种言论,无非是在阐明一个道理:即使身为盗匪,也是不得已而为之;即使身为盗匪,也可以行侠仗义、劫富济贫。这类侠义书写大抵是当时知识分子的一种想象,这种身份设定也并不是作者的独创,这类传奇故事的背后,是漫长的小说史积淀。就其效果而言,刘项原来不读书,所以这些文字在启蒙和教育盗匪方面大概也不会起到太大的作用,更主要是增加阅读趣味罢了。但对于普通读者来说,它们也确实提供了一个参照系,启发了一种思考:即使身为盗匪,也可行正义,我辈(读书人、少年人……)又当如何?

这样的小说写作与社会现实之间到底存在怎样的关联?叶小凤《古戍寒笳记》的序言或可提供一个线索。《古戍寒笳记》1914年曾连载于《七襄》杂志,后出单行本。这部小说以反清复明斗争为主线,其中不乏江湖人物和武林故事,也有女侠临危不乱成其大事的事迹,具有一定的可读性。而小说给人留下深刻印象的,是参与斗争的烈士遗民的心境。吴绮缘在为该书所撰写的序言中说:"是书所

---

① 剑秋:《燕子》,《礼拜六》,1914年,第12期,第34页。
② 剑秋:《侠盗》,《礼拜六》,1914年,第41期,第35页。
③ 是龙:《烟扦子》,《礼拜六》,1914年,第12期,第29页。

记,皆有所本,兼可补史乘所阙疑,殊非一般空中楼阁可比。且其中杂以孤臣烈士名将美人,穿插得宜,生气勃勃,一加批阅,可泣可歌,又岂独酒后茶余之无上上品哉!"①此段评论,将小说的写法与价值,总结得比较透彻。其中所谓"皆有所本",若非当时之有心人,断断不能做出此种判断。由此,亦可知作者借小说写作介入历史与现实的雄心。它虽然只是当时侠义小说的一种写作方式,不具有广泛的代表性,但也颇为典型。

三、由技击小说到武侠小说

在清末民初,除侠情小说与侠义小说之外,同样占据一席地位的,是技击小说。所谓技击,也就是后来所称的武功。技击小说在此时的繁荣,首先当然是归功于尚武思潮的持续,而具体考察其形态,也不难发现,这同时也是文学趣味的胜利。

技击是此时期人们运用得较频繁的一个词语。蔡锷的《军国民篇》从《新民丛报》1902 年第 1 期开始连载,它是近现代尚武思潮中的一篇非常重要的文献。在此之后,尚武精神得到了越来越多人的接受和支持,以霍元甲为代表人物的精武体操会(后改名"精武体育会")的创办和逐步扩大影响,是其标志之一。尚武思潮无疑是技击小说赖以生存的社会文化背景。林纾的《技击余闻》初版于清末,共收入四十多篇短篇文言笔记体小说,所述之人之事,大多发生在林纾的家乡福建。钱基博所撰写的《技击余闻补》,自《小说月报》第 5 卷第 1 期开始连载,其中所讲述的人物,大多生活在钱基博的家乡无锡。再有朱鸿寿《技击遗闻补》,自《小说新报》第 8 期开始连载,其中人物则多在朱鸿寿的家乡宝山。这些小说,简直可以被称为乡土文学,但又显然不能仅仅以乡土文学视之。几位作家的不约而同式的写法,实际上是在强化其说服力和影响力。当然,一种小说潮流,发展到后来,其写作取向自然会呈现多元化态势,自然也可以是闲来无事的娱乐消遣。

一旦明确了供娱乐消遣的使命,小说对技击功夫的书写便向趣味性这一路尽情地走去。民国初年的小说通过对武功的逐步复杂化与体系化的书写来建构一种文学趣味。林纾的《技击余闻》中对功夫的描写,除一般拳技外,已涉及硬功、内

---

① 吴绮缘:《古戍寒笳记·序四》,上海小说丛报社,1917 年版,第 7 页。

力、轻功、点穴，少林功夫的正宗地位也已确立。钱基博的《技击余闻补》相比林纾，在武功的描写方面更显丰富。在他的著作中，除剑仙又堂而皇之地出现外，功夫也明确了内家、外家之分，门派则为少林和武当并称，练功的路径也往往被总结为"十年磨一剑"的耐心。关于人物对功夫的运用，有多见神妙之处。普罗提诺曾说："无论何时，人若想赞叹照着范本造成的摹本，必会直接赞叹那范本本身。"①这样的写作，大概能使当时的读者大众因此而热爱上武术本身的。

　　一旦技击功夫就此进入了人们的生活，习武者的自我修炼问题就成为重要的问题。所以，在这些小说中，如何做好人成了武侠世界中的首要规则。作者不仅会发表相关言论进行规劝，同时也会在情节设置方面加以关照。《尹杜生》（《小说新报》第 3 年第 1 期）描述了一个完整的从初练到武功高手的过程，小说始终不忘告诫读者："谦受益，满招损，学问无穷，虚心为贵。"②这当然不仅仅指学武。《咏春》（《小说月报》第 10 卷第 5 期）对著名的广东拳术"咏春拳"的传人故事进行了铺排，其中对练武的凡俗之人自大自傲心态的描写可谓深入骨髓，与此相对应的是写到咏春拳嫡传弟子最优者乃一药店掌柜，和易文雅，不似怀拳技的高人。两相比较，作者的评判标准不言而喻。《双泉寺僧》（《小说新报》第 5 年第 5 期）进一步将这些品格上升为组织规范，它提出："啬汝气、壹汝志，慎操行，毋助暴，此吾宗之要诀也。吾于贪官污吏，可稍惩。若正人君子，自宜敬之重之，不可轻试。"③以上种种可见，在时人看来，对侠客来说，道德与功夫本是不可偏废的，甚至在一定程度上道德要高于功夫。要先学会做人，这是对侠者个人品行的第一要求，它很符合中国读者的阅读期待，是通俗小说最为常见的写法。

　　功夫既高，品德又好，这样的侠客将会产生何种影响？《无敌先生》（《娱闲录》第 6 期）憧憬了这样一个场面：一个中国侠客到英伦三岛去行侠仗义，进而引发了人家的惊呼："阁下支那人耶？欧美人素轻贵国人，是谬见也。"④言辞之间，充满着乐观主义的情调。

　　在此基础上，1915 年，林纾的《傅眉史》在《小说大观》杂志第 3 期发表，标注

---

① ［古罗马］普罗提诺：《九章集》（下），北京：中国社会科学出版社，2009 年版，第 637 页。
② 瘦梅：《尹杜生》，《小说新报》，1917 年，第 3 卷第 1 期，第 3 页。
③ 月僧：《双泉寺僧》，《小说新报》，1919 年，第 5 卷第 5 期，第 1 页。
④ 我闻、纯浩：《无敌先生》，《娱闲录》，1914 年，第 6 期，第 11 页。

为"武侠小说",这一名称此后一直被沿用,"宣告中国本土武侠小说的正式出现"。①

　　清末民初的侠义小说正处在一个文体逐步成熟的阶段。它通过义侠来探讨精神,通过侠情来铺排情感,通过技击与武功来增加小说的独特趣味。从小说与现实的关系来说,这些作品对侠义精神、情感世界、技击功夫等方面的表现扎根于社会现实与文化环境。柏拉图曾云:"人性好像铸成的许多很小的钱币,它们不可能成功地模仿许多东西,也不可能做许多事情本身。所谓各种模仿只不过是事物本身的摹本而已。"②这些作品之所以能有如此的成就,关键离不开作者对社会的深切关注,当然也归功于巧妙的文学呈现。从小说与读者的关系来说,这些作品之所以能够有足够的社会影响力,是因为对于读者而言,它们在思想、艺术等层面都显现出足够的亲和力。"它们成为作品以后,必是对大众歌唱与讲说,若仅以为个人游戏而作,这在他们是无暇于此的,也是大众所不欢迎的。"③以上两个方面,其实是相辅相成的。清末民初侠义小说的这些探索,对于现代武侠小说来说,无疑是极有价值的。

---

①　韩云波:《论清末民初的武侠小说》,《四川大学学报(哲学社会科学版)》,1999 年第 4 期,第 109 页。

②　[古希腊]柏拉图:《理想国》,北京:商务印书馆,1986 年版,第 98 页。

③　杨荫深:《中国俗文学概论》,台北:世界书局,1965 年版,第 3 页。

第一章

侠义精神与尚武思潮

清末民初时期,中国的思想文化界提出了诸多新理念和新观点,与此前相比,有了不少重要的变化,此其中,国民性改造思潮的影响力显得尤为突出。以此为背景,在思想层面,人们开展了对于侠义精神的讨论,试图从中找出有助于社会改造的部分。与此同时,也有人认为,新民的落脚点,不仅在于思想,同时也在于身体,于是,尚武思潮也由此蓬勃兴起。人们往往受此时期部分侠义小说作品的感染,这说明了小说的成功之处。何以能够如此?"我们追逐着外在的东西,不知道推动我们的乃是内在的东西,就如同某人只看到自己的影子,却不知道去追寻产生影子的真身。"①具有时代色彩的侠义精神与尚武思潮,作为文学的"真身",是清末民初侠义小说创作的重要思想基础与写作资源。

第一节　侠义精神的重塑

正如诸多研究者在追溯武侠小说历史时所明确指出的,侠在我国有一个非常悠久的传统。但也是众所周知的,至少在维新变法之后,中国的思想文化界与此前延续上千年的超稳定状态相比,有了显著的变化,中国进入了一个历史的大变局。那么,在这个变局中,侠义精神呈现出怎样的状态?下文将对此时的相关理论倡导进行梳理,以对上述问题作一个简要的回答。

---

① [古罗马]普罗提诺:《九章集》(下),北京:中国社会科学出版社,2009 年版,第 629 页。

一、新民说与"中国之武士道"

关于清末的社会变迁,曾有人如此描述:"甲午以后,欲雪割地赔款之耻,于时人人言自强;庚子以后,欲弥赔款失权之憾,于时人人言自立;至于癸卯以来,日俄开衅……国患方迫,于是忧时之士,人人则言自存。"①虽始终有仁人志士做着号召和变革的努力,但缺乏响应,没有根基,当历史进入 20 世纪之时,偌大中国,内忧外患,终究不免要走到救亡图存的关口。

实际上,此时已经有人就这一困局试探着提出解决方案。1895 年,严复曾发表《原强》一文,后又补充内容,撰写了《原强修订稿》。在该文中,他说:"天下之物,未有不本单之形法性情以为其聚之形法性情者也。是故贫民无富国,弱民无强国,乱民无治国。"②这一观点,实际上已经明确了国强与民强的关系。而后,麦孟华在 1900 年又指出,我国国民历来不具备关于"国家"的思想,也放弃了对国家的责任,所以国家会变得如此衰弱,民众会变得如此穷困。他说,在这国族存亡的紧急关口,国民就应该明确自身所面对的祸福、利害与责任之间的关系,而且这一责任是无人能够替代的。因此,"其身既为国民中之一人,其力即当任国民中之一事,智运其谋,勇奋其力"。③ 这段话出自一篇名为《论今日中国存亡其责专在于国民》的文章,从其题目来看,观点已经极其鲜明。作为康有为的弟子、《清议报》的主持人,麦孟华对"国民"的强调意味着维新派对自身失败的深刻反省,以及对未来路径的积极探索。正是在这种认识的基础上,梁启勋在《国民心理学与教育之关系》一文中就明确提出了"国民性"的定义:"确然有所谓公共之心理特性者存,取族中各人之心理特性而总合之,即所谓国民性也,即一民族之平均模型也。"④关于"国民性",现代人所编撰的《心理学大辞典》将"国民性研究"定义为:"对一个国家民族精神的研究。民族精神是在一定文化历史背景下长期沉积下来,存在于全民个性结构之中并对其思维和行为方式发生直接或间接影响的比较稳定的社会心理特征,包括国民性格、国民意识、国民价值观念以及民族风俗、民

---

① 佚名:《自存篇》,《东方杂志》,1905 年第 5 期,第 100 页。
② 严复:《原强修订稿》,《严复集》(第 1 册),北京:中华书局,1986 年版,第 25 页。
③ 伤心人:《论今日中国存亡其责专在于国民》,《清议报》,1900 年,第 53 期,第 2 - 3 页。
④ 梁启勋:《国民心理学与教育之关系》,《新民丛报》,1903 年,第 25 期,第 53 页。

族习惯等。"①这一定义关于"民族精神"的界定显得较为丰富,与梁启勋所给出的定义相比,既是呼应,也是进一步的发展。从对现实问题的深刻体认,到充分的理论准备,一个完整的认知过程得以呈现。接下来,改造国民性的问题就可以从总而论之的层面延展到盘点与实践的层面了。

梁启超《新民说》问世于 1902 年,略早于梁启勋的《国民心理学与教育之关系》。《新民说》凡二十节,以现实问题的解决为导向,以社会达尔文主义为主要理论基础,就公德、私德、自由、自治、权利、义务、尚武等若干主题进行讨论,一一划出国民性改造的着力点,按图索骥,可见当时的思想先驱对国民性的全面认识,也可预知他们即将努力的方向。《新民说》可谓清末国民性改造思想的集大成者。在此基础上,梁启超 1903 年又有《论中国国民之品格》一文,提出中国国民品格的四大缺陷:爱国心之薄弱、独立性之柔脆、公共心之缺乏、自治力之欠阙。② 与《新民说》相比,这是一个简化版。于实践而言,很多时候,简化版更有意义。

在此基础上,1904 年,梁启超出版《中国之武士道》,重点阐释了兼顾文化传统与时代需求的侠义精神。《中国之武士道》的三篇重要序言,全面展现了梁启超等人对"武士道"的理解和设计。蒋智由的序言主要强调了两个方面:一方面是通过强调身体的重要性,为尚武思想摇旗呐喊;一方面是通过"要之所重乎武侠者,为大侠毋为小侠,为公武毋为私武"③的断言来提炼侠义精神之于国家、民族的核心价值。杨度的序言开宗明义地强调了武士道的普世价值:"以云武士道,则实不仅为武士独守之道。凡日本之人,盖无不宗斯道者。此其道与西洋各国所谓人道 Humanity 者,本无以异。"④进而,他又以日本武士道精神中儒佛二教的互为表里为参照系,指出中国名为儒教之国,实质以杨朱为尊,从而导致国民只顾私利,而不顾公利,而这样的结果是,不仅公利不可得,私利也得不到保障。从以上论述,就不难明白杨度对武士道的评价:"夫武士道之所以可贵者,贵其能轻死尚侠,以谋国家社会之福利也。"⑤在《自序》中,梁启超考察了春秋、战国时期武士信仰的

---

① 林崇德、杨治良、黄希庭:《心理学大辞典》(上),上海:上海教育出版社,2003 年版,第 465 页。
② 中国之新民:《论中国国民之品格》,《新民丛报》,1903 年,第 27 期,第 3 - 6 页。
③ 蒋智由:《蒋智由序》,《中国之武士道》,北京:中国档案出版社,2006 年版,第 18 页。
④ 杨度:《杨度叙》,《中国之武士道》,北京:中国档案出版社,2006 年版,第 1 页。
⑤ 杨度:《杨度叙》,《中国之武士道》,北京:中国档案出版社,2006 年版,第 7 页。

具体内容,并一一进行了罗列。他说:"要而论之,则国家重于生命,朋友重于生命,职守重于生命,然诺重于生命,恩仇重于生命,名誉重于生命,道义重于生命,是即我先民脑识中最高尚纯粹之理想。"①他还通过回顾武士道的历史,总结指出三千年前曾经最尚武的民族,到当下却奄奄一息的原因,期盼该书能弥补国民精神教育方面的缺点。从这三篇序言,可知梁启超等人所钟情的侠义精神的主要内涵及其缘起。贯穿三篇序言的,是诸人对于中华民族生死存亡前途的焦虑。

梁启超等人所提出的武士道精神,包含着对国民性的思考和重新设定。何以是国民性? 在《新民说》的开篇,梁启超说:"国也者,积民而成。国之有民,犹身之有四肢、五脏、筋脉、血轮也。未有四肢已断,五脏已瘵,筋脉已伤,血轮已涸,而身犹能存者;则亦未有其民愚陋怯弱、涣散混浊,而国犹能立者。"②由此可见,国族的存亡和国民性的改造,实质是一而二、二而一的关系。在梁启超之前,传教士明恩傅在《中国人的性格》一书中已经做了一些重要的工作,但明恩傅对中国人素质的观察显现了一种旁观者的视角,而梁启超等人的总结则包含着解决现实问题的迫切性。他在《新民说》及《论中国国民之品格》中指出的国人国民性的若干不足,都与救亡图存的主题密切相关,他通过《中国之武士道》对侠义精神"国家重于生命"等内涵的强调,显现出理想主义的色彩,实质上是对国民精神的重塑。故而,梁启超的"中国之武士道",是其"新民说"的一个合理延伸。《中国之武士道》对于侠义精神推陈出新式的阐发,其实质是开出了一剂新民的药方。

二、强劲的时代和弦

梁启超的观点自然有着振聋发聩的影响力,但这里需要指出的是,他的这一关于武士道精神的阐释既非前无古人,也非后无来者。在清末,不少知识分子不约而同地开始了对侠的推崇和重新阐释。

章炳麟在 1897 年发表的《儒侠》中说:"夫儒有其下,侠有其上,言儒者操上,而言侠者操下,是以累寿不相遇。"③这就已经突破人们历来关于"侠以武犯禁"的

---

① 梁启超:《梁启超自序》,《中国之武士道》,北京:中国档案出版社,2006 年版,第 21－30 页。
② 梁启超:《新民说》,沈阳:辽宁人民出版社,1994 年版,第 1－2 页。
③ 章炳麟:《儒侠》,《实学报·实学报馆通论卷一》,1897 年,第 218 页。

顽固认识,非常明白地要为"侠"正名了。章曾著有《驳康有为论革命书》,与康、梁等人存在一些分歧,但这并不影响他们对于"侠"的一致认同。章有诗句"时危挺剑入长安,流血先争五步看"(《时危》),写于1913年,颇有力挽狂澜、以侠客自命的意思,这以国家民族前途为己任的精神与梁启超所提倡的"中国之武士道"相当接近,由此也可见,梁启超等人在当时对侠义精神的提倡,因实践层面的大力呼应,拥有了可扎根的土壤。

《知新报》第99册又刊载《尊任侠》一文。该文首先对中国所面对的困境,对俄国、德国、英国、日本、法国等对中国的遏制与欺凌进行了生动的阐述,对中国的命运表示了深切的担忧。在此基础上,该文表达了救国的强烈期望,并强调要将这一期望寄予侠客的意图:"我仪图之,非任侠吾奚依。主侠为上,相侠次之,士大夫侠为下,至匹夫之侠则不得已。"①作者看到了国家、民族所面临的困境,本希望通过"主侠"、"相侠"、"士大夫侠"等来实现救国的主张,但显然事实粉碎了他的这一想法,于是文章又指出:"居今之日,由今之道,不得不深有望于任侠之匹夫。"并强调:任侠乃救我"四万万同溺"的"起死之药、返魂之方"。② 这篇文章的意思非常明确:当此国难之时,指望别国来主持正义是不可能的,指望官僚阶层来实现自救也是不现实的,现在唯一的希望,就在于广大国民能发扬任侠的精神,承担对国家、对民族的应有责任。

马叙伦的《原侠》刊载于《新世界学报》第6期,是一篇论证比较严谨、表意极为清晰的文字。这篇文章首先翻译了日本田中智学子所写的《江户侠之恢复论》一文,田中的文字大力褒扬侠义,称之为"吾国第一美风善俗"。③ 在此基础上,马叙伦考证了侠的"四原",分别为:地势、政治、教育、风俗,这一考证旨在说明侠是我国的传统精神,为国民实践侠义精神提供了理论支持。紧接着,他还指出,侠的派别众多,并列举了以下派别:政治家之侠、法律家之侠、宗教家之侠、教育家之侠、农学家之侠、工学家之侠、商学家之侠、兵学家之侠、刺客家之侠。这一列举,就大大地拓展了侠的出身领域,显现出对那些拥有各种具体职业身份的国民积极投身救亡事业的殷切希望。

---

① 佚名:《尊任侠》,《知新报》,第99册,1899年9月15日,第1页。
② 佚名:《尊任侠》,《知新报》,第99册,1899年9月15日,第1-2页。
③ 马叙伦:《原侠》,《新世界学报》,1902年,第6期,第49页。

以上种种,仅为当时诸多提倡侠的文字中的代表者,其中不少观点,可见与梁启超思想的近似,显现出知识分子思想的时代共性。

与以上流连于在精神层面探讨侠的举动相比,《侠会章程》则显得急切得多,它显现的是将侠组织化的冲动。《侠会章程》一文从《知新报》1897 年第 38 册开始连载,到第 41 册载完,作者沈学。《侠会章程》开篇即讲:"侠者,天下之至友也。其心至诚至公,以天下为己任,同天下为肥瘠者也。"①这一段文字给予"侠"一个极高的地位,可见作者的期望值。在此基础上,这一章程于如何组织侠会及会中之人如何行事等都给出了很有意思的规定,如侠会设正主会、左主会、右主会等自上而下若干职位,并各有职责的界定。这样一来,《侠会章程》就具有了党会的组织纲领的色彩。《侠会章程》的亮点还在于其提出了很具有现代意味的宗旨,如其文中提到一个关于称呼的规定,会中的贫富长幼,一律尊称先生,自谦晚生,而平称则用你我他。这种规定,与此宗旨可谓相辅相成。

然而,《侠会章程》的平等意识是不稳定的,其着力彰显的平等很快在下文中被自己削弱。章程说:"此所以公举外人入会,当慎之再三。其例有五:一,年纪不及二十、已过四十可不举,以年幼稚气未除,年大牢不可破,致少年英俊或老诚练达者另议;二,事业卑贱,或位高禄重不可举,以所志不同,或利欲熏心,致人长气短,或有意富强,虽屠夫织履,王公侯爵,可为侠友;三,残疾不举;四,废人不举,如僧道阉宦之流;五,世籍来历不明,不举,恐有逃犯匪徒混入。"②这一表述,就一个组织的成员构成着眼,或许有合理之处。但与前文所突出的"侠"的平等性相对照,则显得思路狭窄,精英色彩过浓。这一论调数年之后又出现在陈景韩笔下《刀余生传》的"杀人谱"中,改头换貌,过激的姿态尤为明显。沈学出生于 1873 年,陈景韩出生于 1878 年,发出这种言论时,两人都仅有二十来岁,或可以年轻为理由加以开脱。但此时的国民性改造思想,本含有人人平等之意,何以就有排斥甚至剥夺一部分人的参与权和生存权的意图明目张胆地出现?许纪霖在分析梁启超的国民观时曾指出:"受到欧陆和近代日本思想影响的梁启超所理解的国民,则是一个集合概念,是卢梭式的整体性的人民。而这种整体性的国民,与孟子民本思想中的民是内在想通的,儒家思想中的'民',显然也不是拥有权利的个体,而是需

①　沈学:《侠会章程》,《知新报》,第 38 册,1897 年 11 月 24 日,第 7 页。
②　沈学:《侠会章程》,《知新报》,第 39 册,1897 年 12 月 4 日,第 9 页。

要被整体对待、整体代表的集合性概念。"①这是梁启超国民性改造思想的一个缺陷,是同时代诸多思想者认识中存在的一个问题,也是于清末时期重塑的侠义精神的一个无法回避的薄弱点。

三、民初的延续讨论

中华民国的成立并不意味着社会问题的终结,事实上,有些涉及社会公平的问题不仅没有得到解决,反而更加尖锐。故而,人们对于侠义精神的讨论,依然不绝于耳。

汤增璧的《崇侠篇》再次被发表,可谓标志。《崇侠篇》原刊发于《民报》1908年第23期,后由《戊午》杂志于1919年再次刊发。《戊午》杂志是孙中山先生领导"护法运动"时,由四川的国民党人创办的刊物。该文时隔十年再被提起,显然是因为它契合了时代的需求。《崇侠篇》首先在中国几千年历史的背景下,探讨了儒与侠的关系。文章指出,儒支持专制,而侠则反对专制,如果能够舍弃儒、崇尚侠,则社会风气、道德皆会有向好的变化,而民众也会因此而兴起。进而,该文又将视线投下当下。文章指出,如今技术发达,物质丰富,由此导致的结果是不但强权更加张大,富人也越发占据垄断地位。文章罗列了东西方人民与强权的斗争,并指出,在中国的推翻帝制的革命过程中,侠担负了"先驱"的职责。该文赞道:"吾族侠史,虽黯淡无光,然侠之志,则日已广大……今兹则种族之思,祖国之念,为民请命,而宏大汉之声。"②此文的重新刊发,说明了从清末到民初,人们对于侠的精神的体认有内在的一致性。

人们对秋瑾女侠精神的阐释也构成了民国初年人们对于侠义精神的理解的重要组成部分。对于秋瑾的悼念文字自清末就始终不绝。早在1907年,恽铁樵的《哭鉴湖女侠》就刊载于《振华五日大事记》第24期,文字的开头便说:"呜呼,中国女界伟人鉴湖女侠死矣。呜呼中国女界伟人鉴湖女侠竟死矣。吾为女侠哭,吾为女学校哭,吾为中国女界哭,吾更因鉴湖女侠之死,为中国四万万同胞同声一

---

① 许纪霖:《大我的消解:现代中国个人主义思潮的变迁》,《现代中国思想的核心观念》,上海:上海人民出版社,2011年版,第214页。
② 揆郑:《崇侠篇》,《民报》,1908年,第23期,第27-36页。

大痛哭!"①显然,恽铁樵认为,秋瑾的牺牲,是女校、女界和全国四万万同胞的一大损失。在当时,这样直白的文字表达可谓大胆至极。民国成立后,凭吊鉴湖女侠的诗词散见于各类报刊,如《南社》1912 年第 7 期收有《金缕曲(六月六日秋侠忌辰寄忏慧小淑巢南索和)》,《亚东丛报》1913 年第 3 期收联语《悼秋侠》,《游戏杂志》1914 年第 2 期则刊发了《悲秋曲:秋侠赴义》,吴芝瑛、吕碧城、陈去病、柳亚子等名流此时均有悼念诗作和文章发表,直至 20 年代依然不绝。其中,柳亚子所撰《鉴湖女侠秋君墓碑》中云:"天下兴亡,匹妇有责。"②可谓掷地有声。

　　1912 年的《社会世界》杂志还刊发了关于"侠团"的一系列文章,值得关注。与"侠会"一样,"侠团"也致力于侠的组织化,这一团体的领导者是沙淦。在《侠团宣言》中,执笔者提到了"侠团"发起的原因,更多指向的是表面文明、实质野蛮、强权横行、公理无处安身的丛林世界。社会当中存在如此之多的不公平,谁能来平定?他说"是不得不希望任侠之士,抱定'平除强权,为社会平所不平'唯一之宗旨,不惜健儿身手,实行古侠义之所为"。③ 显然,执笔者对于侠士报以极大的期望,"侠团"的成立,是基于现实社会中的强权与公理的对立,是为了让诸种不平消失,社会恢复其应有的秩序。《中华民国侠团外部章程》中还提到侠团的"宗旨":"联络同志,研究学艺,铲除强权,改造社会,以期促进世界大同、人类平等为宗旨。"④这一表述非常明确地提出,侠团宗旨的核心之一就是要铲除强权,实现大同和平等。当然,这一关于大同与平等的表述,更多是指向我国家民族的日益强盛与免于欺凌。从《社会世界》杂志发表的相关言论来看,侠团的成立得到了一部分人的拥护。如《天侠上侠团书》中云:"少年老病,入世太深,中华元气,销丧殆尽,公等振臂一呼,海上风靡,将见补助法律之不足者在此,招回民国之魂者亦在此矣。"⑤此论对侠团的社会影响极为乐观,认为其可以弥补法律的不足,甚至可以招回"民国之魂"。又如《王啸致侠团书》中云:"今之学者,咸知侠之为用,极力提倡,而游侠之风,不难复见于今日。我知世之假自由、平等、共和、大同,以盗窃

---

①　恽铁樵:《哭鉴湖女侠》,《振华五日大事记》,1907 年,第 24 期,第 7 页。
②　柳弃疾:《鉴湖女侠秋君墓碑》,《女子杂志》,1915 年,第 1 期,第 5 页。
③　《侠团宣言》,《社会世界》1912 年,第 1 期,第 19 页。
④　《中华民国侠团外部章程》,《社会世界》1912 年,第 2 期,第 2 页。
⑤　《天侠上侠团书》,《社会世界》1912 年,第 1 期,第 91 页。

名器者,皆有剑锋、刀刃、炸弹之饷矣。"①由此可知,侠团的拥趸认为,基于社会的不公、强权的横行,侠采取以牙还牙的措施,将会使作恶者得到惩罚,故而有存在的必要,有重新提倡的必要。

维新变法失败后,部分思想者痛定思痛,提出了国民性改造的主张,以唤醒与鼓舞大众的爱国、爱人、爱己的责任意识和担当精神,并进而以侠义精神来概括和引领,构成了近代中国社会思想文化转型的重要一环。"文学创造的过程,大抵经历两个步骤,即认清真相与价值评估。"②以国民性改造思想为基础的侠义精神的重塑,既是清末民初思想史的一个亮点,同时也为 20 世纪中国文学提供了丰富的写作资源,使其能够在反映社会和评估价值等方面有所作为,清末民初的侠义小说在这方面表现得较为明显。

第二节　尚武思潮的兴起

一、"军国民"思想的提出

近代中国,国势衰弱,有识之士纷纷探求"保国保种"之途,社会达尔文主义理论深入人心,在国民性改造思想提出的同时,有识之士对身体的关注和讨论也渐渐展开。梁启超说:"生存竞争,优胜劣败,吾望我同胞练其筋骨,习于勇力,无奄然颓怠以坐废也。"③这一表述至少包含两层意思:一是用"优胜劣败"这种充满达尔文主义色彩的词汇作为立论的大前提,提醒人们直面国族的危机;一是强调了"保国保种"的途径,在于练筋骨、习勇力。由此可见,在梁启超的思想认识中,国家、民族及个体的生存与武术有着紧密的关联。梁启超的观点既是个人的,也是群体的。如严复就曾说:"顾彼民之能自治而自由者,皆其力、其智、其德诚优者也。是以今日要政,统于三端:一曰鼓民力,二曰开民智,三曰新民德。"④在严复

---

① 《王啸致侠团书》,《社会世界》1912 年,第 1 期,第 92 页。
② 颜元叔:《何谓文学》,台北:台湾学生书局,1976 年版,第 21 页。
③ 梁启超:《新民说》,沈阳:辽宁人民出版社,1994 年版,第 160 页。
④ 严复:《原强修订稿》,《严复集》(第 1 册),北京:中华书局,1986 年版,第 27 页。

的这一观点中,民力、民智、民德均是新民的重要途径,而民力成了首要因素。

在此时人们开展的关于强权与公理的讨论中,严复的这一观点得到了进一步的阐发。当时的知识界存在"有公理无强权"和"有强权无公理"的争论。在这场争论中,不少人表现出对社会达尔文主义思想的支持。人们选择社会达尔文主义,并不是该主义的承诺是如何美丽诱人,而是它确实能够解释国人面对来自丛林社会列强威胁时的诸多困惑。作为偏向于公理一面的代表者,严复在《有强权无公理此说信欤》一文中明确表达了自己的立场,与信奉强权者划清了界限。但也正是在这篇文章中,他对论辩对手的立场和观点予以了回护。他说,"有强权无公理"这一种观点虽然错误,但是当中也包含着一些合理成分,因为有文德的人肯定会有武备,不具备强权而唯独依赖公理的,很难得以生存。"故国不诘戎,民不尚武,虽风俗温良,终归侮夺。"①诘戎也好,尚武也罢,在国家与民族存亡的层面,很大程度上指的是以强权对抗强权,从而获得生存的权利和自由,这是当时诸多知识分子提出的解决方案。这个解决方案尽管遭到诸多诟病,但有其历史的合理性,尚武思潮的兴起正基于此。

在当时关于"尚武"的诸多言论中,蔡锷的《军国民篇》一文和梁启超的《新民说》一文影响无疑是巨大的。在《军国民篇》和《新民说》第十七节"论尚武"中,他们都将国民体质的文弱与国族的盛衰联系在了一起,在"鼓民力"方面不厌其烦地加以阐释和推动,于是,"尚武"之声不绝于耳。

蔡锷的《军国民篇》,以"奋翮生"为笔名,开始连载于《新民丛报》1902年第1期,开篇就描述了一种催人奋进的历史背景。他说,在甲午战争之后,中国人当中的一部分不愿亡国的有识之士,都纷纷奋起,大声呼吁。这些有识之士,有些人主张变法和自强,有些人主张开启民智,有些人就国族命运发出警告,有些人则强调自尊,以鼓舞国民的志气。这些言论显然起到了一定的效果,海内外很多人受其影响,开始对亡国、丧家产生惊惧,感到耻辱。"未几有戊戌变法自强之举,此振兴之自上者也;逾年有长江一带之骚动,此奋起之自下者也;同时有北方诸省之乱,此受外族之凭陵,忍之无可忍,乃轰然而爆发者也。"②这些言论,导致了戊戌变法,导致了人们对于外族凌辱的反抗,影响可谓巨大。显然,蔡锷对时势的把握非

---

① 严几道:《有强权无公理此说信欤》,《广益丛报》,1906年,第103期,第3页。

② 蔡锷:《军国民篇》,《蔡锷集》(第1册),长沙:湖南人民出版社,2008年版,第163页。

常准确,对造成这一时势的社会矛盾也极为了解。在此基础上,他断然指出:"中国之病,昔在神经昏迷,罔知痛痒,今日之病,在国力孱弱,生气销沉,扶之不能止其颠,肩之不能止其坠。"①在他看来,这一时代在危机意识的传递方面所做的努力已经较为充分,而在培养国力与生气方面却还需要更多的关注和投入。于是,他明确提出,"军国民主义"正是解决中国"今日之病"的一剂药方,如果不提倡,则国家就会走向灭亡。

发此宏论之后,他开始进行详细的解释。中华民族所存在的真正问题是什么? 他说:"汉族之驯良懦弱,冠绝他族,伈伈俔俔,俯首帖耳,呻吟于异族之下,奴颜隶面,恬不为耻。"②他认为,"驯良懦弱"导致了汉族的积弱,这在过往的历史中早已存在,他列举了周与西戎、汉与匈奴、晋与五胡、唐与突厥、宋与金辽、明与满等关系,说明中国两千多年的历史,也是一部异族的践踏史,以此来证明自己的说法。他还列举今日中国之于俄、于英、于法、于德、于日本、于意奥、于美利坚,在与西方列强的对比中,中华民族的弱点变得更为明显,由此引发的矛盾也更加尖锐。他由此发出感慨:"呜呼! 举国皆如嗜鸦片之学究,若罹癫病之老妇,而与犷悍无前之壮夫相斗,亦无怪其败矣。"③一群老弱病残,在"犷悍无前之壮夫"面前,怎能不败? 为了论证自己的这一观点,他还引用了日本尾崎行雄的著作《支那处分案》中的观点。该书认为:中国人尚文,但不尚武;好利,但不好战,所以其时中国的屡战屡败,固然有很多方面的原因,但其中的一个重要方面,在于中国人的性情。蔡锷所引用的文字,也将矛头对准了国民的战斗力,简而言之,即为"民力"。两相对照,他所提出的"军国民主义"显得切中时弊、师出有名。

在此基础上,针对民族的堕落腐坏,他又详细列举了八个方面的原因。其中第五条原因为"体魄"。他援引了严复《原强》的观点,说严复在国民的德育、智育、体育三个方面,特别强调体育。他承认,在初读这一篇文章时,只是觉得它较为新奇,但随着对国际形势、各国盛衰强弱的原因进行深入分析和实地考察之后,他发现,严复的眼光是超越常人的。在相关表述中,他高度肯定了严复《原强》中

---

① 蔡锷:《军国民篇》,《蔡锷集》(第1册),长沙:湖南人民出版社,2008年版,第164页。
② 蔡锷:《军国民篇》,《蔡锷集》(第1册),长沙:湖南人民出版社,2008年版,第164-165页。
③ 蔡锷:《军国民篇》,《蔡锷集》(第1册),长沙:湖南人民出版社,2008年版,第165页。

的观点,总结了欧美列强的立国之本,提出灵魂文明、体魄野蛮的强国强种的主张。以此为立足点,他又联系和总结了我国国民体魄的严峻现状。基于此,"尚武"思想,或曰"军国民主义",就具有了难以辩驳的合理性和必要性,蔡锷的"军国民"思想于是得到诸多认可。

梁启超在《新民说》的"论尚武"一节中,也旗帜鲜明地表明了自己的观点。在该节的开篇,他就指出,尚武是国民的元气,是国家成立的基础,是文明得以维持的依赖。他把"尚武"放在了一个非常重要的位置上,使人不得不重视。紧接着,他罗列了斯巴达、俄罗斯、德意志以及邻国日本等若干国家与民族的以"尚武精神"为内核的强盛之道,以为参考和借鉴。他进而开始从历史的源头开始质询我国的积弱之原因,并提出,要想培养尚武精神,就必须要具备三种力量:一是心力,一是胆力,一是体力。以此从操作层面提出应对之策。在这一章节的最后,他说:"今日群盗入室,白刃环门,我不一易其文弱之旧习,奋其勇力,以固国防,则立赢羊于群虎之间,更何求以免其吞噬也?"①再次强调了国族存亡的危机意识,以使读者更彻底地接受"尚武"思想。由此可知,梁启超对"尚武"的提倡,其实与蔡锷立场一致。这一点,在《中国之武士道》一书中也有体现。清末民初的尚武思想,正是借助这样的理念而得到广泛的传播。

二、精武体育会的探索

关于清末民初尚武思潮的传播,值得称道的是,不仅有一批思想者在高声呼吁,更有一批实践者在努力前行。其中,上海精武体育会的活动和影响,是这些实践者工作实绩的有力说明。

精武体育会于民国前两年(庚戌年,1910年),由霍元甲先生创办于上海闸北,初名精武体操会。对精武体育会展开研究,需要重视《精武本纪》这本书。该书问世于1919年,是上海精武体育会创办十周年的纪念特刊,由陈铁生主编,出版社不详。它对精武体育会十年历史作了非常详尽的介绍,也留存了诸多关于精武体育思想的时代声音,因而得到不少研究者的重视。黄佩华的《精武体育会成立年代考》②主要通过此书,考证了精武体育会的成立时间。张银行等人的《使命

---

① 梁启超:《新民说》,沈阳:辽宁人民出版社,1994年版,第161页。
② 黄佩华:《精武体育会成立年代考》,《体育文史》,1991年第1期,第55-58页。

与扬武:精武体育会与武术近现代化研究》①以《精武本纪》为重要依据,探讨了精武体育会在促进武术近现代化转型发展方面所起到的积极作用。张娟的《孙中山的体育理念——读〈精武本纪·序〉》②则对孙中山所著序文进行了详尽的研究。事实上,从该书可以领略精武体育会成员对精武体育精神的理解,也可以窥见民国初年革命党人的相关思想,结合同时代人们关于同一主题的各种阐释,可以更全面地把握这个时代尚武思潮的基本价值取向和人们的实践路径。

精武体育思想到底包括哪些重要内涵?有何具体表现?《精武本纪》提供了诸多的线索。从它记载的精武体育会成员的现身说法,和体育会的活动本身,就可以感知和把握。

陈铁生所撰《大精武主义》曾提到精武体育会的性质。该文说:"本会虽为学校之性质,而无年龄之限制……本会虽有俱乐部之性质,而严禁不规则之行为……本会既为学校性质,故从前拳师之积习,在所严禁,无谓之政谈,亦当屏绝,造成学养功深、武德纯粹之平民。"③从这一表述可以看出,精武体育会从某种层面来说,是一个以从事体育活动为主的同人组织。但这个同人组织有着不一般的价值追求。以其所设置的对立面入手,可以发现这一点。例如何为"前拳师之积习"?吴荣煦在《祝精武体育会》中说得很明白:"余始以国技一门,中国向有习之,而绿林居多。习之者,亦每好勇斗狠,每因小嫌辄擅施其技,故有道君子素不之重。且彼家数纷歧,每相妒嫉,非国之福,视以为非要图也。"④显然,在吴看来,中国固有的武术,附带着诸多的问题,如习武者的好勇斗狠,如帮派林立、互相嫉妒,这些都影响了武术的积极社会作用的发挥。以吴的解释来对照,可见陈铁生的这一言论,明确地将精武体育会与旧时代的各种积弊划清界限、区分开来。精武体育思想的一个重要内涵,就是把"学养功深、武德纯粹"作为个人修习的最高目标。这一理念,将身体与精神放置在同样重要的位置上,看准了民族的积弱之处,提出了改良的方向,颇具新意。

---

① 张银行、李吉远:《使命与扬武:精武体育会与武术近现代化研究》,《山东体育学院学报》,2010 年第 12 期,第 41 - 46 页。
② 张娟:《孙中山的体育理念——读〈精武本纪·序〉》,《体育学刊》,2009 年第 5 期,第 87 - 90 页。
③ 陈铁生:《大精武主义》,《精武本纪》,上海:上海精武体育会,1919 年版,第 2 页。
④ 吴荣煦:《祝精武体育会》,《精武本纪》,上海:上海精武体育会,1919 年版,第 7 页。

　　陈公哲《精武之真精神》一篇,则将精武的内涵至于国民性改造的层面。他说:"惟我精武会员,人人知有义务,不知有权利,有时且牺牲一己之权利助成义务,而不居其名……惟我精武会员,一视同仁,不分阶级,其人而可与为善,虽鄙夫视若弟昆……用能使与斯会者人人摒嗜欲、淡名利,事事务求实践,力戒虚骄,期造成一世界最完善、最强固之民族,斯即精武之大希望也,亦即精武之真精神也。"①不求权利,专讲奉献;不分阶级,与人为善;戒骄戒躁,平和务实;人人从自身做起,以构筑强盛民族。这一精武体育精神的核心内涵,与清末民初的国民性改造思想有着内在的一致性,显现出强烈的理想主义色彩。陈公哲是精武体育会重要领导者之一,他的这一认识,至少能够显现出一部分体育会成员的共同期望。

　　精武体育会的这一基本价值观,从实践层面看,是符合时代需求的。《精武本纪》记载,精武体育会起初条件非常简陋。民国四年,操场为飓风所毁,陈公哲、卢炜昌、姚蟾伯等三人为体育会修建西式会所,以作活动之用。以此可大略见到初办时的凄惶,和部分核心人物的奉献精神在体育会发展过程中所起到的至关重要的作用。《精武本纪》又载,等其逐渐壮大之后,又在各省区及海内外设立精武分会。《精武本纪》无法记载,而后世人又都知道的,是体育会的影响力直至20世纪后半叶依然存在。作为一个民间组织,其生命力能绵延至此,这充分证明了精武体育会的精神追求与时代的契合性。在《精武本纪》中,体育会中人认为这一努力的过程体现出穷则独善其身、达则兼济天下的意识。实际上,体育会成员对精武体育精神的理解和认识要远远超出这一儒家传统思想所涵盖的范围。

　　在精武体育精神的指引下,《精武本纪》所记载的体育会日常活动也在一定程度上体现出"全人教育"的特征。精武体育会有专门设计的会旗、服饰、徽章。其会旗"备各会员用为住宅之饰壁,以示晨夕不忘也"。② 而其徽章经历多次修改,"现在规定全用盾形,意取正当防卫也,而身而家而国,而世界,咸若此焉"。③ 而关于授盾活动,书中记载说:"凡会众有服劳日久,纯任义务,或有非常之赞助,创始之勋劳者,经会众公决,以全体名义公赠此盾。有得盾者,咸以为荣宠,然无闲言。不轻授受,与彼烂羊头勋章雨有霄壤之别也。本会会众于精神上体魄上皆得

---

①　陈公哲:《精武之真精神》,《精武本纪》,上海:上海精武体育会,1919年版,第6页。
②　陈铁生:《会旗纪》,《精武本纪》,上海:上海精武体育会,1919年版,第16页。
③　卢炜昌:《徽章纪》,《精武本纪》,上海:上海精武体育会,1919年版,第17页。

无限之利益,惟虽有十年服务,心力交瘁者,而身外之物之酬赠,舍此盾外,例不许有他物焉。"①从这一解释可知,在精武体育会组织者的意识当中,此盾有极高的荣誉性,体现的是对精神的勉励和嘉奖。旗帜、服装、徽章等物,构成了一个共同价值取向的生成与维持的系统。而其教学内容,也堪称丰富多彩。除应有的技击功夫之外,还包括兵操一项,其意义不容忽视。此外,更有习文练字、摄影作画、伤科医学及下棋、打球、丝竹等各类游艺项目。这一系列教学内容,在今天看来,完全是一种素质教育,它体现出一定的先进性。

精武体育会还面向社会公众,举办了若干届运动会。其中,第四届运动会于民国五年(1916年)十一月五日举办,孙中山先生到会发表演说,表扬技击有利于身体。本次运动会还增添"技击说明"的环节,解释其实用方法,以期取得普及之效。第五届运动会于民国六年(1917年)十一月二十五日举行,这一次运动会包含"技击术军用实施法"一门,用技击手法施于火枪上刺刀之对敌,及刺刀与指挥刀交战,受到了国内外来宾的欢迎。据称英国人办的《字林报》和美国人办的《大陆报》都对运动会作了相关报道。这次运动会的《启事》中说,精武体育会以唤起国人尚武精神,改铸国人体魄为宗旨,所以所传授的功夫,往往注重实用性强、平易近人,以使得练武之人,不管老幼,每练一日,都可以有所长进,每练一技,都能提起兴趣。关于运动会设置的"武技解释"和"生理表示"的环节,《启事》解释道:"今以运动场中来宾众多,特添入武技解释一门,将技击术中之徒手器械各种用法择要说明,且以吾国旧传之枪法刀法改施于军用刺刀、指挥刀,俾知技击术之无往不宜。更添生理表示一门,从医学生理上表出人身强弱之大原因。此节尤关紧要,须知积民成国,人身之强弱,即国家兴亡所由系焉。"②从这一言论,可知精武体育会同仁对自身所为的目的是有非常清晰的认识的,因而其着力点的选择也就显得有的放矢。

精武体育会的影响力并不局限于会员范围,这从《精武本纪》所记载的技击大会操情况可以看出。从《技击大会操记》一文可以看出,体育会外派诸多教师赴上海各团体开展教学活动,而这些团体,如复旦大学、中华工业学校、东亚体育学校、上海青年汇、澄衷学校、岭南中学、十三队童子军、爱国女学、中国女子体操学校、

---

① 罗克己:《授盾纪》,《精武本纪》,上海:上海精武体育会,1919年版,第18页。
② 《启事》,《精武本纪》,上海:上海精武体育会,1919年版,第30页。

商务印书馆工界青年励志会、广东小学、培德小学、青年俱乐部、培本小学、广肇女学、崇德女学等,往往于每月的第四周集结于体育会的操场,会操技击。"虽千数百人,以口令指挥之,裕如也。本会教练注意团体操,盖欲养成一种共同生活之精神。"①由此可知,在当时,精武体育会成员还在诸多的学校和教育团体那里,通过施教,带动了一批青年,从而产生了巨大的社会效果。更要看到的是,这些学校和团体能够支持会操,说明他们对精武体育会相关理念的认同。精武体育思想不仅仅是体育会中的一群人所秉持的理念,也是同时代诸多群体和个人共同价值取向的代名词,它具有一定的普泛性。精武体育思想与近代尚武思潮之间有着密切的关联,可以被看成是尚武思潮的一个重要组成部分。

在《精武本纪》出版之后,1921 年,又有《武术》杂志创刊。总编辑谢强公在该刊《发刊词》中说:"救国之道多矣,愚以为唯一解决之法,厥推体育……年来国人渐有觉悟,能用锐敏的头脑、正当的眼光、为能理解有意识之尊崇真国粹,即提倡中国式之武术是也。"②在他看来,体育是救国之道中的极为重要的一种,其所谓"唯一"之词,略嫌夸张。以上言论,显然也并没有超出《精武本纪》阐释的理念所能够企及的层面。但它的出现,说明当时的尚武思想已经形成了一种合力。

不过,在这个时代,在关于"尚武"的讨论中,也存在另一种冷静的声音。从《精武本纪》中,最易使人感知的,是同时代对提倡技击行为的质疑。尽管《精武本纪》没有把相关言论摘录下来,但从陈铁生《新青年杂志主笔听者》等文字,可以辗转看出这些言论的存在。陈铁生一文,对知识界的质疑声音予以了回复。他首先描绘了一个好的前景,说前面有一个极乐世界,此处所谓极乐世界,应是指国家富强、民族振兴。但是,要想实现这一目标,抵达这一世界,途中会遇到很多障碍。到底是怎样的障碍?他列举了一些,如拿火枪的强盗,拿毛锥子的强盗,戴礼帽穿礼服的强盗等等,明眼人一看便知,这些所谓的强盗,便是或以文明、或以野蛮面目出现的列强。他说:"我们欲往极乐世界,如果各个都是手无缚鸡之力,就是要去也走不动。故此先要练得一副好身手,才可以起程,才可以刈除路上的种种强

---

① 《技击大会操记》,《精武本纪》,上海:上海精武体育会,1919 年版,第 41 页。
② 强公:《发刊词》,《武术》,1921 年第 1 期,第 1 - 2 页。

盗。若然,天天想望极乐世界,只是用两片唇皮来吹,那些强盗,断断不会大发慈悲的。"①《精武本纪》中的《出版纪略》中也做出了类似的辩解。它说,民国时期的反对拳术者,往往存在三种谬误的心理:一种是误将拳术与义和团混为一谈,一种是将梁山泊中的人物与当时的技击家混为一谈,一是将专横的军阀与练武之人混为一谈,"以为有武字气味者,皆同类也"。② 从以上两篇可知,在当时,知识分子当中存在着对尚武思想的不同认识。

陈铁生一文所指的关于拳术的冷思考,其中最具代表性的,是五四新文化运动先驱公开发表的言论,它们主要来自 1918 年《新青年》第 5 卷第 5 期。在这一期的《新青年》中,陈独秀先生在《克林德碑》一文和鲁迅先生在《随感录·三十七》中的相关文字,都表现出对拳术的质疑态度。但这些文字都有其特别的针对,并非就技击等概念泛泛而谈。从其文字来看,陈独秀和鲁迅所反对的,是装神弄鬼式的武术,而不是强身健体式的武术。而在当时,国人中又偏偏不缺装神弄鬼、浑水摸鱼者。这正如梁启超的小说"新民"观,梁本人固然是坚信不疑,但后来的不少持此论者当中,未必就没有投机者。当时的真心习武之人,显然也并不能否认这一现象的存在。陈独秀与鲁迅的这些言论,有利于人们保持客观与冷静,这对尚武思潮的传播与实践来说,无疑是大有益处的。

三、革命党人对尚武思想的阐释

精武体育会虽属于民间组织,却与革命党人有着千丝万缕的联系,这从《精武本纪》中能够看出。《精武本纪》收存了不少革命党人的文字和墨迹。在《精武本纪》的卷首,分别有孙中山先生撰写的《精武本纪序》、胡汉民手书的弁言、朱执信手书的序文。而在内页中,还收录了吴稚晖所撰写的《技击丛刊序》等,《技击丛刊》等是精武体育会的出版物。此外,内页还收有孙中山先生题额,又有林隐青书写的条幅、王秋湄的手卷、朱执信的题额。以上诸位,皆有同盟会的背景。这些足以说明两者之间关系的密切。

对此,精武体育会中人有自己的一番说辞。在孙中山先生"尚武精神"的题额

---

① 陈铁生:《新青年杂志主笔听者》,《精武本纪》,上海:上海精武体育会,1919 年版,第 144—145 页。
② 《出版纪略》,《精武本纪》,上海:上海精武体育会,1919 年版,第 90 页。

之下,有陈铁生所写的一段话,其云:"或曰孙先生为中华民国第一任临时总统,一经品题,顿增荣宠。陈铁生曰:否! 不然! 吾精武无政治臭味,吾第知先生足迹遍天下,为富有学识之医学博士,此既赞成技击,必于生理上有百利而无一害,增一科学上之确切证明耳。"陈的这段表述,旨在撇清精武体育会与政治之间的关系。话虽如此说,但毕竟写这一题额的是孙逸仙博士,而非其他医学博士,本身就已经说明问题。

孙中山先生所撰写的《精武本纪序》对精武体育会予以了正面评价,也对自己的尚武理念进行了阐释。孙中山在这篇序文中表达了三层意思。他的尚武思想,主要体现在本文之中。在该序文的第一层,他主要在为技击功夫正名。自从火器输入中国之后,国人对技击功夫转换了态度,对其作用产生了怀疑,并逐渐摒弃,对此,他的评价是,国人获得的是他人物质文明的粗末,却放弃了自己固有的技能,以为无用,也即捡到了芝麻,丢了西瓜。从一个革命的实践者的角度,他用事实来强调技击术的重要性:"不知最后五分钟之决胜,常在面前五尺地短兵相接之时,为今次欧战所屡见者,则谓技击术与枪炮飞机有同等作用,亦奚不可。"这一见识,源自于对现代战争的体察,显现出军事领导人的独特视角,与普通知识分子的理念辨析或纸上谈兵者的画地为牢不可同日而语。在序文的第二层,他又将技击与强国强种联系在一起。他说,我国民族,是一个平和的民族,并不擅长于黩武善战,在竞争剧烈的时代,我同胞却不知求自卫之道,因而不适于生存。从近代战争的情况来看,总是以弱国为问题。"倘以平和之民族善于自卫,则斯世初无弱肉强食之说,而自国之问题不待他人之解决。因以促进世界人类之平和,我民族之责任不綦大哉!"在这一点上,他的观点与近代以来无数致力于民族强盛的先贤不期而遇,也为技击、体育等一系列概念在国民性改造的思想体系中争取到了一席之地。其第三层,也就是文章的最后,他对精武体育会予以了肯定。他说,精武体育会成立十年来,取得了诸多成绩。"识者称为体魄修养术专门研究之学会,盖以振起从来体育之技击术为务,于强种保国有莫大之关系。推而言之,则吾民族所以致力于世界平和之一基础!"①既为《精武本纪》作序,进行如此的陈述当然是必要的。

---

① 孙文:《精武本纪序》,《精武本纪》,上海:上海精武体育会,1919 年版,第 1 页。

　　吴稚晖所撰写的《技击丛刊序》则旁征博引，着力为技击功夫争取存在的合理性进行辩护。他指出，从先秦开始，我国人就将射御与书数并重，但自宋元以来，出现"儒懦主义"，强调尚德，智力次之，体力则受抑制，导致的结果是体魄薄弱、智识粗忽，而道德也不能不变得苟且。这一表述，一方面指出了民族落后的原因，另一方面也显现出了他将德、智、体视为同等的基本立场。接下来，他以现代文明的具体表现来论证自己这一基本立场的正确性。他说，现代教育，就是同时强调德智体的全面培养、平均发育。他也看到，有先见者认识到其中的问题之所在，不过，他更指出这一问题并未得到解决。他说，近二十年，虽然有很多人痛悟其非，但是，虽然学校中增设"体育"一科，不过是一种装饰，仍然有人坚持将各种体魄修养术如拳术一类视为江湖外道。通过以上论述的层层推进，他认为精武体育会"以朝阳一鸣凤，而以讲习会之形式，实立一体魄修养术专门学校之基础"，①这既是对精武体育精神的肯定，也是他内心的改造民族、改良社会的期望值的转折呈现。

　　由以上革命党诸人物的言论可知，他们对当时的国家、民族生存与发展所面临的问题有着自己的深入认识，并且也提出了一定的解决方案。正是在这个基础上，他们才会对精武体育会的活动与精武体育精神予以认同与表彰。这从一个侧面证明了精武体育精神的时代价值。

　　《精武本纪》之外，还应该值得一提的，是《武学》杂志的诉求。《武学》杂志于1909年（宣统元年，明治四十二年）印行于日本，这一时间与精武体育会创办的时间比较接近。杂志在其所刊载的"武学杂志简章"中提到了杂志的六项"主义"，其中第一项即为"鼓吹尚武精神"，②这一点在杂志中得到了充分的体现。在"出使日本大臣"李家驹为杂志所撰写的《祝武学发刊序》中，他说："日本近岁，若学校、若工艺、若政事法律，莫不步趋泰西。至其武备也，则尤本尚武之故习，剙精刿志，蔚成劲旅，以执东亚之霸权。居今日而言，武学近取日本，固其宜矣。"③这一段话体现出时人对于向日本学习的基本态度，其对尚武的强调，与"东亚之霸权"联系在一起，潜台词一目了然。刘基炎在《武学发刊之意见书》中说："故近世国

　　①　吴敬恒：《技击丛刊序》，《精武本纪》，上海：上海精武体育会，1919年版，第135页。
　　②　《武学杂志简章》，《武学》，1909年第1期。
　　③　李家驹：《祝武学发刊序》，《武学》，1909年第1期，第1页。

家,恒以文明对国内,以野蛮对国外,换言之,即以战争对国际,以预备战争对国内。吾故所谓国内尚有文明之可言,国际则无在而非野蛮之实际。然其实野蛮,即文明之护符,文明乃野蛮之产子,是国家苟欲发达,其国内之文明即当从事于国际战争为起点。"①这一论述显然是公理与强权之辩的一种个人表达。将这一观念与《精武本纪》中孙中山所写的序言等言论相比较,又不难看出政治家着眼于国家强盛以自保的一致性,以及在这一愿景之下赋予武功一定职责的共通性。

至于同盟会诸位在《精武本纪》中基于所谓战争"最后五分钟"的理解和阐释,在《武学》杂志中也都有相应的体现。《武学》第9期,又刊载《日本胜俄之原因及结果》一文,在上文基础上,又附加了立宪、社会等原因,其中有"教育"一条,指出普法战争的普国胜利,与日俄战争的日本胜利,教育皆为重要的原因。②《武学》第10期则随即有《论征兵宜先普及教育》一文,指出:"各国国民教育普及,兵知与国与民之关系,有所因也。中国国民教育部普及,猝以文明程度待之,以国民尊之,实足以长其傲慢虚矫之气,而为国家人民之蠹,无所因也。"③故而提出征兵宜先普及国民教育。从日俄战争的教训得出加强国民教育的结论,这一认识应该是有切肤之感的。1909年的观念和1919年的文章何以如此接近?答案想必有很多,其中最重要的一条,恐怕是:《武学》杂志的编辑和作者由中国留日的军校生组成,其中有不少是同盟会成员。

四、民初武术书籍的宣传普及

尚武思想要真正落到实处,不仅需要部分有识之士的呼吁,不仅需要部分武术社团的引领,同样重要的是面向大众的广泛宣传和推介,于是既具专业色彩、又符合大众需求的武术书籍的出版发行被提上了议事日程。根据刘彩霞主编《百年中文体育图书总汇》和北京图书馆编《民国时期总书目》等著作所列,目前可见的较早出版的专门性武术书籍,是朱鸿寿的《拳艺学初步》,由商务印书馆于1911年出版。从该书的出版,到1920年代中华武术以国技、国术等名义进一步扩大社会影响、奠定社会地位,此间有一大批武术书籍出版发行,它们在扩大武术的社会影

①　刘基炎:《武学发刊之意见书》,《武学》,1909年第1期,第2-3页。
②　泷江涛:《日本胜俄之原因及结果》,《武学》,1909年第9期,第6页。
③　李著强:《论征兵宜先普及教育》,《武学》,1909年第10期,第3页。

响力方面无疑起到了巨大的作用。

（一）强调武术的社会功能

为什么要提倡武术？这是民国初年武术书籍的编写与推广者首先要回答的一个问题。毕竟，在现代科学的滚滚大潮中，或是在庚子之役的后续影响下，此时不少人对武术持一定的怀疑态度。在当时的语境中，这个问题回答得好与不好，将会影响到武术传播的合理性问题。故而，相当一部分武术书籍的序跋认真地提供了答案。

社会达尔文主义理论的影响是显而易见的。朱鸿寿曾说过："后之学者，倘能与前人所发明者，推讨之，张大之，使我国尚武之风，复振于今日，庶几泱泱大风之中国，不与黑奴红种相灭绝于天壤间也。"①远有"黑奴红种"的教训，近有多年来的屡战屡败，武术承载着摆脱国族危机的希望，此可谓重任在肩。梁与朱的这种观点成为此时武术书籍中的常见言论。钱淦在《拳艺学初步》弁言中说："丁列强竞争世界，谋国者几无不崇拜武装和平之说。彼夫平居恬嬉、武力废弛，而国能自立于地球者，鲜矣。"②余沅也说："居今日而图自强，当以尚武为要政，言尚武，尤以研究拳术为始基。"③从优胜劣汰，到武装和平与尚武自强，这当中存在着一种自然的演进关系，武术在这一关系中占据了重要的位置。由此可知，清末救亡图存的价值取向和随之生成的国民性改造思潮与民国初年武术推广者的基本出发点存在着一致性，这使得他们的工作显得更加有成效。1915 年，《青年杂志》第 1卷第 4 期的"通信"栏中，有青年来信，欲习拳术，希望杂志能推荐名师，"记者"在回答时说："足下热心拳术，诚为青年当务之急。"《青年杂志》于 1916 年更名为《新青年》，在五四新文化运动中发挥了巨大作用，在当时的知识分子群体中有一定的代表性和影响力。它的这一关于拳术的言论，是对青年人社会使命的一种阐释；而此普通青年的一问，也从侧面证明了武术在当时逐渐形成了良好的社会影响力。这一问一答，是民国初年武术的正向度发展的极好例证。

日俄之战给诸多致力于宣传武术的论者提供了更为有力的支撑证据。蒋维乔在《拳艺学初步》序中说："故日俄战役，日人用诸短兵相接之时，卒胜强俄。而

---

① 朱鸿寿：《拳艺沿革概要》，《教育杂志》，1911 年，第 3 卷第 6 期，第 28－29 页。
② 钱淦：《弁言》，《拳艺学初步》，上海：商务印书馆，1911 年版，第 1 页。
③ 余沅：《序》，《实验拳法讲义》，上海：中华书局，1917 年版，第 1 页。

日本之柔术,乃有名于世界,而不知其导源于我国也。我则以自矜秘传而式微,彼则以共同研究而强国。"①日俄之战给 20 世纪初期的有识之士带来了诸多的启发,其中之一就是"柔术"的重要性。曾有论者指出,柔术其实本来就是吾家所有,实质就是武术的一种。经过这一考证,中华传统武术就获得了举足轻重的地位。在以枪炮为主角的现代战争中,武术居然能够成为决定胜败的重要因素,这无疑使国人耳目一新。在他们的演绎下,这场战争的胜负成为改变社会大众对中国传统武术认识的重要依据。

　　经此论证,武术的重要性已经不言而喻,于是,人们就开始憧憬武术普及之后的大同景象。这种憧憬,有些通过阐释普及的目的而腼腆地提出,如朱鸿寿在其《拳艺学初步》一书中提出:"论拳艺之目的,在增进勇敢、保存体魄,养成军国民之资格焉,将来之主人翁也。"②陆师通则说:"本书备各学校教授,以养成军国民之资格,于现今提倡军国民教育时代,尤为相宜。"③今日所培养的"军国民之资格",实为将来的"主人翁"的必备条件,于是,武术与"军国民"的养成便自然地捆绑在一起。而有些憧憬,则显得比较高调。朱鸿寿的夫人腾学琴关注的是女性解放问题。她在《女子拳法》中说:"然海内体育大家,苟因此一小册之出现,起而互相发明,互相佐证,使一线仅存之国粹体育,复盛行于东亚大陆,普及于全国女校,宁非吾女界前途之异彩,而兹书或为其嚆矢乎?"④可见其对女子拳法启发女界觉醒有着积极的预期。更有论者发出如下的畅想:"若至家喻户晓,虽妇人孺子,均可学习。推而至于家国天下,上而为官,文武兼全,可致出将入相;下而为民,出为兵士,入为防家农耕,犹何患国不富而民不强乎?"⑤总而言之,武术一旦普及,则个人强,进而国家强、民族强。乐观情绪溢于言表,既显现出提倡者的自信,也有利于接受者建立起必要的情感认同。

　　并非所有的论调都是如此的高昂。当乐观的心态不断遭受现实的打击之后,有论者开始了对武术的社会功能进行冷静思考。1921 年,当钱淦再次为朱鸿寿的

---

①　蒋维乔:《拳艺学初步·序》,《拳艺学初步》,上海:商务印书馆,1911 年版,第 1 页。
②　朱鸿寿:《拳艺学初步》,上海:商务印书馆,1911 年版,第 8 页。
③　陆师通:《北拳汇编例言》,《北拳汇编》,上海:商务印书馆,1918 年版,第 1 页。
④　腾学琴:《叙言》,《女子拳法》,上海:中华书局,1917 年版,第 1 - 2 页。
⑤　茅邦藩:《序言三》,《拳术学教范》,上海:商务印书馆,1920 年版,第 6 页。

著作作序时,他的乐观被低徊所替代:"民国以来,武人当道,军阀擅权,所恃者在火器飞机,不在拳棒。近始鉴于短兵战术之不可少,通令军营一体练习……独是武力不可弛,武力亦安可黩?不善用其武力而黩,则适足以戕生;善用其武力而不黩,则适足以卫生。故体育之道,实与卫生有密切之关系。"①在他看来,民国以来,军营开始练习短兵战术,然而却有一个不可忽视的重要背景:武人当道,军阀擅权。基于此,就必须要意识到,倘使用者不善,则武力就会产生恶劣的后果;正确地习用武术,才能卫护生命、庇佑生灵。这一观点显露出对此前理念的深刻反思,对武术的功用提出了更为平实的观点。钱淦本人为光绪年间进士,曾留学日本,辛亥革命后曾就任宝山县知事等职,因工作勤勉而留名于地方史志。他的这一观点,可被视为同时代一部分忧国忧民知识分子的共同心声。

(二)树立武术的专业形象

对于武术社会功能的强调,无疑有益于引起人们的关注。不过,仅仅流连于此,显然是不够的。当时武术的推广者也意识到,要想保持武术的长久影响力,武术专业内涵的挖掘和形象的建构,无疑更为重要,也更适应武术发展的深层次需求。

首先需要着力清理的是关于武术的顽固偏见。朱鸿寿指出,近世武术地位衰落的原因在于文人士大夫的误解。在《拳艺学初步·序》中,他说:"吾国文弱极矣。士大夫辈每鄙武艺为暴躁武俗,屏弃而不究,遂致可敬可宝极可崇拜之国粹,如广陵散之罕有传闻,嘻可哀已。"②也有人说:"往昔士大夫狃于文武殊途之习,而不屑研求,于是流品尤杂,习练尤稀。"③文人、士大夫决定着大传统的各类评判标准,而历史上的武术修习者往往是中下层人士,其影响力更多局限在小传统的范围中。基于大传统对小传统的单向度影响,武术的专业形象和社会影响力显然是受制于士大夫的认识的。朱鸿寿等人的这些观点,可谓抓住了根本:若要清除误解,首先应该找到误解的源头。

但是,谴责了偏见者,是否就意味着大功告成?这显然是不够的。武术专业形象的树立还需要从自身做起,不断强化。有人说:"所谓少林拳者,名驰天下,妇

---

① 钱淦:《序》,《少林拳法图说》,上海:大东书局,1925 年版,第 1 页。
② 朱鸿寿:《拳艺学初步·序》,《拳艺学初步》,上海:商务印书馆,1911 年版,第 1 页。
③ 章赋浏:《序言》,《北拳汇编》,上海:商务印书馆,1918 年版,第 1 页。

孺皆知之,而艳称之,似为足据矣。然问有成书可证乎? 曰无有。审是皆属口头禅,亦不知其内容究竟,故不敢臆说。"①"有书为证"是证明武术的价值和意义的重要途径。于是,诸多论者开始了对中华武术历史加以整理。朱鸿寿在《拳艺学初步》的第一编认真地对拳艺的历史沿革进行了分期和梳理,流露出武术史的意味。在朱鸿寿之后,一批写作者就中华武术的源流进行了历史的钩沉。姚蟾伯在《潭腿》序开篇就说:"《艺文志》载手搏六篇,《越绝书》称越处女有空手入白刃法,吾国武术,由来夙矣。"②从《汉书·艺文志》和《越绝书》中寻找武术的历史足迹,这一追索可谓深远、有力。江谦在《拳艺学进阶》序中也说:"予尝读明戚氏《纪效新书》,而知古弓矢干戈之事,其先皆有拳法,为入艺之门。勺为文舞,象为武舞,大夏为文武兼备之舞,或即拳法之所寓,而惜乎其法之轶,不可考而知矣。"③《纪效新书》系戚继光所作兵书,以戚氏著作来证明拳法的存在和功用,也有讨巧之处。以上观点,一致地强调中国古籍对于武术久远历史的记录,在客观上为中华武术历史的描摹和传播做出了贡献。

在此基础上,部分言说者还突出新版著作与武术古籍之间的关系,明晰了历史传承,强调了创新超越。马纯在《单刀法图说》的序中说:"本书与《少林棍法图说》、《长枪法图说》等,均湮没已久,兹幸得之于某藏书家,特就原本而精印之,或为研究武术者所不废乎。"④他的这段话,侧重表现了当时的武术推广者对武术古籍的尊重,当然更重要的是对曾在武术传承方面有所作为的古人的致敬。王怀琪在《易筋经十二势图说》中则强调:"《易筋经》盖拳术之基本也。书中之术语与原文,读之殊为罕奇。怀琪不敢轻改一字,以失庐山真相,且恐有向壁虚造之诮。此编之动作与方法,半取拳术及体操之法,半依原文原图合而成之。几经编者实地自习,知其功效。"⑤本段表述,既强调了前人著作的权威性,又显现了后人的有益改造,可说是照顾到了双方的体面,对后来者颇有启发。

对中华武术的深入辨析和探究同样也是建构武术专业形象的重要途径。王

---

① 茅仲元:《序言二》,《拳术学教范》,上海:商务印书馆,1920 年版,第 2 页。

② 姚蟾伯:《序》,《潭腿》,上海:商务印书馆,1919 年版,第 7 页。

③ 江谦:《拳艺学进阶·序》,《拳艺学进阶》,上海:商务印书馆,1915 年版,第 1 - 2 页。

④ 马纯:《序》,《单刀法图说》,上海:大东书局,1921 年版,第 1 页。

⑤ 王怀琪:《自序》,《易筋经十二势图说》,上海:商务印书馆,1917 年版,第 1 - 2 页。

怀琪在《易筋经廿四式图说》中说:"此种运动,为国粹体育之一,原名易筋经八段锦,与寻常流行之八段锦不同,相传后魏明帝太和年间达摩祖师所著。"①这一表述,显然就含有比较、对照的意味。不盲从于名称的一致,而选择探究其根本的差异,这是良好学风的表现。陈公哲撰写的《潭腿》序文则把注意点放在了对武术派别的梳理上:"柔术不止一派,派各有其初步。北派则曰潭腿,粤派则曰站庄,江浙派则曰弹手。"②这一区分客观而内行,显然带有学术研究的气息。《北拳汇编》第一编除了讲述拳术宗旨、拳术演习概要等理论外,还特别编有第七章"我国向来拳术退化之原因及新近拳术注重之概要",并"附麦克乐先生评论我国拳术之缺点"。理论的梳理为这本书增色不少,而其所附麦克乐一文更是神来之笔。传教士麦克乐在近代中国体育史上具有一定的影响力,《北拳汇编》把他对于我国拳术缺陷的论述呈现在这里,有利于人们丰富认识,也显现出本书编者兼听则明的胸怀。

在以上种种言论的合力之下,武术已经具有了被来自不同社会阶层的人群接受的可能,"武术学"已经呼之欲出。

(三)突出传播的受众意识

微言大义,遑遑万言,如果不能被大众所接受,则一切皆为徒然。这一点,显然也被民国初年武术的推广者所重视。他们在言论中和书籍的编排过程中,都体现出较强的受众意识,这一点同样值得称道。

心理上与读者拉近关系在武术的传播过程中作用明显,因此人们纷纷探求实现的路径。向恺在《拳术》的叙言中说:"余不敏,不克工文艺,唯性喜拳技,然苦其不见于经传,不载于史籍,无所资以佐证其理与法,而世之能之者,又多草茅下贱,强半习而不察,鲜能抉其所以然。余尝恨焉。"③这种自曝其短的做法,很容易就能获得一部分处于底层的奋斗者的认同,进而使书籍被更广泛地接受。该书除了主要论述步法等技巧外,还收有"论不可强分门户"、"论不可妄言家数"等章节,这些内容的存在,还使得本书具有了跟部分爱好独立思考和评判的读者意气相投的可能。还有一部分言论着重强调武术与道德的关系,尤其是突出道德的优先地位,这也与当时国人的认知习惯不谋而合。吴邦珍在为《少林拳法图书》所撰的序

---

①　王怀琪:《例言》,《易筋经廿四式图说》,上海:商务印书馆,1920 年版,第 1 页。
②　陈公哲:《序》,《潭腿》,上海:商务印书馆,1919 年版,第 8 页。
③　向恺:《叙言》,《拳术》,上海:中华书局,1916 年版,第 1 页。

中说:"此书于练习之先,要以修身,重内功、斥外道,较诸曩著所诣益进。"①张謇在为《中华新武术拳脚科》所写的序中也说:"夫技击之学,重自卫,以备非常,非杀人而快逞忿……非至甚迫,固不屑露术以自炫。术之通于道者如此,进而观孙吴兵法,亦何莫不然。扩而充之,小效卫身,大效卫国,有固然者矣。"②对这两种说法作仔细探究,就可以发现其与"修齐治平"文化传统的联系,也可以看出其与知识分子现实忧思的关系,可谓君子之论,应该可以得到普遍的响应。有人曾说:"吾国国民性之弱点,在奋斗性之缺乏,惟古剑术可以养成国民奋斗之能力,而激发其猛勇敢死之念,锻炼久,然后进以孙吴之兵法,参以东西各国之军学,一旦持枪战场,身手灵敏,心胆俱奋,虽万险何惴?"③无论古剑术对国民性改造的影响是否如此有效,本论的言之凿凿,自然也能吸引一批热血的革命青年。

不少论者强调武术书籍价值的一种重要方式就是尽量彰显其与众不同之处。刘元群在为《女子拳法》作序时曾指出,当时国内女校往往也设置"体操"课,以此来组织体育锻炼。但是,其教材要么比较枯寂,要么过于剧烈,而当中的游戏部分则要么喧扰,要么浅率。以这类教材,再加上生吞活剥的教学,要想取得圆满的教学效果,显然是不可能的。基于此,作者提出:"今而不图体育上之改良则已,如非然者,与其借材于异邦,不如保存吾国粹。"④这就明确地指出了腾学琴所编的《女子拳法》的价值和新意。类似的表述时常出现。如《实验拳法讲义》的序中就提到,当时国内学校对体育科开始有重视之意,但所聘请的教师,大多知其然而不知其所以然,在教授学生的过程中,往往只示范操作器械的动作,在学理方面却很少涉及。"有此讲义,则可按图据说,循序渐进,自易为力。"⑤又如《剑术基本教练法》的序中说:"民国元年,吾浙督军署编行《劈刺教范》一书,其间关于基本动作,未甚分明。烈窃以为教者若据此书,固可随意敷衍,然或彼此动作不一致时,非但未便会操,且于好学者之自习前途,更觉不无障碍。因拟将剑术之基本动作,重事编订。"⑥如此种种,强调了书籍的独特性,有利于激发受众的关注和认同,与后世

---

① 吴邦珍:《序》,《少林拳法图说》,上海:大东书局,1925 年版,第 1 页。
② 张謇:《序》,《中华新武术拳脚科》,上海:商务印书馆,1917 年版,第 2 - 3 页。
③ 王毓兰:《序三》,《中华新武术剑术科》,上海:商务印书馆,1925 年版,第 4 - 5 页。
④ 刘元群:《序》,《女子拳法》,上海:中华书局,1917 年版,第 1 - 2 页。
⑤ 顾鸿儒:《序》,《实验拳法讲义》,上海:中华书局,1917 年版,第 1 - 2 页。
⑥ 周烈:《序》,《剑术基本教练法》,上海:中华书局,1920 年版,第 1 页。

的广告宣传颇为类似。

民国时期武术书籍中显现的受众理念，还存在另一努力的路向，那就是对于书籍的教材性质的强调。关于教材的定位，"教育部审定"是最显著的标志。《拳术学教范》1920年版的版权页清晰可见"教育部审定批词"，其云："此书取我国拳术普通姿势，分类立说，具有可取，准作为高小、中学、师范课外运动参考用书。"无独有偶，《中华新武术拳脚科》也直接附上了《教育部审定原函》："所送《新武术》一书，业经本部分别审查，作为教授武术参考用书，以拳脚科上编上课供国民学校三年级以上及高等小学二年级参考之用，上编下课供高等小学三年级及中等学校参考之用，惟率角一科，运动颇涉剧烈，须特设练习场所，布置合宜，庶便练习，并准作为中学以上参考之用。再京师各校课外运动前曾增设武术一门，应多集教授善本，以备研稽。"①《剑术基本教练法》的例言中则强调了与教材性质接近的普及性："本编力求士卒咸宜，是以文字特浅……本编所有各动作，间或含有特别意义者，悉于各该动作之后，加以'注意'一项，用便学者了解。"②类似的言论还出现在《少林拳法图说》例言中："本编专门为普通人及国民学校高等小学生徒设法，以活动筋骨、增长体力为旨，稍涉深奥，概不列入。"③何以人们会如此热衷地强调武术书籍的教材属性？这跟当时的政府引导有关。《北拳汇编》记载："新近如教育部总长范源濂先生主张军国民教育九大端中，其第二端有各学校应添设中国旧有武技，此项教员，于各师范学校养成之。"④由此可见出版者对于当时政府行政理念的感知力。当然，需要指出的是，在武术的普及过程中，当人们选择书籍时，政府的肯定一定能起到积极的效果。另外，相比于深刻的专著，教材的普及性，使其更能够适应一般读者的初步需求，这也是毋庸置疑的。

此时不少的武术书籍皆附图，这也是有利于读者理解的善举。朱鸿寿的《拳艺学进阶》例言中说："本书所有姿势，悉本诸《拳艺学初步》，故每列一姿势，注明在《拳艺学初步》第几图，以资参考。"⑤由此可知，著者非常明确地了解图片的作

---

① 《教育部审定原函》，《中华新武术拳脚科》，上海：商务印书馆，1917年版。
② 周烈：《例言》，《剑术基本教练法》，上海：中华书局，1920年版，第1页。
③ 朱鸿寿：《少林拳法图说例言》，《少林拳法图说》，上海：大东书局，1925年版，第1页。
④ 陆师通、陆同一：《北拳汇编》，上海：商务印书馆，1918年版，第10页。
⑤ 朱鸿寿：《拳艺学进阶·例言》，《拳艺学进阶》，上海：商务印书馆，1915年版，第1页。

用。而王怀琪、吴志青所编《双人潭腿图说》中收录了不少的照片,他们在该书的例言中强调:"本书为保存国粹起见,不惜精神,详细摄图,全书共有照片百三十余帧。"①毫无疑问,照片当然比图片更加直观。另外,在当时,摄影是一种较为时髦的工作,精武会还曾办有摄学部,感兴趣者非常多,王怀琪等人应该是顾及到了这一点。

辛勤的耕耘换来的是社会的广泛关注。1923年,向恺然等人编辑出版《国技大观》一书。这部著作收有序言15篇、题辞19幅,相关言论则收录了23篇,著者三教九流,其中不乏黎元洪、伍廷芳等中国近现代史上的名人,可见此时武术获得的支持率和影响力。而到1928年,"中央国术馆"更是轰轰烈烈地成立。以上种种可见,经过民国初年人们的努力普及,到了此时,武术已经形成了足够的影响力。这个影响力,当然与时代发展的大势相关,也应该归功于本文所列举的那些武术书籍以及它们的编排者和推荐者。拳术自古以来多手口相授,民国初年出版的这些武术书籍,改变了武术教育的传统,为武术的大规模推广奠定了基础、提供了可能,开启了武术传播的新纪元,值得纪念。

---

① 王怀琪、吴志青:《例言》,《双人潭腿图说》,上海:中华图书馆,1919年版,第1页。

第二章

历史积淀与域外启迪

乔纳森·卡勒曾说:"一部作品通过它自身与其他作品的关系,存在于它与这些作品之间,或者在这些作品当中。"①清末民初的侠义小说,不仅是中国传统侠义小说的自然延续,同时也受到了现代西方小说的影响。这一点,体现为它对于唐传奇、宋明话本及清代笔记体小说各方面的继承,也体现为它对于西方小说的主题与写法的借鉴。下文将对武侠题材的清代笔记小说以及清末民初部分翻译小说稍作分析,以便更好地理解清末民初侠义小说的继承与创新。

第一节　蔚为大观的清代笔记小说

中国传统的武侠小说在经历唐传奇、宋明话本之后,在清代笔记小说中再次展现其生命力,这是中国武侠小说发展过程中的又一重要里程碑。不少学者曾关注它,并给出比较中肯的评价:"笔记体武侠小说,经过漫长的历史演变,至清代而达到自己的创作高潮。"②《清代笔记小说类编·武侠卷》共收入 197 篇短篇武侠,其中可见清代笔记体武侠小说写作的规模。与传奇、话本相比,清代笔记体武侠小说自有其成就与气度。

---

① ［美］Jonathan Culler. *Literary Theory：A Very Short Introduction.* New York：Oxford University Press, 1997：33.
② 易军:《前言》,《清代笔记小说类编·武侠卷》,合肥:黄山书社,1994 年版,第 1 页。

一、侠义精神的多面呈现

清代的笔记体武侠小说着重要解决的问题是：什么样的人才可以被称为侠？怎样的事迹才可以被看作是侠义之举？在回答这些问题的过程中，与传奇、话本相比较，笔记小说既有继承，也有发展。

复仇作为侠义小说的一种既有主题，是笔记小说表现的重点。其中最引人注目的，是女性所施行的复仇行为。蒲松龄《侠女》是当中的一篇具有代表性的作品。小说在人物形象的塑造方面采取了对比的方法。在人物出场之时，小说用他者的观感来叙写侠女的形象："见女郎自母房中出，年约十八九，秀曼都雅，世罕其匹，见生不甚避，而意凛如也。"①这么一位看起来温文尔雅、秀丽端庄的女子，实质上却是一位隐忍多年的复仇者。随着情节的发展，最后她终于报仇雪恨，并迅速消失，人物形象的表面和内里形成了强烈的反差。曾衍东的《齐无咎》同样也写了一位执着于复仇的女子。小说开始时通过齐无咎求其为偶的情节设置，佐证了此女子的姣好。不过，到了小说最后，当她手携二人的首级回家时，庐山真面目才被揭开，原来她是一名为父复仇者。不仅如此，当她离去时，更是将其幼儿杀死，以断念想，这一情节对人物内心的呈现尤其见效。很显然，这种写法套用了唐传奇《崔慎思》等作品的情节安排方式，可见小说对传统的继承。唐传奇的《崔慎思》和《贾人妻》等作品突出表现了复仇者的隐忍与决绝。《崔慎思》中，崔遇一妇人，不肯嫁为其妻，只愿为其妾。小说在这里设了一个谜，最后谜底解开，也就是妇人大仇得报、杀子失踪的时候。妇人杀子的情节固然显得骇人听闻，但其为报仇而蛰伏数年、以常人面目示人的举动，同样令人拍案称奇。这些故事在表现妇人复仇精神的同时，不约而同地写到了杀婴的情节，看来在小说作者看来，复仇者是断然不可以有任何人生牵挂的，这可被视为"侠隐"结局的一种极端表现。

不仅仅限于女性复仇，清代笔记当中的复仇故事实际上呈现多种样式。俞超《吴云高复仇》中，吴云高只因目睹和尚的恶行，便遭和尚袭击，幸得其师父出手救治，并教授可赖以复仇的绝技，最终他的复仇获得成功。这一故事虽然比较简单，却结构完整，要件齐全。小说在行文过程中还写了"铁钉"和"铁板"两种武术技

---

① 蒲松龄：《聊斋志异·侠女》，《清代笔记小说类编·武侠卷》，合肥：黄山书社，1994 年版，第 6 页。

法,这种命名方式颇有巷言村语的意味,但也确实增添了小说的趣味性和可读性。黄轩祖《龙门鲤》中,"龙门鲤"为朱大祺的江湖名号,他因徒弟犯法受到株连,贪官和幕僚都诬蔑他,但他凭借自己的力量展示证据、威胁巡抚,最终获得平反,还暗中惩戒了贪官,复仇取得圆满成功。以上作品较为专注而完整地呈现出一个个独特的复仇故事。

在人物复仇的态度上与以上作品形成对照的,是宣鼎的《郁线云》。这篇小说篇幅较长,因而故事容量大。父亲去世,一个本来聪明并幸福的郁线云为父之弟与父之妾所害,逃离家乡,堕入生活的低谷。但她又得逢剑仙,路见不平时还帮助他人,然而并不执着于复仇。遭遇质问时,她说:"如太夫人言,诚易事耳。然儿非若辈之凌逼,则不过以田舍妇终,何能有此薄技?且酬报之,何必定污吾刃?"①虽然她没有施行复仇之举,却若有神助,当初害线云之人,终为盗魁,被擒获,暗示了天理昭昭。由此观之,虽然她本人并没有复仇的强烈意愿,但"有仇必报"似乎已经成了天地之间的一条基本原则。

在武侠小说中,与复仇主题同等重要的,无疑就是报恩主题。部分笔记小说在讲述故事的过程中,直接将报恩与献出生命划上等号,以强调报恩的重要。管世灏《绳技侠女》中,蕙姊因无钱为母治病,一时之间悲伤至极,此时生(周鉴)赠女以金,以此施恩。侠女为报赠金之恩,与强敌斗,直至最终牺牲自己的性命。蒲松龄《田七郎》中也写了一段因报恩而死的故事。武承休向田七郎示好,田母屡次反对二人交好,但七郎到底还是接受了武承休的厚待。在武蒙冤时,七郎以死相报,完成了报恩的举动,从而也证明了其母的预见的正确性。从这些作品来看,报恩与牺牲生命的一体化已经隐约成为作者的共识,仿佛故事情节不作如是处理,主题就无法顺利呈现。

在报恩者的身份方面,部分作品突出显示了为奴婢者的豪情,颇有唐传奇之风。曾衍东的《浣衣妇》写道:

"月前有浣衣妇进藩署……一日,藩抑郁,书空咄咄。妇前致词曰:'大人屏藩宣化当敷政优优,不使丛脞斯已耳。何终日颦蹙。若有大不得已于中者然?妾闻主忧臣辱,盍为贱妾言之?毋谓裙钗中无解环法也。'公曰:'尔穷庐媭妇,何足与

---

① 宣鼎:《夜雨秋灯录·郁线云》,《清代笔记小说类编·武侠卷》,合肥:黄山书社,1994年版,第340页。

语。有怀莫白，奚词费为？'妇曰：'监军将不利于大人乎？'公愕然，妇曰：'无忧。监军酒色徒，未能远谋。妾将为大人释此厄。'"①

虽然主人并不认为浣衣妇有资格介入他的事务，但妇人的应答显然包含着他未能预料的豪气，于是一段奴婢救主的故事就此上演。这段写法，与唐传奇中的《红线》《昆仑奴》等作品有异曲同工之妙。唐传奇中报恩主题的具体表现中，最为后人熟知的，应是仆人们表现出的对主人的忠诚以及为其提供的各类超越身份限制的帮助。为了使这种超越变得更加鲜明，在小说的呈现过程中，作品往往采用先抑后扬的写法。在故事里，这些奴仆一开始往往得不到主人的重视和认可，红线与昆仑奴的那些遵循常理思考问题的主人们，并不认为身边的奴仆可以有足够的能力来帮助自己解决那些难题。但在小说中，往往正是这一类处于社会最底层的人物，做出了诸多的上层人士也难以做到的惊天动地的大事，附带的结果是使他们的主人得到了必要的保护或者沉冤得雪。《红线》中，红线施展神行功夫，为主人取回金盒，震慑了有所图谋的官员，缓解了主人的忧愁。《上清》中，在上清的坚持和努力下，窦公的冤仇终于得以昭雪。《聂隐娘》中，隐娘帮主人抵挡住了精精儿和空空儿。诸如此类的情节设置，使人物形象在故事前后形成了强烈的反差，从而产生了一种戏剧性的阅读效果，使得侠者报恩的故事更加深入人心。以此来加以对照，则可知，曾衍东的《浣衣妇》显然属于这一序列。不过，相比而言，沈起凤《青衣捕盗》中的故事显得更有特色。小说写粤东某公为河塘臬宪，遇有聂姓者遭诬陷，公为其昭雪；聂感恩，献其女书儿为婢女。公的夫人御下甚严，书儿因不能学，屡遭鞭挞，但始终俯首顺受，毫无反抗之意。而当公遭遇盗匪拦路抢劫时，聂书儿却显现出惊人的功夫，击败了盗匪，拯救了全家。故事情节抑扬起伏，人物形象更加生动。

部分笔记小说将报恩主体设置为强盗、出家人等各种身份，以此来说明报恩行为的普适性。如徐承烈《邬友仁》写了一个盗贼报恩的故事。为使故事更易为人接受，小说人物现身说法道："汝本官拔我于平人中，使为千户，可谓识人。然吾俯首于总兵之门，盍若海外称尊之得以自由乎！吾逝矣，为吾谢俞公。吾当遍告

---

① 曾衍东：《小豆棚·浣衣妇》，《清代笔记小说类编·武侠卷》，合肥：黄山书社，1994年版，第113页。

诸同辈,终渠在任,决不敢以一矢相加,以报知己。"①原来有提拔之恩在先,所以即使身为盗贼,也当报知己之恩。盗贼尚且能做到这一地步,更何况普通人乎?小说的激励之意,大概在于此。方元鹍《雪中头陀》中,头陀报恩的动力在于小恩小惠,小说写道:"头陀笑曰:'休矣。我本盗魁也,昨已探知此项,奈同伙十余人,恐我多分,竟欲背取。我故先上汝船待彼。今蒙杯酒之惠,岂复相戕?并当为杀却鼠辈也。'"②这种报一饭之恩的写法,与话本小说《乌将军一饭必酬,陈大郎三人重会》等颇为类似。事实上,这一种故事类型在唐传奇中已经较为成熟。如《潘将军》一文写的是两段施小恩亦得报的故事。潘将军因对僧友好,而得其馈赠的宝珠;王超因对女子友好,而寻得失去的宝珠。潘将军之所以能获得如此优厚的回馈,是他付出的这种相当于一壶酒、一餐饭的优待,以及礼贤下士的姿态,使侠客在精神上得到被尊重的满足,因而施恩者会获得相应的,甚至是过分的报答。这种故事情节的设置,阐释了"莫以善小而不为"的训诫,也成就了"好人得好报"的模式。此类报恩模式在小说中经常被沿用,可见作者的基本立场。尽管有人讲求"施恩不为报",但小说中偏偏施恩皆有报,且一饭一粥也均有厚报,其用意,应在劝善。

路见不平、拔刀相助式的侠义之举理所当然也是描写的重点。徐瑶的《髯参军传》写公子从京师持金而归,路遇僧人试图抢劫,公子惊惶不已,此时髯参军出场,震慑盗贼,声势不凡。而当公子劝说他到首相座下杀贼立功时,他却说:"君顾某相国门下士耶? 吾行矣!"③显得不为名利所驱使,个人形象顿时变得更为高大。这是较为标准的侠客形象描写。除此而外,其他又有潘纶恩的《骆安道》写骆安道他乡被劫,遇山西客洪钊,洪数次救助他。宣鼎《郝滕蛟》写郝总兵帮助一个被虐待的小妾惩治河东狮。吴炽昌的《金镖客》写金镖客帮助公子躲过强盗之劫,又惩戒血气方刚的少年。诸如此类,皆是强人式的侠客,因有余力,而助他人。

小说中的行侠仗义打抱不平,因施行者的身份而呈现不同式样。部分作品将

---

① 徐承烈:《听雨轩笔记·邬友仁》,《清代笔记小说类编·武侠卷》,合肥:黄山书社,1994年版,第74页。

② 方元鹍:《凉棚夜话·雪中头陀》,《清代笔记小说类编·武侠卷》,合肥:黄山书社,1994年版,第133页。

③ 徐瑶:《虞初新志·髯参军传》,《清代笔记小说类编·武侠卷》,合肥:黄山书社,1994年版,第30-31页。

妇女、老弱等一般意义上的弱者描画为打抱不平的英雄。长白浩歌子的《姜千里》写武孝廉姜千里轻财任侠，为里中无赖之徒所忌恨，竟派卧底到其院中，步步获得他的信任，最终陷害了他。小说写他在为难之际，遇到一个女子，女子不仅替他复仇，还嫁给了他。小说所描述的女子言行，颇有意思："孝廉备述所遭，女忿然作色曰：'不断此辈之头为饮器，情何以堪？'孝廉甚壮之。"①由此可见这位女子的豪爽。方元鹍的《翁妪击僧》写武举因少年意气，招惹了众僧，被其殴打，老翁对此感到不平，教训僧人。在故事进行到老翁路见不平的时候，小说写道："道上有老翁，持短棰放一骡啮草，见僧追至，横棰止曰：'师出家人，得放手时且放手也。'僧怒曰：'棺中死骨，亦来预乃翁事！'老翁遽挺身曰：'尔能拳我乎？'"②小说所展示的这一段老翁与僧人二者的对话，显得生动而有趣，而老翁话语间语气的转变也较为直接地呈现了人物性格。

部分作品也大力书写了行侠仗义的出家人形象。如王士祯的《女侠》，写一位神秘的女尼，当某县役解官银被抢时，她来帮助夺回银两，尼姑的豪气得到了较为充分的展现。出家人本可不问俗世之事，但女尼的做法，显然超出了一般人的认知，她的入世情怀也因之得以彰显。

小说写到最极端处，连戕害民众的盗贼也可以摇身一变为打抱不平者。宋永岳《李士杰》中，李士杰曾为巨盗，后改正为良民，保护行人。小说写他为救人而闯入盗窟，可谓勇敢至极。写到这里，作者也不禁评价道："观李之为人，大有侠气，见义勇为，落落丈夫！未可以始为盗而短之也。"③宣鼎《燕尾儿》则写巨盗燕尾儿，为了一位姓萧的廉吏而去自首，最终被杀，他的行为大概也能部分适用于对李士杰的评价。

以上诸种人物的故事能得以敷衍成篇，皆出于侠义精神。在唐传奇中，小说对侠义精神的表现，围绕报恩、复仇与路见不平拔刀相助等主题，可谓丰富，其中，从施行侠义的主体身份来看，处于各种不同层次的人，各占一份，互不相让。而清

---

① 　长白浩歌子：《萤窗异草·姜千里》，《清代笔记小说类编·武侠卷》，合肥：黄山书社，1994年版，第100页。

② 　方元鹍：《凉棚夜话·翁妪击僧》，《清代笔记小说类编·武侠卷》，合肥：黄山书社，1994年版，第137页。

③ 　宋永岳：《亦复如是·李士杰》，《清代笔记小说类编·武侠卷》，合肥：黄山书社，1994年版，第161页。

代笔记小说显然很好地继承了这一点。

宋和曾说："侠行天下，多贼达官与有权力之人，若无势而非所名称者，则不手屑也。"①在清代笔记体的武侠小说中，侠客除了"贼达官与有权力之人"外，还承担了不少本该达官贵人应行的社会职责，从侧面表现了作者对社会糜烂、秩序崩塌的批判立场。

笔记小说往往关注侠客保全乡里的英雄行为，并从不同层面加以表现。其中较为多见的是对于家庭的保全。吴炽昌《白安人》写新妇白安人带领婢女十余人，以棋子作暗器，抵御盗贼。小说借人物描写之机，侧面表达了对她的评判："俊视之，目立眉扬，英武之概，另具风流，非复平时娇弱矣。"②吴炽昌《孙壮姑》写婢女孙壮姑抵御盗贼，小说也评价道："女子之强者，功胜于男子。何则？其心专也。"③这些女子，在为难之际，能够挺身而出，带领众人，保护家庭不受伤害，作者描写她们的行为，并给出了如此的评价，可见对于这些行为的肯定。

当然，更值得书写的是侠客护卫大家的行为。高继衍《高二爸》中，高二爸作为一名捕役，在七十岁高龄，尚可入盗窟追捕盗贼，与盗斗法。他自陈道："我年已七十，既敢来此，数茎朽骨，尚自惜耶？不得案中人，有决一死斗耳！"④老当益壮之气溢于言表。或曰，此为职务行为，算不得侠义之举，然其英勇、不惧牺牲的精神却不容人忽视。宣鼎《谷慧儿》写董生与卖艺女谷慧儿历经波折，终于结婚。而到了危难关头，谷慧儿挺身杀贼，并率领乡邻抵御大群盗贼。小说还着力描写了谷慧儿的豪气："女出奁中资五千金，重建厉王庙，勒碑纪事，云是揭赖神助，归功于神。又出二千金，赈乡里，生略止之，女笑曰：'郎尚以武备为尽可恃耶？'"⑤由此可见谷慧儿超出常人的心胸与智慧。乐钧《揭雄》中，揭雄本是一个被大家欺负的人，小说也描写了众人对他的欺凌之举："乡人愚之。每为人佣役，任负不及常

---

① 宋和：《隐侠传》，《清代笔记小说类编·武侠卷》，合肥：黄山书社，1994 年版，第 213 页。

② 吴炽昌：《客窗闲话·白安人》，《清代笔记小说类编·武侠卷》，合肥：黄山书社，1994 年版，第 292 页。

③ 吴炽昌：《客窗闲话·难女》，《清代笔记小说类编·武侠卷》，合肥：黄山书社，1994 年版，第 299 页。

④ 高继衍：《高二爸》，《蝶阶外史·卷二》，上海：上海进步书局，民国年间，第 8 页。

⑤ 宣鼎：《夜雨秋灯录·谷慧儿》，《清代笔记小说类编·武侠卷》，合肥：黄山书社，1994 年版，第 333 页。

儿。然不取值,人亦利其用。里之豪右争役之,雄推移其间,亦无忤也。"①就是这样一个貌似软弱的人,却能杀盗、护堤、护乡,样样皆可称道,数十里方圆之内,因他而得以保全。小说通过对这些人物和事迹的描写,对行侠者保护乡里的行为予以充分肯定。

以上种种,皆各有侧重,在此基础上,还出现了综合各类侠义行为于一篇的作品。蒲松龄的《崔猛》就是这样一个综合性的文本。小说中的崔猛是从小就有侠义之心的人,虽然颇受管束,却一直不改初衷;他路见不平,为李申报夺妻之恨,惩戒了巨绅,并自首而洗雪了李申之冤;因僧哥曾受崔猛之恩,故在判决时救其性命,而李申也为报恩,跟从崔猛谋生;又有同乡王监生胡作非为,为维护正义,李申又出头斩杀了王家主事之人;时值明末,盗匪四起,李申与崔猛又采用计谋大败匪徒,并率领土团保护乡里,使各处强寇不敢来冒犯。通过这样的情节设置,小说将复仇、报恩、路见不平、安家保国等主题全部囊括于一部作品之中。这篇作品的存在,标志着清代笔记体武侠小说在侠义精神呈现方面所能达到的高度。

值得再提一笔的是,清代笔记的丰富性在于,它还会对侠义行为的社会接受度展开反思。同样是在蒲松龄笔下,还出现了虽正直侠义而为世所不容的人物。蒲松龄《采薇翁》写明朝末年,刘芝生部下有一人,名为采薇翁,为保护平民而强调军队纪律,兵士因纪律的威压而积怨,暗算采薇翁,翁无奈,只得逃出兵营,其致力于保护弱者的侠义行为就此黯然收场,此中可见时人对社会人心与侠义精神是否合拍的一种较为深刻的认识。

二、精彩纷呈的凡人功夫

清代的笔记体武侠小说在功夫的呈现方面也可谓丰富多彩,纳入其表现范围的不仅仅是剑术,俗世凡人的武功也稳稳地占据了一席之地。

清代笔记对剑术的描写更多地表现出其对文学传统的继承。唐传奇在写侠客的剑术时,曾刻意进行渲染。如《聂隐娘》中,就以人物自述的方式描写了隐娘学剑术的经历,小说还在描写实战的过程中着力呈现隐娘的惊人功夫,其中以药化尸等部分情节设置,给人留下深刻印象。在清代笔记小说中,剑术依然得到相

---

① 乐钧:《耳食录·揭雄》,《清代笔记小说类编·武侠卷》,合肥:黄山书社,1994 年版,第 78 页。

当一部分作者的重视,并成为一些小说作品的重点表现对象。蒲松龄《侠女》中就着力表现剑术的高妙,小说写道:"女以匕首望空抛掷,戛然有声,灿若长虹。俄一物堕地作响,生急烛之,则一白狐,身首异处矣。"①匕首在空中恰似长虹,这一表现已非人力所及。而他的《采薇翁》中也有此类神奇的描写:

> 翁坦腹方卧,息如雷。众大喜,以兵绕舍,两人持刀入,断其头;及举刀,头已复合,息如故。大惊,又斫其腹;腹裂无血,其中戈矛森聚,尽露其颖。众益骇,不敢近;遥拨以稍,而铁弩大发,射中数人。②

头被砍断,还能复合,腹部裂开,露出的却是武器。诸如此类,足以表现蒲松龄的想象力。

除了蒲松龄之外,同时代还有不少作品在表现剑术的过程中趋向于神奇一路。如袁枚的《姚剑仙》、曾衍东《浣衣妇》写剑术威力的场景,都能给人留下深刻印象。曾衍东《平顶僧》在描写剑侠杀敌的同时,还写到了以药毁尸的情节。金捧阊《女剑侠传》写女剑侠诛杀逆子,其中的一个有趣环节是化人头为水,这明显是以药化尸情节的变形。而在王韬《女侠》中,还写到女侠能化为飞剑,所谓人剑合一,其极致的表现,大约就是如此。以上种种,均是凸显剑侠所施行的剑术的种种奇异表现。笔记小说的这些描写,从文学史的层面来看,未必有多少新意。但倘使不考虑读者对文学史的熟悉程度,小说对剑术的描写本身往往还是体现出了想象力的丰富。

在剑术的表现方面,除了以上所及,清代笔记也还有一些值得提及的努力。丁治棠《剑仙国》描述了剑仙国的奇妙:"去中华数万里,在东海岛中,与三神山近,以金银为城阙。中有剑王,管领五大洲剑仙侠客。设有职司,凭功过为升降,能以剑术护国卫民。"③这种关于剑仙国的想象,颇具乌托邦色彩。更值得肯定的,是许奉恩《剑侠》对剑术进行理论阐释的尝试。小说写了韦生与僧较技,韦生对剑术的理论阐释可谓专业:"皆剑术也。彼所炼青气为雌锋,是谓邪道;吾所炼白气是

---

① 蒲松龄:《聊斋志异·侠女》,《清代笔记小说类编·武侠卷》,合肥:黄山书社,1994年版,第8页。

② 蒲松龄:《聊斋志异·采薇翁》,《清代笔记小说类编·武侠卷》,合肥:黄山书社,1994年版,第19页。

③ 丁治棠:《仕隐斋涉笔·剑仙国》,《清代笔记小说类编·武侠卷》,合肥:黄山书社,1994年版,第440页。

雄锋,是谓正道。雌不能胜雄,实邪不能胜正。彼挟此术横行江湖,已称无敌,惟予足以克之。"①这些言论虽未充分展开,但却使神奇的剑术有了看似更加合理的解释。

清代笔记武侠对于武功的描写并不尽然都集中于剑术,凡人的功夫也越来越多地被纳入表现范围。如人的无穷大力是不少小说描写的重点。魏禧《大铁锥传》在描写大铁锥时,特别强调了他随身携带的那极重的铁锥:"右肋夹大铁锥,重四五十斤,饮食拱揖不暂去。柄铁,折叠环复,如锁上练,引之长丈许。"②徐瑶《髯参军》则着重渲染了髯参军的神力,他以二指与数人比试,仍能够保持不败。这些描写,当然能够给人带来新奇感,对一般读者而言,更增添了剑术所不具备的亲和力。

除表现力量之外,小说还略带夸张地描写了侠客在器械使用方面的不俗修为。钮琇《云娘》描写了云娘在接飞矢、发暗器方面的高超功夫;与之类似,沈起凤《青衣捕盗》中,聂书儿露出的暗器功夫同样非常了得,其人也因功夫高超而显得从容,故而能在战斗过程中嬉笑怒骂,使人钦佩。潘纶恩《荆襄客》则描写荆襄客所施展的精妙刀法:"抡刀而舞,四面盘旋,如白练一团,一不见影。豆飞如雨,惟闻刀声淅淅而已。豆既尽,则客舞方罢。视圈内,积豆厚寸许,皆碎割无复完者。"③客可以以刀碎豆,豆飞如雨却不能近人,此功夫近乎夸张,但仔细考虑,又比剑术的可信度要高得多。高继衍的《万人敌》写"万人敌"这种罕见的刀法,与常见的个人搏斗的功夫完全不同,令人大开眼界。小说借人物之口说:"此名万人敌,即西楚霸王所学。人生秉天地浩然之气,能炼此气,奋而鼓之,千军万马,皆不能御。昔张桓侯、岳忠武、常开平,历朝大将,皆得其传。余幼遇异人,传其技,生际承平无所用。"④将高妙的功夫与历史名人挂钩,让读者肃然起敬,这是小说抬高功夫地位的一种手法,在后世的小说中不断被采用。

---

① 许奉恩:《里乘·剑侠》,《清代笔记小说类编·武侠卷》,合肥:黄山书社,1994 年版,第 286 页。

② 魏禧:《虞初新志·大铁锥传》,《清代笔记小说类编·武侠卷》,合肥:黄山书社,1994 年版,第 25 页。

③ 潘纶恩:《道听途说·荆襄客》,《清代笔记小说类编·武侠卷》,合肥:黄山书社,1994 年版,第 235 页。

④ 高继衍:《万人敌》,《蝶阶外史·卷二》,上海:上海进步书局,民国年间,第 7 页。

为了使以上高妙的功夫具有更高的可信度,部分作品,如夏荃《夏老鼠》、宋永岳《拳勇》还涉及练就功夫的路径。如《拳勇》写道:"(胡生)年十二,私请于王曰:'如何便增长力气?'王曰:'每日五更时,向空中击数十拳,则力大矣。'胡于是日始,每鸡鸣,即下床,以两手空中奋击数千下,至日出乃已。"①这是"只要功夫深,铁杵磨成针"模式的具象化。不仅如此,部分作品还将武术理论引入进来。汪缙的《莆田僧》阐述了棍圆与棍方的辩证关系;毛祥麟《南海生》中对棍法的讲解也很见专业水准;黄宗羲《王征南》则讲述外家少林、内家武当的区别,更讲述张三峰之后的传承。这些做法,使小说中的功夫更得读者信赖,而其高妙之处,则能使读者获得更丰富的阅读趣味。

三、天外有天与迷途知返

剑侠如何行事,自然是不用俗人操心的。但在清代的笔记小说中,更多的侠客介入俗世生活,并运用高超的功夫,彰显了侠义精神,侠客与普通人渐行渐近。既然如此,侠客的道德世界就很难再用"天道"来进行约束,于是,应如何建立恰当的行为规范? 成为小说思考与表现的一个重要问题。

侠客的勇敢与智慧这一类具有普遍意味的美德当然是小说表现的重点。如蒲松龄《崔猛》所写的李申破贼,就颇具代表性;沈起凤《青衣捕盗》中写聂书儿的勇敢,也在对比中得以较好的呈现;而陆长春《沙七》中,沙七被邀约进入某寺,与众人比武,最后全身而退,其能保持临危不乱,也属相当不易。但是,身具武功的人,除了勇猛精进和聪明老道等美德外,是否还需要在其他方面具备必要的素质? 清代笔记中的不少作品在这个问题上展开了探索。

围绕练武之人的自满心理,不少作品突出强调了人外有人、天外有天的观念。袁枚《卖蒜叟》写杨二相公精拳勇,常至演场传授枪棒,人人喝彩,而一卖蒜老叟似乎不太看重。杨二相公自然不满,便拔拳相向,关于结果,小说写道:

老人自缚于树,解衣露腹。杨故取势于十步外,奋拳击之。老人寂然无声。但见杨双膝跪地,叩头曰:'晚生知罪了。'拔其拳,已夹入老人腹中,坚不可出,哀

---

① 宋永岳:《亦复如是·拳勇》,《清代笔记小说类编·武侠卷》,合肥:黄山书社,1994 年版,第 163 - 164 页。

求良久,老人鼓腹纵之,已跌出一石桥外矣。①

　　这种戏剧性的描写,很容易给人留下深刻印象。进而人们会想到,如果杨二相公谦虚地向老人请教,而不是如此鲁莽地动手打人,故事会不会是另外一个结果?戴延年《箍桶翁》中,少年善射,却败给某村中的箍桶翁,与《卖蒜叟》立意相似。小说旨在说明:哪怕是看似并不出众的人,也许就是一个内敛的武功高手;而练武之人,就应该做到这一点,倘使做不到,便会自取其辱。

　　不少笔记小说都写到了人遭遇失败并自省的情节。徐承烈《冯铁头》写冯允昌勇猛,"气凌一乡,无敢与抗者",②但很快遭遇到真正的敌手,方知自身之所短,从此收敛。陆长春《铁肚皮》写吴门铁肚皮,当行于市中,常以腹触人,被触者立倒;某日,他遇一老叟,老人精拳法,惩戒了铁肚皮。"铁肚皮自后不敢与人角力,而腹亦渐瘪,无复旧时彭亨矣。"③以上诸文,构思相近,可见小说作者在这一问题上的共同认识。

　　在此基础上,部分作品以成长小说的形式,通过叙写人物迷途知返的人生经历,来进一步突出小说主题。李渔《秦淮健儿传》便是这样一部作品。小说写到,嘉靖年间,秦淮民间有一儿,貌魁梧,色黝异,出生数月便不再饮乳,而与大人同饮食。小儿稍长,便是一个活跃人物,能应付同龄人的群殴;及至长大成人,不出意外地成了一个乡间混混,固然略有功夫,却行鸡鸣狗盗之事。这样的一个人,最终遇到高手,被其惩戒,从此不再与人较力,迷途羔羊回到了正途。曾衍东《铁腿韩昌》中也写了一个在成长过程中甘心为匪的韩昌,某一日,他在乡间茅舍遇一少妇,发现少妇的功夫竟远超出他,自此豪气顿消。以上种种,都是所谓习武之人改邪归正的故事。因其改邪归正,故而能够成为小说中的主要人物。与此相对应,部分作品也写了一些不思改悔的人。如邹弢《陈阿尖》,写无锡陈阿尖,本为农家子,少年行窃,母大喜之,遂成巨盗。后被擒,"临刑呼母至,谓欲一含乳,死乃目

---

① 袁枚:《子不语·卖蒜叟》,《清代笔记小说类编·武侠卷》,合肥:黄山书社,1994年版,第55页。

② 徐承烈:《听雨轩笔记·冯铁头》,《清代笔记小说类编·武侠卷》,合肥:黄山书社,1994年版,第67页。

③ 陆长春:《铁肚皮》,《香饮楼宾谈·卷二》,上海:上海进步书局,民国年间,第10页。

瞑。母怜其子,袒胸使含之。陈尽力咬去一乳,恨曰:若早勖我以正,何至今日!"①虽有悔意,已然晚矣。但小说中到底还保存了"勖我以正"的说法,暗示着一个改邪归正的参照系。以上篇章,若加对照,则可以发现其明显的劝惩意图。

为使故事所蕴含的寓意显得更加明确,不少作品还直接发表了评论。纪晓岚在《丁一士》中说:"盖天下之患,莫大于有所恃。恃财者终以财败,恃势者终以势败,恃智者终以智败,恃力者终以力败。有所恃,则敢于蹈险故也。"②他把"有所恃"上升为"天下之患",虽略显夸张,但能醒目。邹弢《老翁捕盗》中,小说借人物韩滔之口说:"男儿家眼浅心高,夜郎自大,有一寸力便夸示人,不知江外有河,河外有海:此匹夫之勇耳。"③把夜郎自大的男子比作匹夫,作者的态度非常明确。《老翁捕盗》中,邹弢又发表评论:"人不可自负,自负则志日骄;人不可自满,自满则功益逊……天下事一层深一层,一人胜一人,然而以蠡测海,以管窥天者,适为夜郎自大而已矣!"④这一评论,实际上是将"满招损,谦受益"的古训通俗化,与小说中的故事情节密切关联,两相对照,能令人信服。以上言论,都可显见时人对于练武者好勇斗狠的行为习惯的反思。

四、似真感与文学性

为了使故事更好看动人,观点更具有说服力,清代笔记小说采用了不少有意味的文学形式,强化了似真感,突出了文学性。

为加强真实感,不少作品继承了史传传统,重视交代故事的来历。徐瑶《髯参军传》写道:"蒋翁性好酒,家贫无所得酒,辄过余索饮。闻说少时所见闻事,多新奇可喜,而髯参军尤奇,作《髯参军传》。"⑤这段话旨在说明,故事来自于蒋翁的叙述,并非由自己编造。其他不少作品往往都有承担类似功能的表述,如"从侄鹓因

---

① 邹弢:《三借庐笔谈·陈阿尖》,《清代笔记小说类编·武侠卷》,合肥:黄山书社,1994 年版,第 364 页。
② 纪昀:《阅微草堂笔记·丁一士》,《清代笔记小说类编·武侠卷》,合肥:黄山书社,1994 年版,第 129 页。
③ 邹弢:《老翁捕盗》,《浇愁集》,合肥:黄山书社,2009 年版,第 130 页。
④ 邹弢:《老翁捕盗》,《浇愁集》,合肥:黄山书社,2009 年版,第 132 页。
⑤ 徐瑶:《虞初新志·髯参军传》,《清代笔记小说类编·武侠卷》,合肥:黄山书社,1994 年版,第 29 页。

述莱阳王生言",①"刘（锻工）常出入文公子士玉之门，故公子能详之",②"沈公名莲，号搴芙，亦江阴人，知之（胡不显）最悉。月夜尝谈及此事佐酒，故得闻其详。"③以上种种，应该都出于同一种考虑，目的在于强调小说故事的来历，暗示其真实性。

部分小说写了好人终得好报的故事，契合了民间的一般认知，从而从文化心理层面上提升了小说的可信度。蒲松龄《田七郎》中，七郎的尸体弃之原野有月余时间，禽类和犬类环守，终得厚葬。其子后来以军功获同知将军。徐士俊《汪十四传》中，汪老死之后，乡邻为他立庙以祭祀他，称为汪十四相公庙。以上种种，不是简单的报恩，而是因果报应、天道好还，这是千年来大众信奉的一种世界运转的规律。小说故事情节如此设置，满足了读者的心理需要。当然，也有作品针锋相对地写了好人没好报的故事。蒲松龄《采薇翁》当为一例，而钮琇《云娘》中，云娘保护参将一家，参将子却欲强逼娶为妾，云娘只好离去，永不复返，这一结局令人伤感。此类作品，从反面表达了人们对于好人得好报的期望。

在故事的铺排过程中，不少作品尝试运用各种写作技巧，小说的文学性得到了提升，这从客观上保障了小说所传递的理念的接受度。

不少小说采用了"设谜——解谜"这一情节模式。蒲松龄《侠女》中，书生与女子交往日深，又有狐狸精介入与私生子之事。最后报仇成功，女子说："向不与君言者，以机事不密，惧有宣泄。今事已成，不妨相告。"④于是小说顺水推舟地解开了谜底。类似的还有乐钧的《何生》，作品写何生遇一穷途少年，行迹甚为离奇，后故事逐步展开，原来少年是一个女扮男装的姑娘，还持有飞剑，并与何生结为夫妇。这类故事，使读者的疑惑逐步得到解答，而在解答的过程中，小说显得更加可读。

---

① 王士禛：《池北偶谈·女侠》，《清代笔记小说类编·武侠卷》，合肥：黄山书社，1994 年版，第 35 页。
② 和邦额：《夜谭随录·刘锻工》，《清代笔记小说类编·武侠卷》，合肥：黄山书社，1994 年版，第 58 页。
③ 宋永岳：《亦复如是·拳勇》，《清代笔记小说类编·武侠卷》，合肥：黄山书社，1994 年版，第 165 页。
④ 蒲松龄：《聊斋志异·侠女》，《清代笔记小说类编·武侠卷》，合肥：黄山书社，1994 年版，第 9 页。

　　显然,这一模式得到了广泛的认可,颇多作品采用了类似的结构方式。温汝适《缺耳游击》写"游击缺一左耳。初问其故,笑而不答。迨后联络往还,酒肴报复,成为知己,乃说缺耳之由",①于是故事开始展开。许奉恩《郑甲》中,郑甲"囱去发一撮,圆如钱,光如镜,似僧之受戒火者",②何以如此? 原来郑曾为绿林,此痕迹是为剑仙伤后所留。陆长春《峨嵋盗》中,相国夫人的臂间金条被一小儿盗取,读者不免要问,如何才能做到? 原来小儿是个会缩骨的强盗。陆长春《宜兴幕客》中,幕客韩某没有什么行李,却经常关门,怎么会有如此奇怪的行径? 他原来是一个隐藏的剑客。诸如此类,采用的结构相似,着眼点,在于一个"奇"字,以奇来吸引注意,从而使故事得到更多的关注。

　　还有部分小说在此基础上有所创新,它们保留了设谜的环节,却不再执着于完全解谜。魏禧《大铁锥传》中,大铁锥做出不少惊人的举动,然后众人终究不知其何许人也。吴陈琬《瞽女琵琶》中,写金陵的一个女卜者,双目失明,挟一琵琶,漫游宇内,"然冥行,无侍卫,止宿亦无常所"。③ 她可以让吴江一个急行送信的获金二斤,也能写信斥责朝贵,可见不是一个普通的盲人,但也终不知到底为何人。俞蛟《吴小将军传》写一个奇怪的少年客,为旅客斗绿林豪强,故事非常精彩。小说的最后,作者评论道:"嗟乎! 客果何许人乎? ……余终不知客为何许人也。"④这种写法,使人物处于神龙见首不见尾的状态下,增强了小说的神秘感。

　　部分小说着力叙写违反常理的故事,同样也给小说增添了传奇色彩。冯起凤《异僧善捕》中,邑丞居然为大盗,后被老僧捕获。许奉恩《褚祚典》中,褚为山东按察使,然而他同时又为强盗。后为七十余岁老名捕梁科识破。以上种种,在人物身份与人物行为的反差方面下了功夫,但小说还是让坏人现形,隐含着"邪不压正"的意思。

---

①　温汝适:《咫闻录·缺耳游击》,《清代笔记小说类编·武侠卷》,合肥:黄山书社,1994 年版,第 197 页。

②　许奉恩:《里乘·郑甲》,《清代笔记小说类编·武侠卷》,合肥:黄山书社,1994 年版,第 271 页。

③　吴陈琬:《旷园杂志·瞽女琵琶》,《清代笔记小说类编·武侠卷》,合肥:黄山书社,1994 年版,第 44 页。

④　俞蛟:《梦厂杂著·吴小将军传》,《清代笔记小说类编·武侠卷》,合肥:黄山书社,1994 年版,第 141 – 142 页。

为增加阅读趣味,还有部分作品将言情与武侠联为一体。王韬《淞隐漫录》中,《女侠》、《姚云纤》、《倩云》、《徐笠云》等篇,少年总能与女侠结为连理。而在王韬《淞滨琐话》中,《邱小娟》、《粉城公主》等篇也有类似的情节设定。言情小说是中国文学的重要组成部分,自古以来就受到广泛的欢迎。情与侠的相遇,无疑会使侠义作品的读者面变得更为宽广。

有清一代,笔记体武侠小说蔚为大观,它继承了唐传奇和话本的若干遗产,又在自身的借鉴、创新和固化中,为后来者提供了若干资源。

第二节 翻译小说的现代风情

清末民初时期,自国外翻译而来的小说,有相当一批冠之以"侠"名。这些作品,大多致力于对侠的时代内涵进行阐释和宣传,虽然不是针对中国的社会现实"量身定做",但它们也传递了不少具有时代意味的阶级意识、民族精神、平等观念,这些理念的存在,为原创小说提供了可资参考的丰富资源。

一、清末翻译小说的激进与保守

关于外国文学对于我国现代武侠小说的影响,不少研究者都提到了日本的押川春浪。这一认识无疑是正确的。实际上,押川春浪的作品对国人的影响在清末已经被明确指出。早在1908年,徐觉我在《余之小说观》中就描述了押川春浪在日本的受欢迎程度:"日本蕞尔三岛,其国民咸以武侠自命,英雄自期,故博文馆发行之押川春浪各书,若《海底军舰》,则二十二版,若《武侠之日本》,则十九版,若《新造军舰》、《武侠舰队》(即本报所译之《新舞台》三)、《新日本岛》等,一书之出,争先快睹,不匝年而重版十余次矣。"①从这一段表述中,不仅可以看到押川春浪主要作品的出版情况,也可以看到徐觉我等人对于他的作品的理解方式:一是"武侠"与"英雄"的并列,二是小说的写作出版与国民性的契合。陈平原曾统计从1896年到1916年间出版的各类翻译小说,并列出了其中作品被翻译种数最多

① 觉我:《余之小说观》,《小说林》,1908年,第9期,第7页。

的几位作家,分别是柯南道尔、哈葛德、凡尔纳、大仲马和押川春浪。① 把押川春浪的作品视为清末民初的畅销书,应当无误,由此亦可推测押川春浪的武侠作品在中国的影响力。

押川春浪之外,清末时期,还有大量文题中带"侠"字的翻译小说出版发行,总览这些作品,能够发现若干共通之处。首先需要指出的是,部分翻译小说似有共同的立场,即皆愿从奴隶身上找出侠之踪迹。麦孟华有《说奴隶》一文,文中呼吁道:"若我四万万人,不必服从而可自生活,不必倚赖而可造世界,其毒未成,其根犹浅,瀹而拔之,则独立之国民、自主之人权,可以雄耀于天下。"②显然,在他看来,我国同胞倘使摈弃奴隶性,不再完全服从和倚赖,而是强调独立与自主,则前途光明。这几乎是同时代诸多先驱者的共识,而相当一部分翻译小说通过奴隶形象的塑造,以"侠"为名,对其自主与独立意识予以强调,在宣传国民意识方面功绩甚伟。1905 年,包天笑翻译了雨果的小说《布格·雅加尔》,更名为《侠奴血》,突出强调了黑奴知恩图报的好品质。这种品质后来在《侠黑奴》中得到了更充分的体现。1906 年,《东方杂志》第三年第一期开始连载短篇小说《侠黑奴》,该小说署名为:(日)尾崎红叶著,钱唐吴梼译演。小说讲的是西印度哲美加岛上有两个英国殖民者,一刻薄之人名为郁菲里,一善良之人名为爱德华。爱德华因对黑奴有仁义之心,从郁菲里手中救出西查、克拉拉这对黑奴夫妇,并善待之,从而在黑奴的造反运动中得二人救助。小说特别渲染了黑奴夫妇如何面对威胁而不为所动,一心一意要救护恩人,即使牺牲也在所不惜的好品质,这种在报恩行为中流露出来的强烈的自主意识,是小说所谓"义侠"的具体所指。

但清末人士对于自主与独立的理解是有限度的。在《侠黑奴》中就存在一个矛盾:到底该如何评价小说中领头反抗的黑奴海克道?小说描述道:"海克道为人猛鸷剽悍喜动好乱。"又说:"海克道和人交接,任是丝毫小怨,若不报复,必不能安心。报复起来,任是刀枪水火,他也不怕。"③这些文字,试图从个人品德方面来对海克道进行否定。但是,海克道的诉求是黑奴的解放与独立,这难道不是侠义精神的最好阐释吗?然而,小说在这方面的态度比较暧昧,它在某种程度上显现出

---

① 陈平原:《中国散文小说史》,上海:上海人民出版社,2014 年版,第 368 页。
② 伤心人:《说奴隶》,《清议报》,1900 年,第 69 期,第 4 页。
③ [日]尾崎红叶著,钱唐吴梼译演:《侠黑奴》,《东方杂志》,1906 年第 1 期,第 9 页。

清末时期社会思想中存在的分歧。

在漫长的中国历史中,女子往往处于被压迫的地位,与之相对应,侠女是此时期翻译小说的重要表现对象。致力于推动女性觉醒的翻译小说中较好的,是连载于《月月小说》1906 年第 1 期与第 2 期的"侠情小说"《弱女救兄记》,由品三译述。小说主要讲英国年轻女子蕙仙与坏人斗智斗勇以救其兄的故事。《月月小说》主编吴趼人(我佛山人)在小说的结尾处评论道:"以一弱女子……而如是勇敢、如是机警,殊无一丝嚣张操切、自命为女英雄女豪杰之习气,又为近日新小说中所绝少之构撰,谓非改良女社会之善本不可得也。"①吴趼人极为熟悉新小说的进展,此言当不虚。还值得一提的是《女子世界》1904 年第 8 期开始连载的《侠女奴》,译者署名萍云女士。萍云女士实乃周作人,而《侠女奴》系《阿里巴巴与四十大盗》。周作人在翻译过程中作了两项重要的改动:一是通过小说题目的改写将读者视线从阿里巴巴转移到女仆曼绮那身上;一是在女仆完成小说中所有的工作之后,将其原先的与阿里巴巴侄儿结婚的结局改为"不知所终"。前一项改动符合《女子世界》杂志的题旨,后一项改动则满足自古以来我国读者对"侠隐"的想象与认同,然而仔细考虑,却并非必需:侠女难道就不能拥有正常的婚姻生活?译者在前言中说:"其英勇之气,颇与中国红线女侠类。沉沉奴隶海,乃有此奇物。亟从欧文移译之,以告世之奴骨天成者。"②这一阐述,立意颇高:一弱女子尚可如此,尔等"奴骨天成者"该当如何?可惜的是,"萍云女士"的这类翻译作品较少,否则,以其如此立场,一定能够给此时期的侠义小说带来更多有价值的东西。

贵族青年的行侠仗义也成为此时期翻译小说关注的重点,不过当中暗含了保守和激进两种姿态的分歧。大仲马的《三个火枪手》1907 年由商务印书馆出版,更名为《侠隐记》,译者君朔(伍光剑)。小说写道达特安及他的三个火枪手好友结为生死知己,历经波折,完成使命,报仇雪恨。这种侠义精神中国人并不陌生,不过,全书重要的故事情节的展开,有一个效忠王室的基础存于其中,这一点跟小说《紫罗兰》的呈现颇为不同。《月月小说》自 21 期(1908 年)开始连载"奇侠小说"《紫罗兰》,该书为云汀所译,但未能完整刊出。其所写之人物,是一个名为勃林的没落贵族青年,有过人之力和应变之才,本可袭伯爵衔,却沦落至乞丐、刺客,

① 　我佛山人:《评论》,《月月小说》,1906 年,第 2 期,第 106 页。
② 　萍云女士:《侠女奴》,《女子世界》,1904 年,第 8 期,第 43 页。

在威尼斯城内几经辗转,在已刊载的内容之最终,卷入了统领与叛党之间的纠纷。其虽身为刺客,却从不自居他人之下,心中还留有几分自爱。勃林的形象虽不完美,但其个人品质亦有可圈点之处,特别是他对威尼斯统领说道:"然我与尔,今已同为威尼斯之伟大人物,但各行其志而已。"①此言包含着非常深刻的不畏强权的平等意识,当为现代国民思想的重要信条之一。

在当时具有较大影响的,是林纾翻译的《大侠红蘩蕗传》和磻溪子、天笑生翻译的《大侠锦帔客传》。《大侠红蘩蕗传》讲述的,是在法国大革命时期,路易十六被推翻后,法国民众四处搜捕贵族并将他们都送上断头台的背景下,英国一男爵化身为大侠红蘩蕗,率领多名贵族青年,设法拯救法国贵族并将其带回英国的故事。小说开头讲红蘩蕗是如何乔装打扮护送贵族出关以避开搜捕之事,极为引人入胜。红蘩蕗聪明而又热血,且倾尽全力帮助弱者,自然先入为主,成为读者心仪的侠客形象。至法国民党代表出场,称一切行为皆为国家利益,并试图诱杀红蘩蕗之时,读者的疑惑就出现了:到底谁代表正义? 国家利益与正义之间是什么关系? 林纾在本书序言中指出:"此书贬法而崇英,竟推尊一大侠红蘩蕗,谓能出难人于险,此亦贵族中不平之言。至红蘩蕗之有无其人,姑不具论。然而叙法人当日,咆哮如狂如痫,人人皆张其牙吻以待噬人,情景逼真,此复成何国度? 以流血为善果,此史家所不经见之事。吾姑译以示吾中国人,俾知好为改革之谈者于事良无益也。"②作为保守派代表人物的林纾,在序言中表露出对法国大革命的非议,也可以理解。与此立场类同的是《大侠锦帔客传》。该小说连载于《小说时报》第 2 期(1909 年)和第 3 期(1910 年),原作者为英国的哈葛德。锦帔客是一位勋爵,一诺千金,专好劫富济贫,后介入一政治斗争中,协助弱势一方,从公爵处争得公义,取得最终胜利,升任男爵,并抱得美人归。《大侠锦帔客传》的"大侠"二字,应与《大侠红蘩蕗传》一样,系翻译者所加,体现出国人试图用我传统之思想观察世界、理解世界的努力。这样一来,也就给清末小说所呈现的侠义精神添加了更多的保守内质。

小说翻译中的改写也可能会造成逆向的理解落差与立场分歧。《小说林》第 5 期(1907 年)登载了王蕴章所译的《绿林侠谭》,当中塑造了一个名为绿苹的绿

---

① 云汀:《紫罗兰》,《月月小说》,1909 年,第 24 期,第 43 页。
② 林纾:《大侠红蘩蕗传·序》,《大侠红蘩蕗传》,上海:商务印书馆,1908 年版,第 1 – 2 页。

林英雄。虽然小说没有指出本文是依据哪一部外国小说而译，但仔细观察，依然可以看出，绿苹其实就是侠盗罗宾汉，小说所写的故事主要来自大仲马所著《侠盗罗宾汉》中"幸福的婚礼"及相关章节。小说在突出其中一条抢亲的主线的同时，删除了诸多其他故事线索。但是，《绿林侠谭》删去了原著关于罗宾汉抢劫的主要对象的设定，这就回避了《侠盗罗宾汉》中原有的关于民族矛盾、关于反抗民族压迫的线索，这样一来，即使他个人经历曾非常痛苦，哪怕也曾经做过几件帮助穷人的好事，将刀枪对准也许同样经受苦难、只不过略有资财的来往客商，实在不能称之为侠。译者用中国传统侠义小说的套路对罗宾汉的故事进行改写之后，小说中的这个绿苹就只能是一个中国式的绿林好汉，而不再是一个英国的傲人的民间英雄了。这部小说题目虽然也用"侠"字，但其定义与梁启超等人提倡的"侠"呈迥异之态，失之毫厘谬以千里。

二、民初翻译小说的高蹈姿态

梁启超等人通过《中国之武士道》等文本，以侠义精神来唤醒和培育大众现代国民意识的努力，在民国初年依然得到诸多智识者的响应。而此其中，一部分小说翻译家，继续致力于从域外小说中寻找侠的踪迹，从而为侠义精神的建构提供他者的镜鉴。

一部分翻译小说对侠的呈现，延续了梁启超等人将侠义精神与以为国为民牺牲为代表的族群意识划等号的理论设想，因而显得比较高蹈。周瘦鹃的《但为卿故》就给个体身上体现出的族群意识打上了"侠"的标签。《但为卿故》载于《礼拜六》第25期（1914年），标为"侠情小说"。这部小说写了三位加拿大的青年男女，为到底忠于宗主国英吉利还是忠于祖国法兰西而产生纷争，虽然三人最终皆死于战场，但小说中忠于英吉利的一对男女似乎得到了作家更多的眷顾，郎情妾意洋溢于其中。这种类似于"革命+爱情"的情节建构模式在当时颇有影响，小说借人物之口说："英吉利实不啻吾之义母，吾父吾母栖息其旗帜之下，得以自由安适，余每感铭五中。"①这句话说明的是小说中人物为国牺牲这一侠义精神的动力来源。透过它，显现出时人对于国泰民安的渴望，更显现出人们对于能容民众自由栖居

① 瘦鹃：《但为卿故》，《礼拜六》，1914年，第25期，第21页。

的国家的归属感。纫兰、天白翻译的《情海鸳鸯》刊于《礼拜六》第 47 期(1915 年),也标为"侠情小说"。它在情的呈现方面,代表着异于《但为卿故》的另一种情节模式,而关于侠,传递的却是同一种认识。小说写英国男子韦特救爱兰于海水之中,虽有第三者以经济力量成功介入,但此二少年历经波折,依然终成眷属。这是一篇着力于描写爱情的小说,本不必挂上"侠情"的头衔,但小说的最后写韦特"爱国之热逾于爱妻",①毅然从戎东去,所谓"侠",大约就落实在此了。以上两则,故事皆是外国人的故事,"侠情"的标签却是国人所加,由此可见翻译者的预设立场和对小说的解读方式,这种立场和方式显然也会通过"侠情小说"的标签顺利传递给读者。

在当时的翻译小说中,以"侠"来总结归纳的现代国民意识不仅仅包括个人为国家为民族牺牲的精神,还包括不同个体之间的关系,即道德人伦。周瘦鹃翻译的《爱之牺牲》所传递的关于个体之间关系的认识,就颇具意味。"侠情小说"《爱之牺牲》刊载于《礼拜六》第 37 期(1915 年),小说中最令人关注的问题,是代表法国革命派的少年白泊的司得所面临的抉择。他深爱贵族少女格兰绿小姐,而革命派正通缉和追杀贵族。他要不要释放遭通缉的格兰绿小姐和她的未婚夫贵族青年赫波尔? 如果不释放,则意味着心爱的人的死亡;如果释放了,则意味着他自己的死亡。小说中,三人都愿意为爱人而作自我牺牲。显然,这就是小说的翻译者所要重点强调的一种侠义精神。

与《爱之牺牲》相比,《娱闲录》杂志所刊载的一些标注为"义侠小说"的翻译作品表现的牺牲精神显得更为宽泛一点。《奇童子》载于《娱闲录》第 8 期(1914 年),李思纯译,讲童子安得莫尔不顾自身安危勇救火车。《一勺之水》载于《娱闲录》第 12 期(1915 年),李思纯译,写腓立西德奈受伤于战场,却在缺水严重的战地医院将饮用水让给别的受伤士兵,最后牺牲。《一杯羹》载于《娱闲录》第 20 期(1915 年),壮悔译,写兵士乔治献出自己的宠物兔子,做成肉羹救人,多年后拒绝回报。这三篇小说篇幅都比较短,情节也相对简单,少了其他头绪的干扰,要传递的信息因而显得比较清晰可辨。在这些作品的反复渲染之下,所谓义侠,就可以理解成为一种能够牺牲自己以助他人的人。这种义侠行为在漫长的中国历史及

---

① 纫兰、天白:《情海鸳鸯》,《礼拜六》,1915 年,第 47 期,第 24 页。

其文字记载中并不少见。但《娱闲录》通过翻译小说的形式予以强调,有其特别的意味。译者壮悔说:"施惠非难,所难者不望报耳。一羹虽微,意则可嘉。今世浇薄,此风绝矣,不可复见矣。"①这句话虽然略微偏激,但也多少能够折射出当时的民风民气的基本状况。在族群的凝聚力备受打击的时候,翻译家的这种作为,使读者能在西洋文学当中与旧识相逢,产生吾家亦有、吾亦能行之的认识,增强一丝自尊心,也就添了一分重新恢复的可能性。

其实,壮悔所谓的"世风浇薄"并非中国所特有,翻译小说中的西方社会也往往呈现这一状态。恽铁樵翻译的《女侠》刊载于《小说月报》第7卷11期(1916年),小说中海伦小姐牢记"受于人不如施于人之乐"的道德准则,扶危济困,不惜捐赠其用来置办嫁妆的金钱,也不惜与之相关的世俗荣誉。小说将海伦的自忏书写出来:"知所当为而不为,岂惟无勇?凡百过恶,皆此因循之一念为之起点。曾是受教育之女儿,可以不自爱如此?"②如此种种,让读者心生怜爱之意。然而,在小说中,她的这一侠义行为遭到了所有家庭成员的批评,甚至她以为必会给予恰当评价的未婚夫,也讽刺地称她有古代游侠之风。译者在发表这部小说时,还标明了原著题目 The Knight Errantry,即为"骑士的侠义"之意,与小说中众人的反应相联系,不免让人感觉苦涩,同时也就让读者意识到在世俗生活中保持这种侠义品格的人的珍贵。

还有一部分译作在文学形式的创新方面建立了标杆。周瘦鹃翻译的《五年之约》刊载于《礼拜六》第34期(1915年),标注为"义侠小说"。小说写一个行事神秘的富翁假借收买灵魂的名义,暗中帮助一个穷画家成名致富。虽然小说也发出了如下的感慨:"可知世界上不论哪一个人,万万穷不得的,可是这世界实是为富人而设,穷人并没有厕身其间的分儿呢。"③不过,这篇小说的价值在于,它所设置的情节悬念更能够让读者产生阅读期待。小说写到最后一刻,才通过富翁的现身与自我陈述来解开始终萦绕于读者心头的谜团,而与此同时,一个促狭的好心人形象树立起来,可谓情节设置与形象塑造双丰收。周瘦鹃翻译的《无名之侠士》连载于《礼拜六》第80期与84期(1915年),也标为"义侠小说"。小说写了一位年

① 壮悔:《一杯羹》,《娱闲录》,1915年,第20期,第18页。
② 铁樵:《女侠》,《小说月报》,1916年,第7卷第11期,第6页。
③ 瘦鹃:《五年之约》,《礼拜六》,1915年,第34期,第9页。

轻男子诛杀了两个作恶多端的富人的事迹。这种故事在我国的文学作品中也并不鲜见,但小说的形式却非常新颖。小说以一封"复仇之女神"的短简开头,自此,全篇进入一种莫名的紧张气氛之中;而"复仇之女神"的短简每次出现,则紧张气氛更添一层;只到小说的最后,"复仇的女神"处置了坏人,留下了又一封短简:"(阿亭哈姆)狼子野心,竟敢要劫纤弱于道,吾枪中弹丸,至是遂不得不一饮金壬之血矣。然此伧虽死,而如此伧者尚有千百在,金壬未尽,则吾事亦未已也。司复仇之女神白。"①坏人虽已死,但侠义行为显然还没有结束,小说留下了一个开放式的结尾,更是塑造了一个坚持行侠仗义的侠客形象。又有《银十字架》一篇,写法国大革命时期,末的麦侯爵夫妇逃亡,躲在幼时保姆马丹勃蕗拿家中。保姆的女儿哀立司,外号"囚车之女儿",则是追杀他们的大国民。小说仅写了一夜之间发生的故事,却将多年的恩怨牵扯了出来,气氛紧张,结局出人意料。小说的最后,译者瓶庵评道:"哀立司对于尤叶纳,能还一宿债。而吾国庚子,贵族巨室之被难者,转多出于厮役之勾导。乘间反噬,指不胜屈。则尤吾国人民道德心之薄弱,不如欧洲,可为寒心者也。"②虽然译者在关注小说的内容之于我国读者的教育意义,但小说故意集中矛盾、造成强烈戏剧效果的写法,与古来中国小说效法自然的叙事方法形成了较大的差异,给人留下了深刻的印象。

　　翻译小说作为中国文学的他者,为国人理解侠的精神提供了新的视角,同时也在文学书写方面建立了新的范式。这些都有助于国人重新认识与理解传统的侠,并且寻找合适的表现方式来书写这种精神。

---

① 瘦鹃:《无名之侠士》,《礼拜六》,1916 年,第 84 期,第 17 页。
② 瘦鹃:《银十字架》,《中华小说界》,1914 年,第 9 期,第 16 页。

第三章

小说类型的细分与并进

　　清末民初时期的侠义小说，在出版或在报刊上发表时，曾被贴上诸多的标签。但如果大致归类，则主要可以分为三大类：义侠小说、侠情小说和技击小说。这三类小说在诸多方面显现出一致性，但是，它们也表现出各自不同的侧重点。如义侠小说比较重视侠义精神的呈现，侠情小说尝试将侠义与言情相结合，技击小说的重点则是对功夫的描摹与呈现。这三种类型小说在各自的演进过程中均有精彩表现，同时在侠义精神的阐释等方面又具有内在的一致性，为武侠小说的最终整合打下良好的基础。

第一节　着重呈现侠义精神的义侠小说

　　从清末到民初，一批义侠小说不断问世，其中除了部分长篇译作外，更多是原创的短篇小说，它们在很大程度上改变了古来此种小说类型的基本面貌。对此，陈平原、韩云波等都有提及。陈平原从国民性改造的角度评价道："晚清小说家之推崇义侠小说……目的都在鼓荡民气，改变中国人'素性安惰'，'拘守绳尺'，"闻艰险而惊惶，履危险而悚惕"的可悲局面。"①韩云波则将其纳入武侠小说发展演变的轨迹中："20世纪初叶，'武侠小说'虽未正式提出，这一小说品类却早已开始文化转型的步履，缩小传统小说历史惯性与清末民初文化大势之间的差距，对旧

---

① 陈平原：《论"新小说"主题模式》，《文艺研究》，1989年第2期，第61页。.

小说作扬弃性的改造。"①以上二论，无疑都是切中肯綮的。以此为基础，对清末民初时期的义侠小说进行梳理，以更全面地了解其新旧交杂的面貌，对于理解近现代国民性改造思潮的兴起和现代武侠小说的发源，都显得很有必要。

一、因靡烂与侵害而起

为什么是义侠小说，而不是侠义小说？曾有研究者予以解释："侠义小说侧重于'侠'，而义侠小说侧重于'义'，前者传统文化的背景比较浓厚，后者现代文化的背景比较鲜明。"②此论颇有道理。通读本时期的短篇义侠小说，标注为"义侠小说"的当然很多，但也有部分依然沿用"侠义小说"的标签。引人注目的，是作家在字里行间表现出对现实的批判性理解，以及对于合乎公义的社会规则的呼唤。这一姿态，映射出清末民初时期人们在世界观、价值观等方面的现代化转变，故统称为"义侠小说"，以示其有别于传统。

对靡烂的世道人心的激愤批判是此时期义侠小说的一般心理姿态。在《论小说与群治之关系》中，梁启超曾露出其愤世的一面："今我国民轻弃信义，权谋诡诈，云翻雨覆，苛刻凉薄，驯至尽人皆机心，举国皆荆棘者，曰惟小说之故。今我国民轻薄无行，沉溺声色，绻恋床底，缠绵歌泣于春花秋月，销磨其少壮活泼之气……曰惟小说之故。"③梁启超此论，虽旨在批判旧小说的社会影响之坏，其对社会现实的负面判断却也是毫不留情。梁之所以能成为当时一批精英知识分子的意见领袖，并不仅仅是因为他本人的卓识远见，更是因为这个时代的诸多知识分子有着共同的主张与追求。不少义侠小说记载了时人对世道人心的负面理解，显现出与梁的一致立场。李定夷在《鸰原双义记》中说："自世之衰，人心不古，习于落井下石之行，而忘排难解纷之道，求一如朱家郭解者，几等凤毛麟角，希世罕睹。深识之士，怒焉忧之。民情之诈伪，习俗之浇薄，此国家之江河日下也。"④由这段话可以看出李定夷强烈的社会批判意识。这一认识不断地被他的同行重复，如不

---

① 韩云波：《论清末民初的武侠小说》，《四川大学学报（哲学社会科学版）》，1999 年第 4 期，第 109 页。

② 付建舟：《清末民初小说版本经眼录三集》，北京：中国社会科学出版社，2013 年版，第 161 页。

③ 梁启超：《论小说与群治之关系》，《新小说》，1902 年，第 1 期，第 7 - 8 页。

④ 李定夷：《鸰原双义记》，《定夷丛刊二集》，上海：国华书局，1915 年版，第 1 页。

才在《赵风子》中说："挽近世盛倡社会公益诸说,然按之实际,乃或于友朋信义,古人所谓'轻生死、重然诺,急人之急,奋不顾身'者,转不可得诸闻见。世风凉薄如江河之日下,吁可慨也。"①不才强调的是世风日下、今不如昔。《黑衣女郎》中,作者借人物之口说："天下滔滔,人心不古,恶者多而善者少,士困于穷,农困于荒,工困于敝,商困于绌,举凡一切,靡不困于财。推其源,实困于德。"②他感慨的是人心不古,道德崩溃。以上种种,可见当时的部分作家对国族衰弱、社会失范、秩序崩塌的忧虑和愤懑之情。对于作家们所感喟的社会问题,张灏曾论及:"儒家规范伦理的核心与德性伦理的核心都在动摇中。虽然二者有程度的不同,但是二者同时动摇,代表着中国传统的价值中心已受到严重的侵蚀。"③部分敏感的精英知识分子关于现实社会伦理动摇的感知与评判,为义侠小说故事的展开设置了认知与情感的起点。

基于此,对失去制约的社会强权的描摹就成为小说的重要内容。较早的一篇义侠小说《仇人头》情节简单,却提供了一种矛盾冲突的范本。小说极其精炼地描述了为富不仁者的举动:"广厦千间,良田万顷,巍巍高坐,顾盼称雄,欢呼之声雷动! 咄! 此何地! 乃一其富翁家霸占之根据地……(富翁)已益扬扬自得,取某姓女为妻,而杀其故夫;又占某家之产业,而传之子孙,如是者以为常……人不敢正视。受侮者吞声下气莫敢奈何他。"④这段文字将世界分成了两个部分,一个部分由代表强权的富人组成,另一个部分则由被欺压的平民组成。显然,在作者描述的这个世界当中,强权者占有绝对的主导地位,可肆意倒行逆施,无所畏惧,而底层民众可资依赖的公理则无处寻踪。在这一矛盾面前,中国传统文化当中的核心元素——儒家伦理道德无处寻踪。不仅如此,它还在事实上构成了一种隐喻:弱肉强食的冲突,既存在于当时的中国社会,也存在于国与国之间。时人有云:"举世界之事事物物,第有强权,殆无公理。故斯宾塞尔有言曰:势力相等者,以道义为公理;势力不相等者,以强权为公理。"⑤此论本是有感于国家衰弱而发,以斯宾

---

① 不才:《赵风子》,《进步》,1914 年,第 5 卷第 5 期,第 1 页。
② 藕生:《黑衣女郎》,《礼拜六》,1915 年,第 72 期,第 21 页。
③ 张灏:《中国近代思想史的转型时代》,《现代中国思想的核心观念》,上海:上海人民出版社,2011 年版,第 9 页。
④ 同仇:《仇人头》,《复报》,1906 年,第 3 期,第 47 - 48 页。
⑤ 翁筱印:《有强权无公理论》,《童子世界》,1903 年,第 24 期,第 1 页。

塞的社会达尔文主义理论为根基,显得颇有说服力。近代以来,国族衰亡的焦虑始终与列强的恣意相伴随,故而对它的书写能够获得更多读者的认同;小说所呈现的矛盾冲突,能使更多的读者感同身受、浮想联翩。

此时的义侠小说从多种层面和角度对强权进行了个性化的书写。其中,代表现代文明、引领时代方向的进步知识分子的遭遇是小说着力描写的对象。某种意义上讲,此类书写是对强权的政治判决。《侠女奇男》(《中外小说林》第9期)以很长的篇幅写了国昌和汉英这一对新式年轻夫妇的出众之处。二人去日本留学,撰写《中国还魂史》等举动,使他们足以代表当时的部分进步知识分子。正当二人意气风发之时,小说突然峰回路转,写汉英的父亲因此书被株连问罪,死于狱中。杀父之仇、文字狱、反文明,一个生命的消失在小说中被赋予了诸多的意义。类似的情节还出现在《士为知己者死》中。陈仲庵为人正直,且家境富裕,为县知事所嫉妒。其子由东洋留学回国,被伪造证据,诬为叛党。"时仲庵如堕五里雾中……始知人面兽心之知事竟以'莫须有'三字织成冤狱,拟即据情控诉,顾子已死于非命,又无对质之人,且事关党禁,虽讼何益?"①这种无辜者的绝境堂而皇之地降临,不能不让人心悸。中国在现代化进程中的主要矛盾冲突就通过这种极为具体的形式出现在读者面前,并且以生命的代价宣示:保守势力与激进势力之间已无和解的可能。

如果说以上的情节还难以触动旁观者的心弦,此时不少小说还揭示了强权对俗常之人的生活和生命的侵害,在激发普通读者的同情方面,就有了一定的针对性。个人财产所有权被侵犯的情节大量出现在小说中。《古刹中之少年》中,人物自述道:

妾李氏,夫族胡姓,系此间土著,虽非望族,然亦世代书香。有田园,颇不虑衣食缺乏。妾夫亦知自足,不事进取,闲时则种花莳竹,养鹤饲鱼,自谓清福无量,虽南面王不与易,正不知是几生修得到此也。②

这段描述,显然是很能够体现时人对于理想生活的认识的。然而,这样的理想生活很快就因为仇家和长官联手开展的迫害而中断,其人被诬陷为与江洋大盗私通,本来安居乐业的顺民就陷入"叫天天不应叫地地不灵"的冤屈状态当中。相

---

① 悔初:《士为知己者死》,《小说新报》,1915年,第7期,第2页。
② 无我:《古刹中之少年》,《礼拜六》,1914年,第22期,第42页。

似的情节还出现在《鹦鹉冢》中,小说首先描述某生为"书家种子也,家资豪富,广交游,喜宾客,珠履虽满三千,而挥尘轻谈,客常满座",①在对这种简单富足的生活进行一番描写之后,小说写其突然因徐锡麟刺恩抚事被诬陷,而长官为升官发财,将其逮捕入狱。显然,在小说作者看来,即使是有产者如士绅阶层,在此环境下,也将难以保全其平静的生活。社会不公平的受害者范围在这里被有意识的扩大。

强权对家庭伦理的破坏是小说中较为常见的矛盾。《白燕儿》(《礼拜六》第56期)当中,小说安排少妇现身说法,叙述了一段世间不平事:其夫因好赌输钱,富豪要求以妻子偿债,丈夫不从,富豪因而贿赂狱吏,对其私刑拷打,酿成惨祸。《深山孤嫠》(《沪江月》第4期、第5期)中,小说写梁生与倩娘这一对美满夫妻,在郊游时被土豪遇见,土豪见倩娘貌美,强抢而去,梁生却无力报仇。夫妻是人伦中最重要的一环,也是整个有序运转的社会中的最基本单元。对于小说的读者,特别是出身于社会底层的读者而言,因其贫穷,夫妻人伦往往是他们能拥有的不多的东西之一。小说着力描摹这样的矛盾,使代入机制更易发挥效用,也使得更多的读者具有了被感染的可能。

总体来看,此时的义侠小说营造了一种在强权面前无人不冤的氛围,深刻揭示了强权的肆意和社会的糜烂。特别应该注意到的,是造成社会失范的因素当中,公权已经成为最重要的一种反动力量,这凸显了部分知识分子对于现实的高度关注,以及对社会的强烈批判性和疏离感。

二、强权与公理的冲突

古人有云:"善人之赏,而暴人之罚,则家必治矣。"(《墨子·尚同下第十三》)义侠小说对于人世间种种冤屈的铺排,为侠客的出现提供了充分的情感支持。当强权越过个人权益的边界时,开始接受现代文明洗礼的人们总会萌发反抗的冲动,作为公理代言人的义侠就此登场。

怎样才能担得起"义侠"的评价?在清末民初时期,作者的理解呈现出新旧掺杂的一面,其中有不少甚至还处于自发状态。《冰娥》中,作者说:"若冰娥者,以出

---

① 云客:《鹦鹉冢》,《织云杂志》,1914年,第1期,第122 – 123页。

室之妾,为庚守,且为庚存其孤,贞毅之气,懔然不磨,我将以女侠许之。"①此处的"义侠",强调的是女子守贞和担当精神。女子的守贞,依据是封建礼教,考虑到该文发表的时间为1915年,距《女子世界》创刊已超出十年,女权思想已逐渐成气候,其立论点不免显得过于陈旧。但如果把"义侠"的侧重点限定为担当的精神和"贞毅"的品质,则又有其可取之处。《雪中丐》中,作者也有自己的看法:"一双玉人,不约而同周恤一饿丐……若丐之食德不忘报,尤烈丈夫之所为也。"②此处的"义侠",指向了报恩。自《燕丹子》以来,报恩与复仇便为侠义小说的两大重要主题,故以《雪中丐》为代表的这一类小说对"义侠"的认知依然驰骋在旧识的大道上。虽然旧识并不一定意味着过时,但此处强调的旧识,实际上是指小说没有很好地将报恩主题与时代语境相结合,与同时代的其他不少作品相比,未免滞后。

在另一些小说中,"义侠"常常体现为人们所熟知的"路见不平拔刀相助"式的社会干预姿态。《仇人头》中,当众人对富豪的胡作非为无可奈何时,"邯郸城南游侠子"在乌天黑地,万籁无声之时,飞跃到富豪的屋上,杀了富人,完成了一般人所认可的行侠仗义的整个过程。《古刹中之少年》中,少年杀了为非作歹的富豪,而因其威慑,某县官自此亦不敢再枉法。所谓的"为民除害"的情节模式,出现在此时诸多义侠小说当中,成为解决问题的首选方案,满足了诸多的读者。小说的新意,则往往寄托在"害"的定义上,倘使所谓的"害"是老生常谈,则义侠小说无非就是村言俗语,豆棚闲话。充分体现此时义侠小说的旧时特征的,是部分小说对侠客与大僚关系的认识较为滞后。有不少小说中的侠客往往只针对富豪,很少对富豪强权的来源展开深入的思考,有些甚至还继续延续沿用旧时小说中"清官救世"的模式。《茉莉根》(《礼拜六》第74期)中,恶人作恶,县官贪财,但仆人、豆腐翁、渔翁、吴家昆仲二人,人人皆有义气有担当,情愿一死以卸他人之责。最关键者,是官员州牧也是乐于找出真相的好人,在他的坚持下,真相得以大白。在《鹦鹉冢》中,某生因徐锡麟刺恩抚事,被诬陷,官为文致人罪为升官发财。鹦鹉找更高级的官僚,这位官僚果然不负众望,主持正义,帮鹦鹉救出了它的主人。在这些小说中,总会出现青天大老爷的角色,其功能是最终出场并主持正义。而义侠的作用显现与否,最终的关节点还在于官员是否提供这样的平台,故而其实质是

---

① 仪鄣:《冰娥》,《小说丛报》,1915年,第12期,第4页。
② 恬予:《雪中丐》,《小说新报》,1915年,第2期,第6页。

权力的自我净化。从这一点来看,称其为"义侠小说",并不合适。而不同者,如《侠女奇男》中二人回国杀县令夫妇以报仇,《白燕儿》中仗义任侠的白燕儿惩罚县令,这些作品都给人留下了深刻印象。《侠女奇男》之所以会写进杀县令的情节,关键还在于革命者和旧的政府体系的对立状态,在一定程度上改变了义侠小说的写作模式。

与以上种种相比,更值得关注的是部分小说所彰显的义侠舍己为人的精神。罗家伦说:"同情心的缺乏,是现在中国社会最显著的一种病态。"①不少小说中的义侠,致力于跟这种社会病症展开斗争。《某义侠事》中,作者现身说法:"某为不忍众人之饥寒贫困,而牺牲一己之财产名誉,复活人于至危之地,揆之舍身取义之文,恐士大夫所不能,而彼竟独力任之。谓非义侠而何?"②此处的"义侠",彰显的是为众人舍一己之利。在译作《海滨斗潮记》中,农人海中救人,壮悔曰:"侠哉,农也。牺牲其身,以脱他人于危难,惜乎。"③在译作《一个义侠的奴仆》中,在忠仆尽难的地方,贵人替他竖了一个木制的大十字架,上面有几句铭文说:"一个人为了朋友,牺牲他自己的生命,这种爱,没有人能够胜过的了!"④不同的小说作品自然引出不同的议论,但这诸多的议论最终可指向一点:所谓义侠,其最核心的价值标准就是愿意为他人牺牲自己的利益。"这些人不仅是真正的爱国者,更不可置疑地证明了:在他们这些具有公义精神的领导者的引领下,中国人是能够被触动,从而做出最英勇的举动的。"⑤小说的目的,应该是鼓舞更多的人在关键时刻显现出牺牲精神。

在此基础上,部分小说强调了一种很有价值的认识:要想得到义侠的救助,重要的是自身是一个值得被救助的人。梁启超曾说:"观之一省,其治法俨然一国也;观之一市、一村落,其治法俨然一国也;观之一党会、一公司、一学校,其治法俨

---

① 罗家伦:《侠出于伟大的同情,侠气就是革命的精神》,《新民族》,1938 年,第 3 卷第 2 期,第 3 页。

② 李谔:《某义侠事》,《桃坞》,1921 年,第 1 卷第 2 期,第 6 页。

③ 壮悔:《海滨斗潮记》,《娱闲录》,1915 年,第 14 期,第 24 页。

④ 张毅生:《一个义侠底奴仆》,《学生杂志》,1921 年,第 8 卷第 10 期,第 93 页。

⑤ [美]Arthur H. Smith. *Chinese Characteristics*. New York, Chicago, Toronto:Fleming H. Revell Company,1894:114.

然一国也,乃至观之一人,其自治之法,亦俨然治一国也。"①故小说对于个人品质的强调,就是对国族强盛之路的隐喻书写,有其特别的意味。《飞足大王》中,香山刘子路上行善,顺船带一乞丐回乡。乞丐帮刘击退船上强盗,并说:"我所诛者,贪污之吏;劫者,不义之财;先生良吏也,而伊等乃欲制刃于先生之腹,我又以安良为志者,见死不救,乌可者?……先生之义,可以救先生,非我之力也。"②最后一句话,强调了自救力量的源泉,属于点睛之笔。《白燕儿》中,白燕儿佯装怂恿少妇服从于富豪的淫威,妇人迅速而坚决地回复道:"客果白燕儿,何有此说?此语不宜出诸白燕儿之口,白燕儿而有此口吻,不成为义侠客,或非白燕儿乎?客休矣。妇家虽贫,妇心如石,不入耳之言,莫再相溷。"③妇人借这段表述突出了个人的坚贞,小说中的人物一旦心志被如此表明,得到义侠的帮助就成为顺理成章的事情了。这些情节,一方面符合一般读者"好人有好报"的基本认识,另一方面也对个体的价值标准进行重塑,其意义不可小觑。值得强调的是,部分小说还进一步强调了自救的意识。《枕底之函》中,粤人张筱川,性喜渔色,且因琐事害人。陈剑娘作为一介女子,佯装嫁给张,报杀夫之仇,杀了张筱川,并留下书函一封,当中写道:"留此一书,使人世间知张筱川为元凶大恶,尚有陈剑娘其人者歼之,以除社会害。世道人心,或两有裨与。"④借此机会对自己行为的社会意义作了总结。在优胜劣汰的环境中,国家民族与个体都需要自强以谋生存,对此,梁启超曾断言:"世界之中,只有强权,别无他力,强者常制弱者,实天演之第一大公例也。然则欲得自由权者,无他道焉,惟当先自求为强者也。"⑤以上义侠小说的情节设置,正是对这一认识的文学书写。不少评论者认为武侠小说助长了国人等、靠、要的思想,对于此类责难,清末民初部分义侠小说的情节构成了有力的辩护。

与梁启超的强权论思想存在分歧,此时也有部分思想者认为,国族或个体之间的关系的核心在于互助互爱。朱执信认为,人与人之间能够互相帮助,所以能够组织起社会。关于组织社会,最重要的事,就是爱人,并且也使他人爱自己。

---

① 梁启超:《新民说》,沈阳:辽宁人民出版社,1994年版,第4页。
② 羡石:《飞足大王》,《游戏杂志》,1915年,第14期,第45-46页。
③ 花奴:《白燕儿》,《礼拜六》,1915年,第56期,第29页。
④ 病骸:《枕底之函》,《礼拜六》,1915年,第73期,第44页。
⑤ 任公:《论强权》,《清议报》,1899年,第31期,第6页。

"不特一个人对一个人是如此,就是一个民族对一个民族,也可以用相爱的精神,行互助的手段,免了民族间的恶感。一个国家对一个国家,也可以用相爱的精神,行互助的手段,免了国家间的轧轹。"①依据此种论点,部分小说将普通人对道德准则的坚持归为义侠之举,描摹也颇为动人。《三义村》中写了一个叫三义村的村落,村中有文、朱、陈三姓,因父辈曾经的见义忘利、肝胆相照,后人继承遗志,他们所生的子女,可以互相帮助抚养,并不局限于亲生父母;所缝制的衣服,也可以互相借穿,并不局限于所有者独自享用。这样的精神甚至还影响到了他人:"于是近村有兄弟争夺田产者,父老必以三姓同爨事告之,无不为之动容。"②作品所颂扬的义侠行为,是普通人视德行高于利益,这在当时,颇为不易。《白罗衫》讲了两个小姑娘,朱兰史和陈湘雯,两人是江苏人,在海上轮船相遇,轮船失事,朱兰史把生还机会给了陈湘雯。作者说:"现在世界上,往往平日间,非常亲热,一到了稍有些为难的时候,大家都是袖手旁观,各人顾各人的,奉劝我们姊妹们,大家也要有点义气才好。"③所以,这里的义气,就是在遇到困难时能有所为有所不为,在原则面前,即使牺牲自己的生命也在所不惜。此类诉求的价值如何?意义怎样?有评论者曾对朱执信的观点进行评价,放在这里无疑也是适用的:"朱执信所坚持的人类和国家之间关系的互助和互爱理想,无疑是美妙动人的,如果真能这样,那确实是人类天大的福祉。"④是的,如果小说所着力描摹的这些精神能够真正实现,那无疑是社会的福音。

部分小说对行侠仗义行为的界限展开了思考,这与同时代的人们关于"强权"与"公理"、"强力"与"和平"的辨识较为合拍。胡适曾经说:"在国际社会中,维持有效的法治是和平的先决条件,而法治的顺利实现必须依赖于某种有效的强力组织方式。简而言之,和平必须有强力为后盾。"⑤实际上,这一认识在清末民初时期很有市场,不少义侠小说中能找到其踪迹。《僧侠》中,作者对老僧的侠义举止

---

① 执信:《睡的人醒了》,《新声》,1921 年,第 1 期,第 14 - 15 页。
② 剑山:《三义村》,《小说新报》,1915 年,第 9 期,第 2 页。
③ 笑:《白罗衫》,《女学生杂志》,1910 年,第 1 期,第 91 页。
④ 王中江:《清末民初中国认知和理解世界秩序的方式》,《现代中国思想的核心观念》,上海:上海人民出版社,2011 年版,第 105 页。
⑤ 胡适:《强力,国际法治与世界和平的后盾》,《胡适研究·第 3 辑》,合肥:安徽教育出版社,2001 年版,第 509 页。

予以评价:"呜呼,自古以侠著者多矣。然皆赤血膏其刃,方能显其侠。若老僧则不使巨恶流血,而使其自兴,是高出于寻常豪侠万万矣。"①《瞽丐》中,许廛父也有类似的按语:"好勇斗狠,君子不为。而况逞其意气,杀人如草莽,快则快矣,罪益甚焉。"②人可以自强,但不必好勇斗狠,不必以流血为解决争端的唯一方法。这种观点,在普遍嗜血的武侠小说当中,当不多见。《黑衣女郎》中写了一个乌托邦式的小岛,岛中之人黑姑娘,常到大陆带贫儿回岛抚养,或将不思改悔的人带回岛,使其改过,感化。小说所讲的义侠,是立志于社会改造的人。其义侠之举,依托于黑姑娘之能力与武力。此种设计,与上述言论交相辉映。

额外值得一提的,是《无敌先生》中的一种带有理想主义色彩的写作。小说写了一个行义侠行为于世界的人。小说写了一个姓匡、自号无敌的中国人,他的技击功夫极高,天下无敌,所以以此自号。这位先生喜欢远游,已遍游中国,于是,走出国门就成为自然而然的事。小说写道:"是年遂作世界之行,途中于印度斐洲之地,曾手杀狮虎,力胜蛮人,犯艰难危苦,以至于英国。"③小说紧接着详细描写了无敌先生在英国扶危救困的行为。作者大概是认为,这样的义侠行径将有助于重塑国人形象,使中国在世界民族之林中能谋得一个位置。如果按照上文中所揭示的国族与个体命运同构的理解,则这部小说透露出的是时人对于国族未来的一种高远志向和美好遐想。

三、利于读者参与的小说形式

要想使小说中的思想、内容能够更好地传播,小说形式就必须要予以配合,针对读者需求做出调整。清末民初的义侠小说在形式方面也有相应的继承和创新,这在一定程度上决定了它的传播效果。

在中国小说的阅读史中,对于故事真实性的强调始终在延续。清末民初的一部分义侠小说顺应了这一潮流,不少篇目以转述的口吻开篇,以示故事的来历,有利于读者顺利进入。如《义仆徐升传》的开头:"义仆徐升者,郭观察子华之健仆也。魁梧有臂力。是时郭公为吾常熟宰,延余入署,课读其子侄。余见升有奇气,

---

① 富华:《僧侠》,《沪江月》,1918 年,第 2 期,第 8 页。
② 王越英女士:《瞽丐》,《劝善杂志》,1924 年,第 3 期,第 55 页。
③ 我闻、纯浩:《无敌先生》,《娱闲录》,1914 年,第 6 期,第 10 页。

殊异庸流,讶而询之,郭公乃详述其历史。"①这种写法,与清代笔记小说颇有相类似之处。究其因,很大程度上是文人希望彰显自己的记载的清楚来路,以示清白。部分作者不满足于此,又作了一定程度的创新。李定夷在小说《鸧原双义记》中也交代了故事的来历:"(余)间尝以语某君,某君曰:'鸡群且生凤凰,当今之世未必无可述者,宜著之篇以风末俗。'余即席请闻其说,且愿以抄胥役自任。"②与《义仆徐升传》相比,这段文字采用了相同的模式,但提供了更多的细节,并暗示着小说会有较强的趣味。《平康喋血记》的开头,采用了一种铺排与变形的方式:

灯光荧荧,人影憧憧,屋主人与客数人叙谈于一室。主人曰:"夜阑矣,雷声轰轰然,似有雨意。余意诸君且弗归,留作长夜谈。且余新蓄一婢,能道其旧主人事,趣而详,当召之来,俾更述之,为诸君一驱睡魔。"于是客咸诺。主人乃呼婢,婢入,命之坐。主人笑曰:"试申言若曩所言者。"婢乃长叹曰:"兹事骇人听闻,苟非余亲见者,虽余亦弗信也。顾事极复杂,当为客略陈其概。"③

此段中关于深夜雷鸣的提示,其实是烘托了故事的氛围,但究其根本,主要还是为点出故事来历。

似乎道听途说还显得不够,为强调故事的真实性,不少作品在亲眼所见、亲耳所闻方面做了不少文章。刘鹏年在《记大刀王五》中,有如下一段自述:"王君事行,多显于世,鹏年所见闻,则仅此耳。见君时,鹏年方七岁,然君之容笑,陈兵之庭,及先君子以君行诏鹏年之言,今十八年矣,而惚惚焉如昨日也。"④显然,这段话的第一用意,在于通过所见所闻,以强调真实。《阿三小史》中,作者评论说:"三居与予村仅十里而遥,其面貌今犹能凿凿言之。"⑤这一交代,强调了小说叙事者与小说人物在地理空间上的接近,以此来暗示故事的准确无误。《赵风子》中的言论显得更加特殊,其云:"吾曾阅山左某氏笔记,有赵风子事,盛称其擅星命、堪舆术,所经验甚怪诞,殊不足信。今闻耆旧所述,乃知彼皆以术阴行其任侠尚义好善乐施之实事也。"⑥这一陈述还加上了自我辨析的过程,几乎明示了小说所讲述的

---

① 侠隐:《义仆徐升传》,《礼拜六》,1915 年,第 32 期,第 40 页。
② 李定夷:《鸧原双义记》,《定夷丛刊二集》,上海:国华书局,1915 年版,第 1 页。
③ 一厂:《平康喋血记》,《小说新报》,1915 年,第 6 期,第 1 页。
④ 刘鹏年:《记大刀王五》,《娱闲录》,1914 年,第 5 期,第 2 页。
⑤ 瞻庐:《阿三小史》,《友声杂志》,1919 年,第 1 卷第 1 期,第 5 页。
⑥ 不才:《赵风子》,《进步》,1914 年,第 5 卷第 5 期,第 15 页。

故事的可信度。对于长期浸淫于中国古典笔记体小说的读者来说,来历清楚且有旁证的故事即为稗史,无疑具有更高的阅读价值。

但是,对于市民读者而言,真实性当然能增加阅读趣味,但自话本问世以来小说文本所显现的亲和力显然对读者也很有效用,这一点在义侠小说中也有表现。《冰娥》开篇写了一个女子带一幼儿艰难度日。"此女子为谁?请为诸君述之。"①《古刹中之少年》描写了很具有紧张气氛的开头后,说:"叙景既竟,予将回顾此少年矣。"②表现出强烈的过渡性特征。此类写法,颇与话本小说有相似之处,对于一般读者来说,更添贴心之感。

传统侠义小说的结尾,往往交代侠客的去处,这一点被清末民初的义侠小说很好地继承。此时期的小说往往采用传统的"侠隐"式结尾,照顾到了精英知识分子和市民阶层共同的阅读习惯。《鸰原双义记》中,作为门客的两兄弟面斥奸佞,主人赵先生因而下狱,两兄弟为赵奔走,护其家人。主人与门客的相知已到如此地步,但最终两兄弟还是别去,不知所往。《无敌先生》的最后,先生同样不知何所往。《黑衣女郎》中也有寻故地而不可得的文字。以上种种,或许是作者刻意为之,但从中亦可见传统的稳固。

与话本、笔记体小说一样,此时的部分义侠小说也会用评论性的文字,为读者作阅读与感知的引导。《璧侠》在卷首语中表露出了求新求异的追求:"吾今以小说家言说璧侠,其人则女,其迹则男,其事又非正非邪,非朱家,非红线,其庶乎为说侠者别开一生面。"③这一评价,采用的参照系是传统义侠,经此对比,明确了小说与传统切割的新意,激起了读者的阅读期待。《义仆徐升传》的最后,作者对人物的行为进行了评价,并借评论小说人物,表明了对权力阶层始于作伪、终于无耻的不屑,激发了读者的傲气。《赵风子》则叙写了爱读义侠小说者的澎湃心潮。清末民初时期,不少知识分子前赴后继,抛头颅洒热血,为国族而不惜牺牲,其中不少人在文字中都以箫、剑、侠等词汇描述自我,其情其感,当与此段文字契合。以上种种,究其实质,是此时代精英知识分子的内心写照和理念传达。小说特意突出这些评论文字,一方面是对传统小说写作范式的继承,更重要的一方面,是对此

---

① 仪鄦:《冰娥》,《小说丛报》,1915 年,第 12 期,第 1 页。
② 无我:《古刹中之少年》,《礼拜六》,1914 年,第 22 期,第 41 页。
③ 汉章:《璧侠》,《中华小说界》,1914 年,第 10 期,第 1 页。

类小说创作出发点的照应。思想、内容与形式在此处顺利会师,读者与作者也由此情同意合。

但毕竟西风已东渐,此时期的义侠小说译作为原创文学提供了较为现代的范例,给以上传承意味甚浓的写作带来了一定的冲击。清末民初的不少短篇义侠小说,在小说的谋篇布局方面,明显受到了西方"老师"的影响,就小说开篇而言,就有模仿得较为到位的作品。如小说《枕底之函》有一个扣人心弦的开头:

> 朔风凛洌,寒气砭骨,数点残星,尚隐约现于中天。而一声晨鸡,已响起西村,盖东方将白矣。时梅(广东梅县)城之南街,静极无声,各店肆之门,一一皆紧闭,知其中主人翁尚在北窗作羲皇以上人也。忽一中年妇自西而至,状至皇遽,面色灰白,发蓬然如麻。至一门前,以指弹扉者再,且举首四望,若防人之窥见者。①

在这样特意营造的紧张气氛中,小说开始回顾先前发生的故事,自然萌生了更多的趣味。《茉莉根》的开篇即直接引述小说中一位老人的话:"去休……去休……吴梦文三字牢记之……唉……唉……天乎……天乎……"②老人随即在坏人逼迫下自杀,引发一系列报仇之事;而最终老人又复活,揭出用茉莉根来伪装自杀的手法,解开了悬念,全篇堪称佳构。另外,又有《士为知己者死》,开篇是刑场杀人,紧接着开始倒叙。这些义侠小说的开篇已经具有了现代小说的特征,昭示着小说采用新式写作方法的可能性。作为通俗小说,它们的这些模仿性的写作必然会春风化雨般地改变大众读者的审美趣味,而中国文学的现代化进程也正是在这些不算知名的文本的传播过程中延伸。

清末民初的义侠小说在思想或形式方面,有不少新旧掺杂之处,但总的来说,体现出与浩荡的时代潮流密切合拍的特征,是对这个时代思想者的文学呼应,对读者的鼓舞与引导,同时也为后来者提供了较新的写作模式和更大的写作空间。当然,总的来看,这些小说的写作目的过于明确,故而部分作品行文不免浅显。但是,考虑到弥漫于这一时代社会中的强烈焦虑感,就算义侠小说的作者能够沉静地写出文思俱佳的经典之作,其读者大概也是没有足够的闲情来仔细品味的。

---

① 病骸:《枕底之函》,《礼拜六》,1915 年,第 73 期,第 38 页。
② 韦娘:《茉莉根》,《礼拜六》,1915 年,第 74 期,第 17 页。

第二节　英雄与男女并重的侠情小说

关于 20 世纪的中国言情小说与武侠小说,学界的评价往往有所保留。曾有研究者如此描述:"言情文化虽然广受大众欢迎,却饱受知识精英和政治领导层的批评,被指斥为思想空虚、消磨意志,沉溺于儿女情长之中而置民族国家大业于不顾的腐朽文化。"①这一描述虽仅提及言情小说批评,但其实对武侠小说的评价也不外乎此。郑振铎先生在评价剑侠小说时曾指出:"它们乃是:使强者盲动以自戕,弱者不动以待变的。它们使本来落伍退化的民族,更退化了,更无知了,更晏安于意外的收获了。"②这一认识本身很有深度,但往往被评论者用于否定整个武侠小说。事实上,诸多关于言情、武侠等中国通俗小说的否定性评价,虽有合理之处,却未必全面、客观。清末民初的侠情小说,便是一个重要的反证。大约自《月月小说》1907 年第 9 期刊载《岳群》开始,到 1910 年代晚期,此间有大量标注为"侠情小说"的作品发表。《本馆附印说部缘起》一文曾明确提出:"何谓公性情?一曰英雄,一曰男女。"③由此可见时人对侠、情的基本态度。以此论为倚仗,侠情小说对于英雄和男女的并重式表现,使其在小说"新民"的话语体系中获得一席之地。此外,它们对于英雄情结与男女之情充满时代色彩的体认和呈现,使武侠小说获得了更大的写作空间,也使言情小说在某种程度上具备了脱俗的品格。

一、情因才色而生

"侠情"二字,重心在"情"。受言情小说传统的影响,曾有人说:"爱所由生,其子核有二:一由其才,一由其色。"④故而,侠情小说对于情的生成过程的描摹,一般可用"情因才色而生"一语来概括,这使其能基本满足大众读者的阅读期待。

---

① 姜进:《追寻现代性:民国上海言情文化的历史解读》,《史林》,2006 年第 4 期,第 70 页。
② 郑振铎:《论武侠小说》,《郑振铎选集·第二卷》,成都:四川文艺出版社,1990 年版,第 413 页。
③ 几道、别士:《本馆附印说部缘起》,《二十世纪中国小说理论资料·第一卷》,北京:北京大学出版社,1989 年版,第 2 页。
④ 天民:《岳群》,《月月小说》,1908 年,第 14 期,第 7 页。

不过,小说也紧跟时代步伐,在模式的文本化过程中呈现出现代的特征。

侠情小说着力表现男女情爱,与言情小说的写作传统与现实基础有密切的关系。言情小说在清末民初能够大量问世,并获得市场的认可,首先是因为情在中国的文学传统中始终占据重要地位。早在《诗经》里,古人对于情的讴歌已然令人动容;《情史类略》中的"情侠"部分和《儿女英雄传》等作品对"侠烈英雄本色,温柔儿女家风"的描摹,更是为侠情小说提供了鲜活的范例。在汤显祖的"至情观"和冯梦龙的"惟情说"当中,情与文学的关系及言情小说的功能得到了充分的阐释。冯梦龙在《情史类略·情史序》中说:"又尝欲择取古今情事之美者,各著小传,使人知情之可久,于是乎无情化有,私情化公,庶乡国天下,蔼然以情相与,于浇俗冀有更焉。"①从冯的言论可知,古人对言情小说的社会功用有着一定的认识和期待。他们的认识,随着文学文本的广泛流传,内化为持续而强烈的读者需求。至清末,时人有言:"盖写情小说,非欲诏人以男女相恋爱之事也,以欲作人温柔敦厚之性,而使之日进于慈良,则不可不有以牖启其仁爱笃厚之性。"②细品可知此论与冯氏言论的承续关系。《新小说》又说:"人之生而具情之根苗者,东西洋民族之所同,即情之出而占位置于文学者,亦东西洋民族之所一致也。"③这一观点强调的是情的普世性,以及言情文学存在的合理性。情在西方价值观中的重要位置和国人对其社会功能的期盼,是晚清言情小说倡导与写作的重要动力,也为侠情小说这一类型的生成提供了坚实的基础。

侠情小说的情爱书写呈现模式化的特征,这尤其突出表现在情爱发生机制方面。情由才色而生的观点几乎是当时的侠情小说作者们的共识,这可以从小说文本中窥测。《岳群》用如下笔墨描写寿奴的才色:"(寿奴)眉长颐丰,眸明净如晶,每笑双靥盈然,若其喜乐之情,尽从靥中奔出者。体硕而高,年十七,貌愈艳媚,女红亦出人上。性且幽雅,女红之余,夕阳斜照园中树梢时,寿奴必闲步田园以自娱。"④寥寥数语,就将寿奴的形色品貌一一呈现出来。大概作者觉得还嫌不够,

---

① 龙子犹:《情史序》,《情史类略》,长沙:岳麓书社,1983 年版,第 1 页。

② 成之:《小说丛话》,《二十世纪中国小说理论资料·第一卷》,北京:北京大学出版社,1989 年版,第 428 页。

③ 松岑:《论写情小说于新社会之关系》,《新小说》,1905 年,第 2 卷第 5 期,第 2 页。

④ 天民:《岳群》,《月月小说》,1907 年,第 9 期,第 76 页。

于是在铺排岳群高声唱岳飞《满江红》之余，又额外地描述了寿奴在吹箫方面的特长。综合来看，她符合文人的理想择偶标准。与之相对应的，是小说在塑造岳群这个标准的美男子造型时，它既综合了中国古代小说人物形象塑造的文字，文气十足，又纳入了西方英雄的元素，与一般人认识中的英雄之"彪悍"甚至"草莽"形成鲜明对照，古今、中外相结合，可谓讨巧至极，显现了作者关于情爱生成的基本观点。

《岳群》对于青年男女品貌的书写方式出现在此时期的诸多小说文本当中。如《采蘋别传》中的某生："名臣裔也，髫龄秀美，眉目如画，族倘或戏呼之曰'玉琢'。善才，姿性敏慧，读书数行俱下。"①侠婢采蘋则是"容光秀发，肤玉颜晕，性婉媚，善解人意，居然一爱娇可儿也"。② 又如《情天红线记》，男子圣情生，"云其姓，倩其名，尝挟资漫游天下，爱蜀之佳山水，遂居焉。美姿容，擅才华，内秉坚孤，非礼不动。皎如玉树临风，潇洒美少年也"。③ 女名莲侬，凤明府之女公子，"意度娴婉，美异常伦，天人也……此女倜傥不羁，毫无脂粉态。戚串中之拘谨者，多不直之"。④ 诸如此类的描述，都是试图突出人物出类拔萃的形貌和斯文优雅的品质，强调与俗流的明显区隔，显现出当时的侠情小说对于男女主人公理想化描写的大致取向。

基于对才子佳人小说传统的一种继承，侠情小说自然会出现才子与妓女的配对，因而小说对人物形象的理想化描写也就顺理成章地延伸到妓女身上。《秀凤》中写道："妓女秀凤，年方及笄，身材俊俏，貌若天人，而裙下双钩，纤不盈握，虽身居门巷，而秉性贞淑，迥与水性杨花有别。"⑤《朝霞小传》中的妓女吴朝霞则是"姿容冠代，虽未能仔细审视，然态度神情，觉与庸脂俗粉迥殊"。⑥ 这些描述，就其写作思路而言，与"三言二拍"中的一些篇目大致重合：一方面坚持强调了人物的美丽形貌，而另一方面，则都明确了文中女子与一般妓女的区别，突出文人能于普通胭脂俗粉中发掘不凡之人的品鉴能力，当然也是为发生在他们身上的爱情争取更

---

① 指严：《采蘋别传》，《小说月报》，1911 年，第 2 卷第 4 期，第 1 页。
② 指严：《采蘋别传》，《小说月报》，1911 年，第 2 卷第 4 期，第 2 页。
③ 凤雏：《情天红线记》，《小说月报》，1911 年，第 2 卷第 8 期，第 1 页。
④ 凤雏：《情天红线记》，《小说月报》，1911 年，第 2 卷第 8 期，第 1—2 页。
⑤ 瘦影：《秀凤》，《剧场月刊》，1914 年，第 1 卷第 2 期，第 14 页。
⑥ 剑秋：《朝霞小传》，《礼拜六》，1914 年，第 1 期，第 1 页。

多的认同。而小说中被这些妓女另眼看待的男人,则也是英俊的文雅书生,似乎只有如此,才可以让秀凤和朝霞这样的女中豪杰动心,从而爱之护之,上演佳人救才子的一幕。

作为侠情小说时代特征的重要体现,新式青年同样也被纳入小说的表现范围。《岳群》中已然出现了新式青年,而在民国成立后,小说作者对这类人物的兴趣更为浓厚。对这些新青年的描写,是否还能沿用郎才女貌的旧形式? 这是个关键问题。《好男儿》中人物出场时,小说只是给出了下列介绍:"少年姓傅,亚侠其字,越郡良家子,毕业于优级师范,慷慨负奇气,学问行谊,卓绝时辈。旁坐之女子,则女界中盛名鼎鼎之朱婉娘也。"①这段描述,志在勾勒人物气质,与上述强调外貌特征的文字已颇为不同,显现出由外到内的转变趋向,是新时代的新风貌,是文学上的大进步。

经过长时间的传统小说和传统戏剧的熏染,一种稳固的阅读期待已经形成,并内化为作者的写作习惯。所以,无论侠情小说描写的是旧式青年还是新式青年,作家的具体笔法或有不同,模式化的倾向却是始终存在。但随着世界文学的影响,和中国文学的演进,至少在人物形象的塑造方面,侠情小说突破传统模式的写作已渐渐出现。

二、情深爱重天也妒

小说如要化大众,大众化是一条重要的路径。侠情小说在人物描写方面的模式化,是其大众化特征的一种表现;而其对爱情生活的描摹,以及对各种磨难的叙写,同样也在相当程度上遵从了传统,回应了时代,使小说的大众化更为可能。

有人说,幸福的生活总是类似的,这一论点在侠情小说中也得到了充分的体现。基于人物形象的理想化设定,在《情天红线记》中,他们的爱情呈现如下式样:"自是以后,笺札倡酬无虚日。莲依心中目中固以为微斯人吾谁与归;生亦落拓风尘,萧条琴剑,举世皆浊,谁是真知音者?"②又或者才子与妓女相得,成神仙伴侣,在《朝霞小传》中,又有一番风景:"朝霞妆阁本临河建筑,危楼一角,俯倚晴波。生蛰居其间,有终焉之志。朝霞亦闭门谢客,与生终日厮守,影形不离……见者莫不

① 剑秋:《好男儿》,《礼拜六》,1914 年,第 11 期,第 11 页。
② 凤雏:《情天红线记》,《小说月报》,1911 年,第 2 卷第 8 期,第 4－5 页。

魂销,以为神仙中人……生又教以对偶声均,与卫夫人簪花小格,未二月,居然能作小诗,斐然可观,生益倾倒不已。"①郎情妾意、花前月下,读书言志、唱和诗词,既无案牍之劳形,也无柴米之贵贱,文人视角之下的人间情爱之美好已经跃然纸上。从此二段文字可知,所谓神仙眷属,基本上沿用了中国古典文学中才子佳人的形式设定。

当然,如果描写的对象是新式青年,幸福的生活就会容纳更丰富的内容。如《好男儿》就有亚侠、婉娘灯下读书明志的生活片段描写。小说通过夫妻对话,强调了他们愿为国牺牲的志向,顿时彰显了人物的品行,提升了小说的品位,以高雅一词来概括显然是不够的。"爱不能无差等,以亲亲之义推之,夫妇之情厚者,于爱国、爱群之情亦厚。"②小说对于新式青年爱国、爱群的情意的书写,本身就是一种更高的肯定,也在无形之中开启了"化大众"的过程。

小说要具可读性,仅具备以上的美好是远远不够的。故事的设计者必然要给爱情设置若干障碍,使其苦痛,而又往往使苦痛得以解除,以飨读者。爱的遭遇,便成为小说要书写的情节要素。

美好的爱情首先面对的是传统伦理的强大威力。由于传统伦理的根深蒂固,这一矛盾往往以内化的认知危机的形式来呈现。《岳群》铺陈了寿奴与岳群二人尚未明确关系之前的辗转过程,一方面寿奴铿锵有力地发出心声:"天下英雄,唯佳人识之。而英雄亦唯佳人是恋。吾之爱之慕之,于理当不为淫。"③另一方面,则是岳群的内心百折千回:"思彼女既有其才,复抱其倾国之色,我一书生耳,何所可取? 何所可慕? 乃必钟情于我,果何故与? 然色者,祸之媒,吾宁远之,吾当早挥吾慧剑,断此情丝。"④在当时的文化语境之下,女子的这一心思可谓大胆至极,与之相较,男子的徘徊则显得过于羸弱,但这一反应却又是源自传统伦理的自然结果。两相对照,读者必定会有所反思。类似的记述又可见于《采蘋别传》,小说中,采蘋说:"妾固知君之爱怜,然终不敢妄冀非分,纵君违俗而妻我,而宗族亲戚

---

① 剑秋:《朝霞小传》,《礼拜六》,1914 年,第 1 期,第 3 页。
② 铁樵:《论言情小说撰不如译》,《二十世纪中国小说理论资料·第一卷》,北京:北京大学出版社,1989 年版,第 506 页。
③ 天民:《岳群》,《月月小说》,1909 年,第 24 期,第 15 – 16 页。
④ 天民:《岳群》,《月月小说》,1908 年,第 14 期,第 11 页。

指责嘲笑,累君盛德,我独不愧于心乎?"①以上两处均可见"淫"、"俗"等关键字,有时见于男子的思索,有时见于女子的表白,可见作为一种压制自由恋爱的庞然大物,礼教规范已内化为每一个社会个体的内心准则。侠情小说倘使更多书写爱之苦痛,便在无形中启发了一种反思传统的思虑。小说对男女幸福爱情的描写越是详细,则此启发越加有力。

传统伦理有时更直接地体现为青年男女必须直面的社会压力,并常以家长意志的形式呈现。《香囊记》中,当绿云赠某生的香囊被某生的家人发现之后,就有了如下的一段精彩记述:

太夫人忽召生入,声色交厉,曰:"吾日望子读书攻苦,显亲扬名,今狎勾栏中人,妄想引狼入室,以术愚妇,令为说客,并欲愚我,其如尽堕家声何? 子罪大矣,盍速改悔……今儿耽逸乐,渔色猎艳,一旦破家,何面见先人于地下?"语时悲从中来,泣数行下,生亦长跪而泣,生妻抱姑膝,以泪湿前裾,裾为之变色。生膝行而前,泣言知悔。②

这段文字,非常生动地将传统社会价值观的需求及孝与情的冲突表现了出来。这一矛盾冲突几乎是诸多侠情小说文本在记述情难时的通用因素。不论是男子所喜爱的女子是妓女还是正常人家的女子,家长的威严都会适时地出现,并作为社会秩序的全权代表,凌驾于爱情之上。尽管这些小说还不能如后来者一般明确提出反抗家长意志的诉求,但也确实为一部分唯情论者提供了情感上的声援。

部分侠情小说突破思维定势,将袭扰爱情世界的因素设定为社会动荡、祸及无辜,这使小说呈现更广阔的气象。社会动荡要影响到处于情网之中的青年男女,往往需要有利益代言者。辛亥革命之前,小说中的代理者往往是为了钱财,如《情天红线记》;到了辛亥革命之后,情况就有了新的变化。如《死鸳鸯》写道:"会皖抚恩铭被刺,清廷捕党人急,缇骑四出。侍郎子乃密函当道,谓南来妓女朱素珍,实系出洋女学生,勾结党人,设立机关,其家中藏其革命党首领,密谋起事云云。"③《彩姑娘》中也有类似的情节设定:"初有贵者,倚京师阉人之势,横行屯中,

---

①　指严:《采蘋别传》,《小说月报》,1911 年,第 2 卷第 4 期,第 4 页。

②　指严:《香囊记》,《小说月报》,1911 年,第 2 卷第 1 期,第 7－8 页。

③　剑秋:《死鸳鸯》,《礼拜六》,1914 年,第 9 期,第 38 页。

先生力与之抗,不得逞其志,遂谮先生于权贵,指为会匪,且闻之天子,严诏有司捕先生,予以大辟,李先生哀侠乃竟死于市。"①保守势力与革命者的斗争取代了先前的钱财利益之争,爱情遭遇困境这一传统的情节模式被赋予了更新的时代内容。动荡社会成为小人作祟的有利平台,有情人或遭遇不幸,甚而因之而死,侠情小说也因此带有了更为强烈的社会批判色彩。

值得关注的是,部分小说郑重地将国难摆放在享受爱情的青年男女面前。《岳群》依然属于先导性作品,小说中的岳群这个人物,有其具体的历史作为:"庚子之乱,聂军门死守天津,既为英兵以绿气炮陷之,勇将被难者数百人,时湘人岳群者亦与焉。"②在《中华民国之魂》中,故事发生的背景就更为明确:"斯时适俱大革命起,汉帜猎猎,风翻于黄鹤楼头,中原健儿,一时云从,清廷惊悸亡魂。"③在这一国难当头的时刻,有情有义之男女自不能身陷温柔乡、充耳不闻,虽然人们所熟悉的幸福爱情会因此而失去表现的空间,但并未死亡,相反它们获得了更广泛的认同。

类似的情节设定出现在此时的侠情译作当中。周瘦鹃翻译的《但为卿故》(《礼拜六》第25期)不仅写到了英吉利与法兰西之间的战争,同时也写到了英吉利内部的苛政猛于虎的状况,一个血管里流着法兰西之血而又受英吉利之恩的人该做如何选择? 这是一个问题。周瘦鹃翻译的《爱之牺牲》借小说中人思想,说:"这侯爵邸几百年来岿然峙在那边,何等赫奕,不道逃不了这大革命的劫数,自由平等声中,被那些无法无天的大国民一把火儿烧成白地,只剩着这最小的一部分,分明是供后人做个凭吊之资。"④在这个大背景下,贵族与平民的矛盾就此展开。而《情海鸳鸯》则说:"是时欧战已开,德意志兵舰方潜伏大西洋中,邀击英伦商舶也。"⑤这个时代背景居然在小说中就成为故事逆转的一个重要关口。当然,当举国健儿请缨赴敌时,小说中的青年男女自不会置身于事外。在一个颇具新意的时代里,西方文化与中国作家的诉求在此相遇,侠情小说因而获得了更大的表现

---

① 觉奴:《彩姑娘》,《娱闲录》,1915年,第19期,第2页。
② 天民:《岳群》,《月月小说》,1907年,第9期,第75页。
③ 瘦鹃:《中华民国之魂》,《礼拜六》,1914年,第26期,第4页。
④ 瘦鹃:《爱之牺牲》,《礼拜六》,1915年,第37期,第11页。
⑤ 纫兰、天白:《情海鸳鸯》,《礼拜六》,1915年,第47期,第24页。

空间。

如果将原创的与翻译的侠情小说做一个对比,还可以发现一些有趣的差别。侠情小说译作在进行情节设计时,往往将时代风云更为具体地内化为情节内容。以《但为卿故》为例,英法大战,两个青年男子,瞿利安先生支持英国,菲立泊先生支持法国,两位男子都要上战场为国而战,而他们又都深爱克兰儿姑娘,克兰儿该做怎样的选择?又以《爱之牺牲》为例,白泊的司得先生代表大国民,赫波尔先生代表被打倒的贵族,两人都深爱格兰绿姑娘,谁愿意为她牺牲自己的性命?这样一来,时代的抉择往往就演变成了三角恋爱中的选择。相比于我国尚在传统伦理中跋涉的作家而言,西方小说在进行类似的情节构造时表现极为大胆。原创的侠情小说一时还不会出现这种恋爱与政治同构的情节。除《三童传》(《礼拜六》1914 年第 19 期)等个别作品在情思的设计方面颇为巧妙外,此时的侠情小说在情难的文学书写方面,虽引入诸多要素,但还有着很大的提升空间。

三、亦勇亦侠亦多情

当情的世界遭难之时,如何恢复理想的秩序?这就需要“侠”发挥作用了。此时期的侠情小说,往往都在这个层面书写“侠”的内蕴,从而宣传理念、鼓舞人心。

小说明确地表现出对爱情的呵护以及对护卫爱情的第三人侠义行为的颂扬和期待。《情天红线记》中,莲侬与圣情生的爱情受人迫害、陷入困境之时,突遇一位女侠,她说:“侬深于情者也,情情不已,欲以己之情,情人之情,使有情人都成眷属,而后侬愿始偿。”①女侠帮助二人逃出苦海,终成眷属,作者与读者的契约。因侠客置身于男女之情的世界之外,所以他们所行的,是一种相对独立的侠义之举。从技术上来讲,这样的写法,是言情小说和武侠小说在故事内容层面上的简单嫁接,还有进一步磨合的空间。从思想上来说,女侠的行为,在本质上属于路见不平拔刀相助,是武侠小说阅读趣味的核心,现代武侠小说百年生生不息,自有其合理之处。但这一故事模式的沿用,不免让人对青年男女或曰普罗大众的“等、靠、要”的思想及反抗意识的缺乏有了微词。

部分小说中的“侠”落实在情人自我牺牲这个要素上,不过,这种自我牺牲也

---

①　凤雏:《情天红线记》,《小说月报》,1911 年,第 2 卷第 8 期,第 10 页。

是有待商榷的。《香囊记》中红尘女子绿云面对爱情所遭遇的障碍,果断地与男子断绝了关系,她的侠义体现在下面这一段话中:"何心累我挚爱之情人受种种苦趣? 祖父家声创之百年,而不足子孙荒佚败之一日而有余……但使君能自立,早日成名,则下陈之充,当不少一女子之吃饭处。若其贪恋烟花,牵惹风月,妾永不愿见君之颜色矣。"①一诺千金,从此避而不见某生。《朝霞小传》、《秀凤》中也有类似情节。小说采用这一类似情节设定,当中颇具意味。相对于秩序伦常,妓女是一个游离者,而与其陷入情网的公子却往往是伦常的承载者。妓女使为难的公子从爱情中解脱,恢复自由,并使"正常"的社会秩序和伦理得到维护,当得起公子们一声"侠义"的恭维。但妓女毕竟不是木石,小说对于她们和公子们的爱情的描摹,可谓尽心尽力。所以,当她们牺牲自己的爱情,帮助公子重新获得社会地位时,她们固然可以得到所谓"侠"的赞美,但既然情事是如此美好,她们有没有权利保留? 一旦失去,她们该如何自处? 对于这些,小说一般不给答案,大概是因为无暇顾及吧,又或者小说作者认为这个问题并不重要。以此为代表,百年前新旧文化交融时期的部分认识,从当下看来,无以立足。

更值得关注的,是这些小说对理想人物的内心修为及作为的重视和书写,对人物主体性的强调。《剑绮缘》中,鲁仲连在帮助同胞后,拒绝了与秀君联姻的提议,他说:"所贵乎义士者,为人排难解纷,而无所取也。"②这样一来,侠就被界定为人物施恩不图报的高尚品行,个人的这一自我认同是小说中最出彩的部分。在《采蘋别传》中,老妇生病,在他人唯恐避之不及之时,婢女采蘋出来照料老妇,她说:"吾不幸早离家园,不得见吾母,今见老病而死者,皆母类也。"③此等有情有义的博爱女子,是为常人所不能及。虽然某生有意于她,但小说到底没有铺排读者所期望发生的爱情故事,多少也有不图报答的意思在其中。在它们之后,如《白衣汉》(《好白相》1914 年第 2 期)、《秋娘遇侠记》(《礼拜六》第 87 期)、《于三》(《进步》第 7 卷第 3 期)等不少篇目,显现的是人物自身有情有义,不计个人得失的侠义品行。《雪里红》(《中华小说界》1914 年第 9 期)中婢女雪里红为人正直,敢于呵斥不义之举,并于小说的最终舍身救小主,尤为令人感动。这篇小说中的情,大

---

① 指严:《香囊记》,《小说月报》,1911 年,第 2 卷第 1 期,第 9 页。

② 宣樊:《剑绮缘》,《小说月报》,1910 年,第 1 卷第 4 期,第 32 页。

③ 指严:《采蘋别传》,《小说月报》,1911 年,第 2 卷第 4 期,第 2 页。

概是指雪里红的天真与纯洁的护主之情;而所谓的侠,指的是不畏强暴、舍生取义。至此,下里巴人不再是弱者的代名词,他们以侠义精神为标签的主体性的凸显,使小说更耐咀嚼。

不仅如此,此时的侠义,还逐渐从解救个体向服务众人转变,社会与个体的关系得到进一步的强调。《奇女子》(《自由杂志》1913 年第 2 期)一篇,讲道光年间,奇女子有大志,不愿意以闺帷终老,率领乡民杀敌自保,小说最终设计的有情人再相逢的结局,是给敢于牺牲自我的人的一个肯定。又及,该文与黄钧宰《金壶七墨》中的《奇女子》一篇内容高度相似,《金壶七墨》成书于同治年间,可见数十年中人们在某些方面的认识没有太大的改变。类似的情节设定还可见于小说《兰儿小传》,小说中,兰儿的爱情正遭遇阻碍之时,村庄遭遇匪敌,兰儿挺身而出,组织反抗,"众慑服,莫敢不听命,行阵指挥,往来倏忽,见者拟之天神。团中布置井井,虽未交敌,匪类望风莫敢近。"①经过这一战之后,有情人也终成眷属。时代风云在小说中内化成为情节要素,成为对有情人的考验。小说旨在说明,若能够为民众奋身而起,虽牺牲自我而不惜,这样的人,理所应当获得爱情的奖赏。

小说中的侠义,与时代风云相结合最紧密、最突出者,便是为国牺牲的精神。部分侠情小说,通过突出表现各类平民出身的英雄人物的行为举止,集中渲染此种精神。《好男儿》、《中华民国之魂》中皆有如此的情节设定。在特殊的历史关头,小说中的青年男女化被动为主动,积极投身于历史潮流,时代风云之下的慷慨激昂使得他们的爱情具有了更丰富的内涵。与此同时,侠情小说译作对"侠"的理解为作者们提供了更多的借鉴。周瘦鹃《但为卿故》写到,年轻人为国参军,"是实好男儿天职,义不容辞"。② 而其爱人克兰儿则投身为看护妇,随红十字会来战地。在《情海鸳鸯》中,韦特非常爱国,蜜月尚未结束,就从戎东去。爱兰送别之时,叮嘱夫婿努力戎行,表现也极为相称。这些情节设置,所传递的观念,颇具鼓动力。而正是由于这一"侠"之立场的正确性,情与侠才能够相得益彰。有此认识作为基础,小说便能够铺排人物在面对大是大非的问题时所表现出的坚定一面。小说《义妓》中,武昌革命爆发,妓女宝玉对史更生说:"今非郎君得知之秋耶? 胡

---

① 尚一:《兰儿小传》,《游戏杂志》,1915 年,第 18 期,第 77 页。

② 瘦鹃:《但为卿故》,《礼拜六》,1914 年,第 25 期,第 20 页。

竟郁郁于此……君其行矣,勿以侬为念。"①宝玉的这一表态,是将个人得失置于集体利益之下,显得非常可贵。《中华民国之魂》中,小说引用旁观者的评价,将这一切进行了一个总的概括:"亦勇亦侠亦多情,吾中华民国之魂。"②这一概括,可说是侠情小说所要传递的最重要理念。

《剑绮缘》中有云:"试问专制国之国民,其爱国之热心及政治思想之发达,何以不足与立宪国相较? 则亦不过立宪国之民恒立于股东之地位,而专制国之民恒立于雇佣之地位耳。"③以此可知,上文中所出现的这些以"侠"指代的国族意识和平等自由思想,究其根源,实乃现代文明在中国植根发芽的重要呈现。而部分侠情小说通过对"侠"的内涵的有意识设定,自觉地承担了传播现代文明的责任。

曼殊说:"欲观一国之风俗,及国民之程度,与夫社会风潮之所趋,莫确于小说。盖小说者,乃民族最精确、最公平之调查录也。"④清末民初的侠情小说,对于情的独钟,对于侠的渲染,基于传统,焕发新意,充分地显现出当时社会思想的丰富与复杂,为今人了解社会形态更替时期的思潮变迁,提供了极有价值的材料,也为后来者留下了重要的写作资源。当然也应该看到,在技术层面上,这些小说还无法摆脱新小说的稚嫩,如其语言表达往往有过于直白的缺憾,"今之为小说者,俗语所谓开口便见喉咙,又安能动人?"⑤如何能够把好的观念用更为生动的笔墨表现出来? 如果文学作品的表达满足了评论家的艺术要求,又如何与预设读者的能力、习惯相适应? 虽然侠情小说已成过往,但它所引发的这些问题都还需要作进一步的思考和探索。

第三节　彰显功夫之美的"技击余闻"系列小说

清末民初的侠义小说,往往以"义侠"或"侠情"面目出现,其中有不少作品在

---

① 定水:《义妓》,《娱闲录》,1914 年,第 6 期,第 14 页。
② 瘦鹃:《中华民国之魂》,《礼拜六》,1914 年,第 26 期,第 15 页。
③ 宣樊:《剑绮缘》,《小说月报》,1910 年,第 3 期,第 5 页。
④ 曼殊:《小说丛话》,《新小说》,1905 年,第 2 卷第 1 期,第 173 页。
⑤ 公奴:《金陵卖书记》,《二十世纪中国小说理论资料·第一卷》,北京:北京大学出版社,1989 年版,第 48 页。

"武"的表现上与后世武侠小说相去甚远。陈平原指出:"作者、读者和论者关注的都不是侠义小说这一小说类型,而是'忠群爱国之旨。'"①不过也应注意到,当时还是有一批包含"武"的小说存在,它们往往以"技击小说"为名,将技击功夫及练武之人作为重点描写对象,他们与即将登场的现代长篇武侠小说同样有着密切的关系。

关于从"侠"到"武侠"的转变,有研究者讨论了包含"武"的因素的清末民初短篇小说所起的作用。韩云波具体分析了《尹杜生》等短篇小说在"武"的表现方面的成绩,认为此时的武侠小说进入了意识自觉,走出了中国现代武侠小说的第一步。② 还有学者指出,此时武侠小说的突出变化是"作者开始有意识地渲染侠客的武功门派、师门绝技、描绘打斗过程,力图使这一过程变得好看"。③ 也有学者致力于思想价值的评判,袁良骏说:"蜕变期中的'武',是中华民族'尚武精神'之'武';蜕变期中的'侠',是抵御外国、救国救民的'侠'。"④刘若愚认为,不少晚清以来的技击小说表现出强烈的民族主义精神,体现出一个羸弱的国家在面对外国强大军事威权时的强烈愿望。⑤ 基于上述,不难理解徐斯年、刘祥安在论及民国初期武侠小说时给出的总评:"辛亥前后的武侠小说创作,无论在张扬时代精神还是发展文学样式方面,都体现着一个历史阶段的开端。"⑥

如果要更具体地把握清末民初这一转变过程,本文认为,"技击余闻"系列小说(以下简称"技击"系列)可资参考。林纾《技击余闻》、钱基博《技击余闻补》、江山渊《续技击余闻》、雪岑《技击余闻补》、朱鸿寿《技击遗闻补》(又名《技击余闻补》、《技击述闻续录》)、顾明道《技击拾遗》等大多以文言笔记体形式写成的小说,构成了一个系列。前人已有一些研究,如张海珊将林纾、钱基博、江山渊的三

---

① 陈平原:《千古文人侠客梦》,北京:人民文学出版社,1992 年版,第 60 页。

② 韩云波:《论清末民初的武侠小说》,《四川大学学报》(哲学社会科学版),1999 年第 4 期,第 108－112 页。

③ 康文:《简论清末民初短篇武侠小说的新特征》,《山东文学》,2008 年第 7 期,第 43 页。

④ 袁良骏. 清末民初侠义小说向武侠小说的蜕变,《海南师范学院学报》(社会科学版),2003 年第 1 期,第 18 页。

⑤ [美]James J. Y. Liu. *The Chinese Knight－Errant*. London:Routledge & Kegan Paul Ltd,1967:135.

⑥ 徐斯年、刘祥安:《武侠党会编》,《中国近现代通俗文学史》(上册),南京:江苏教育出版社,1999 年版,第 466 页。

种作品作为一个整体进行阐述,①张筱南等指出了钱基博作品的儒学色彩,②苏建新认为崇拜英雄侠客的林纾在作品中复活了侠士精神和理想。③ 本文认为,如果对这些小说进行整体观照,充分理解它们对侠的认识和对武的呈现,则能更好地把握中国现代武侠小说酝酿期的探索。作为从"侠"到"武侠"转变过程中的重要一环,这一系列小说是一个界碑,对它的研究,将有助于把握此时期所谓"技击小说"的基本面貌。

一、对国民性改造思潮的回应

曼殊说:"小说者,'今社会'之见本也,无论何种小说,其思想总不能出当时社会之范围。"④"技击"系列可被看作是当时社会"见本"之一种。

"技击"系列在问世时间上比较接近,大部分集中在 1910 年代。林纾《技击余闻》是最早出版的,据张俊才考证,此书由商务印书馆于 1913 年 5 月出版,而"据朱羲胄《春觉斋著述记》中说,此书在宣统初年已有铅印本行世,但此印本今已不存,故不详初版情况"。⑤ 林薇认为,《技击余闻》最初于 1908 年出版。⑥ 钱基博《技击余闻补》紧随林纾之后,1914 年开始连载于《小说月报》第 5 卷第 1 期,终于第 5 卷第 12 期。雪岑《技击余闻补》1915 年开始连载于《娱闲录》第 18 期,终于第 2 卷第 3 期。朱鸿寿《技击遗闻补》1915 年开始连载于《小说新报》第 1 卷第 8 期,其中部分曾改为《技击余闻补》,自 1917 年第 3 卷第 1 期又有《技击述闻续录》,直至第 3 卷第 9 期,为系列小说中篇目最多的一部。江山渊《续技击余闻》1916 年开始连载于《小说月报》第 7 卷第 11、12 期。顾明道《技击拾遗》1917 年开始载于《小说新报》第 3 卷第 3 期,直至 1919 年第 5 卷第 5 期仍可见。其后,山宗

---

① 张海珊:《艺高德重武侠史,珠联璧合文字缘——〈技击余闻〉三种弁言》,《天津师大学报》(社会科学版),1993 年第 2 期,第 80 页。

② 张筱南,程翔章:《钱基博的〈技击余闻补〉简论》,《高等函授学报》(哲学社会科学版),2007 年第 10 期,第 35 - 37 页,第 50 页。

③ 苏建新:《文如其人:林纾的侠义书写小谈》,《广西师范学院学报》(哲学社会科学版),2011 年第 1 期,第 32 - 35 页。

④ 曼殊:《小说丛话》,《新小说》,1905 年,第 2 卷第 3 期,第 17 页。

⑤ 张俊才:《林纾著译系年》,《林纾研究资料》,福州:福建人民出版社,1983 年版,第 491 页。

⑥ 林薇:《林纾自撰的武侠小说——〈技击余闻〉最早版本辨正》,《新文学史料》,1999 年第 3 期,第 195 页。

《技击余谈》1923 年起连载于《小说世界》第 1 卷第 13 期,第 2 卷第 1 期改为《技击琐录》。金惕夫《技击琐闻》1924 年起连载于《红杂志》第 2 卷第 45 期。

钱基博、雪岑、朱鸿寿、江山渊等所著"技击余闻"系列小说作品发表情况

序号	作者	篇名	刊物	年、卷(期)	栏目
1	钱基博	窦荣光	《小说月报》	1914,5(1)	技击余闻补
2	钱基博	邹姓	《小说月报》	1914,5(2)	技击余闻补
3	钱基博	甘凤池	《小说月报》	1914,5(3)	技击余闻补
4	钱基博	闽僧	《小说月报》	1914,5(4)	技击余闻补
5	钱基博	某公子	《小说月报》	1914,5(4)	技击余闻补
6	钱基博	秦大秦二	《小说月报》	1914,5(5)	技击余闻补
7	钱基博	莫懋	《小说月报》	1914,5(5)	技击余闻补
8	钱基博	南杨北朱	《小说月报》	1914,5(6)	技击余闻补
9	钱基博	范龙友	《小说月报》	1914,5(6)	技击余闻补
10	钱基博	清江女子	《小说月报》	1914,5(6)	技击余闻补
11	钱基博	马永贞	《小说月报》	1914,5(7)	技击余闻补
12	钱基博	堠山农夫	《小说月报》	1914,5(7)	技击余闻补
13	钱基博	梁兴甫	《小说月报》	1914,5(7)	技击余闻补
14	钱基博	石勇	《小说月报》	1914,5(8)	技击余闻补
15	钱基博	僧念亮	《小说月报》	1914,5(8)	技击余闻补
16	钱基博	王子仁	《小说月报》	1914,5(9)	技击余闻补
17	钱基博	嘉定老人	《小说月报》	1914,5(9)	技击余闻补
18	钱基博	庖人	《小说月报》	1914,5(9)	技击余闻补
19	钱基博	李渔	《小说月报》	1915,5(10)	技击余闻补
20	钱基博	戴俊	《小说月报》	1915,5(10)	技击余闻补
21	钱基博	履店翁	《小说月报》	1915,5(10)	技击余闻补
22	钱基博	胡迩光	《小说月报》	1915,5(10)	技击余闻补
23	钱基博	白太官	《小说月报》	1915,5(11)	技击余闻补
24	钱基博	秃者	《小说月报》	1915,5(11)	技击余闻补
25	钱基博	三山和尚	《小说月报》	1915,5(12)	技击余闻补

序号	作者	篇名	刊物	年、卷（期）	栏目
26	钱基博	蒋志善	《小说月报》	1915,5(12)	技击余闻补
27	雪岑	陆十娘	《娱闲录》	1915,18	技击余闻补
28	雪岑	吞铁尼	《娱闲录》	1915,18	技击余闻补
29	雪岑	哑女丐	《娱闲录》	1915,19	技击余闻补
30	雪岑	桐城妇	《娱闲录》	1915,23	技击余闻补
31	雪岑	贞姑	《娱闲录》	1915,2(2)；1915,2(3)	技击余闻补
32	朱鸿寿	杨步	《小说新报》	1915,8	技击遗闻补
33	朱鸿寿	胡大荣	《小说新报》	1915,8	技击遗闻补
34	朱鸿寿	杨守忠	《小说新报》	1915,9	技击余闻补
35	朱鸿寿	姚书侗	《小说新报》	1915,9	技击余闻补
36	朱鸿寿	福亭照亭	《小说新报》	1915,9	技击余闻补
37	朱鸿寿	裴四荣	《小说新报》	1915,10	技击余闻补
38	朱鸿寿	王秀莺	《小说新报》	1915,10	技击余闻补
39	朱鸿寿	朱三姑	《小说新报》	1915,10	技击余闻补
40	朱鸿寿	闻某	《小说新报》	1915,11	技击余闻补
41	朱鸿寿	慈修僧	《小说新报》	1915,11	技击余闻补
42	朱鸿寿	赵福成	《小说新报》	1915,11	技击余闻补
43	朱鸿寿	杨庸父女	《小说新报》	1915,11	技击余闻补
44	朱鸿寿	孙占九	《小说新报》	1915,11	技击余闻补
45	朱鸿寿	汤子斌	《小说新报》	1915,11	技击余闻补
46	朱鸿寿	许英男	《小说新报》	1916,12	技击余闻补
47	朱鸿寿	杨铁头	《小说新报》	1916,12	技击余闻补
48	朱鸿寿	杨侠民	《小说新报》	1916,2(1)	技击余闻补
49	朱鸿寿	醉老人	《小说新报》	1916,2(1)	技击余闻补
50	朱鸿寿	韩黑虎	《小说新报》	1916,2(1)	技击余闻补
51	朱鸿寿	谭宗烈	《小说新报》	1916,2(1)	技击余闻补

序号	作者	篇名	刊物	年、卷（期）	栏目
52	朱鸿寿	唐士良	《小说新报》	1916,2(2)	技击余闻补
53	朱鸿寿	严阿虎	《小说新报》	1916,2(2)	技击余闻补
54	朱鸿寿	谷慧姑	《小说新报》	1916,2(2)	技击余闻补
55	朱鸿寿	金佩兰	《小说新报》	1916,2(3)	技击余闻补
56	朱鸿寿	方翁	《小说新报》	1916,2(3)	技击余闻补
57	朱鸿寿	胡大栋	《小说新报》	1916,2(3)	技击余闻补
58	朱鸿寿	杨仲瑛	《小说新报》	1916,2(4)	技击遗闻补
59	朱鸿寿	陆小娥	《小说新报》	1916,2(4)	技击遗闻补
60	朱鸿寿	捕虎叟	《小说新报》	1916,2(5)	技击余闻补
61	朱鸿寿	吴神武	《小说新报》	1916,2(5)	技击余闻补
62	朱鸿寿	张燕民	《小说新报》	1916,2(5)	技击余闻补
63	朱鸿寿	顾世奇	《小说新报》	1916,2(5)	技击余闻补
64	朱鸿寿	顾俊	《小说新报》	1916,2(5)	技击余闻补
65	朱鸿寿	王斌	《小说新报》	1916,2(6)	技击遗闻补
66	朱鸿寿	诸侠民	《小说新报》	1916,2(6)	技击遗闻补
67	朱鸿寿	贩鱼客	《小说新报》	1916,2(6)	技击遗闻补
68	朱鸿寿	胡尔敦	《小说新报》	1916,2(6)	技击遗闻补
69	朱鸿寿	姑嫂	《小说新报》	1916,2(6)	技击遗闻补
70	朱鸿寿	何拳师	《小说新报》	1916,2(7)	技击遗闻补
71	朱鸿寿	附舟客	《小说新报》	1916,2(7)	技击遗闻补
72	朱鸿寿	陈必胜	《小说新报》	1916,2(7)	技击遗闻补
73	朱鸿寿	昆山二老人	《小说新报》	1916,2(7)	技击遗闻补
74	朱鸿寿	黄少云	《小说新报》	1916,2(8)	技击遗闻补
75	朱鸿寿	祝文英	《小说新报》	1916,2(8)	技击遗闻补
76	朱鸿寿	田继兴	《小说新报》	1916,2(8)	技击遗闻补
77	朱鸿寿	淮阳少年	《小说新报》	1916,2(9)	技击遗闻补
78	朱鸿寿	箍桶店老人	《小说新报》	1916,2(9)	技击遗闻补

序号	作者	篇名	刊物	年、卷（期）	栏目
79	朱鸿寿	侠和尚	《小说新报》	1916,2（9）	技击遗闻补
80	朱鸿寿	徐虾米	《小说新报》	1916,2（9）	技击遗闻补
81	朱鸿寿	赵子厚	《小说新报》	1916,2（10）	技击余闻补
82	朱鸿寿	胖罗汉	《小说新报》	1916,2（10）	技击余闻补
83	朱鸿寿	铁大男	《小说新报》	1916,2（10）	技击余闻补
84	朱鸿寿	崔孝焯	《小说新报》	1916,2（11）	技击余闻补
85	朱鸿寿	赵伦	《小说新报》	1916,2（12）	技击余闻补
86	朱鸿寿	彭起石	《小说新报》	1916,2（12）	技击余闻补
87	朱鸿寿	李贞	《小说新报》	1916,2（12）	技击余闻补
88	朱鸿寿	杨生灵	《小说新报》	1916,2（12）	技击余闻补
89	朱鸿寿	金氏兄弟	《小说新报》	1916,2（12）	技击余闻补
90	朱鸿寿	窦乍新	《小说新报》	1916,2（12）	技击余闻补
91	朱鸿寿	任济人	《小说新报》	1916,2（12）	技击余闻补
92	朱鸿寿	云凤英	《小说新报》	1916,2（12）	技击余闻补
93	朱鸿寿	刘少棠　黄秀娟	《小说新报》	1917,3（1）	技击述闻续录
94	朱鸿寿	余铁生	《小说新报》	1917,3（1）	技击述闻续录
95	朱鸿寿	李二　赵文	《小说新报》	1917,3（1）	技击述闻续录
96	朱鸿寿	周步	《小说新报》	1917,3（1）	技击述闻续录
97	朱鸿寿	陈国忠	《小说新报》	1917,3（1）	技击述闻续录
98	朱鸿寿	章孝成	《小说新报》	1917,3（1）	技击述闻续录
99	朱鸿寿	红痴子	《小说新报》	1917,3（2）	技击述闻续录
100	朱鸿寿	何明伦	《小说新报》	1917,3（2）	技击述闻续录
101	朱鸿寿	陆文虎	《小说新报》	1917,3（2）	技击述闻续录
102	朱鸿寿	陶韫山	《小说新报》	1917,3（2）	技击述闻续录
103	朱鸿寿	王靖康	《小说新报》	1917,3（2）	技击述闻续录
104	朱鸿寿	包大受	《小说新报》	1917,3（2）	技击述闻续录
105	朱鸿寿	彭武	《小说新报》	1917,3（3）	技击述闻续录

序号	作者	篇名	刊物	年、卷（期）	栏目
106	朱鸿寿	罗子璜	《小说新报》	1917,3(3)	技击述闻续录
107	朱鸿寿	石坚	《小说新报》	1917,3(3)	技击述闻续录
108	朱鸿寿	刘仁武	《小说新报》	1917,3(3)	技击述闻续录
109	朱鸿寿	杨世英	《小说新报》	1917,3(3)	技击述闻续录
110	朱鸿寿	木念祖　木友龙	《小说新报》	1917,3(3)	技击述闻续录
111	朱鸿寿	叶士成	《小说新报》	1917,3(3)	技击述闻续录
112	朱鸿寿	李勇	《小说新报》	1917,3(3)	技击述闻续录
113	朱鸿寿	仇德成	《小说新报》	1917,3(3)	技击述闻续录
114	朱鸿寿	阿憨	《小说新报》	1917,3(4)	技击述闻续录
115	朱鸿寿	曹国铨	《小说新报》	1917,3(4)	技击述闻续录
116	朱鸿寿	戴文英	《小说新报》	1917,3(4)	技击述闻续录
117	朱鸿寿	吴仁礼	《小说新报》	1917,3(4)	技击述闻续录
118	朱鸿寿	岳丽芬	《小说新报》	1917,3(4)	技击述闻续录
119	朱鸿寿	壮士	《小说新报》	1917,3(4)	技击述闻续录
120	朱鸿寿	孟希贵	《小说新报》	1917,3(5)	技击述闻续录
121	朱鸿寿	夏祖育	《小说新报》	1917,3(5)	技击述闻续录
122	朱鸿寿	许昭敏	《小说新报》	1917,3(5)	技击述闻续录
123	朱鸿寿	薛大方	《小说新报》	1917,3(5)	技击述闻续录
124	朱鸿寿	周四官	《小说新报》	1917,3(7)	技击述闻续录
125	朱鸿寿	杨桂香	《小说新报》	1917,3(7)	技击述闻续录
126	朱鸿寿	柴祖华	《小说新报》	1917,3(7)	技击述闻续录
127	朱鸿寿	瞽者	《小说新报》	1917,3(7)	技击述闻续录
128	朱鸿寿	谭士宏	《小说新报》	1917,3(7)	技击述闻续录
129	朱鸿寿	孟昭廉	《小说新报》	1917,3(7)	技击述闻续录
130	朱鸿寿	朱炳元	《小说新报》	1917,3(7)	技击述闻续录
131	朱鸿寿	刁信	《小说新报》	1917,3(7)	技击述闻续录
132	朱鸿寿	张嗣飞	《小说新报》	1917,3(7)	技击述闻续录

序号	作者	篇名	刊物	年、卷(期)	栏目
133	朱鸿寿	王阿虎	《小说新报》	1917,3(8)	技击述闻续录
134	朱鸿寿	褚某	《小说新报》	1917,3(8)	技击述闻续录
135	朱鸿寿	老人	《小说新报》	1917,3(8)	技击述闻续录
136	朱鸿寿	邹正蒙	《小说新报》	1917,3(8)	技击述闻续录
137	朱鸿寿	少年剑客	《小说新报》	1917,3(8)	技击述闻续录
138	朱鸿寿	朱慕渊　重曾	《小说新报》	1917,3(8)	技击述闻续录
139	朱鸿寿	宗连宝　陆圣先	《小说新报》	1917,3(8)	技击述闻续录
140	朱鸿寿	王牧儿	《小说新报》	1917,3(8)	技击述闻续录
141	朱鸿寿	诸宏正	《小说新报》	1917,3(8)	技击述闻续录
142	朱鸿寿	佩剑客	《小说新报》	1917,3(9)	技击述闻续录
143	朱鸿寿	珠娘	《小说新报》	1917,3(9)	技击述闻续录
144	朱鸿寿	徐氏仆	《小说新报》	1917,3(9)	技击述闻续录
145	朱鸿寿	油车阿廉	《小说新报》	1917,3(9)	技击述闻续录
146	朱鸿寿	沈英娘	《小说新报》	1917,3(9)	技击述闻续录
147	朱鸿寿	义贼黄四	《小说新报》	1917,3(9)	技击述闻续录
148	朱鸿寿	钱秀霞	《小说新报》	1917,3(9)	技击述闻续录
149	江山渊	阿乙	《小说月报》	1916,7(11)	续技击余闻
150	江山渊	虬髯客	《小说月报》	1916,7(12)	续技击余闻
151	江山渊	某乞丐	《小说月报》	1916,7(12)	续技击余闻
152	江山渊	鹤峰	《小说月报》	1916,7(12)	续技击余闻

在这些小说中,林纾《技击余闻》是整个系列小说的源头。钱基博在《技击余闻补》开始连载时非常明确地说:"今春杜门多暇,友人有以林侯官《技击余闻》相贻者,叙事简劲,有似承祚三国。以予睹侯官文字,此为佳矣。爰撰次所闻,补其阙略。私自谓佳者决不让侯官出人头地也。"①显然,《技击余闻补》至少在名义上

---

① 钱基博:《技击余闻补》,《小说月报》,1914 年,第 5 卷第 1 期,第 1 页。

是为"补其阙略"而写。顾明道《技击拾遗》连载之初说:"曩者畏庐先生,著《技击余闻》一书,风行海内,纸为之贵。嗣梁溪钱君基博,继畏庐之后,著《技击余闻补》,亦能戛戛独造,脍炙人口。珠联璧合,洵双绝也。"①这不仅将系列小说之间启发与被启发的关系阐述得十分清楚,也暗示了自身进行这一写作时的明确归类。林纾《技击余闻》既书写了技击高手习武、比武的经历,也写了路见不平、仗义行侠的品格,二者并重的风格在其他作者笔下得到了传承。

林纾的个人品格与《技击余闻》中的道德诉求有密切关联。不少篇目展示了林纾关于"侠"的识见,这也可以从林纾本人的个性中找到对应成分。林纾对亡友王灼三家人的照顾,足可当得起"仗义"二字。对此等行迹,林纾本人在《七十自寿诗十五首》中自我剖析说:"作客长安二十年,时闻乞米到门前。食贫与子曾同病,博施如尧岂有权。未敢自侪游侠传,不妨略剂卖文钱。"很好地描述了林纾乐善好施的个人品行和内心追求。朱义胄《贞文先生年谱》中收录的另一版本"十五首"中,还有一首诗也能说明林纾的心志,诗云:"少年里社目狂生,被酒时时带剑行。列传常思追剧孟,天心强派作程婴。"②这些自我认知是林纾写作《技击余闻》的心理基础。有理由相信,"技击"系列的作者们,内心或多或少都有侠义的因素存在。

不过,"技击"系列的出现,却不能仅仅归结为个人因素,它实际上是对近代改造国民性思潮的积极回应。系列小说对侠的着力描写,关键是以侠的精神作为清末民初知识分子"新民"思想的一部分获得了存在的合法性。梁启超提出以小说"新民",同时编撰了《中国之武士道》,为侠义精神摇旗呐喊。此后,"侠情"、"义侠"小说大量出现,原创及翻译作品竞相发表,即是对此产生的共鸣。以林纾为例,胡适曾说:"当日确有一班新人物,苦心苦口地做改革的运动。林琴南先生便是这班新人物里的一个。"③他翻译的《大侠红蘩蒤传》在当时即属热门之作,周瘦鹃说:"我思侠客,侠客不可得,去而读《游侠列传》,得荆轲、聂政诸大侠;我又于西方说部中得大侠红蘩蒤,得大侠锦帔客;我又于西方电影剧中,得侠盗罗宾汉,得

---

① 明道:《技击拾遗》,《小说新报》,1917年,第3卷第3期,第1页。

② 朱义胄:《贞文先生年谱(卷二)》,《林畏庐先生年谱》,上海:上海书店,1991年版,第46—48页。

③ 胡适:《林琴南先生的白话诗》,《胡适文集》(第7卷),北京:北京大学出版社,1998年版,第559页。

侠盗查禄。千百年后,犹觉虎虎有生气。"①周瘦鹃以一个读者身份发言,从中可看出林纾译作的社会影响,更可看出当时爱国思变的青年对"侠"的渴求,这是时代的呼声。自梁启超以来,进步知识分子对侠的精神的重视,可看成是"技击"系列的思想根基之所在。

"技击"系列对武的重视与当时的"尚武"思潮密切相关。清廷屡次败于西方列强的枪炮下,国人不得不重新认识"武"的价值。1890 年代,国人对武的热衷有两个方面值得重视:一是报刊对西方列强经武情况的关注,二是改革武科制度。1898 年,清廷颁布谕令,乡会童试改用枪炮,裁撤默写武经的环节,增设武备学堂。汪康年说:"自今以后,我君臣上下,其悉惟武是事,官以武为尚,任以武为重,学以武为贵,业以武为美。"②虽然一时之间还有枪炮胜过拳脚的认识,但这一认识在1904 - 1905 年日俄战争之后得到逆转。时人认为,日本之所以胜俄,"平日习于剑术柔术,亦其一端也",③故又将注意力集中在强身健体上。实际上,近代的进步知识分子早已意识到公民的身强体壮对民族和国家的意义。1895 年,严复说:"盖生民之大要三,而强弱存亡莫不视此:一曰血气体力之强,二曰聪明智虑之强,三曰德行仁义之强。"④民力于是成为排在民智、民德之前的第一要素。日俄战争后,日本的胜利再次启发了国人,技击之术成为关注热点,各级学校纷纷成立技击部或技击会,民间则有讲武学社、武化学会等组织。其中最著名的莫过于霍元甲1910 年在上海创办的精武体育会,它在民国初年成长为一个全国性的体育组织。孙中山说:"精武体育会成立既十年,其成绩甚多。识者称为体魄修养术专门研究之学会,盖以振起从来体育之技击术为务,于强种保国有莫大之关系。"⑤他在评价精武体育会的成绩时,直接将其与强种保国的大业联系在一起。不过,这一切并非轻易可得。萧汝霖说:"且吾国人方病孱弱,聪明之士鄙夷斯道,下焉者习焉不能精,精者不能以文采自见而传之国人,传者各宗其宗以相仇敌、莫知大体,师弟子授受之际,贤焉者以为杀人之事,不可妄教,不贤者秘其异能,以为逢萌之备,

---

① 周瘦鹃:《侠客》,《紫兰华片》,1924 年,第 19 期,第 30 页。
② 汪康年:《论宜令全国讲求武事》,《时务报》,1898 年,第 69 期,第 1 页。
③ 《广西添教技击》,《教育杂志》,1905 年,第 14 期,第 46 - 47 页。
④ 严复:《原强修订稿》,《严复集》(第 1 册),北京:中华书局,1986 年版,第 18 页。
⑤ 孙文:《精武本纪序》,《精武本纪》,上海:上海精武体育会,1919 年版,第 1 页。

其由来久矣。"①这一描述,展现了推广技击功夫者所要面对的无奈困境,同时也可解释"技击"系列在"尚武"风潮中可以起到的现实作用。对技击武功的着力呈现,是为了加强宣传,扩大影响。

"技击"系列采用文言笔记体的形式,是否与以上的诉求相匹配呢?这是一个需要辨析的问题。笔记小品自古就很发达,民国期间新创的著作也不少见。就传统而言,明朝王世贞的《剑侠传》自不必多说,清朝笔记中的相关篇章亦不在少数,如《虞初新志》中的《大铁椎传》、《汪十四传》、《顾玉川传》等,绘声绘色地描写武功高手,行文生动至极,这些都为"技击"系列提供了借鉴。林纾《技击余闻》描写家乡福建的武林人士,钱基博《技击余闻补》叙述家乡无锡的技击高手,即有综合创新之意。徐念慈说:"就今日实际上观之,则文言小说之销行,较之白话小说为优。"②就当时的市场情况而言,有购买力的读者是喜欢文言作品的,文言笔记和翻译小说共同传递了进步的理念。

"技击"系列讲述技击人物和故事,虽然受篇幅所限,难以达到现代武侠小说那种恣肆铺排、一波三折、多线并进的高度,但也自有其特点。不少篇目一人一议,议论与故事相互支持,如钱基博在不少篇目后加上了"钱基博曰"。《莫懋》写莫懋路见不平与太监相斗,正文篇幅极短,而文后的议论几乎与故事等长:"钱基博曰:阉宦之祸,至有明而极。吾读张溥《五人墓碑记》,未尝不为之掩卷三叹也。夫阉不过刑余之小人耳,当其口衔天宪,使于四方,遂不惮嚣然自大,虽有强项者,莫之敢撄,何也?以投鼠则器有所忌也。而懋发愤一击,其激昂大义,亦岂出五人者下哉?而世之人,廑乃以画士称之,匪所志矣。"③作家议论的目的,在于通过特别的篇目与故事,剖析并传递紧要的理念,这是与现代武侠小说专注于故事情节颇为不同的地方。在当时,这些评点与议论对于武的精神和侠的意志的阐扬有着重要作用,这是应该得到承认的。

二、技击功夫的全面呈现

"技击"系列对于现代武侠小说的价值在于,将技击功夫的呈现放在显要位

---

① 萧汝霖:《述精武体育会事》,《青年杂志》,1916年,第1卷第5期,第1页。
② 觉我:《余之小说观》,《小说林》,1908年,第10期,第9页。
③ 钱基博:《技击余闻补·莫懋》,《小说月报》,1914年,第5卷第5期,第2页。

置,并着力凸显其文学趣味,使"武"与"侠"能够以等量齐观的地位实现"强强联合"。

为何要在小说中突出"武"?"技击"系列试图为技击谋求一个社会改良的制高点。尚武本是改造国民性思潮的诉求之一,这些小说夹叙夹议,讲述生动的故事,吸引人们的注意,在此基础上利用人们熟悉的话语和习惯的思维方式传递新的理念,推动人们接纳尚武思想,为"武"争取应有的社会地位。如钱基博的《范龙友》,其议论部分将武术的衰落与文字狱相提并论:

清初,抚有诸夏,自知外夷僭盗,不为人心所归往,惴惴惧天下不靖。其诛锄武勇,实与摧戮文士等,范龙友特其一焉耳。然文字之狱,至今为话,而朱家郭解之诛,无人道焉者。则以文人通声气,类多标榜相护惜,而武力士椎鲁不解此也。及玄烨之世,允禵胤祯,夺嫡相猜,争罗天下勇士自佐,异人剑客,履错宫廷。胤祯卒赖其力,干有天位,自以得之非正,心恧人知其阴,始也翦锄非类,继则猜戮同体,高张网罗,靡所不诛,而天下武力之士殆歼焉。①

在这段议论中,一方面明确了习武之人受到统治者迫害的历史事实,既然"驱除鞑虏,恢复中华"业已成功,那么,拨乱反正势在必行;另一方面,新时代的文人将破除门户之见,替武士作传,也就理所应当。钱基博的言论既作如是观,江山渊《续技击余闻》前言又说:"日俄交哄,短兵交接,日本以技击之术摧强俄,由是谭军学者尊为重科。然夷考其术,实权舆于我国,而流入邻邦。后世君主锄凿民气,指为顽嚚。缀学之士,亦视若末技,屏而勿道。"②基于清末民初的中日关系以及精英知识分子对日本现代化进程的研究和学习,他的观点已将"技击"系列的写作与"强国"、"新民"等宏大主题捆绑在一起了。

应该承认,对普通读者而言,在阅读小说之余能接触到这些言论,或多或少总能受到积极影响。当然,作为小说的重要使命之一,在说教之外也应提供有趣的东西以供阅读。所以,也就能够理解雪岑在《技击余闻补》刊载之初发表的言论:"著者述此,无他奇,为破闷用耳。近钱基博,远林侯官,雄宕老净,已齐竭文心武术之涯矣。妄能自矜,貂续狗尾,混珠之诮,在所不免。"③当然,无论出于哪一种

---

①　钱基博:《技击余闻补·范龙友》,《小说月报》,1914 年,第 5 卷第 6 期,第 3 页。

②　江山渊:《续技击余闻》,《小说月报》,1916 年,第 7 卷第 11 期,第 5 页。

③　雪岑:《技击余闻补》,《娱闲录》,1915 年,第 18 期,第 28 页。

目的,小说中的"武"蔚为大观,已成事实。

"技击"系列着力描摹习武人士的文学形象。《技击余闻》每一篇致力描摹一个擅长技击的人物,写传奇人物的传奇故事,重在志人,这在所有的"技击"系列中基本上都得到了传承。林纾的长处本来就在于写人,《技击余闻》中的功夫好手,出自各个社会阶层,有产者有之,无产者也有之,有不同的社会职业,也有方外之人,有各自不同的个性,构成了一个内涵丰富的文学形象序列。笔记小说容量不同于长篇武侠,往往难以详细描写人物,故经常采用白描手法。对于人物不同的出身和行为方式甚至奇特的外貌和声音,林纾都以最简洁、经济的笔墨进行描绘,如《郭联元》:"郭联元,高七尺,黄发,腹大如五石匏,行必执巨扇,夜中见之,恒以为厉鬼。本业圬,能画,画笔悍厉突怒,类癭瓢。然矛剑刀盾之技,匪所不精。"又如《象》:"象,清漳人也,逸其姓,余但知其人名象也。尪瘦如枯蜡,出言恒作哭声,即其眉宇观之,亦似蒙重丧。然武技绝精。"①在他的笔下,三教九流的习武人士,形象独特,个性分明,绝不会湮没于人海。林纾这种写人的方式为后来者所继承,不仅钱基博等人采用,也屡见于现代武侠巨著。如平江不肖生《江湖奇侠传》开篇对柳迟相貌的描写就遵循着这条路径,只是更加详细而已。现代长篇武侠小说适应时代潮流,对侠客的描写固然应突出显现人性的丰富,而三言两语彰显人物的独特一面,无疑也增加了小说的趣味,为读者的记忆和理解提供了方便。

"技击"系列丰富和固化了习武、比武等情节模式。比武是习武人士的重要生活内容,甚至是他们生命意义之所在。在诸多小说中,往往比武的场景就是小说的高潮部分,比武的结果既是人物命运的最终揭示,也是小说微言大义的寄托,同时也是在培育阅读的兴奋点。林纾《破钵》写到一个很有趣的故事情节:为助人逃离危险,武艺高强的僧人假扮仆人,以此暗示主人的武艺更高。类似故事还在林纾《陈孝廉》和朱鸿寿《李二赵文》中重复出现,由此情节可以显现技击人士的智慧。但更重要的是显现了时人对结果的重视和强调,至于过程的正当与否,似乎并不多作考虑。不过,系列小说表现的另一重点,即大量关于技击高手勤奋练功的情节,在一定程度上可以修正读者的这一观感。《技击余闻·铁人》写到普通人通过不断练习拔石笋,最终拥有了惊人的功夫,这一练功方式在钱基博的《王子

---

① 　林纾:《技击余闻》,《畏庐小品》,北京:北京出版社,1997 年版,第 209、211 页。

仁》中变成不断手推砂囊,到朱鸿寿的《彭起石》又再次不停撮起石笋。试看《彭起石》所述:"起石见而喜之,乃告老僧以故,亦愿共习。僧诺之。令其撮园内之石笋。石笋上尖下大,约重五十斤,乃日夕撮之,由日而月而年,终不能起。撮之三年,一日石笋忽随手而起,飞出数尺,若甚轻者然。"①这一有志者事竟成的模式频繁出现,钱基博《闽僧》提到"二十年养气、十年运臂力",朱鸿寿《裴四荣》有两年练外壮、三年练内壮之说,《石坚》的一指法更需十年才能练成,都属于类似设定。此前,类似叙述已有零星出现,如清代宋永岳的《拳勇》和夏荃的《夏老鼠》。其后,《近代侠义英雄传》霍元甲偷练迷踪艺,《神雕侠侣》杨过苦练独孤剑法,则又延续了这一传统。只是和后世长篇武侠小说相比,"技击"系列因篇幅限制等原因,文笔放不开,趣味方面显得略逊一筹。

"技击"系列对技击功夫本身进行了系统和全面的书写。林纾指出功夫以少林派为最高,涉及内力、点穴、轻功等较神奇的部分,不过写得最多的还是力大如牛的武功,出拳即可伤人,甚至取人性命。钱基博写武功,动作描写、节奏把握甚是精彩,但鲜有招式之说。林纾、钱基博归根结底是文人,他们之于武术,是一个他者,缺乏对技击武功的系统而深入的了解,对技击功夫的描写属于写意笔法,倾向于对功夫的惊异一面进行叙写。更为详尽的武功描写有赖于在技击方面更专业的作家来实现。朱鸿寿等对技击功夫的全面描摹,使江湖组织、江湖名号、技击招式等元素都登堂入室,后成为现代武侠小说增加文学趣味的重要手段。

首先是江湖组织的体系化。在朱鸿寿笔下,少林和武当是武功最高的两大门派,大凡高手,往往有两派背景。当然,两派在此前已有记载,如黄宗羲《王征南》就曾提到两派,但朱鸿寿在小说中的反复提及,给人确切无误的感觉。朱鸿寿也写其他门派,如朝元派(《胡大荣》)、温州派与龙潭派(《金佩兰》)、青蓝帮(《福亭照亭》)、七星党(《周四官》)等,构建成一个组织化、体系化的江湖。当然,在这里,武侠会党还仅是一个标签,到平江不肖生、姚民哀、郑证因等人笔下,帮派之间的恩怨情仇才进一步丰富起来。

其次是以江湖名号为核心的习武人士身份识别方式。《技击遗闻补》中的江湖人已有不少亮出了名头,底层人士绰号往往与其特别的能力有关,如铁臂阿三

---

① 朱鸿寿:《技击余闻补·彭起石》,《小说新报》,1916 年,第 2 卷第 12 期,第 2 页。

（《铁臂阿三》)、杨铁头(《杨铁头》)等。后来,顾明道在《技击拾遗》中写了高层人士的江湖名头,往往与一个地区相关,如江南大侠(《山魈》)、岭南大侠(《侠尼》)等。侠的名号大量出现,佐证了"江湖"与"武林"在小说中的逐步成熟,这些名号从根本上服从于江湖世界的认知模式。在现代武侠小说中,江湖世界逐步独立为一个自足的亚社会,名号的作用显得更为明显。没有名号的侠客,使人无从认识,无从谈起。

最后是技击功夫的繁多种类与复杂招式。朱鸿寿写了很多拳脚功夫如罗汉拳(《孙占九》)、易筋经(《柴祖华》)、一指法(《石坚》)、三步鞭(《彭武》)等,也涉及轻功、暗器、点穴、疗伤等,还提到了练功的"外壮"、"内壮"两条路径。《裴四荣》写道:"四荣勇力过人,喜武艺,从外冈洪九如学二载,外壮(拳术中练功之一法)诸功,悉有门径,内壮(亦练功之一法)并未涉及。"①到后来的平江不肖生和宫白羽等人的作品中,武功有了更精彩丰富的呈现,如《近代侠义英雄传》就以内功来解释霍元甲的病因:"王老头既是做内家工夫的人,对于外家的照例不甚恭维。内家常以铁柜盛玻璃的譬喻,形容挖苦做外家的。这是武术界的天然界线,经历多少年不能泯除的。这譬喻的用意就是说做外家工夫的人,从皮肤上用功,脏腑是不过问的,纵然练到了绝顶,也不过将皮肤练得和铁柜一样,而五脏六腑如玻璃一般脆弱。有时和人相打起来,皮肤虽能保的不破,脏腑受伤是免不了的。王老头抱着这般见解,自然也存着几分轻视霍俊清的心思。"②又如《易筋经》,在朱鸿寿笔下已有提及,而在后来的武侠小说中已是一种十分高深的武林至宝。

朱鸿寿在描写中,常会给出具体的招式名称。如《慈修僧》:"镇有杨某,精通拳术,凡医跌打损伤、接骨入骱者,当发帖问候。旁人以告僧,僧曰:'我辈以本领得钱,何故屈膝于人?'即行医治。越二日,杨某至,索借洋二三元。僧曰:'小僧清苦,安有余钱借居士?且居士又何必向小僧借钱?'僧言时,杨某即以霸王请客势直扑僧,僧即以美女梳妆势当之,从容自若。"③寥寥数语,将矛盾起因及冲突场面渲染出来,招式也因此获得了在小说中崭露头角的机会,"霸王请客势"、"美女梳妆势"这两个招式的名称颇有趣味,两者之间的关系也令人关注,产生了一定的文

---

① 朱鸿寿:《技击余闻补·裴四荣》,《小说新报》,1915年,第1卷第10期,第1页。
② 平江不肖生:《近代侠义英雄传·第十三回》,《侦探世界》,1923年,第7期,第7页。
③ 朱鸿寿:《技击余闻补·慈修僧》,《小说新报》,1915年,第1卷第11期,第2页。

学效果。朱鸿寿笔下还出现了"出爪亮翅势"、"卧虎扑食势"（《裴四荣》）、"朝天一炷香势"、"猛虎擒羊势"（《孙占九》）等招式名称。朱鸿寿著有《拳艺学初步》（商务印书馆1911年版），以上部分招式曾收录其中。此外，"出爪亮翅势"、"朝天一炷香势"等招式又记载于《易筋经》和太极拳谱等，可见这些鲜活内容的来源，也间接证明了柏拉图的观点："如果一个人不拥有某种给定的技艺，那么他就不能正确地知道属于这种技艺的语言和行为。"①

以上种种描写，使技击功夫在小说中更为系统化、具象化，有助于武侠小说建立起一个较完备的武林世界，为"武"的普及奠定了文学基础。

不过也应看到，"技击"系列由于其文体特征和文化背景，必然会面对志怪传统与剑仙传统。朱鸿寿《胡尔敦》中有异种大黄鳝的描述："农夏时，浴于河，摸得大黄鳝一尾，重四斤余，尔敦烹食之，僵卧三昼夜，而身暴长，勇力顿增。"②钱基博《窦荣光》出现了剑仙的描述："荣光勿复敢出声，挟僧走数里。僧猱登道旁大树，荣光随上，忽白光闪逐，似金蛇自后追至。荣光股栗，几坠地，乃亟闭目抱树柯伏，勿敢动。僧探怀出一铁钵，遥逆光来所掷击，光倏定。而盗叟首已持少女手中，倒挽其须矣。"③以上诸种，与系列小说其他篇目有格格不入之势。恽铁樵编《武侠丛谈》，收录钱基博《技击余闻补》几乎所有篇目，唯独将《窦荣光》摒弃不用，可见时人的态度。但这毕竟是一种事实存在，意味着武侠小说中技击功夫与剑仙传统难以分割。韩云波在论及平江不肖生武侠小说的两副笔墨时说："不肖生两大创作路向的并存，反映了现代武侠小说在追求趣味与追求品位之间难以兼顾的矛盾纠结，这种矛盾一直持续下去，贯穿了中国现代武侠小说的始终。"④此言诚然。赵焕亭《精忠奇侠全传》第三回中遇春、逢春兄弟巧得千年灵芝，食后反应与上述描写如出一辙。从平江不肖生到还珠楼主，剑光四起，剑仙传统再次复苏。"技击"系列中的这种零星异质，虽与表现的主体、目的有不和谐之处，却隐伏着武侠小说天马行空式想象的另一脉的生命力。

----

① ［古希腊］柏拉图：《柏拉图全集》（第1卷），北京：人民出版社，2002年版，第310页。
② 朱鸿寿：《技击遗闻补·胡尔敦》，《小说新报》，1916年，第2卷第6期，第11页。
③ 钱基博：《技击余闻补·窦荣光》，《小说月报》，1914年，第5卷第1期，第2页。
④ 韩云波：《平江不肖生与现代中国武侠小说的内在纠结》，《西南大学学报》（社会科学版），2011年第6期，第38页。

三、武术道德的现代设定

与现代武侠小说的一般设定有所不同,"技击"系列中的江湖世界还没有完全自足独立,习武之人与普通民众往往混居一处。首先应明确的是,这种写法是有现实依据的。据精武体育会会员表记载,成立十年共会员近 1100 人,会员多是普通人中的一员,在社会上有各自的职业。那么,作为社会的一员,习武人士之间应如何相处? 他们与社会、与不习武的普通人之间的关系又该怎样处理呢? 武术道德即技击高手如何自处、如何行侠,就成了小说表现的重点。

"技击"系列中有不少作品直面现实社会的无序与失范。在"技击"系列小说中,普通人面临的生存困境被体系化了,强权欺压小民、恶霸盗匪横行自是不出意料之外,同时还有部分习武之人的愚昧和无良。小说着力描写的人物,不少是力大如牛的乡间人士或社会底层人士,有一定技击功夫,但缺乏自制力,争强好胜是他们性格中最重要的特征,比武似乎是他们听说或碰到其他武林人士的第一反应。更有甚者,有的习武人士会凭借自己的功夫肆意欺侮普通民众,进而取人性命。最突出的例子,就是不少篇目提到和尚或乞丐仗着功夫到普通人家强索钱财,无人敢逆其志。小说还揭示了一种现象,即乡村中国的族姓制度也成为普通民众欺负他人的倚仗,小说解释一些习武之人当初选择去学习功夫的原因,就是因为族姓的不同,他们在所居住的乡村往往遭受其他大姓村民的欺凌,不学武就无法自保。这种写法比较有趣,它有助于人们从家仇出发,去理解国难。从小说的描写来看,无论是普通人之间、武林人之间,或者是普通人与武林人之间,至少在小说作者的眼中,以强凌弱的丛林法则是"现世"的主要法则,而这是落后的,是必须要变革的东西。定一指出:"小说者,诚社会上之有力人也,读之改变人之性质……吾中国若有政治小说,插以高尚之思想,则以之转移风俗、改良社会,亦不难矣。"①基于所体认的社会现状,"技击"系列的作者们提出以"高尚的思想"敦促习武之人正确认识自我、介入社会不平,这是符合时代认知的做法。

"技击"系列呼吁将丛林社会引导至现代文明,习武之人如何自律是其中的关键。明恩溥曾说:"尽管在中国人的生命被宣称为极为神圣,但在现实环境中生命

---

① 定一:《小说丛话》,《新小说》,1903 年,第 2 卷第 1 期,第 176 期。

往往一钱不值,这一点我们必须理解。"①针对这一问题,林纾《技击余闻》对技击高手之间的关系进行思考,如《舵工》以"觅食"之难为理由对习武之人的争强好胜、随意比武进行批评,《欧三》用刑律的正当性否定习武之人任意取人性命的行为,《石六郎》提出开门收徒要重视徒弟的人品,这些都意在说明习武之人严于律己、保护他人的重要性。林纾对背负传统恶习的习武者如何从自身做起以适应现代文明这一问题进行了积极探索,后来者在习武之人的道德建设方面也多有论述。钱基博说:"技击,搏技也,能是不足以自卫,徒贾祸;其技弥能,见嫉于人弥众,人必争与我角。角之不丧躯,必人为我戕,是两人者,必丧其一,匪仁术也。"②在这里,"仁"是对技击的终极评价标准,既然"匪仁术",就应该放弃。但仅是一部分人单方面放弃,能否解决问题呢? 以此为起点,逐步修正既有缺陷并建立武德的可能性已呼之欲出。朱鸿寿重点论述了学武者的品行与行为规范,《杨步》云:"习练拳技,以之防身则可,若意气豪纵,鲜有不败事者。"③他把这段话设定为杨步的临终遗言,其重要性不言自明。类似观点还出现在《裴四荣》、《许英男》、《赵伦》、《王斌》、《李二赵文》等篇目中。《王斌》提到了收徒标准:"其授徒也,与他人异:少年噪暴者不录,轻薄者不录,生性凶悍者不录,即录取之忠厚少年,亦必设永不伤人之誓,方授以技,否则亦不录也。斌尝谓:'习练拳术,所以防身也。苟习拳术以欺人,徒取祸耳。'"④这与林纾《石六郎》遥相呼应,并更为具体。顾明道也有类似观点,《张木工》中师傅叮嘱徒弟说:"有艺者不可生骄心,且亦不能恃此以欺良善之民,若违道,则祸不远矣。"⑤以上种种皆借小说人物之口说出,借小说人物之行为展示,现身说法,生动地传递出知识分子对习武人士自身道德建设的总结、反省和期望。杨度为《中国之武士道》作序说:"此其(武士)道与西洋各国所谓人道 Humanity 者,本无以异。"⑥相互对照,则可发现上述作者所阐发的各种观点中有现代文明中的"人道"因子,不仅适用于习武人士,同样适用于更广泛的

---

① [美]Arthur H. Smith. *Chinese Characteristics*. New York, Chicago, Toronto: Fleming H. Revell Company, 1894:211.
② 钱基博:《技击余闻补·邹姓》,《小说月报》,1914 年,第 5 卷第 2 期,第 2 页。
③ 朱鸿寿:《技击遗闻补·杨步》,《小说新报》,1915 年,第 1 卷第 8 期,第 2 页。
④ 朱鸿寿:《技击遗闻补·王斌》,《小说新报》,1916 年,第 2 卷第 6 期,第 8−9 页。
⑤ 明道:《技击拾遗·张木工》,《小说新报》,1919 年,第 5 卷第 3 期,第 5 页。
⑥ 杨度:《杨度叙》,《中国之武士道》,北京:中国档案出版社,2006 年版,第 1 页。

领域。技击功夫很容易将人引向暴力,技击高手自身应如何调节?人如何走出丛林社会,从而实现相互容忍和无暴力相处?"技击"系列对个人武德的阐释和传递,体现的其实是当时知识分子对现代国民性的思考和设想。

"技击"系列除了关注习武之人的自律以外,对如何发挥其社会功用也有大量的铺叙。中国知识分子本有修齐治平的入世传统,因此对救亡图存、强国新民的时代呼声感触极深。推己及人,小说对技击高手为国家、为民族、为他人挺身而出以及自我牺牲精神的描述,精彩而深入。

小说着力强调了习武之人自觉维护社会安定、保护他人利益的利他主义精神。明恩溥说:"除非有什么特殊原因,一般状况下中国人不愿意给他人提供帮助,这一点体现在中国社会关系的方方面面。"①小说中技击高手的行为则与这一现象相反。朱鸿寿《杨侠民》中的民众发问说:"君素负义侠,而不为地方除害,何故?"②这是作者以民众之名传递对侠的期望。怎样才算侠客?朱鸿寿《唐士良》提到为乡里斗盗贼、救女子,《黄少云》提到路见不平、拔刀相助,《余铁生》写到以一己之力阻止乡邻械斗,《方翁》提到对不孝之徒的斥责和纠正。顾明道《邝勇》提到带领村民自卫,《邓笛》提到为友赴难。以上种种都可视为侠义行为。"技击"系列写了技击高手带领乡邻抵御盗匪滋扰的事迹,是那一时代民众焦虑和需求的集中体现,也是当时部分知识分子批判国民劣根性、建立现代国民性思想在小说中的积极回应。当现代武侠小说趋于成熟而更多更集中地表现江湖或剑仙世界的故事时,"技击"系列重点呈现的习武之人与社会民众的这一直接帮扶关系渐隐于幕后,不少作品的聚焦点转变为侠客之间的恩怨情仇。饶是如此,这一行侠精神依然还会出现,朱贞木《七杀碑》便是典型一例,其中的立场虽与当下有分歧,但侠客为地方平安而奔走的基本故事架构是人们所认可的。

当国家有难、民族危亡之际,技击高手该如何自处?钱基博《马永贞》提到了马永贞与西方力士的比武:"闻永贞之世,上海有比利时人称曰黄髯翁者,亦欧西力人也。尝访永贞城隍庙,与角力。见庙殿前有铁炉一,制绝巨,号称千斤,乃擎

---

① ［美］Arthur H. Smith. *Chinese Characteristics*. New York, Chicago, Toronto: Fleming H. Revell Company,1894:207.

② 朱鸿寿:《技击余闻补·杨侠民》,《小说新报》,1916 年,第 2 卷第 1 期,第 16 页。

绕殿走二匝。而永贞能余一焉。黄髯翁亦为悚然,信大力矣哉。"①因篇幅原因,作者仅以上述文字进行叙写,可谓不尽兴。但这是当时中国社会的一种集体诉求,如果时人读到这一段,就会明白它未着一字却自然生发的意义。在顾明道《红须客》中,关东胡匪面对俄国人的审讯时说:"吾闻汝俄人有侵略中国之野心,然劝汝等毋梦想,须知我中国四万万人民,不乏英雄豪杰,岂终能让外人欺侮哉?"②说出这番话的强盗,此刻大概已被视为侠义之人了,此中可见时代的共鸣。后来,这种认识和诉求在《近代侠义英雄传》中得到了更有力度的呈现,霍元甲与外国大力士的比武成了小说铺排全篇的主线。而到金庸的《射雕英雄传》、《神雕侠侣》等作品,则直接演化为"为国为民,侠之大者"③的认识,感动了无数读者。

李泽厚曾说:"就个体来说,道德常常以与个体幸福(以快乐为根本基础)相冲突、对抗而展现,常常要求个体牺牲一己的幸福,它以超越甚或否定个体的感性幸福、快乐以至生命、生存而取得崇高的尊严地位。"④显然,以上种种情节设定,实际上在共同传递着当时作家们几乎趋向一致的认识:技击的尊严,习武之人的尊严,应从牺牲一己以成全国家、社会、他人的利他行径和奉献精神中获取。这一点,与梁启超、严复等人的"新民"立场是基本相同的。

作为历史的产物,"技击"系列也展现出精英知识分子的一些思想局限。《技击余闻》就有评判标准不明确的地方。如《盗侠》中的强盗,其组织内部有赏罚规定,但他们一没有为国家,二没有为民族,三没有为大众,就强盗这一身份而言,道德自律更谈不上,怎么可以称之为侠?胡寄尘感慨道:"自太史公传游侠而后,古今人记侠义之事众矣。然而虞初所志,稗官所采,其不邻于盗者,几何哉?侠者,墨氏之别派也。然后世假侠之名而为盗,宁非痛心之事!"⑤而这也正是林纾所背的一个历史包袱。当然,总览《技击余闻》可以发现,在这方面,林纾的文笔已显得非常克制,以上所述只是一个特例,不影响作品的整体价值。

"技击"系列对习武之人的自律及其社会使命的设计与呈现,在当时是有积极

---

① 钱基博:《技击余闻补·马永贞》,《小说月报》,1914 年,第 5 卷第 7 期,第 2 页。
② 明道:《技击拾遗·红须客》,《小说新报》,1919 年,第 5 卷第 3 期,第 8 页。
③ 金庸:《神雕侠侣·后记》,北京:生活·读书·新知三联书店,1994 年版,第 1357 页。
④ 李泽厚:《历史本体论》,北京:三联书店,2002 年版,第 46 页。
⑤ 胡寄尘:《新七侠传》,《侦探世界》,1924 年,第 22 期,第 1 页。

意义的。罗家伦说:"在世衰道微的时代,因为同情心的缺乏,是非观念的不明,赴难精神的低落,才往往使有心人不得已而提倡'任侠'。"①这一表述很好地解释了近代改造国民性思潮对"侠"的内涵的设定,也有助于认识"技击"系列在武德提倡方面的作为及其价值。这里的"任侠",被赋予了更多的时代色彩,体现出一定的现代文明的特征。小说的这些描写不仅回应了时代诉求,也为现代武侠小说对侠的精神的生动呈现夯实了基础。

"技击"系列的写作热潮一闪而过,之后便是平江不肖生《江湖奇侠传》和《近代侠义英雄传》的广阔天地。林保淳曾经说过:"武艺,非但是英雄侠女行走江湖的凭藉(护身)、行侠仗义的条件(行侠),是解决纷扰、快意恩仇的最终法则;同时也是侠客展现其风采气度、建树功名的必要条件。"②"技击"系列对武功的描写和对武德的思考,启发了后来者,为即将出现的现代长篇武侠小说提供了资源。小说描写的习武人士,不少是社会底层人士,是属于人们熟悉的仿佛可以触摸的人,他们的故事因而具有强烈的时代特征和乡土气息,具备了高度的似真感,使其所传递的理念被接受的可能性大大增加。小说通过对人物和故事的描述表达当时部分精英知识分子对国家和民族困境的深切忧患,以及对民族奋起、社会康复的强烈期盼。作为"小说新民"思想的一种实践,"技击"系列与"尚武"风潮相呼应,以文学的方式为辛亥革命后民气的复苏贡献了力量,尽管它并不丰富,亦弥足珍贵。

---

① 罗家伦:《侠出于伟大的同情,侠气就是革命的精神》,《新民族》,1938 年,第 3 卷第 2 期,第 3 页。
② 林保淳:《成人的童话世界——武侠小说的本体论》,《政大中文学报》,2008 年第 9 期,第203 页。

第四章

文学期刊与小说生产

　　关于"侠",韩云波《中国侠文化:积淀与承传》总体上来讲突出的是侠的历时性,对数千年中侠的不同呈现形态予以了令人信服的分析。不过,也有学者对侠的内涵进行了具有普泛意味的总结和归纳,譬如有文章指出,侠的内涵当为"仁、义、信"三个方面。① 归纳当然是必需的,但侠的内涵是否将限于这三个方面? 未必尽然。沿用拉康的说法,侠不是什么自然天成的东西,它是经由社会建构的。社会在变动,所以,或许即使在当下,对这些方面的肯定依然可以成为武侠小说创作心理和阅读心理的重要组成部分,但它绝不可能、也不应该意味着恒定。从这一点来说,在侠的建构史上,那些即使是微不足道的探索和革新,都值得我们纪念。清末民初时期,侠义小说受到不同期刊与思想的影响,呈现各种不同的侧重点,为后来的武侠小说写作在思想认识层面提供了诸多可能。下文将以《新新小说》、《小说月报》、《侦探世界》三种期刊为中心,考察基于近似的兴趣和爱好而聚集在期刊周围的作者和编辑们在侠义小说写作与发表过程中所做的尝试,从而更好地理解文学期刊与侠义小说生产的关系。

第一节　"侠客谈"与《新新小说》的侠客主义

　　晚清小说期刊《新新小说》的半路腰斩的命运在当时与大多数文学期刊没有差异,但它有特别之处,这个特别表现在:自第 1 期开始,便将"侠客谈"作为其固

---

① 　张从容:《武侠之"侠"的文化精髓与人格品位》,《学术交流》,2007 年第 10 期,第 165 – 167 页。

定栏目,而自第 3 期起,更将其他若干栏目整合到"侠客谈"这一序列中来,使"侠客谈"成为占据杂志半壁江山的超大型栏目。在第 1 卷第 3 期的"本报特白"中,有如下表述:"本报拟订以十二期为一结束,十二期中,必将期中所出各书,先后出毕,至十二期后,乃再出他书。又以十二期为一主义,如此期内,则以侠客为主义,故期中每册皆以侠客为主,而以他类为附,至十二期后,乃再行他主义。"①显然,说《新新小说》是一份提倡"侠客主义"的刊物,是没有问题的。而更紧要之处在于,办刊者的"侠义观"在其所处的时代里并非流于泛泛,他们有自己的立场和意识。从这一点来说,《新新小说》是值得肯定的。下文试对《新新小说》展开分析,着重分析它在侠义精神的构建与创新方面的作为。

一、《新新小说》的主打栏目"侠客谈"

"侠"要否建立与时代的紧密联系?《新新小说》对此所进行的探索很值得关注。

《新新小说》创刊于 1904 年,一般认为系陈景韩(冷血)主编。其虽未入四大小说期刊之列,然而亦属当时的一本重要文学刊物。关于这一点,阿英在《晚清文艺报刊述略》中已有阐述。若以成败论英雄,《新新小说》实在算不得一份出色的刊物。从刊期上来看,上海书店 1980 年影印版仅收十期,《中国近代文学大系·史料索引集(1)》亦称实见十期;期刊出刊时间也不固定,虽计划一年出十二期,但第一期出版时间为"光绪三十年十月二十日",而第十期的出版时间已经是"光绪三十三年四月初一日"了。从内容上来看,因刊期较少,故所刊载的小说作品大部分连载时断时续,重头作品基本没有连载完毕,这从根本上限制了它的影响。从作者构成来看,《新新小说》所刊载的作品,大多是冷血、侠民或译或著。当然,尽管《新新小说》有如上之不足,但在当时也可以无愧于形色:即使规模宏大、影响深刻如梁启超创办的《新小说》,也并不能逃脱此类命运。在当时,个人办刊实在是难度不小。但也正是如此,它所提倡的"侠客"主义,相应地削弱了对后世的影响,成为历史钩陈的对象。

《新新小说》中所提倡的"侠"因其严肃的办刊思路而显得可贵。在《新新小

---

① 《本报特白》,《新新小说》,1904 年,第 1 卷第 3 期。

说》第 1 期的办刊启事上就有如下文字："凡有诗词、杂记、奇闻、笑谈、歌谣、俚谚、游戏文字以及灯谜、酒令、楹联、诗钟等类，不拘新旧、体裁，本社均拟广为收集，按期选录。"倘使按照这样的方针来办刊，显然也能办出受大众读者欢迎的杂志。不过，也正是自第 1 期开始，《新新小说》的实际选稿准则就与其所声明的之间泾渭分明。《新新小说》第 1 期的栏目主要有"政治小说"、"社会小说"、"历史小说"、"心理小说"、"写情小说"等。仅以栏目而言，便已可看出该刊物的严肃性。政治、社会、历史等本来都是极为沉重、极为严肃的话题，更何况在当时，"戏说"还没有成气候。而心理小说的存在，也与《新新小说》所标称的"新"大为符合，毕竟，"心理"这个词在当时很有科学的意味。除此而外，不能忽视的是，这本刊物中还收录了一部分歌谣。不过，它收录的歌谣往往也大有来头，如其第 2 期的首页刊登的便是法兰西革命歌曲的歌词与曲谱。由此可知，尽管这只不过是一本主要刊载小说的杂志，但显然办刊者志向不低。

然而，倘使仅仅如上文所述，还不能充分显出这本刊物的特殊性，毕竟，同时代的许多期刊都有类似的栏目设置。《新新小说》的真正特殊之处在于：自第三期开始，栏目有了大的调整，出现了一个主要栏目——"侠客谈"。与之相并列的，就只有"附录"和"杂录"了。原先的"政治小说"、"社会小说"、"历史小说"等栏目下的小说都延至"侠客谈"之下，分别置于子栏目"理想之侠客谈"、"南亚侠客谈"、"百年后之侠客谈"当中。除了以上所提到的名目外，"侠客谈"下还设有"俄罗斯侠客谈"、"法兰西侠客谈"等。从栏目的设置可以看出"侠客谈"在刊物中的地位，它显然是依据办刊思路在实际操作过程中的一次重要修正。

《新新小说》"侠客谈"栏目各期收入小说情况

刊期	子栏目	篇名	作者	备注
第 1 期		刀余生传	冷血	栏目为"社会小说（侠客谈）"
第 2 期		路毙	冷血	栏目为"社会小说（侠客谈）"

续表

刊期	子栏目	篇名	作者	备注
第 3 期	南亚侠客谈	菲猎滨外史	侠民	续第 1 期,原栏目为"历史小说"
	俄国侠客谈	虚无党奇话	冷血(译)	
	法国侠客谈	秘密囊	小造(译)	
	百年后之侠客谈	刀余生传二	冷血	
第 4 期	法国侠客谈	秘密囊	小造(译)	
	俄国侠客谈	虚无党奇话	冷血(译)	
	侠客别谈	兄弟	冷血(译)	
第 5 期	理想之侠客谈	中国兴亡梦	侠民	续第 2 期,原栏目为"政治小说"
	法国侠客谈	秘密囊	小造(译)	
	南亚侠客谈	菲猎滨外史	侠民	
第 6 期	法国侠客谈	决斗会	小造(译)	
		秘密囊	小造(译)	
	南亚侠客谈	菲猎滨外史	侠民	
	俄国侠客谈	虚无党奇话	冷血(译)	
第 7 期	法国侠客谈	决斗会	小造(译)	本期始,"军事谈"栏目出现,置于"附录"之下
		秘密囊	小造(译)	
第 8 期		女侠客	侠	
第 9 期		女侠客	侠	本期始,"军事谈"成为与"侠客谈"并列之栏目
		血之花	苏格兰小说家施高脱原著,猿述,虫笔	
第 10 期	俄国侠客谈	虚无党奇话	冷血(译)	
		血之花	猿述,虫笔	

《新新小说》对"侠"的大力提倡,是办刊者对自身办刊思路的一次总结和合

理提升,也是办刊者历史使命感的集中体现。在《新新小说》叙例中,刊物的重要成员之一侠民有过这样的表述:"本报纯用小说家言,演任侠好义、忠群爱国之旨,意在浸润兼及,以一变旧社会腐败堕落之风俗习惯。"①在他的表述中,小说家言与改变堕落的社会这一现实指向之间的关系是天然的,不需要有任何的质疑的。当然,在同时代中,这样的表述并不新鲜,时代为这些办刊者提供了必要的语境,而办刊者的使命感又回应了时代的需求。但凡有兼济天下之心的知识分子,都不会坐视家国之痛而置身于事外。梁启超姑且不论,柳亚子在《复报》的《发刊辞》中就写过:"所以一定要打破这五(污)浊世界,救出我这庄严祖国来,才不算放弃国民的责任。那救祖国的手段,自然是千变万化,不离其宗,这区区报纸,却也好算手段当中的一分子了。"②当然,不排除一种可能性,即在当时曾流行一种投机论调:无论事实上小说创作实际上呈现何种态势,观念上总是在强调,此与"新民"有关。《新新小说》第2期便登载了《新党现形记》,在小说的评论中,批者曰:"中国覆亡、支那人种灭绝之后,有许多历史大家,搜集我亡国人士之议论而研究之,我可决其涸尽脑浆而不能明其所以亡之故。盖亡国之大英雄、大国民、大革命家实多于亡之之国数十百倍也。"③这段讽刺可谓辛辣,从而与投机者划清了界限。从《新新小说》的实际行动来看,它当属于立志有为者。

自然,在今天看来,《新新小说》对"侠"的提倡必然会遭遇文学与现实关系的诘问而陷于尴尬的境地。但是,金庸提出的"为国为民,侠之大者"广泛被接受,实际上也在明确地昭示:在武侠小说的阅读者当中,有相当一部分的人对侠与现实的紧密联系是持认同态度的。即使我们反对文学的工具论,关于"侠"与现实社会的血肉关系,在当时也为《新新小说》的办刊者以及同时代的诸多精英知识分子所认可,这属于"艺术品的即时即地性",④无法回避。

---

① 侠民:《〈新新小说〉叙例》,《二十世纪中国小说理论资料·第一卷》,北京:北京大学出版社,1989年版,第125页。

② 弃疾:《复报·发刊辞》,《中国近代文学大系·史料索引集(1)》,上海:上海书店,1996年版,第306页。

③ 嗟予著、公奴批点:《新党现形记》,《新新小说》,1904年,第1卷第2期,第7页。

④ [德]本雅明:《机械复制时代的艺术作品》,北京:中国城市出版社,2002年版,第7-8页。

二、"侠客谈"的文化内涵

"侠"的具体内涵的"即时即地性"该如何体现？《新新小说》也在努力地做出回答。

《新新小说》中，侠与国家兴亡、民族命运联系在一起。其刊载的第一篇小说、侠民所著的《中国兴亡梦》的自叙开头有这样一段话："痛哉！希望既绝之人，其无聊为尤甚。使不善自消遣，其走热之极端或至发狂，其走冷之极端或至厌世。吾惕之，吾惕之。"①这是一段很有意味的表述。《中国兴亡梦》作为刊物开篇之作，自然有其特别的地位。所以，这段话固然不能直接地作为《新新小说》的旗帜，但从中也能推测刊物的基本立场。《中国兴亡梦》是一篇"政治小说"，专心致志地谈一些"保皇革命、立宪排满"的事情，从而为"希望既绝之人"提供一点希望，指明一个努力的方向。《新新小说》第 1 期还刊载了《菲猎滨外史》，这篇小说主要叙写菲律宾人反抗西班牙殖民者的故事。其开篇词云："借取他人杯酒，来浇块垒胸襟，真真假假漫评论，怜我怜卿同病。"②这一点，与梁启超的《新小说》在作品的编选思路上其实有异曲同工之妙。正如韩云波所指出的："这些作品，与其说是武侠小说，不如说是政治小说，至少二者兼而有之。"③精心选择的作品，与刻意为之的点评，使得小说的现实指向更加明确。《新新小说》每期刊载作品不多，第 1 期共收作品七篇。以上两篇重头作品的存在，实际上是为刊物定性，其所强调的，实质上是对家国天下命运的关注与投入。

《新新小说》第 1 期的这种心怀天下的风格在其后的几期中得到延续。如刊物的第 3 期收入"侠客谈"的几部作品，《菲猎滨外史》自不必言，《虚无党奇话》所叙写的俄国虚无党，在上世纪初也曾作为一种主义激起无数中国少年的救国热情。这篇小说谈到了俄罗斯的困境："我们俄罗斯帝国的现在，这精神上，这财政上，实是万万不能再不改革了。如欲改革，实是万万不能不推倒现在的俄罗斯专

---

① 侠民：《中国兴亡梦·自叙》，《新新小说》，1904 年，第 1 卷第 1 期，第 1 页。

② 侠民：《菲猎滨外史》，《新新小说》，1904 年，第 1 卷第 1 期，第 1 页。

③ 韩云波：《论清末民初的武侠小说》，《四川大学学报》（哲学社会科学版），1999 年第 4 期，第 109 页。

制暴虐政府了。欲推倒这政府,实是万万不能再爱惜生命了。"①此言论虽是针对俄罗斯而发,但其言下之意不言自明。显然,它的编辑思路在前后是存在延续关系的。既然如此,刊物的知己者——"希望既绝之人",当可以基本明确,是有一腔热血愿为众人流淌的性情中人,而它的目标,则是将这些希望既绝之人改造为有为之人、有为之侠,做一些"保皇革命、立宪排满"的事,又或者做一些反抗列强压迫的事,即使不做,至少也应该把心思放到这上面来,以免"发狂"或"厌世"。

徐斯年、刘祥安两位先生曾经论道:"在中国武侠小说中,最为普遍的侠的结构是'原侠+善','善'从其与社会关系角度可以区分为大善小善:大者可以为国为民,小者可以为亲为友,所谓借交报仇。"②我们必须承认,就其时的政治小说、历史小说而言,进行一些保家卫国等大善举动的号召是常见的,但在侠义小说的范围内,《新新小说》的做法有其新意。因为《新新小说》中的这些小说,它们所奉的侠的本质的"大善"化是非常明确而新鲜的,足以使刊物有被后人纪念的资格。

《新新小说》中,侠还与改良人种联系在一起。《新新小说》第一期"侠客谈"栏目下收了作品《刀余生传》。《刀余生传》系陈景韩本人所著,显然,它更应该被视为《新新小说》所提倡的"侠"的形象代言。《刀余生传》历来为人诟病者,是它当中的"杀人谱":

鸦片烟鬼杀、小脚妇杀!年过五十者杀!残疾者杀!抱传染病者杀!身体肥大者杀!侏儒者杀!躯干斜曲者杀!骨柴瘦无力者杀!面雪白无血色者杀!目斜视或近视者杀。口常不合者杀!(其人心思必收检)齿色不洁净者杀!手爪长多垢者杀!手底无坚肉、脚底无厚皮者杀!(此数皆为懒惰之证)气呆者杀!目定者杀!口急或音不清者杀!眉矗者杀!多痰嚏者杀。走路成方步者杀!(多自大)与人言摇头者杀!(多予智)无事时常摇其体或两腿者杀!(脑筋已读八股读坏)与人言未交语先嬉笑者杀!(贡媚已惯)右膝合前屈者杀(请安已惯故)两膝盖有坚肉者杀!(屈膝已惯故)齿常外露者杀!(多言多笑故)力不能自举其身者杀!(小儿不在此例)凡若此者,均取无去,其能有一定职业,能劳动、任事者,均舍

① 冷血:《虚无党奇话》,《新新小说》,1904 年,第 1 卷第 3 期,第 2 页。
② 徐斯年、刘祥安:《武侠党会编》,《中国近现代通俗文学史》(上册),南京:江苏教育出版社,2000 年版,第 448 页。

去,且勿扰及财物。①

我们需要辨析,列入"杀人谱"中的人,到底是否该杀?今天仔细看来,一个也不是该杀之人,而且恰恰相反,基本都很无辜。但在《侠客谈》叙言中曾提及:"侠客谈之作,为少年而作也。"②"为少年而作"是我们理解这一"杀人谱"的一条路径。少年虽不经事却热血沸腾,做人行事不免只顾眼前,在少年看来,要家国强盛,便须先除去于是时成为障碍的人,于是时烦人耳目的人,这一"杀人谱"具有明显的少年风格。站在当下的角度来看,侠客的这一"杀人谱"因其偏激、极端而引人哂笑,但是,它的提出也具有一定的合理性,这基于提出这一杀人谱的目的。小说中,侠客(小说以"盗首"之名称之)解释道:"我故用此杀人之法以救人,与其淘汰于人,不如我先自为之淘汰……若听天任运,年复一年,日复一日,腐败不除,坚固之基不立。随世浮沉,见隙修补,我恐亦不十年不百年,而我族已无遗类。"③换而言之,《侠客谈》将杀人作为侠客行侠手段之一,其最终目的,却在强国,在新民。"君子自强不息"原本就是我族之人所认同的公理,此"杀人谱"虽为狂语,但其中的指向,似乎也有一些合理之处。倘使不强调这个目的,则一切终归于荒谬。小说批解中有云:"我知自后凡有杀人劫财者,莫不曰我刀余生。我刀余生,我为此惧。"④说明的正是这个道理。

《新新小说》中,侠的身份突破了民族和国家的界限。《新新小说》的一个创举,是将翻译小说纳入到"侠客谈"的栏目中,成为"世界侠客谈"。既然是翻译小说,主角自然是外国人;既然纳入"侠客谈",小说当中的部分外国人自然也就成为了侠客。《虚无党奇话》属于"俄罗斯侠客谈",当中反对暴政的俄国虚无党志士自然是侠客。《菲猎滨外史》属于"南亚侠客谈",当中反抗外国侵略、争取民族独立的菲猎滨志士自然是侠客。"侠客谈"栏目中还有《血之花》一篇,其中为恢复国权而斗争的苏格兰志士自然也是侠客。也就是说,至少在《新新小说》的主创者意识中,民族不分华夷、皮肤不分黑白,只要符合一定的条件,皆可以称为侠客。

---

① 冷血:《刀余生传》,《新新小说》,1904 年,第 1 卷第 1 期,第 22 页。
② 冷血:《侠客谈·叙言》,《新新小说》,1904 年,第 1 卷第 1 期,第 2 页。
③ 冷血:《刀余生传》,《新新小说》,1904 年,第 1 卷第 1 期,第 20 页。
④ 冷血:《刀余生传》,《新新小说》,1904 年,第 1 卷第 1 期,第 37 页。

中国人可以做得,外国人也可以做得。如果我们承认"现代性是一种'时间职能'",①那么,回到《新新小说》的创办时代,我们不能不注意到,它对于侠客的种族与身份的认识具有一定的先锋色彩。清末民初小说中的侠客世界,可谓人员众多,成分复杂,公子、小姐、婢女、妓女等一应俱全。换句话说,大刀王五等成名人士固然可以是侠客,三教九流,一念之间,也可以跻身侠的行列。陈平原说:"武侠小说的根本观念在于'拯救'。'写梦'与'圆梦'只是武侠小说的表面形式,内在精神是祈求他人拯救以获得新生和在拯救他人中超越生命的有限性。"②根据这一论断,小说中侠客世界的丰繁复杂是一件可喜的事情,毕竟它意味着,人们不再把拯救的希望全部寄托在清官或其紧随其后的义士身上,而是演变为人人皆须拯救和人人皆可拯救他人的朴素认识。拯救者角色的多元化,意味着进一步改变的可能性,比死守拯救者身份的一元模式要强得多。汤哲声在评价陈景韩的翻译作品时曾说:"他的翻译作品有一个比较专一的思想层面,即:催醒国人速速醒来,免做弱肉饱人刀俎。"③侠客身份多元化的最终目的,就在于此。侠客的身份从专业人士到非专业人士是一个巨大的转变,侠客的身份从中国人到外国人同样也是一个巨大的转变。侠客身份的泛化实际上是一种民权观念的体现。不能把这个观念和《新新小说》中的翻译小说直接置于一定的因果关系当中,但是,它们确实又是相辅相成的。《新新小说》将翻译小说放置到"侠客谈"的栏目中,是侠的"全球化",是全球化背景下民权观念衍变的一个重要表现。

《新新小说》中的侠义精神在传统与现代文明之间找到了自己的位置。《路毙》载于第2期,置于"侠客谈"栏目下,作者也是陈景韩。写的是一个少年在路上救了一个路毙,小说的最后是这么写的:

> 行人见少年如此,有叹少年义者,有谓少年与路毙有瓜葛者。
>
> 有曰:"此乞丐惯例,愚不经事者耳!"
>
> 有曰:"好事,恐捉将官里去。"
>
> 路毙渐转侧。

---

① [法]伊夫·瓦岱:《文学与现代性》,北京:北京大学出版社,2001年版,第42页。
② 陈平原:《千古文人侠客梦》,北京:人民文学出版社,1992年版,第200页。
③ 汤哲声:《〈时评〉催人醒、冷血心肠热——陈冷血评传》,《演述江湖帮会秘史的说书人——姚民哀》,南京:南京出版社,1994年版,第187页。

少年闻诸人语,不耐,睨视曰:"君等独非人类欤?"其声凄远。

路毙开眼,回首视少年曰:"子独非我中国人欤?"其声悲。①

这一片段,表达了作者对"路毙"的同情,对围观者的批评,以及对少年的赞许。小说最后的点评中有这么一句:"冷血曰:我见路毙数矣,我未见少年。"②这句话,实际上明确了对少年行径的褒扬,他的行为举止是对传统的路见不平拔刀相助的侠义精神的继承,也是对人道主义精神的吸收。尽管《刀余生传》中的"杀人谱"容易给人以误导,但这篇小说终究将人们的认识拉回到正确的道路上来。

《新新小说》中的侠还具备了破坏与建设并举的属性。《刀余生传》中,在"杀人谱"归属于"牺牲部"这一具有破坏性质的部门以外,盗首尚设有"营业部"、"考察部"、"游学部"等三个颇具建设性的部门,并且这三个部门已经安置多人从事专门之工作。这显然已远远超出了传统侠客行侠杀人的范畴,几近于洋务运动了。传统文学世界里的中国侠客们,最大规模的行侠仗义,也就是聚一些兄弟拉起"替天行道"的大旗干些土匪强盗的营生,到底破坏性要大于建设性的。将建设的概念置于侠的内涵中,是超出传统的范围的,是一大创举。当然,这样的思路会不会因此而破坏了侠的部分本质属性的决定性地位? 这也是需要我们注意的一个问题。

关于"侠客谈"中所设定的侠的内涵,范伯群先生曾有概括:《新新小说》的侠义精神的第一个层次是要改造国民的精神与体质,革除传统的陋习,以强硬的铁腕,按照自己的理想建立一个国中之国。③ 这样的概括是非常准确的。从以上的两种努力方向,我们能够看出它的目标和理想来,这也正是《新新小说》的侠的即时即地性的集中体现。韩云波说:"我们对中国侠文化在现代文化语境下的两点立场:一是在中国人的现代体验中,要有正确的'间离'意识。二是中国侠文化无疑有它继续存在的理由。"④对于略显荒谬的"杀人谱",现代民众无疑是应该建立间离意识的。但《新新小说》赋予侠以时代内涵这一行为本身,却有不少可资借鉴

---

① 冷血:《路毙》,《新新小说》,1904 年,第 1 卷第 2 期,第 4 - 5 页。
② 冷血:《路毙》,《新新小说》,1904 年,第 1 卷第 2 期,第 5 页。
③ 范伯群:《〈催醒术〉:1909 年发表的"狂人日记"》,《江苏大学学报(社会科学版)》,2004 年第 5 期,第 1 - 8 页。
④ 韩云波:《中国侠文化:积淀与承传》,重庆:重庆出版社,2004 年版,第 3 页。

的因素存在。

三、陈景韩的"侠客主义"思想

《新新小说》所提倡的"侠客主义",从整个中国的侠的发展史角度来看,是具有一定的先锋性的,或者说,是具有一定的实验性的。归根结底,它的种种形式的出现,它的诸种有意无意的探索,与时代的需求分不开,与时代的氛围分不开,也与陈景韩等人的深沉的爱国情怀、宽阔的文学视野分不开。

此时的陈景韩对国民性总体持批判态度。1910 年 8 月,他在《时报》发表评论:"中国人之特性,其动也如狂犬,其静也如死蛇。何谓狂犬?不问尧跖,而吠之以为雄也;何谓死蛇?既无生气又极柔顺,任人玩弄而无所不可也。阅者疑我言乎?试息心以观之,死蛇之后狂犬,狂犬之后死蛇而矣,安有他哉?"①以"狂犬"和"死蛇"来作比,言语是过激了,但从中也可见陈的激愤之情。这一点,在他的小说中也有所体现。在《路毙》的文后陈景韩的那句评论,实际上并不仅仅是针对小说的具体内容而言,更是针对当时的社会现实有感而发。由此亦可见,他对国民性的批判态度是贯穿始终的。

批判态度的背后,隐藏着陈景韩对社会达尔文主义理论的理解与接受。他笔下著名的"杀人谱",其实有其源头。蔡锷在《军国民篇》中曾分析国人的健康情况,其云:

体魄之弱,至中国而极矣。人称四万万,而身体不具之妇女居十之五,嗜鸦片者居十之一二,埋头窗下久事呻吟,龙钟愈甚而若废人者居十之一。其他如跛者、聋者、盲者、哑者、疾病零丁者,以及老者、少者,合而计之,又居十分之一二。综而核之,其所谓完全无缺之人,不过十之一而已。此十分之一中,复难保其人人孔武可恃。以此观之,即欧美各强弃弹战而取拳斗,亦将悉为所格杀矣。②

在他看来,被一一罗列的这些人的身体状况,是中国走向强盛的过程中必须要面对的困难,要跨越的障碍。而蔡锷之所以会提出军国民主义,时人之所以会提倡尚武,很大程度上是为了克服这一困难。而其背后所隐藏的,是他们对于"物

---

① 程曼丽、乔云霞:《中国新闻传媒人物志》(第三辑),北京:长城出版社,2014 年版,第 21 页。
② 蔡锷:《军国民篇》,《蔡锷集》(第 1 册),长沙:湖南人民出版社,2008 年版,第 170 页。

竞天择、适者生存"的社会达尔文主义思想的认同,以及对于当时偏向于"有强权无公理"的世界的冷静观察与透视。这一点,在陈景韩的同志侠民的笔下也有体现。如在《菲猎滨外史》第五回的文后,侠民说:"李莎谓愈文明者,其骨子里愈不堪问。吾悲其语,又不能不服其为至言也。有哲学家谓物质文明日益进步,道德精神日益退步,再数百年,将为鬼魔妖孽世界,愿与国人依赖公理者,一究斯旨。无以御之,其惟与同竞。"①这段话虽短,但进步、退步、公理、竞争等关键词,充分表明了它的关注点和仰仗的主义。陈景韩在小说写作和期刊编辑中所表露的立场,无疑也是如此。

无政府主义是陈景韩能找到的改变国家民族现状的一种方法和路径。他翻译了不少虚无党小说,在小说《虚无党奇话》的开头,有如下的提问:"诸君愿为专制国的人民,还是愿为自由国的人民?"②在小说《俄国皇帝》中,他所翻译的关于虚无党志向的文字,很引人注目:"其实虚无党的志愿,第一,爱我国家;第二,救我同志的人,被这政府无端冤抑;第三哀我国里的数百万同胞兄弟,为那法律的牺牲、租税的奴隶……我们虚无党人无所逃避,只得出此激烈的手段。"③这两段文字固然是小说中本有之文字,但陈景韩之所以会翻译这些小说,应是认真思考后的选择,并在与中国的社会现象进行对比的过程中自然而然地将其设定为参照系。

陈景韩之所以会选择《新新小说》的"侠客谈"栏目作为"侠客主义"的实践之地,主要基于他对小说功能的认识。陈景韩的小说观与梁启超等人既有相近之处,也有自己的独特思考。在《论小说与社会之关系》一文中,他对于自己的小说观有较为充分的表达。对于小说如何能影响社会,他指出,小说因为拥有两种原质,所以能开通风气,这两种原则,一为有味,一为有益。在他看来,有味与有益,也即趣味与思想,是小说发挥社会改造过程中不可或缺的两个因素。接着,在一带而过地分析何为"有味"之后,他又重点探讨了所谓的思想的核心构成:"我社会之所以衰弱而无力者,以国家思想之薄弱也。以己与国家无关,国家与己无与也,故一听其腐败灭亡而无所顾。若提倡小说者,而能启发国家之思想,振作国家之

---

① 侠民:《菲猎滨外史》,《新新小说》,1905 年,第 6 期,第 15 – 16 页。
② 冷血:《虚无党奇话》,《新新小说》,1904 年,第 1 卷第 3 期,第 2 页。
③ 冷:《俄国皇帝》,《月月小说》,1908 年,第 19 期,第 2 – 3 页。

精神,是亦我社会之指导者也,我社会之受其益,亦必不浅。"①进而,他又明确提出,当下最应补助的,一是复仇之风,一是尚侠之风。由此可知,"复仇"与"尚侠"是他所提出的"侠客主义"的重要组成部分,也是他认为要"改良群治"的小说应该重点呈现的主题。

以上认识,在他所积极推进的"侠客谈"栏目的"叙言"中,得到了更加充分的表达。他说:

侠客谈无小说价值!

……

侠客谈之作,为改良人心、社会之腐败也,故其种类不一。侠客谈之作,为少年而作也。少年之耐性短,故其篇短。少年之文艺浅,见解浅,故其义其文浅。少年之通方言者少,故不用俗语。少年之读古书者少,故不用典语。②

由此可知,陈景韩为落实他的"侠客主义"而重点打造的"侠客谈"栏目,其指向,是为"改良人心、社会之腐败",简而言之,是为国民性改造;其形式,则为迁就少年的读书习惯,而采用的"少年体"。

但有意味的是,从刊物的第七期开始,"侠客谈"所占的篇幅明显下降,"侠客谈"的重要支持者陈景韩则将其主要精力放到了"军事谈"栏目的作品翻译中去。而从第八期开始连载的侠民所著《女侠客》,不免又回到报恩复仇的老路子上了。这是否意味着创新的道路一贯是那么的难走?又或者意味着就革新世界而言,军事要比侠客来得直接和有效得多?前一个问题相对简单,而后一个问题,则需要我们好好斟酌了。但于《新新小说》编者而言,这个问题很好回答:《血之花》序中既谈到了苏格兰人的军事反抗的现实价值,也通过转引天演家和生理心理学家的观点予以理论的支撑,战争既是"造文明之利器",又可"养国民爱国之心",③这一切,如何不使得爱国少年血脉贲张?从武侠到军事,《新新小说》转变得非常自然。

---

① 陈景韩:《论小说与社会之关系》,《东方杂志》,1905 年,第 2 卷第 8 期,第 165 页。
② 陈景韩:《侠客谈·叙言》,《新新小说》,1904 年,第 1 卷第 1 期,第 1－2 页。
③ 猿述、虫笔:《血之花·序》,《新新小说》,1906 年,第 1 卷第 9 期,第 1 页。

第二节 《武侠丛谈》与《小说月报》的写实主义

恽铁樵(1878－1935)，江苏武进人，曾就读于上海南洋公学，擅长创作与翻译。1910 年，他任商务印书馆编辑，后自 1912 年第 3 卷第 1 期起，接任《小说月报》主编，直至 1917 年第 8 卷第 12 期。《小说月报》是商务印书馆发行的重要文学期刊，一般认为，在 1921 年第 12 卷第 1 期沈雁冰接任主编之前，其属于鸳鸯蝴蝶派刊物，而在此之后则属于新文学刊物。恽在担任《小说月报》主编期间对如何办好刊物是有自己的深入思考和积极实践的，这一点得到越来越多研究者的认同，范伯群就曾以"不是'顽固堡垒'的前期《小说月报》"①为题正面评价了他的办刊成绩。《武侠丛谈》一书由商务印书馆于 1916 年出版，该书的编辑者署名为冷风，冷风系恽铁樵的别号。这本书是中国现代武侠小说较早的作品集，全书共收入短篇武侠小说 48 篇，这些篇目，在出版结集之前，大多都已由恽编发在《小说月报》上。值得注意的是，《武侠丛谈》的诸多作者通过作者点评和文学呈现，不约而同地强调小说的可信度，使这部小说集呈现出鲜明的写实倾向，而这也应当被视为恽铁樵时期的《小说月报》在侠义小说编选方面的一种重要倾向。1902 年，梁启超在《论小说与群治之关系》中提出"写实派小说"的概念，宣告写实主义在中国行程的正式开始；而到了五四新文化运动时期，陈独秀等人又提出基于现代科学的"写实主义"理论，进一步深化认识。从时间上看，《武侠丛谈》，或曰恽时期《小说月报》中的武侠小说所表现出的写实倾向，正处于这一重要转变过程中。

一、小说可信度的两种表现

《武侠丛谈》全书共收入短篇武侠小说 48 篇，其中钱基博 32 篇，指严 3 篇，江子厚 2 篇，其余如杜阶平、西神、茧庐、秋恨、载州、王梅癯、蕉心、守如、观奕、刘祺之、王汉章等各 1 篇。

---

① 范伯群：《中国现代通俗文学史》，北京：北京大学出版社，2007 年版，第 168 页。

《武侠丛谈》收入的作者、篇名、作品内容、主要人物等情况

序号	作者	篇名	作品内容	主要人物	原载《小说月报》年、卷（期）
1	钱基博	张大三	张大三勇猛,有盛名。在天津遇高手,心灵受打击。	张大三	
2	钱基博	老镖客	老镖客以纸捻为武器击退强盗。	老镖客	
3	钱基博	孙二官	孙二官遵师命,以匹布围腹,练就武艺。后受人激将,去布,失功力。	孙二官	
4	钱基博	朱三宝	朱三宝系名捕,遇一盗,盗轻功极高,朱不能捕。	朱三宝	
5	钱基博	邹姓	邹姓勇武,然与漕卒、强盗过招,均无胜算。	邹姓	1914,5(2)
6	钱基博	甘凤池	甘凤池系力士,有侠义心。一生与多人比武,有胜有败。	甘凤池	1914,5(3)
7	钱基博	闽僧	闽僧善治气,以筷子与少年比试棍法,少年不能敌。	闽僧	1914,5(4)
8	钱基博	某公子	江南某公子智擒七盗。	某公子	1914,5(4)
9	钱基博	秦大秦二	秦大秦二兄弟勇武而顽皮,秦大智斗群僧,全身而退。	秦大	1914,5(5)
10	钱基博	莫懋	莫懋教训阉人,有英雄气;擅书画,有才子气。	莫懋	1914,5(5)
11	钱基博	南杨北朱	朱少圃为人朴谨,杨维宁出言蕴藉。朱与杨为护乡邻,约战盗魁大刀子,朱未及至,杨已斩杀盗魁。	杨维宁	1914,5(6)
12	钱基博	范龙友	范龙友有神力,武艺高。清督疑其有异志,范不得善终。	范龙友	1914,5(6)

续表

序号	作者	篇名	作品内容	主要人物	原载《小说月报》年、卷（期）
13	钱基博	清江女子	少年调戏清江一女子,受女子惩处。俞桐园求情,女子释少年。	清江女子	1914,5(6)
14	钱基博	马永贞	马永贞勇猛而粗鄙。向贩马者索马,并杀马。贩马者派卧底朱三随永贞学艺,并设伏杀永贞,朱三不负永贞,亦被杀。	马永贞	1914,5(7)
15	钱基博	堍山农夫	堍山农夫,诨名"烂橙子",干农活一人可胜五人。抗赋,与官府斗,潜逃中被误杀。	烂橙子	1914,5(7)
16	钱基博	梁兴甫	梁兴甫艺力绝人,与军人、卖艺者比武,皆胜。后与一广西僧比试,同归于尽。	梁兴甫	1914,5(7)
17	钱基博	石勇	石勇饭量大,有奇力。在寺中干活,得主僧青睐。后参军,与日作战,重创敌船。	石勇	1914,5(8)
18	钱基博	僧念亮	嵩山寺僧念亮与乡邻一起御敌,独战某军将领,将其击败。	念亮	1914,5(8)
19	钱基博	王子仁	王子仁于同村武举人家读书,右手日推砂囊,不觉间练成神力。后误杀樵夫,官家为之明辨。	王子仁	1914,5(9)
20	钱基博	嘉定老人	嘉定老人目光炯炯,不似常人。能以数十铜元齐击某物,且搏击功夫高。	嘉定老人	1914,5(9)
21	钱基博	庖人	庖人原为盗贼,欲盗老寡妇嫁女之资,被其女惩戒。	女子	1914,5(9)

序号	作者	篇名	作品内容	主要人物	原载《小说月报》年、卷（期）
22	钱基博	李渔	李渔与贵公子交游,胁迫贵公子盗取库金。	李渔	1915,5(10)
23	钱基博	戴俊	戴俊游四川,得老僧青睐,待学艺成,杀老僧。	戴俊	1915,5(10)
24	钱基博	履店翁	某武举人年少有力,买鞋时折断鞋底,以诋毁质量。受白发老翁惩戒,双臂失力。	履店翁	1915,5(10)
25	钱基博	胡迩光	胡迩光善用铜箸,曾阻止僧人索钱。后宿于寺庵,僧人欲报复,胡将其制服。	胡迩光	1915,5(10)
26	钱基博	白太官	白太官夜宿野店,与女盗比拼并娶为妻。与僧起争执,僧跟踪,太官伪装成仆人,智退僧人。后误杀亲子。	白太官	1915,5(11)
27	钱基博	秃者	秃者以铁锤敲自己的头,头不碎。	秃者	1915,5(11)
28	钱基博	三山和尚	三山和尚与强盗战,与清兵战,勇猛无比。	三山和尚	1915,5(12)
29	钱基博	蒋志善	蒋志善与陶某比试枪法,显高超武艺。	蒋志善	1915,5(12)
30	钱基博	潘五先生	潘五先生有武艺,但不受激将,不炫技。对练武有独到的认识,教武师元生练拳。	潘五先生	1915,6(3)

序号	作者	篇名	作品内容	主要人物	原载《小说月报》年、卷（期）
31	钱基博	环秀庵僧	年羹尧落魄时，遣妾于无锡邹家。邹家感恩年，建环秀庵，僧智海系跟随年的武士，于此守护主人像，且授武艺于邹家子孙，惠及年的后人。	智海	1915,6(5)
32	钱基博	王遂	王遂原为盗贼，后欲从事保镖职业。镖局主人试用之，王自傲，于途中失手。主人说，走镖不靠勇武，靠交情。	王遂	1915,6(2)
33	杜阶平	拳术纪闻	烂头何武功高强，善自韬晦，收徒韦冬暄、唐家六，并着力改变他们的心性。 卢二伯卖膏药，青年人嫌弃他抢走了生意，辱骂他，被他点穴惩罚，唐家六劝和。 郑材年幼时拜师云游，二十年后回乡，已身怀绝技，但为人谨慎。其子好色，郑材亲手废之。 王叟以炒花生为业，不畏寒冷，实则过去乃有名的武士，武功高强。 孙琚立誓学武，杀飞天鼠，报父仇。 陈恩自得于文武双全。在曹州，为幕僚，初受挫于胡桃店，后受挫于同僚张某，最后在围剿某寺恶僧时更见同行功夫，知天外有天。	烂头何、卢二伯、郑材、王叟、孙琚、陈恩	1916,7(3)、(4)、(5)
34	西神	游侠别传	阿弃以侠义著名，实质欺世盗名之徒，后为他人揭发。	阿弃	1915,6(1)
35	指严	南阳女侠	康熙晚年诸皇子夺嫡，祸及飞娘、剑生。剑生死于搜捕，飞娘自号"南阳女侠"，启复仇之路。	飞娘	1913,4(4)
36	指严	拾幽并健儿事	少年延寿与小妹设计歼灭强盗，为亡兄报仇。	延寿	1913,4(8)

序号	作者	篇名	作品内容	主要人物	原载《小说月报》年、卷（期）
37	指严	砭仙	女华佗、柳生介入宫斗复仇。	女华佗、柳生	1914,4(12)
38	茧庐	行路难	盲老人曾为盗魁,设计在旅店中擒群盗。	盲老人	1913,4(8)
39	秋恨	许镖相	二牧童抢劫,许镖相之徒反抗,遂引来高手与许比试武功,许受伤。	许镖相	1915,6(8)
40	陈载州	记义仆张允恭事	张允恭杀盗护主,后主托孤,又授武于公子,保其家产与性命。	张允恭	
41	王梅癯	冯铁匠	冯铁匠,忠义之后。开铁匠铺养家糊口,暗中却惩处盗贼,并屡次揭露盗贼计划。后暴露,被盗贼所杀。	冯铁匠	1915,6(11)
42	蕉心	蒋褚	蒋褚路见不平,与无赖约战,得制陶者之助,顺利脱身。	蒋褚	1915,6(6)
43	守如	飞	沪上扒手,分为五等,最高等为飞口。保定客来上海,大显盗窃神技,捕头及帮派无可奈何。	保定客	1915,6(3)
44	观奕	破屋	祝三风雪中行路,于一破屋中救少妇,杀盗贼。	方祝三	1915,6(3)
45	刘祺之	侠隶	贝如笙有侠义,杀恶少,惩恶绅,民国后为差役,不收礼。	贝如笙	1915,6(2)
46	王汉章	金沟盗侠	殷蓉本为书生,因受官府迫害,落草金沟为盗,不扰平民,号令严明,有将才。曾先后投诚与日战,与俄战,为祖国杀敌。后为其义子所杀。	唐殷蓉	1915,6(1)

序号	作者	篇名	作品内容	主要人物	原载《小说月报》年、卷（期）
47	江子厚	曹州盗	曹州崔孝代兄入贼巢为人质，施计逃脱，又在家中防守御盗。	崔孝	1915,6（9）
48	江子厚	陈公义师徒	南海令为媚上，搜刮宝物，大肆勒索，暗无天日，陈公义师徒惩戒之。	陈公义师徒	1915,6（10）

在《武侠丛谈》中，不少作者往往通过文末的作者点评或具体文学呈现等途径，对小说的可信度进行强调，这主要体现为两种情形。

一种情形，是将可信与事实划等号。作为本书的主要作者，钱基博旗帜鲜明地将"可信"作为小说创作的基本原则。钱基博被收入本书的篇目中，有25篇属于《技击余闻补》系列小说。但同样属于《技击余闻补》的《窦荣光》并不在其中。究其原因，应该是《窦荣光》明显含有剑仙的内容，与《武侠丛谈》的整体风格不符。钱基博在《甘凤池》文后的作者点评中说："顾世之传说其事者，莫不言人人殊，余故撰次其可信者于右。"①此表述明确提出了小说作者在写作过程中应秉持的可信度原则。钱基博本人对这一原则是身体力行的。他在《武侠丛谈》中的不少篇目都明确交代了人物故事的来历，以示其真实可信，如《闽僧》的文后，作者通过点评现身说法：

潜夫曰：此事无所见于书传，独予髫年塾师为予时言之。后读吴县汪大绅著《汪子文录》，觉其载莆田僧角少年棍法事，不意乃与此僧绝类。然不言其能饮，并不言僧为何时人，即叙少年角棍，微亦与所闻者有间。此特出于传闻者详略之或有异夫。莆田故闽地，其为一人无疑也。②

从"孤证不立"的角度来看，这种文字互为佐证的写法明显提升了小说的可信度。

在其他作品中，钱基博还把自己不予采信的内容也写出来。如《白太官》，他

---

① 钱基博：《甘凤池》，《武侠丛谈》，上海：商务印书馆，1916年版，第13页。
② 钱基博：《闽僧》，《武侠丛谈》，上海：商务印书馆，1916年版，第16页。

也在文后评论道："潜夫曰：太官所居曰白家桥。予宗人谪星太史，亦白家桥人也。尝以书告其友周君同愈，言之如此。惟其书言一事绝诞不可信……予疑其出于附会，故不著于篇。"①围绕信与不信，作者的态度形成了鲜明的对比。

由此观之，钱基博在写作过程中对素材有所取舍。他认为真实可信者方可采纳，被今人视为迷信的部分则摒弃不用。钱基博这类评点文字，与"太史公曰"等有着相近的功能，即明确作者的立场和关注重点，客观上起到了引领阅读的作用。

《武侠丛谈》中的部分作品在文学呈现的过程中呼应了钱的这种关于可信度的认识。钱基博的《王子仁》着力描述了练武的过程，可为其代表：

王子仁，江阴周庄人，儒而贫。授读同村武举人家，室厅事侧。厅事为武举人教子弟习武之所，系绳梁间，悬布囊，中实以斗许砂粒，重数十斤，名曰砂囊，拳击之以练臂力。而囊悬当路，颇障行。子仁出入，必以手推之，始颇觉重不任。久之，惯无所难矣。②

与后世武侠小说有关习武过程的描写相比，钱基博笔下的这一过程其实极为简单，去掉了神秘的色彩，还原了武术的"本色"。强调日积月累，是"十年寒窗苦"模式的一种呈现。这一模式在当时的短篇武侠小说中曾频繁出现，并在后来的武侠小说中得到延续。为使这种描写更加合理，钱基博的部分作品还引入了复杂的武术理论。如《潘五先生》便讲述了一大段练拳的原理，颇具哲理意味。小说集中的其他部分作者也表现出对练武理论的浓厚兴趣，如秋恨的《许镖相》通过小说人物的对话对武术攻防进行阐释，其中关于动与静、逸与劳的辨析给人留下深刻的印象。

钱基博在《南杨北朱》中还列出了张三峰至"南杨北朱"的较为详尽的武术传承关系。钱基博笔下的这一传承关系，实际上是源自黄宗羲《王征南墓志铭》中的记述，并添加了"管社山神庙"等实证的内容。此外，秋恨的《许镖相》也有对自张三峰之后的中华武术传承脉络的简要叙述。普通读者在读完钱基博和秋恨等人的这些文字后，应可建立对中华武术历史传承的基本认识，从而也就会对小说的内容赋予信赖。实际上，钱基博等人的这一书写，还有更为深刻的指向。庚子之役给人们留下的痛楚，使得当时的中国社会存在一种对武术的质疑态度，并由此

① 钱基博：《白太官》，《武侠丛谈》，上海：商务印书馆，1916年版，第51页。
② 钱基博：《王子仁》，《武侠丛谈》，上海：商务印书馆，1916年版，第37页。

引发了论争。反对者如陈独秀、鲁迅等人，都曾发表专文开展批评。他们所质疑的，是装神弄鬼式的武术，体现出的是对既往历史的深度反省。《武侠丛谈》对于中华武术历史、理论及具体练武过程的建设性描写，其实与陈、鲁等人立场一致，从对历史的反思出发，彰显了现代科学理念。

钱基博等人基于提升小说可信度而开展的种种考据、分析和评论，在当时无疑具有一定的实验色彩。不过，小说毕竟是虚构之物，他们的做法固然能够给小说的发展提供一种可能性，但往往也会挤压想象的空间。并且，这种写法还会遭遇读者越出文学界限的批评。《小说月报》1915 年第 6 卷第 3 期刊载的"本社函件撮录"中，有读者就对钱基博《石勇》中的两个史实问题提出了质疑。钱基博在回函中进行了自我辩护，他说："博'赞尾'缀一'云'字，毋亦曰人云而我亦云之云尔？传疑传信，令读者自得之，似亦无背于仲尼阙疑之旨。"①这一回复，实际是试图为小说中的非史实虚构的部分争取存在的合法性。

另一种情形，则是强调了可信的可能性。相比而言，同样是强调可信度，钱基博的部分同仁对小说中所记叙的奇闻异事所持的评判标准，更有助于在写实和虚构两者之间找到平衡点。王蕴章在《游侠别传》的作者点评中发表了关于故事是否必须为事实的一种思考：

西神残客曰：老友癯公，归自海外，为余言其事如此。其言离奇惝恍，疑若凿空之谈，且当光宣之交，桂林象郡间，殊无以有京卿而遭奇祸者，其非事实可知。特天地之大，何所不有？茫茫人海中，宁遂无阿弃其人者，接踵而起？②

王蕴章把是否为事实作为小说评价的重要标准，但进一步提出：基于"天地之大，何所不有"的认识，即使是"离奇惝恍，疑若凿空之谈"，说不定也是世间实有的，即使不在此处，也可能在彼处。这种对故事真实性的辩解，略有强词夺理之嫌，却为小说虚构打开了一扇门窗。对于这一问题，在《南阳女侠》的文末，许指严也曾展开讨论：

指严曰：此事约略闻之某秘密党中，迹太离奇，绝可惊怪，或系好事者为之未可知。顾蛛丝马迹，若有适合者。夫世宗不戮曾静，年大将军忽膺严谴，岳钟琪屡仆屡起，其中必非无因。至于夺嫡时，各邸招致游侠，互相党争，尤为信史。而有

---

① 钱基博：《陈通甫君足下奉读》，《小说月报》，1915 年，第 6 卷第 3 期，第 3 页。
② 西神：《游侠别传》，《武侠丛谈》，上海：商务印书馆，1916 年版，第 102 页。

一女侠贯串其间,惊心动魄,红线隐娘所不足方驾也。聊取适观,奚暇论其事之真赝哉。余方有清秘史之辑,某友谓可助史料,顾余以事怪诞,不足著录,然又俶诡可喜,不能割爱也。①

　　虽然"迹太离奇",但"顾蛛丝马迹,若有适合者",况且其中也有"尤为信史"者,所以"聊取适观,奚暇论其事之真赝哉"。从许指严对"清秘史之辑"的态度来看,他对于历史和小说之分歧的认识是非常清晰的。而具体到对于小说的评价,在他看来,只要可能发生过,且读来有趣,便可以存在。许指严提出的标准是世间"有"和"可能有"两种,思考显得更为深入。西哲有云:"诗人的职责不在于描述已发生的事,而在于描述可能发生的事,即按照可然律或必然律可能发生的事。"②在《武侠丛谈》当中,这种观念不是主流,但它对执着于小说细节是否真实、内容是否合乎社会实际的作者和读者来说,无疑提供了一种新的思路。

　　基于这样的思路,《武侠丛谈》中的诸多篇章着力描写了这样的一群人:他们虽在一定程度上异于常人,但细究又可能在现实中真实存在。如杜阶平《拳术纪闻》中对老叟的描写可谓典型:

　　叟年约七十许,以卖炒落花生为业,双眸炯炯,饮啖倍常人,举动殊矍铄。是岁春寒逼人,重裘不暖,沿途积雪没胫,叟甫暇,每持帚扫路上雪,躞蹀朔风中,略无瑟缩畏寒色。③

　　小说对老叟饭量大、不畏寒冷等生理特征的强调,使其介于奇与不奇之间,"奇"意味着小说的想象空间,"不奇"则说明小说的切合实际。《武侠丛谈》中还有诸多小说表现出对人物个性描写的重视。其中,有心地单纯、感时忧国的人,王梅癯笔下读书落泪的冯生是这一类型的代表。也有身怀绝技、正直公义的人,焦心笔下的蒋褚算得上是楷模。这些人物,在为国为民方面的表现都有可圈点之处,是既可生存于传统文化环境,也可活跃于现代文明世界的理想人格的代表,他们身上存在着被广为接受的理想和信条,是人们深信世间应有的人,至于是否真有其人倒并不重要。

―――――――――

①　指严:《南阳女侠》,《武侠丛谈》,上海:商务印书馆,1916 年版,第 130 - 131 页。
②　[古希腊]亚理斯多德:《诗学》,北京:人民文学出版社,2002 年版,第 24 页。
③　杜阶平:《拳术纪闻》,《武侠丛谈》,上海:商务印书馆,1916 年版,第 74 页。

二、作为训谕的侠义精神

恽铁樵曾说:"吾国社会之优点为孝,为义侠,为慈善。劣点为淫,为凶顽,为迷信,为诈。凡此种种,于何造因? 其最大之潜势力,即旧小说。"①由此可见他对于小说社会功用的基本认识。《武侠丛谈》的社会功用体现在:它当中的诸多小说篇目,通过围绕"侠"的方方面面的叙写和评论,强调了一种具有时代色彩、类似于行为规范的侠义精神,凸显了小说的训谕性。

恽铁樵在《武侠丛谈》的序言中曾谈到该书的缘起,他说:

清之季世,教化不修于上,风俗偷薄于下。父兄惧子弟或触世网,抑勒之,挫折之。稍长,与世交接,径遂而行,又动辄得咎,不如诡遇之有所弋获,于是戕贼杞柳,同流合污。所谓苟习文法,无悃诚者非耶……则窃取史公之意以为小说,私意欲救儃以武也。②

所谓史公之意,首先是指司马迁的良史精神,而更接近本书编选之意的,则是太史公通过编写《游侠列传》传达的对侠的同情,以及对世道的抨击。恽铁樵这种"救儃以武"的设想,建立在对当时靡烂社会的透彻认识的基础上,小说对于习武者的形象塑造和对他们行侠故事的讲述,指向醒世救世的目标,表现出强烈的社会批判意识。钱基博为《武侠丛谈》所撰的跋文是对恽铁樵观点的呼应和进一步阐发。钱的跋文主要阐释的是技击功夫在救亡图存方面的价值。他从古兵家的观点讲起,到日本及瑞典的武士道及刀剑击刺之法,再提出质疑:"此其视中国之技击,有以异乎否乎? 乃世之柄兵者不察,不自知崇固有之国粹,徒思学步邯郸,冀欲丐他人余沥以自润溉,是其舍己田而他芸,虽谓之大惑不解,不为过也。"③此时中国的精英知识分子在考虑国家、民族的强盛之途时,往往以其他民族国家的自强为标杆,因此,钱在这里会提起日本和瑞典,并以之来作对照。他的言下之意是:我们应该像日本等国家一样,扬己之长,崇尚技击这一固有国粹,从而避免亡国亡种之祸,实现民族自强。在这二者的论述中,武与侠互为支撑。

大概是习武之人给人留下的印象常为好勇斗狠,所以在《武侠丛谈》中,小说

---

① 恽铁樵:《〈小说丛考〉赘言》,《小说月报》,1913 年,第 4 卷第 1 期,第 14 页。

② 恽树珏:《〈武侠丛谈〉序》,《武侠丛谈》,上海:商务印书馆,1916 年版,第 1 页。

③ 钱基博:《〈武侠丛谈〉跋》,《武侠丛谈》,上海:商务印书馆,1916 年版,第 1－2 页。

常常提及凶悍者可能会遭遇到的问题，以起警醒之效。钱基博《梁兴甫》中，就描述了梁与游僧的最后一战：

> 时广西有僧名勒菩萨者，生平拳术无与敌，慕兴甫名，游食至吴，访兴甫，搏于北寺。寺有施食台，高寻丈，阔倍之。二人登台对搏。久之，兴甫一拳中僧右目，睛突出于面，僧以手抉去之，自分必死。益奋力角，足蹴兴甫堕台，伤其胸。兴甫归，内伤二日死，僧亦三日死。①

从以上描述可知，梁、僧二者并无刻骨仇恨，所以从常理来说也就没有理由摆出你死我活的姿态，但结果恰恰就是如此悲惨。有心人读完后不免会发问：这个结果是必要的吗？答案非常明确，这种两败俱伤的悲剧根本无须发生。那么，习武之人该有怎样的修为，应如何处理与他人、与社会的关系？这些思考不免就会随之而来。小说的这种以旁观者姿态所进行的冷眼描述，显现的是作者较为强烈的问题意识，不妨视其为"问题小说"。基于此，《武侠丛谈》中的诸多篇目所发表的言论和传递的思想就显得师出有名。

对于习武者修炼个人心性的强调乃《武侠丛谈》的一项重要内容。钱基博的《邹姓》在评论中就借转述他人话语，以"仁"为标准，对武术的性质以及习武者的品行予以了评判："技击，搏技也，能是不足以自卫，徒贾祸；其技弥能，见嫉于人弥众，人必争与我角。角之不丧躯，必人为我戕，是两人者，必丧其一，匪仁术也。"②"仁术"的提出，实际上是将武术纳入到儒家文化的评价体系中去，这暗含着对武术伦理的塑造和强调。类似的言论还多次出现，作者们借此呼唤一种理想的品行和态度：一个练习武功的人，首先必须是一个品质优秀的人，一个自敛的人，一个不骄不躁的人，一个懂得尊重他人的人。

如果说以上言论和相关情节是为了弥补习武之人在人格品行上可能存在的不足，具有"避短"的意味，那么，小说集中的另一些作品在侠义行为的界定和发扬方面的建树，则体现出"扬长"的功能。刘祺之《侠隶》中对人物曾有如此描述：

> （贝如笙）坐是贫如洗，然性豪爽，慷慨负义，疾恶如仇，每遇不平事，不啻躬受，往往代报复，以偿枉者愿。人以此重之，值其炊烟不起，多乐助柴米。然贝济人之急，未尝自为德，故受人之施，亦视为无足轻重，从不一谢。任侠尚义，盖朱家

---

① 钱基博：《梁兴甫》，《武侠丛谈》，上海：商务印书馆，1916年版，第33页。
② 钱基博：《邹姓》，《武侠丛谈》，上海：商务印书馆，1916年版，第8页。

郭解之流亚也。①

　　小说中的贝如笙虽然贫穷,却任侠如此,不由得让读者心生佩服。作者的这一安排打破了"穷则独善其身"的固有认识,使那些身处困境而又存兼济之心的人获得鼓舞。这段话,传递出人们对于侠义精神和侠士群体的认识与期望。

　　小说所写的侠客维持社会正义的行为,大概是最能够让读者动容而向往的。"像这种愿意去冒险,并且显然会因此而失去生命的举动,毫无疑问是中国人的公义精神的最好说明。"②这类行为中,最为常见的是路见不平、拔刀相助式的行侠仗义,小说从不吝啬对此行为的赞美。更有作品,将行侠者的行为与其思想认识紧密结合在一起,从而使人物变得思行一体、言行一致。如王梅癯的《冯铁匠》中,通过冯的自述展现了他嫉恶如仇的思想,并对社会进行了批判。小说通过人物之口传达的这些价值判断,使侠客维护正义之举更具合理性,更显可贵。类似的描写,还有江子厚《陈公义师徒》,小说写恶官贪赃枉法,搜刮民财以媚上,陈公义师徒惩罚之。在此基础上,作者还针对"以武犯禁"之类的认识分歧,对侠义行为予以正面评价。这种评价,可以看成是《武侠丛谈》对这种除奸惩恶、行侠社会行为的一种基本态度。

　　以儒家思想为核心的中国传统文化始终有英雄人物"治国平天下"的理想,所以后来金庸小说中所谓"为国为民,侠之大者"的观念得到了许多读者的认同。事实上,在《武侠丛谈》中,这已经是相当普遍的一种认识。侠客们保家卫国的光荣事迹是小说重点描述的对象。这类事迹,有一种是侠客保卫乡里的,小说通常会旗帜鲜明地褒扬其行为,如杜阶平的《拳术纪闻》;也有一种是写侠客为国而战的,小说往往以一定的篇幅予以记载和评判,以彰显其行为的难得,如王汉章的《金沟盗侠》,就写了强盗投诚为国出力杀敌,一方面给人物浪子回头的机会,另一方面也以此来说明保家卫国的正当性和普泛性。

　　以上种种,从多个层面对习武者所应具备的"侠"的品行进行了生动的阐释。不过,并非所有作品中的侠义精神都能如此高蹈。如王蕴章的《游侠别传》,在小说开头就从反面入手,以一种类似黑幕小说的笔法对"侠"的真伪予以了甄别,对

---

①　刘祺之:《侠隶》,《武侠丛谈》,上海:商务印书馆,1916 年版,第 193 页。

②　[美]Arthur H. Smith. *Chinese Characteristics*. New York, Chicago, Toronto：Fleming H. Revell Company,1894：114.

鼓吹侠义者泼了一瓢冷水：

> 昔太史公……作《游侠列传》，以寄意。若鲁之朱，若河内之郭，虽椎埋屠狗人乎，读其传者，自觉虎虎有生气。不谓数千年后，更为若曹辟一取财之捷径。将游侠之进步与？抑社会之退化也？①

梁启超 1902 年在《论小说与群治之关系》一文的开篇便写道："欲新一国之民，不可不新一国之小说。"②一时之间几乎人人皆言自己的作品可资新民，"新民"因此而成了一种廉价标签。自蔡锷"军国民"思想提出，尚武逐渐形成潮流，杨度在《中国之武士道》的叙中更是明确指出："国民乎，其有以武士道之精神……使已死之中国，变而为更生之中国……称为黄种中第一等国之国民者乎。"③然而，安知其不是一部分投机者升官发财的又一妙径？前车之鉴，后事之师，王蕴章的这一认识，相对冷静，比较深刻，有利于人们保持警醒，从而加强甄别，可谓同样重要。

大侠是侠，小侠也是侠，行侠义者，即使不能事事行侠、时时行侠，在某些力所能及的方面有所作为，也在可歌之列。《武侠丛谈》中的篇章从各种角度彰显了侠义精神的不同层面，这种侠义精神又与儒家"修齐治平"的人格理想暗合，从而显露出其中国传统文化的背景。

三、写实主义与恽铁樵的小说观

《武侠丛谈》之所以一方面强调小说可信度，一方面又执着于建构侠义精神，很大程度上与恽铁樵本人的写实主义观念有关。

作为《小说月报》的编辑，恽铁樵对小说的社会功用有着较高的期待。他在《复陈光辉君函》中说："尝谓小说仅所以消遣，未足尽小说之量；谓小说仅所以语低等社会，犹之未尽小说之量。"④他认为，小说不仅仅是用来消遣的，其影响也不仅局限在底层社会。在翻译小说《与子同仇》的后记中，他又对这一观点作进一步展开：

---

① 西神：《游侠别传》，《武侠丛谈》，上海：商务印书馆，1916 年版，第 81 – 82 页。
② 梁启超：《论小说与群治之关系》，《新小说》，1902 年，第 1 期，第 1 页。
③ 杨度：《杨度叙》，《中国之武士道》，北京：中国档案出版社，2006 年版，第 14 页。
④ 恽树珏：《复陈光辉君函》，《小说月报》，1916 年，第 7 卷第 1 期，第 3 页。

抑小说之记载,虽甚琐屑,而其作用,则心影之缩本,政教之雏形。其影响所能及,实有政府训令、报纸论文所不能及,故小说家自有其立足之地。返观我国,歌者自歌,哭者自哭,醉梦者自醉梦,麻乱情形,如一出筋斗戏剧。而措大文人,握管撰小说,并不能与于摇旗呐喊之数,无惑乎毫无意志,惟有满纸呓语也。①

显然,他对小说的社会功用有着非常清晰的认识,并意识到了当时中国小说的不足。恽铁樵的这种强调社会功用的小说观并非首创,而是对前行者的呼应。《本馆附印说部缘起》就曾明确提出:"夫古人之为小说,或各有精微之旨,寄于言外,而深隐难求。……且闻欧、美、东瀛,其开化之时,往往得小说之助。"②此论强调小说之于社会改造的价值,与梁启超的"小说新民观"一道,在清末曾广为流传,恽铁樵的小说观可视为对这一思想的继承和实践。

恽铁樵认为,小说的社会功用要想得以顺利实现,最大限度地写实是其必由路径。他曾强调说:"所贵乎小说者,为其设事惩劝,可以为教育法律宗教之辅助也。惟如实,必近情著理,所言皆眼前事物,善善恶恶,皆针对社会发挥。"③小说必须如实描写眼前事物,近情著理,才能针对社会问题,发挥惩劝的功能,这是恽铁樵写实主义小说观的核心。围绕这一核心观点,他曾从多个方面分别阐释。他是一个有着世界文学视野的人,在《作者七人》中,他说:"欧人以小说与文学并为一谈,故小说家颇为社会所注意。而为此者,真学问亦迥不犹人。"④在他看来,小说家应该有真正的学问和素养。基于此,他又提出:"文学,小说家所有事也。常识,小说家所当知也。经传之信条,先贤之学说,西来之新知识,又小说家所当知也。甚至愚夫愚妇之心理,世态人情之变幻,又无不当知也。"⑤他认为,要写好一篇小说,作者应该掌握文学方法,更应该通晓世事人心,而不是向壁虚造。这一观点是极有价值的,毕竟,只有对社会有着丰富而深刻体认的作家,才能够写出优秀的写实主义作品。也正是从这一立场出发,他对此时期言情小说的一种写作模式展开了批评:

---

① 铁樵:《〈与子同仇〉后记》,《小说月报》,1916 年,第 7 卷第 2 期,第 7 页。
② 几道、别士:《本馆附印说部缘起》,《二十世纪中国小说理论资料·第一卷》,北京:北京大学出版社,1989 年版,第 12 页。
③ 恽树珏:《答某君书》,《小说月报》,1917 年,第 8 卷第 2 期,第 20 页。
④ 铁樵:《〈作者七人〉序》,《小说月报》,1915 年,第 6 卷第 7 期,第 14 页。
⑤ 铁樵:《〈小说家言〉编辑后记》,《小说月报》,1915 年,第 6 卷第 6 期,第 4 页。

爱情小说所以不为识者欢迎,因出版太多,陈陈相因,遂无足观也。去年敝报中几于屏弃不用,即是此意……若夫词章之专以雕琢为工,而连篇累牍无甚命意者,吾敢昌言曰:就适者生存之公例言之,必归淘汰。①

显然,对于某种雕琢词章、陈陈相因的言情小说,他并不欣赏。那么,他所推崇的小说又该呈现怎样的特征? 在对一封《小说月报》读者来函的回复中,他作了初步的回答:"小说之体,记社会间一人一事之微者也。小说之用,有惩有劝,视政治教化具体而微,而为之补助者也。既曰记一人一事,又曰补助政教,则凡言情欲者皆宾,言其他事实者皆主。"②简言之,在他看来,理想的小说应该在记载事实和教化惩劝两个方面实现和谐的统一。

在小说评价的具体实践中,他还把是否符合实际、反映历史作为一条重要的标准。在《血花一幕》的后记中,他说:"本现在之事实,留真相于将来,一孔之见,以为无取乎凭虚架空也,是以不避不文之诮而卒成之。"③以他之见,小说记载社会事实,是为了给将来留下真相;如果小说记叙事实,即使文学性不强,也可以接受。

怎样才算"留真相"? 恽铁樵有两种解释。在《洞庭客话》的后记中,他指出:"是篇与日人平山周氏所著《中国秘密会社》可以互证。篇首攘夷主义云云,与反汩复汩之说,若合符节。可知革命之深入人心者,不仅在中流社会矣。"④也就是说,小说应该给读者提供一种社会历史的图景,这一图景应该符合实际,能帮助人们把握历史发展的基本情况、大致脉络。而在《钱豁五》文后的评点中,他又说:"文中所谓姚侍郎,同乡某侍郎,国抚军,熟于乾嘉掌故者当能知之。记者读书少,且不忆宰相姓名,不知也。但是篇出自许君,故知事必非诬。"⑤这一表述,强调的是人物是否真实存在、事情是否实有这一类细节问题。显然这两种解释并不在同一个层面上,它们有时甚至互相矛盾。从恽铁樵主编《小说月报》时期期刊栏目的不断调整来看,他其实是在不断地学习和思考。作为主编,他要考虑的不仅是自

---

① 铁樵:《答刘幼新论言情小说书》,《小说月报》,1915 年,第 6 卷第 4 期,第 1－2 页。
② 树珏:《再答某君书》,《小说月报》,1916 年,第 7 卷第 3 期,第 1－2 页。
③ 焦木:《〈血花一幕——革命外史之一〉后记》,《小说月报》,1912 年,第 3 卷第 4 期,第 12 页。
④ 焦木:《〈洞庭客话〉后记》,《小说月报》,1912 年,第 3 卷第 6 期,第 7 页。
⑤ 铁樵:《〈钱豁五〉评点》,《小说月报》,1915 年,第 6 卷第 6 期,第 25 页。

己怎么看,还要考虑作者倾向于如何呈现,读者会不会买账。在他的观念中可能
会出现一些变化或反复,也是可以理解的。

恽铁樵看重小说的真实性,但他也清晰地意识到了小说虚构特征的存在。当
时部分读者对于小说的真实性似乎极为执着,如有读者指出:

掌故小说须取真实主义。似真非真之掌故小说,最易误人。除确系臆造,意
寓劝惩者外,苟有所本,宜特别标明"记事"、"实事"等字样,并将出于何书,参考
何书,一一附诸篇末,既不致起人疑虑,且使阅者多识一件故实,是亦《月报》之
功也。①

在这位读者看来,如果可能,"掌故小说"还须如学术论文一般,在末尾加上参
考文献,以强调其真实性;而刊登记载实事的小说,让读者增长见识,就是《小说月
报》的功绩。事实上,《武侠丛谈》中的部分篇目就是这么做的。恽铁樵虽然编发
了这封来信,但他显然并没有把"掌故小说"看作小说的唯一或全部。在《作者七
人》的序言中,他提出了基于纪实与虚构的小说类别的区分:"小说之为物,不出幻
想。若记事实,即是别裁。然虽幻想,而作用弥大,盖能现世界于一粟,不徒造楼
阁于空中。"②在他眼中,即使是虚构的小说,也应该是现实世界的隐喻,并植根于
现实世界。这一认识探及到了写实主义的深层内涵。

正是基于以上认识,恽铁樵在《武侠丛谈》的序言中为小说虚构所作的辩护就
具有了一定的合理性。他说:

或曰:今日以往,为科学时期,书中所言,多荒诞不中理,类神话,毋乃不可。
曰:无伤也。齐庄避螳臂,勾践式怒蛙,史册美之。乃若其事,不已颠乎哉! 吾子
亦毋以词害意可耳。且天下之理亦赜矣。眼前事物,即而穷究之,在在有玄理,不
能悟彻。吾侪于拳术,未尝学问,于所不知,阙疑可也。抑世传武当少陵两派,见
于志乘,天下之大,必犹有祖述而传习之者。有能起而正是编之谬者乎? 是则筌
蹄之用,又安可弃也。③

恽铁樵以"毋以词害意"和"天下之理亦赜"的理由为文学的丰富想象力和微
言大义作辩护,颇有几分道理。朗吉努斯曾说:"在诗歌中,神话似的夸张有时是

①　许与澄:《关于〈小说月报〉之意见》,《小说月报》,1915 年,第 6 卷第 12 期,第 2 页。
②　铁樵:《〈作者七人〉序》,《小说月报》,1915 年,第 6 卷第 7 期,第 14 页。
③　恽树珏:《〈武侠丛谈〉序》,《武侠丛谈》,上海:商务印书馆,1916 年版,第 1 - 2 页。

允许的,即使它们完全超越了逻辑的限度。但具有雄辩色彩的图像,它的美往往来自于活力和真实。"①二者的认识其实有相通之处。但也应该看到,在为武侠小说辩护的同时,恽铁樵强调的是在武侠小说的神奇与荒诞之外可能存于世间的、可以与科学相衔接的部分。

如果进一步梳理清末民初时期写实主义内涵的演变过程,则将有助于更好地理解恽铁樵的写实主义小说观,也就能更恰当地评价《武侠丛谈》的价值。

写实主义文学思潮在中国的兴起与梁启超有着莫大的关联。1902 年,梁启超在《论小说与群治之关系》中说:"由前之说,则理想派小说尚焉;由后之说,则写实派小说尚焉。"②由此,他提出了理想派小说与写实派小说的区分。然而,对当时的中国人来说,国族的存亡危机才是头等大事,不少精英知识分子提倡小说创作,看重的是小说之于大众的宣传、启蒙作用,他们认为,揭示世界的真相所起的作用要比渲染理想世界来得更加直接有效。梁振臂一呼,使得"写实派小说"名声大振,也使得写实主义在进入中国的第一时间就被赋予了启蒙大众、改造社会的职责。

梁启超之于小说的功绩不在于建构了高妙的文学理论体系,而在于成功地将一批同行者的注意力引导至小说理论,从而使得对写实主义的深入讨论成为可能。在《新小说》1903 年刊发的《小说丛话》中,麦孟华说:"小说之妙,在取寻常社会上习闻习见、人人能解之事理,淋漓摹写之,而挑逗默化之,故必读者入其境界愈深,然后其受感刺也愈剧。"③麦孟华系康有为的弟子,曾协助梁启超办《清议报》,时有"梁麦"之称。他的这一观点,强调写实与感刺,是对梁启超观点更为具体的说明。到了 1906 年,吴趼人在《中国侦探案》弁言中又说:"吾之辑是书也,必求纪实,而绝不参以理想,非舍难而就易,舍深而就浅也。"④吴趼人从《新小说》第8 期起接手编辑工作,他的这一观点依然在强调"理想"与"纪实"的对立,而"必求"二字所表现出的态度,显得比较坚决。这一种观点的影响力,甚至延续到了

---

① ［古希腊］Longinus. *On The Sublime*. London, New York: Macmillan And Co. ,1890:35.
② 梁启超:《论小说与群治之关系》,《新小说》,1902 年,第 1 期,第 3 页。
③ 蜕庵:《小说丛话》,《新小说》,1903 年,第 7 期,第 168 页。
④ 中国老少年:《〈中国侦探案〉弁言》,《二十世纪中国小说理论资料·第一卷》,北京:北京大学出版社,1989 年版,第 195 页。

1910 年代。1914 年,吕思勉在《小说丛话》中说:"小说自其所载事迹之虚实言之,可别为写实主义及理想主义二者。写实主义者,事本实有,不藉虚构,笔之于书,以传其真,或略加以润饰考订,遂成绝妙之小说者也。"①"写实"、"理想"、"实有"等关键词显示了这一认识与梁启超等人观点的内在一致性。不过,从吴趼人的话当中,也能够隐约看到时人对于写实主义小说的批评:过易、过浅。这一批评,显然恽铁樵也遭遇了,但从他在《血花一幕》的后记中的表态来看,基于对写实主义的社会功能和历史价值的肯定,他甚至并不在意别人从文学层面展开的批评。

在《新小说》之后,人们对写实主义的认识逐步向更宽更深处开拓。1907 年,《小说林》第 1 期载有《小说小话》,黄人在文中说:"小说之描写人物,当如镜中取影,妍媸好丑,令观者自知,最忌搀入作者论断……古来无真正完全之人格,小说虽属理想,亦自有分际,若过求完善,便属拙笔。"②黄人的这一观点,从人物塑造的角度强调了客观与如实呈现的重要性,相比于同时代其他人的观点并无特别的新意。但他对于"完善"程度的辨析,表现出对小说技术的关注,预示着人们关于写实主义的认识将逐步由外向内转。这一转变,在五四思想先驱那里,得到了充分的体现。1915 年,陈独秀在《现代欧洲文艺史谭》中,对写实主义在文学史上的位置予以描述:

十九世纪之末,科学大兴,宇宙人生之真相,日益暴露,所谓赤裸时代,所谓揭开假面时代,喧传欧土,自古相传之旧道德、旧思想、旧制度,一切破坏。文学艺术,亦顺此潮流,由理想主义再变而为写实主义(Realism),更进而为自然主义(Naturalism)。③

陈独秀的这一观点,明确了写实主义与科学的关系,借赛先生的威望,突出了写实主义的现代性。以此为起点,人们也就自然会对小说的主题、人物、内容与形式产生更新的要求,决不是照实记述的写作方案所能够承担的。陈独秀的观点得到了诸多同志的呼应,如茅盾在《文学与人生》一文中就曾说:"近代西洋的文学是写实的,就因为近代的时代精神是科学的。科学的精神重在求真,故文艺亦以求

---

① 成:《小说丛话》,《中华小说界》,1914 年,第 4 期,第 11 页。
② 蛮:《小说小话》,《小说林》,1907 年,第 1 期,第 1 - 4 页。
③ 陈独秀:《现代欧洲文艺史谭》,《青年杂志》,1915 年,第 1 卷第 3 期,第 1 页。

真为唯一目的。"①他的这一表述,进一步强调了写实主义与科学精神的关系,在科学主义盛行的时代,积极为写实主义文学争取更高的地位。五四先驱对于写实主义与科学的关系的论述,在恽铁樵的编辑活动中已见踪迹。1912 年,管达如在《小说月报》上发表《说小说》一文,其云:

中国小说之所短,第一事即在不合实际……此由吾国社会,缺于核实之思想,凡事皆不重实验致之也。西洋则不然,彼其国之科学,已极发达,又其国民崇尚实际,凡事皆重实验,故决无容著述家向壁虚造之余地……夫小说者,社会之反映也。若凡事皆可向壁虚造,则与社会实际之情形,全不相合,失其本旨矣。②

管达如强调小说创作应体现科学实验的精神,所描写的内容应合乎社会实际。《小说月报》登载此文,某种意义上讲也是期刊编辑对编选立场的一种表明。而恽铁樵本人在为《武侠丛谈》撰写的序言中,同样醒目地沿用了"科学"这一词汇,表现出他对时代发展趋势的准确把握。

以上可知,自梁启超提出"写实派小说"的概念,至五四思想先驱围绕"写实主义"展开更为深入的讨论,中国的写实主义迈出了重要的一步。而恽铁樵的小说观和编选倾向,是这一变化过程中的重要一环,具有承前启后的意义。《武侠丛谈》这本小书,则是写实主义在中国的土壤扎根后结出的一颗小小果实。

值得注意的是,无论是梁启超等人的"写实派小说",抑或五四先驱的"写实主义"理论,包括恽铁樵本人的认识,虽然深受外国文论的影响,但从未盲从。写实主义自进入中国始,就已经与国族存亡、个人自由、社会进步等紧紧捆绑在一起,打上了深深的民族烙印。

试以梁启超为例来说明。不少研究者都指出,梁启超关于"写实派小说"的认识,来自日本。当时日本的写实主义文学理论,以坪内逍遥和二叶亭四迷为代表。自 1885 年开始,日人坪内逍遥《小说神髓》中的篇章陆续问世。坪内强调小说的社会地位,同时,他又从主要用意的角度,把小说分为"劝惩善恶"和"模写"两类,他说:

模写小说与所谓的劝善惩恶小说是性质截然不同的东西,它的宗旨只在于描

---

① 茅盾:《文学与人生》,《中国新文学大系·文学论争集》(影印本),上海:上海文艺出版社,2003 年版,第 152 页。

② 管达如:《说小说》,《小说月报》,1912 年,第 3 卷第 10 期,第 1 页。

写世态,因此无论在虚构人物还是安排情节上,都体现上述眼目,极力使虚构的人物活跃在虚构的世界里,使之尽量逼真。①

在坪内的认识中,作为写实主义小说的"模写小说",只需要逼真地描写世态。对于"劝善惩恶小说",实际上坪内与二叶亭四迷都持否定态度。正如在《小说神髓》的序言中,刘振瀛指出,坪内的言论,反对的是当时日本出现的政治小说,反对的是这种小说的脸谱化人物描写和劝善惩恶式的宣传鼓动。② 坪内逍遥和二叶亭四迷等人的讨论,对于文学主体性的建构,无疑是大有裨益的。梁启超等人虽然深受日本文化影响,但并没有全盘接受。坪内逍遥等人所反对的政治小说,恰恰是梁启超所高度认可的。无他,只为对梁启超等人来说,国族存亡的危机,要比文学的自我完善来得更为重要。

自梁启超始开启的中国写实主义文学行程,有一条颇具实用主义色彩的线索始终贯穿。梁启超创办《新小说》,客观上使中国现代小说获得了发展的契机,主观上却是为了借此达成"小说新民"的目标。这一对于小说功能的基本认知,在恽铁樵的观念中,被概括为"心影之缩本,政教之雏形",为"设事惩劝",为"教育法律宗教之辅助"。而到了胡适的《易卜生主义》中,则是:"易卜生的人生观,只是一个写实主义。易卜生把家庭社会的实在情形都写了出来,叫人看了动心,叫人看了觉得我们的家庭社会原来是如此黑暗腐败,叫人看了觉得家庭社会真正不得不维新革命。"③梁启超"新民"的指向是国家、民族的救亡,而胡适等人则是为了"辟人荒",具体指向不太一样,但对小说功用的强调却又是一致的。人们在探索写实主义文学之路的过程中,揭示了许多的社会或心理的病症,看似毫不留情,但在情感深处,其实痛苦而深沉。其目的,在于引起疗救的注意,有一些,甚至已经开始了疗救的实践。《武侠丛谈》对于侠义精神的书写,在某种程度上已具有了引导的意义,可为明证。

《武侠丛谈》的编辑和作者们所开展的写实主义创作实践和观念探讨,能够显现现代知识分子对国家、民族和社会的关注,以及与之相伴的责任意识和担当精神。这一点,是他们在尝试写实主义中国化的过程中留下的宝贵经验,值得梳理

---

① [日]坪内逍遥:《小说神髓》,上海:上海译文出版社,2010 年版,第 64 页。

② 刘振瀛:《译本序》,《小说神髓》,上海:上海译文出版社,2010 年版,第 9 页。

③ 胡适:《易卜生主义》,《新青年》,1918 年,第 4 卷第 6 期,第 502 页。

与借鉴。

第三节　武侠小说与《侦探世界》的科学主义

　　科学、武侠、侦探，这三个词貌似毫不沾边，但其实它们之间也曾有过亲密的关系。清末以来，保国保种、救亡图存一度曾成为时代焦点，人们为此也开出了不少药方，而其中，"科学"无疑是最有影响力的一种。从"格致"到"赛先生"，人们用各种名词来指称科学，而名称变化的背后，其实也隐藏着对科学本身的认知与评价的演变。科学从一开始的知识本身，到后来成为可用于指导学术、政治、人生和社会的认识与方法，称其为"科学主义"更加合适。严搏非《论新文化运动时期的科学主义思潮》因此指出："作为新权威的科学是从期望中产生的，这使它从一开始就不仅仅是一种新颖的知识系统，而直接被赋予了文化价值的涵义。"①在科学权威的助力之下，侦探小说更增添了存在的意义。汤哲声曾描述一个现象，即从 19 世纪晚期到 1911 年左右，中国的翻译者几乎将世界上全部的侦探小说都翻译了进来，他解释说："侦探小说宣扬的是一种法制，而不是人治；要求的是科学实证，而不是主观臆断；讲究的是一种人权，而不是皇权，这样的一种思想内涵的小说体彩，输入的正是时代所需要的'西洋文明'。"②程小青也曾说："凡多读侦探小说的人，不知不觉之中，便养成了一种论情察理的科学头脑。"③此言足可佐证。《侦探世界》1923 年 6 月创刊于上海，1924 年 5 月停刊，世界书局发行。作为民国时期的一本非常重要的小说刊物，它曾大力推出程小青、陆澹安、孙了红等重要的现代侦探小说作家以及他们的作品，并且还刊载了不少的侦探小说理论，这对侦探小说在中国的宣传与普及无疑是非常有意义的。说《侦探世界》是一本体现科学精神与科学色彩的杂志，相信一定会得到认同。然而，人们在认可侦探小说与

---

①　严搏非：《论新文化运动时期的科学主义思潮》，《二十世纪中国思想史论》（上册），上海：东方出版中心，2000 年版，第 185 页。

②　汤哲声：《"栽花不成"与"插柳成荫"——侦探小说在中国的"失"与"得"及其思考》，《文艺研究》，2010 年第 10 期，第 43 页。

③　程小青：《侦探小说和科学》，《侦探世界》，1923 年，第 13 期，第 8 页。

《侦探世界》的价值的同时，又往往有意无意地忽略了一个现象，即《侦探世界》也曾大量刊载武侠小说。武侠小说在20世纪是曾被主流批评家大力批判的，那么，《侦探世界》缘何会刊载武侠小说？怎样的武侠小说才能与侦探小说同舟共渡？对这些问题的回答，可以帮助人们对武侠小说产生更为全面的认识，对武侠小说的历史作为形成更为客观的评价，当然，也可以帮助人们近距离地探视近现代科学主义思潮在文学写作这一微观层面的强大影响力。

一、科学主义背景下的侦探小说

时人对于科学、文学及侦探小说关系的探究，使得这三者之间建立起了一种深层的内在联系。

在清末民初，人们对科学的认知本身是在不断演变的。从19世纪晚期开始，思想先驱已然将科学视为能帮助国家、民族走出困境的重要路径。在1890年，薛福成就说过："格致之学，在中国为治平之始基，在西国为富强之先导。"[1]在薛看来，《格致汇编》的编写，可以使人们知晓格致的实用性，而只有在了解其实用性的基础上，人们才有可能探索其底蕴和理法，才能实现古今中西之学的合一。十数年后，有人曾评价说："近百年间，各国科学，日益发达……有识者忧之，十余年前，即倡开办学堂之议，欲使吾民具有普通之知识，以力图自立，或不至为印度波兰诸国之续。盖仁人君子爱国保种之用心，亦良苦矣。"[2]这一言论是时人对薛福成等先驱的努力呼吁与作为的回应和评价。国家独立、民族延续，归根结底取决于每一个个体的素质提升，故而清末以来有国民性改造思潮的生成和延续，人们此时对于科学的重视，更多的是强调它在普通民众知识面拓宽方面的价值。在"中体西用"的视域里，此时的科学被限定在"用"的范围中。到了辛亥革命之后，社会主要矛盾一度转移。虽然民族存亡显得不再迫切，但社会并没有因此而风平浪静。威权兴盛之时，人们对于个体的尊严和地位的强调，显得更为迫切，科学因而承载了更多的期望。1910年代，有人曾翻译托尔斯泰以代言："假科学授制人者以压制他人之机会，夺被人制者脱离奴隶之潜能。制人者，（余所谓制人者不仅指政府，乃指一般之居于人上者而言）心知其故而欲长保其权力勿失也，乃利用其所谓科

---

① 薛福成：《格致汇编序》，《格致汇编》，1890年，第5期，第1页。
② 钟荣黼：《科学白话小引》，《广益丛报》，1906年，第101期，第1页。

学,而摧毁真科学,盖真科学足以暴揭彼等违法不道之罪恶生涯也。"①按照这一观点,真正的科学将有助于揭露专制的罪恶。到1920年代,时人又译西哲之言:"科学是从本质上不尊重有所谓已经固定,或任何意义的特权的。"②这一论断,则将科学与特权对立起来。在西学东渐的大背景下,科学逐步成为可与专制、特权作战的有力的思想武器。而杨铨的说法更是明确了人们的诉求:"人类文明愈进步,则学术视野愈繁。陇亩耕艺之民,其职之重要,无异于国君元首也。故明分工,知天性,则人类不平等而平等。人不必尽能科学,然奖劝鼓吹之责则一也。"③进化使科学兴盛,科学使平等彰显。平等不仅体现在国家与民族之间,也体现在每一个个体之间。杨铨的言论,代表了当时人们对科学的地位和作用的一种正面肯定。

作为科学的馈赠,平等不但成为人们理解个体之间关系的重要信条,更成为人们解释科学与其他思想关系的衡量标准。《东方杂志》第8卷第2期刊有《基督教与科学》、《佛教与科学》等文。《佛教与科学》一文说:"故言宗教者当尊重正当之信仰,而亦不可不努力以破除迷信;言科学者当敬重正确之知识,而亦不可不破除其科学万能之迷想。是则宗教与科学,交互融会,一方面奖励科学之智识,以破宗教之迷信;一方面劝发宗教之信心,以补科学之缺陷。"④该文系日人所著,有他山之石的意味。他分述宗教与科学二者之长短,言明二者之互补关系,颇有辩证意味。《东方杂志》第8卷第7期刊有赵修五《宗教科学并行不悖论》,其云:"夫子为斯论,非斥物质之学而不言也,乃有以证明物质之学之限界耳;非黜利用厚生之道而弗讲也,特痛夫世俗之不善利用厚生耳。学问之界说弥明,则利用之途,亦弥宏而愈精。"⑤赵的此番言论,其实还是沿用"尺有所短寸有所长"的模式,与《佛教与科学》一文的基本思路类似,故而其得出"科学宗教,并行不悖"的结论,也属自然。此后,又有萧公弼提出科学与国学并重的观点:"盖科学者,扩张智能之学也;国学者,发展精神之学也。吾人有轩昂之精神,而后能获充分之智能;有远大

---

① ［俄］托尔斯泰:《真科学与假科学》,《教育周刊》,1914年,第37期,第13页。
② ［美］拍里:《科学与德谟克拉西》,《解放与改造》,1920年,第2卷第4期,第55页。
③ 杨铨:《科学与中国》,《留美学生季报》,1914年,第1卷第4期,第69页。
④ ［日］正本多:《佛教与科学》,《东方杂志》,1911年,第8卷第2期,第10页。
⑤ 赵修五:《宗教科学并行不悖论》,《东方杂志》,1911年,第8卷第7期,第18页。

之思想，而后有雄伟之事业。"①而关于科学与玄学，1919年，蔡元培也曾有类似言论："然科学发达以后之玄学，与科学幼稚时代之玄学较然不同，是亦可以观哲学与科学之相得益彰矣。"②在他看来，哲学与科学可以互相促进、相得益彰。由上可见，至少在辛亥革命前后的一段相当长的时间里，人们还没有形成对科学的彻底崇拜，相当多的人看到的是科学的长处和不足的并存，这倒是一种科学态度的极好体现。

与以上这种平和的立场相辅相成的，是人们把科学的作用发挥集中在方法的层面。任鸿隽说："今之物质，与数千年前之物质无异也。而今有科学，数千年前无科学，则方法之有无为之耳。诚得其方法，则所见之事，实无非科学者。"③因为有了科学的方法，所以所见所得皆与蒙昧时期不同。这一说法，是有其道理的。与任鸿隽相比，王星拱关于科学方法的言说显得更为明晰，他说："科学的知识，不是纯粹经验的记录所能了事的，所以必定有事实之选择，和方法之推论。"④合理的遴选、正确的推理、忠实的记录，科学的思维方法当着力于此。而程小青翻译的《科学的使命》则称："理智的开发，实在是一件非常切要的事。科学既能够改变人们幼稚的观念，和打破人们固定的倾向，所以当然是开发理智的唯一的工具。"⑤作为一种思维方法的科学，能够将人们引向理智的境地，这显现出时人的积极和乐观态度。

既谈及理智的开发，科学便与致力于"新民"的文学相遇。《大陆报》于1903年发表的《论文学与科学不可偏废》一文，便就文学与科学二者之间的关联明确提出了一个很有趣的观点："文学者何？所谓形上之学也；科学者何？所谓形而下之学也……夫文学与科学，固互相为用者也。"⑥在这里，文学之所以能与科学联姻，关键在于其与科学的"形而下"本质的区分。时人又说："而今而后，倘科学大进，思想自由，得以改良小说者改良风俗，则将合四万万同胞鼓舞欢欣于二十世纪之

① 萧公弼：《科学国学并重论》，《学生杂志》，1915年，第2卷第4期，第43-44页。
② 蔡元培：《哲学与科学》，《北京大学月刊》，1919年，第1卷第1期，第11页。
③ 任鸿隽：《说中国无科学之原因》，《教育周报》，1915年，第76期，第5页。
④ 王星拱：《什么是科学方法？》，《新青年》，1920年，第7卷第5期，第4页。
⑤ ［英］Sir Richard Gregory：《科学的使命》，《学生杂志》，1922年，第9卷第6期，第36页。
⑥ 佚名：《论文学与科学不可偏废》，《大陆报》，1903年，第3期，第1-5页。

新中国也。"①由科学大进而思想自由,科学成为小说改良价值实现的重要基础,其地位又上升了一步。到了1910年代,人们关于科学与文学关系的认识再次发生转折。徐世端说:"但文学亦有补助于科学者,夫一艺之兴也,必藉文字以为之传,使后进易明其理,而改良得以从速,且臻完善,此非文学为科学之直接助力耶?"②这段言论,强调的是文学对科学传播的辅助功能。从以上种种可见,随着时间的流转,在文学与科学的关系中,二者的地位在悄悄地发生改变。当然,对此变化持进化论的立场,考虑未免简单。1918年,朱润之说:"殊不知中国风化之维持、人心之固结,历数千年如一日者,赖有文学以为藩篱耳。否则科学兴而文学废,进行虽云简易,然而国粹湮没、人心浇漓,禽兽之行、蛮夷之俗,即有片长薄技,亦奚益哉。"③这段话强调的倒是文学与科学的不可偏废,但他对于科学的"片长薄技"的定义,似乎又过于忽视其意义了。

在"新民"文学的诸多品类中,侦探小说大概是最接近科学的。程小青曾说:"其实即使不讲具体科学,侦探小说的本身,早已经科学化了。"④侦探小说的科学化到底体现在哪里? 张枕绿说:"侦探小说是科学观的,是启人智识的;神怪小说是宗教观的,是教人迷信的。"⑤这一观点揭示的是侦探小说启人智识的作用。张子高曾说:"欲使科学教育发达,一方固宜研究科学,一方亦宜运用科学方法,解决实际上之困难问题,以坚普通一般人对于科学之信仰。"⑥小说中的大侦探们往往采用科学方法来破解谜案,这大概是侦探小说科学教育功能的最显著体现。程小青自己也曾谈及此,他认为,中西社会在习性方面有一个根本差异,那就是西方人的科学观念比较丰富成熟,侦探小说因为注重科学,偏向智力,所以在西方社会得到广泛欢迎。而在我国,科学还处于幼稚的时代,侦探小说的社会影响力与接受程度自然就会与西方社会有很大的不同。他说:"予尝闻诸人言,阅侦探小说须费脑力,故喜阅者不多。盖我国人习于优游自得之生活,处事接物,常守循乎自然之

---

① 佚名:《论科学之发达可以辟旧小说之荒谬思想》,《新世界小说社报》,1906年,第2期,第8页。
② 徐世端:《文学当与科学并重刍议》,《学生周刊》,1917年,第6期,第4页。
③ 朱润之:《论文学与科学之关系》,《墨梯》,1918年,第2期,第4页。
④ 程小青:《侦探小说和科学》,《侦探世界》,1923年,第13期,第8页。
⑤ 张枕绿:《侦探小说与神怪小说》,《侦探世界》,1923年,第16期,第12页。
⑥ 张子高:《近五十年来中国之科学教育》,《教育汇刊》,1922年,第4期,第3页。

旨,以葆其天君而不愿多费思考,故于描写逸乐风流之社会小说,嗜之不倦。侦探小说,既注重科学思想,宜不适其胃欲矣。"①在他看来,侦探小说之所以不受国人欢迎,其根本还在于,国人习惯于悠游自得的闲散生活,不愿意费脑力来思考小说中的问题。从此言论,可见侦探小说在普及科学和启发民智方面,在国民性的改造方面,确实具有一定的时代价值。

至此可见,在清末民初这一特殊的时代语境中,有识之士探寻改造国民、强国保种的路径,科学、文学和侦探小说之间竟由此而结出了一条较为牢固的纽带。

二、与侦探为邻的武侠小说

尽管侦探小说与科学有着如此密切的关系,但科学并不能够自然地转变成为人们的阅读动力。正如程小青所指出的,侦探小说面临着读者不愿接受的困境,这个困境是非常实在地存在着,需要《侦探世界》的编辑者仔细思量。

《侦探世界》所刊载的侦探小说和武侠小说的作者名单颇有分量,这可以被看作是编辑者吸引读者的一种策略,当然也是小说质量的保证。在侦探小说方面,刊物拥有一个相对固定的核心作者群,程小青、孙了红、陆澹安、赵苕狂等都是民国时期侦探小说写作或翻译的大家。而在武侠小说方面,它共刊出长、短篇武侠小说六十余篇,叙写不同出身、不同性别的英雄、侠客故事,兼及传统侠义小说中常见的镖师、土匪、盗贼等人物。这些小说,相当一部分由向恺然、顾明道、姚民哀、胡寄尘等当时的武侠名家写出。特别需要指出的是:武侠小说家向恺然的《近代侠义英雄传》由侦探小说家陆澹安亲自出手点评,连载于《侦探世界》的始终,凡二十四期,不曾中断,这成为《侦探世界》中侦探与武侠联手的一个代表性文本。

---

① 小青:《谈侦探小说》,《新月》,1925 年,第 1 卷第 1 期,第 7 页。

《侦探世界》刊载武侠小说情况

期号	篇名	作者
第1期	瓜园逋客	求幸福斋主
	镖师吕兴	王定庵
	狮儿	顾明道
	近代侠义英雄传	不肖生著,陆澹安评
第2期	绿净园	西神
	近代侠义英雄传(续)	不肖生著,陆澹安评
第3期	我亲见的三位侠客	张碧梧
	海盗之王	顾明道
	近代侠义英雄传(续)	不肖生著,陆澹安评
第4期	柳五娘	漱石生
	狗儿	庆霖
	近代侠义英雄传(续)	不肖生著,陆澹安评
第5期	鳌鱼三传	范烟桥
	冰霜桃李	许厪父
	近代侠义英雄传(续)	不肖生著,陆澹安评
第6期	五人团	求幸福斋主
	孝女捕仇记	张冥飞
	山东响马传	姚民哀
	游侠新传·张克勇	沈禹钟
	近代侠义英雄传(续)	不肖生著,陆澹安评
第7期	盗亦有道	胡寄尘
	夺马记、来无影	顾明道
	游侠新传·车中少女	沈禹钟
	近代侠义英雄传(续)	不肖生著,陆澹安评
第8期	山东响马传(续)	姚民哀
	荒岛奇侠	顾明道
	近代侠义英雄传(续)	不肖生著,陆澹安评

续表

期号	篇名	作者
第 9 期	山东响马传(续)	姚民哀
	农人李福、红衣女郎	顾明道
	镖行与绿林	茫丐
	近代侠义英雄传(续)	不肖生著,陆澹安评
第 10 期	纪杨少伯师徒遇剑客事	向恺然
	花刀刘二	顾明道
	镖行与绿林(续)	李茫丐
	近代侠义英雄传(续)	不肖生著,陆澹安评
第 11 期	纪杨少伯师徒遇剑客事(续)	向恺然
	松耶柏耶	西神
	刘勇	黄转陶
	近代侠义英雄传(续)	不肖生著,陆澹安评
第 12 期	李蛮牛	程瞻庐
	白光如电	王定庵
	天宁寺僧、颜希回、桂林僧	金惕夫
	跛道人	颖川秋水
	近代侠义英雄传(续)	不肖生著,陆澹安评
第 13 期	纪林齐青师徒轶事	向恺然
	今游侠传	胡寄尘
	卖解女复仇记	顾明道
	瘦月娘	黄转陶
	近代侠义英雄传(续)	不肖生著,陆澹安评
第 14 期	朝鲜英雄传	胡寄尘
	纪林齐青师徒轶事(续)	向恺然
	还珠记	律西
	近代侠义英雄传(续)	不肖生著,陆澹安评

期号	篇名	作者
第 15 期	卖饼人	黄转陶
	游侠新传·白发老人	禹钟
	近代侠义英雄传(续)	不肖生著,陆澹安评
第 16 期	秘密之国	顾明道
	盲僧	黄转陶
	游侠新传·打包僧、冯某、某侠士	禹钟
	近代侠义英雄传(续)	不肖生著,陆澹安评
第 17 期	天宁寺和尚	向恺然
	游侠新传·沈四先生、药工	禹钟
	近代侠义英雄传(续)	不肖生著,陆澹安评
第 18 期	山东响马传(续)	姚民哀
	奇丐	绮禅
	近代侠义英雄传(续)	不肖生著,陆澹安评
第 19 期	山东响马传(续)	姚民哀
	虎穴余生记	顾明道
	近代侠义英雄传(续)	不肖生著,陆澹安评
第 20 期	无我上人	顾明道
	游侠新传·谢吉士	禹钟
	近代侠义英雄传(续)	不肖生著,陆澹安评
第 21 期	吴六剃头	向恺然
	海盗鏖兵记	顾明道
	醉和尚	郑逸梅
	越南义士传	胡寄尘
	近代侠义英雄传(续)	不肖生著,陆澹安评
第 22 期	不男不女之侠客	冰樵
	山东响马传(续)	姚民哀
	新七侠传	胡寄尘
	近代侠义英雄传(续)	不肖生著,陆澹安评

续表

期号	篇名	作者
第 23 期	江阴包师傅轶事	向恺然
	近代侠义英雄传(续)	不肖生著,陆澹安评
第 24 期	拳术家李存义之死	向恺然
	老鸦党	姚民哀
	近代侠义英雄传(续)	不肖生著,陆澹安评

《侦探世界》创办的目的在于提高读者的智识,至少刊物的创办者是如此表述的。世界书局的经理沈知方在第 1 期的《宣言》中详细地阐释了办刊理念。他首先说:"方今举世尚险猾,奸夺巧取,相循无已,谈笑之中寓刀剑,衽席之下伏干戈,世道人心盖已不可复问矣……吾人虱身人海中,亦不可不知有其事,知之悉则备之严,备之严则奸邪莫由而乘矣。"这一表述带有明显的现实批判的立场,同时也替读者明确了需求。在此基础上,沈笔锋一转,就谈到了侦探小说的价值:"侦探,智识是也……以理想之酝酿,济之以寓言讽劝之力,使人获有侦探智识之益……扶持人道于垂危。"①这样一来,侦探小说的具体价值就落实在"智识"的提高方面和"人道"的扶持方面,从而彰显了与清末民初科学主义思潮的内在关联,与宏大话语的结合,使得刊物的存在理由显得更加充分。

既然如此,《侦探世界》又为何要刊载武侠小说?编辑陆澹安在《辑余赘墨》中说:"本杂志的作品,以侦探小说为主,而以武侠小说与冒险小说为辅,因为武侠、冒险两种性质,于侦探家的生活上,很有一点连带的关系,所以兼收并蓄,一律刊载。"②这个观点,是从故事情节的层面上,谈侦探家的生活具有武侠的性质,它一部分落实在侦探家对于公平正义的追求方面,更多地表现在侦探家与犯罪分子的斗争方面。不过,侦探小说的内核,说到底是设谜解谜,是表现人的缜密和严谨的思维,优秀的侦探小说,往往以科学的理念和方式为其核心。侦探小说包含对于公平正义的追求,在这一点上,侦探与武侠是殊途同归的。而侦探家与犯罪分子的肢体接触,其意义则更多体现在附加的阅读趣味方面。《侦探世界》第 2 期刊

---

① 沈知方:《宣言》,《侦探世界》,1923 年,第 1 期,第 1 - 2 页。
② 陆澹安:《辑余赘墨》,《侦探世界》,1923 年,第 1 期,第 1 页。

载的一则世界书局发行侦探小说的广告,题名为"提倡尚武精神,标榜义侠风气",它的广告词对此也有涉及。其云:"自来发生奇案,杀人越货,至足惊人,全赖侦探破获,罪恶始彰,本局收集个中资料,编成大批侦探小说,先后印行,以饷阅者。述奸邪之狠毒,穷形尽相,写侦探之手段,神出鬼没。黑幕重重,一齐揭穿,可以寒奸人之胆,可以摄狂徒之魂,英气奕奕,和盘托出,可以激尚武之精神,可以振行侠之义气,以惩以劝,堪笑堪怜,真可谓扬武侠之奇迹,萃侦探之大观矣。"从这则广告来看,当时世界书局有人认为,侦探小说用神出鬼没的手段揭发邪恶,也可以激发民众的尚武精神与侠义精神,由此可以进一步把握部分时人关于侦探小说与武侠小说关系的基本看法。所以,在陆澹安的观点中,武侠小说跟侦探小说有连带关系,但这个连带关系是不够紧密的。而《侦探世界》所刊载的武侠小说,其表现出来的与侦探小说科学性的兼容,以及时人对二者之间关系的理解,已超出陆澹安的预设。

为与侦探小说为邻,《侦探世界》中的武侠小说几乎一致地强调自身的写实色彩。陆澹安在谈及《近代侠义英雄传》的趣味时说:"全书八十回,洋洋洒洒数十万言,内中所叙述的,像大刀王五、霍元甲等一类人,都是实事实情,讲得非常详细,看了自然比那种向壁虚构的,格外觉得有兴味。"①这句话强调的是实事实情。张碧梧则写了一篇《我亲见的三位侠客》,他说:"我亲目所睹的这三位侠客,并没有惊人的绝技,所做的也不是惊天动地的大事,只因他们都能够奋不顾身扶危济困,我就敢称呼他们是侠客了。"②这段表述突出的是亲眼目睹。姚民哀在《山东响马传》中则说:"小子再也忍耐不住了,索性把我前年去年两年当中到山东去,亲闻亲见的事情,明明白白写出来,给阅书诸君赏鉴赏鉴吧。"③此语强调的是亲闻亲见。向恺然在《纪林齐青师徒轶事》等文中,多有"民国二年,在下在长沙倡办国技学会"④这样的文字,以表示他所写的人物大抵都是亲眼所见,即使是《纪杨少伯师徒遇剑客事》一文中一不留神写到剑侠,最后也不忘说曾亲自见了这般人物,只不过见的是功夫被废黜的剑侠之徒,给自己留下了不少回旋的余地。显然,从维护

① 陆澹安:《辑余赘墨》,《侦探世界》,1923 年,第 1 期,第 3 页
② 张碧梧:《我亲见的三位侠客》,《侦探世界》,1923 年,第 3 期,第 1 页。
③ 姚民哀:《山东响马传》,《侦探世界》,1923 年,第 6 期,第 1 页。
④ 向恺然:《纪林齐青师徒轶事》,《侦探世界》,1923 年,第 13 期,第 2 页。

刊物的"智识"的形象出发,为使侦探小说与武侠小说相对和谐地共处,被纳入其中的武侠小说必然在选材方面有所取舍,向壁虚造的剑侠类作品肯定是不能被接受的。《侦探世界》中的武侠小说所表现出来的写实色彩,适应了办刊需求。

也正是与《侦探世界》对武侠小说写实性的需求相适应,小说当中出现了不少着重于知识介绍的文字。一类是对于江湖、绿林的知识普及。姚民哀的《山东响马传》讲了江湖帮派的来龙去脉,几省土匪的兴起渊源,江湖切口的真正意思,民与匪、兵与匪一体的现实,还提到了土匪招安,可被看成一篇土匪史。李芷丐的《镖行与绿林》讲镖的分类,讲镖行与强盗的暗通声气,讲各地强盗的异同,是一篇江湖百科全书式的文字。姚民哀还有《老鸦党》一篇,刊载于 24 期,标注为"清代秘密党会史"。另一类范式则表现为对文学理论知识的宣传。与杂志大量刊载侦探小说写作理论相匹配,陆澹安在对《近代侠义英雄传》的点评中把最大的力气花在了对小说起承转合等各种文学技巧的说明上,如:"尝观他种小说,欲出力写一人,亦有另写一人以为衬托者。惟往往将衬托之人,写得非常恶劣,非常狼狈,余以为如此衬托,则反足令被衬托者因之减色。此书写车统领,虽败于齐四之手,然身份气概,仍不稍失,作者之胜人,即在此等细处,不可不察也。"①这些说明突出介绍了小说的一些高超的写作技巧,对读者了解小说的审美特征、提高阅读能力起到了非常重要的推动作用。注重知识介绍的武侠小说写作,是《侦探世界》的一个特色,它归因于刊物对智识的强调。

与 20 世纪 20、30 年代人们如痴如醉于《火烧红莲寺》相比,《侦探小说》杂志中所刊载的武侠小说的这种对写实与智识的偏向,更有利于人们遵循科学、谨守理智。武侠小说以这样的一种基本形态,初步实现了与侦探小说的和谐相处。

三、对威权的批判与反思

《侦探世界》中的武侠小说,还体现出对社会、政治、生活各方面的较为深层的思考,它们对于威权的批判,对社会失范状况的反思,与科学主义遥相呼应。

诸多小说对于当时的社会统治者呈现出几乎一致的负面评判姿态。关于前清时期的自由,有作品写道:"昔雍正朝以阴鸷险狠治国,尽网罗天下异人侠客为

---

① 不肖生著、陆澹安评:《近代侠义英雄传》,《侦探世界》,1924 年,第 20 期,第 11 页。

己用,其不应命者则以刈除之为快。"①在一个坐稳奴隶的时代,人欲求独立亦不可。这是文字狱之外人们对于所谓"康乾盛世"的又一条独立评判。关于前清时期的平等,也有小说作如下描述:"清朝末年,做官人的本领,第一就是要钱。凡遇了打官司的,原告一方面有钱,官司结果是原告打赢,被告一方面有钱,结果是被告打赢,若是两方面都有钱,这场官司便不容易有结果。"②由此法治的腐烂之态,可知人们追求德、赛二先生的正当性。当小说将关注点转到民国之后,作家们也一如既往地保持着他们的批判立场。《五人团》写民国十年(1921 年)的事,它借强盗之口说:"实告诸君,吾侪不屑作殃民误国之军人,实盗也。"③所谓"殃民误国之军人",这也许是强盗的一面之词,但也多少透露出民间的一种看法。相比之下更有意味的,是姚民哀所解释的《山东响马传》中断写作的原因。他提到了小说发表之后所面临的强大的外来压力,更揭发出"爆料者"赶脚史因这篇小说的发表而遭遇惨死的下场,一种变相的"文字狱"被揭示出来。作者的悲痛之情弥漫于字里行间:"而况啸聚长林丰草、久处深山绝壑之徒,今多南面而握虎符钤韬者。欲加之罪何患无辞? 岩墙之下,明哲保身者尚且不立,况复为捋虎须拔龙角之完全危险性质之事耶?"④更严厉的指控来自于胡寄尘,他在小说《盗亦有道》中说:"某君为余言,法之能行,虽强盗可以治国家;法之不行,共和国之宪法,乱国之具也……及观乎今日中国之政治,而后知法之不行,共和国之宪法为乱国之具也,而后知中国之政府曾盗之不若也。"⑤这些言论,既是当时的一种社会认识的忠实记录,也必将引导小说读者将注意力更多地指向民国初年的各种社会现象,并进而形成自己的判断,甚至还有着因此而觉醒的可能。武侠小说因此而被赋予了一定的启蒙色彩。

政府既已不可仰仗,寄希望于绿林,则又如何? 作家们对绿林世界的认知也贯穿以一定的辨析态度。什么样的人可以被称为侠客? 其实在传统的认识中一直存在混乱,其最关节之处,就在于对盗匪和绿林好汉的甄别与评价的模糊。早

---

① 求幸福斋主:《瓜园逋客》,《侦探世界》,1923 年,第 1 期,第 12 页。
② 向恺然:《纪杨少伯师徒遇剑客事》,《侦探世界》,1923 年,第 10 期,第 5 页。
③ 求幸福斋主:《五人团》,《侦探世界》,1923 年,第 6 期,第 6 页。
④ 姚民哀:《山东响马传》,《侦探世界》,1924 年,第 18 期,第 3 - 4 页。
⑤ 胡寄尘:《盗亦有道》,《侦探世界》,1923 年,第 7 期,第 1 页。

在 20 世纪初,周桂笙就曾说:"吾国旧小说界几不辨此(公德)为何物,偶有一二人,作一二事,便颂之为仁人、为义士矣。"①在《侦探世界》中,胡寄尘也发出了类似的强烈感慨:"自太史公传游侠而后,古今人记侠义之事众矣。然而虞初所志、稗官所采,其不邻于盗者,几何哉? 侠者,墨氏之别派也。然后世假侠之名而为盗,宁非痛心之事!"②关于这个问题,顾明道、姚民哀等人也都有阐述。顾明道说:"民国初年,白狼乱于秦豫间,人咸知之,指为草泽英雄,然白狼焚掠淫杀,为民大害,不过土匪之尤耳。"③姚民哀也说:"(盗匪)虽然口头上讲义气,其实一样的强吞弱食,势利狡诈,绿林中也大不比从前了。"④他讲得比较客气,给先前人们对绿林的正面评价留下了一点余地,但说到底他的评价还是负面的。相比部分侠盗小说的病急乱投医,《侦探世界》的作家们在对绿林世界的评价显得较为坚定,此中显露的,是作者们独立思考的科学精神,和思考过程中倚仗的以现代文明为基础的评价标准。

乱世无情,江湖梦碎,普通习武之人会不会是可仰仗的力量?《侦探世界》中的武侠小说对习武的社会民众也进行了一番考察。胡寄尘首先发问:"民国者,人民之国也,专制之国有帝王负责,人民之国当人民负责,为民国之民难于为帝国之民万倍,今吾民能胜其任乎?"⑤此问诚然。在此基础上,作者对习武的民众进行了一番客观的审视。作者们指出了武术家们的短处,他们说:"中国武术家徒重虚声,是一种普遍的毛病。"⑥又提到:"无论上、中、下三等人家的男女,大约多习练拳脚,凡是年纪轻、血气方刚之际,懂了什么金枪手……那些拳法,多是好勇斗狠,走在路上,好似头上出了角的一般,动不动就要开打。"⑦以上种种言论,暴露出的其实不是武术家们道德的问题,而是认识的问题,是受教育程度的问题。这样一来,向恺然所总结的中国武术落后的原因就容易被理解了。他说:"中国武术之所以不昌明,就在会武艺的动辄相打,一相打就不免受伤,因此有身份和自爱的人不

---

① 知新主人:《小说丛话》,《新小说》,1905 年,第 2 卷第 8 期,第 152 页。
② 胡寄尘:《新七侠传》,《侦探世界》,1924 年,第 22 期,第 1 页。
③ 顾明道:《狮儿》,《侦探世界》,1923 年,第 1 期,第 1 页。
④ 姚民哀:《山东响马传》,《侦探世界》,1923 年,第 8 期,第 13 – 14 页。
⑤ 胡寄尘:《盗亦有道》,《侦探世界》,1923 年,第 7 期,第 6 页。
⑥ 向恺然:《天宁寺的和尚》,《侦探世界》,1924 年,第 17 期,第 2 页。
⑦ 姚民哀:《山东响马传》,《侦探世界》,1923 年,第 8 期,第 6 页。

肯学习,有知识的人不敢提倡。"①这是一个亟待解决的现实问题。

那么,如果有知识的人提倡了,有身份的和自爱的人学习了,会有怎样的状况出现? 向恺然的《近代侠义英雄传》专书大刀王五、霍元甲等一批近代习武人士事迹,但小说偏偏是以谭嗣同的遇难开篇,陆澹安点评时说:"谭壮飞一代奇人,学问气节自有千秋,固未可以侠义英雄目之。顾其雄武卓烈、激昂慷慨,要亦与侠义英雄为近。此书传近代之义侠,而开首先出一谭壮飞,提纲挈领,俨然为侠义英雄之首领,遂令书中所写诸人格外动目格外出色。"②以当时的进步知识分子之代表谭嗣同来引领众多习武的民间侠义英雄,这是一种极好的设想,大约也是《侦探世界》诸同仁借向恺然之笔开出的一剂药方。在这剂药方中,侠义英雄不过是一种民间代表,知识分子引领的范式才是其核心内容。

四、对侠客称雄世界的想象

那么,在《侦探世界》的作者们看来,理想的侠客应该做一些怎样的工作? 不少武侠小说对此展开了较有意味的探索。

诸多武侠小说对理想侠客的界定颇感兴趣。何谓侠客? 张碧梧说:"凡是有牺牲自己的精神,能救人于危急之际的,便是侠客。"③这是一种相对朴素的认识,应能够获得较多的认同。不过,作者们提供的答案还不仅局限于此。王定庵描写的镖师吕兴"为人绝谦恭,不以武力自豪",④这样做的原因何在? 许廑父在他的小说中给出了回答:"若年轻而负绝技,可为国家立大功,好自为之,毋以技炫人,毋以力凌人,炫人使人妒,凌人使人仇,妒之盛而能免于死者,未之有也。"⑤显然,为人为己,侠客都应该保持谦和。在《瓜园通客》中,有人将镖师评价为"孔武有力,善保其群,即足以当此异人侠客之美称",店主对此的回答是:"吾终嫌其努目作势,受人豢养,无以异于金钱之奴隶。"⑥这种对独立精神的强调,虽然是小说中人物的看法,显然也与作者的认识有关。与此同时,侠客还不妨有一些学养,有一

---

① 向恺然:《纪林齐青师徒轶事》,《侦探世界》,1923 年,第 13 期,第 5 页。
② 不肖生著、陆澹安评:《近代侠义英雄传》,《侦探世界》,1923 年,第 1 期,第 1 页。
③ 张碧梧:《我亲见的三位侠客》,《侦探世界》,1923 年,第 3 期,第 1 页。
④ 王定庵:《镖师吕兴》,《侦探世界》,1923 年,第 1 期,第 16 页。
⑤ 许廑父:《冰霜桃李》,《侦探世界》,1923 年,第 5 期,第 4 - 5 页。
⑥ 求幸福斋主:《瓜园通客》,《侦探世界》,1923 年,第 1 期,第 3 页。

些文人的旨趣,如张克勇"不特一勇士,且亦类乎有学养君子也",①又如绿净翁的一番自我辩白:

> 种花之利,人尽知之,种菜之益,非我佳人,莫之能解。花取其色,斗艳争妍,徒供人之玩弄耳。菜根滋味,别有会心,一绿无垠,纤尘不染,人间何世,佛说五浊。今之世界,万恶纷呈,浊宁止五? 吾园虽小,罗列嘉蔬,非种不锄,自成乐园。②

仔细揣摩这段文字,可发现其与陶渊明、与《菜根谭》的内在联系,文人旨趣溢于言表。

小说在发挥侠客的正面作用这方面表现出强烈的诉求。胡寄尘在《盗亦有道》中讲了一个晚清的侠盗杨兴,曾应童子试,并被录取;然而,他很快便痛苦地发现,国事也不可为,政府更不可恃,于是便自寻出路,"乃与其邑之少年子弟组织民团,为自卫之计,定章立法,井井有条,且督之以工作,而教之以学问,隐然如今日所谓地方自治人民自决也者"。③ 这是对知识分子落草为盗之前的作为的描述,虽几近于想象,不过可见小说家的一种社会理想,而更显其被迫落草的无奈。与此类似的是,诸多小说对社会不能充分发挥人才的作用表示了遗憾。如《镖行与绿林》中说:"这一类的人,要是投入正道,为国出力,一定能够出人头地的。"④种种言论,一方面是呼唤发挥侠客的社会作用,另一方面,其潜台词则是期盼社会健康运转,人人安居乐业。

关于侠客的正面作用的发挥,《侦探世界》中的武侠小说有一个非常值得强调的地方,是它们对中国侠客称雄于世界的热切想象。这一想象是从对列强的道德水平的判断起步的。自 19 世纪中叶以来,中国与西方列强、日本之间矛盾深种。小说中的种种言论显示,当时的中国文人对列强的道德水准并不特别的佩服。陆澹安说:"霍元甲以君子待沃林,而沃林转以小人待霍元甲,两两相较,贤、不肖判然,孰谓西人程度必高出华人哉?"⑤从沃林与霍元甲二人的人品,推导出华人与西方人文明程度的真实差异,陆澹安的思想焦虑显露无余。基于此,顾明道说出

---

① 沈禹钟:《游侠新传·张克勇》,《侦探世界》,1923 年,第 6 期,第 5 – 6 页。
② 西神:《绿净园》,《侦探世界》,1923 年,第 2 期,第 2 页。
③ 胡寄尘:《盗亦有道》,《侦探世界》,1923 年,第 7 期,第 2 页。
④ 茫丐:《镖行与绿林》,《侦探世界》,1923 年,第 10 期,第 3 页。
⑤ 不肖生著、陆澹安评:《近代侠义英雄传》,《侦探世界》,1924 年,第 23 期,第 14 页。

以下的文字就不难理解了,他说:"若曹屡加欺侮于我国,然须知我华人非韩民,尽受汝虐待者。此桑自有产主,村人皆莫敢妄采。若曹既号文明国民,行此狗窃手段,廉耻何在? 且加非礼妇女,与禽兽何异?"①这一论断,把所谓"文明国民"的禽兽本质揭示出来,背后隐藏的,是被损害、被侮辱者难以言说的伤痛。

在道德判断的基础上,作家们对侠客变身为殖民者的可行性进行了描述。这大概是《侦探世界》中的武侠小说最远离写实性的一部分,却将人们的伤痛和焦虑最真实地呈现了出来。作家们认为,西方殖民者的强盛,就在于小说对于民众的鼓励。顾明道在《秘密之国》中说:"即握笔为稗官家言者,亦以此鼓励国人,为殖民之先导。《鲁滨孙》一书,其事虽虚,而脍炙人口,他如《割尸记》、《烟水愁城录》等小说,读之能令人眉飞色舞,慨然思奋迹蛮荒,继古人之遗迹也。种族之强,国家之盛,岂偶然哉!"②他随即讲了一个华人侠客到非洲征服黑人部落并建国的事,其言下之意是希望国民以此为模范,表现得如鲁滨孙一般的强大。顾明道又在《海岛鏖兵记》中讲述了一个侠客在东南亚为华侨利益与爪哇人发生战争,并最终在当地称王的故事。他评论说:"因知我华人本不乏冒险之英雄,特以不能注意经营,后继无人,致使前人功绩未能光明,斯可惜耳。"③在模仿冒险小说《鲁滨孙》的基础上,作家又加入了武侠的元素,试图说明,如侠客的作用发挥得当,我国也能够如西方列强一般,做一个扬威于世界的殖民宗主国的。

有必要指出的是,饶是有如此雄心,以上这些侠客们的扬威之处,并不是在欧美,而是在更弱小的地方。胡寄尘在《越南义士传》中的一番感慨,能够较好地解释以上这些小说的写作意图:"然心有所感而不能言,借小说以一吐,其与子长又何以异哉! 读者但观吾文,莫问其事可也。若谓今日之小说,当重写实,而吾犹有此浪漫之作,誉我毁我,吾所不计,但知吾欲如何言则如何言耳。"④对于侠客的理想人格和作为的描写,体现出《侦探世界》中的这批武侠小说的浪漫风格。看似不够理智,却是源自于清醒者的沉痛。

《侦探世界》仅出二十四期,便停刊了。在第24期的《别矣诸君》中,赵苕狂罗

---

① 顾明道:《农人李福》,《侦探世界》,1923年,第9期,第14页。
② 顾明道:《秘密之国》,《侦探世界》,1923年,第16期,第1页。
③ 顾明道:《海岛鏖兵记》,《侦探世界》,1924年,第21期,第2页。
④ 胡寄尘:《越南义士传》,《侦探世界》,1924年,第21期,第1页。

列了三条停刊的原因,一是侦探的作品太少,一是编辑的时间太短,一是读者的责备太多。这三条原因,一条也没有涉及武侠小说。看来,即使是武侠小说做出了诸多的努力,也没有得到编辑者充分的青睐。赵苕狂表示,《侦探世界》将来一定要争取复刊的,他说:"我们既在此侦探小说最幼稚的时代,冒险耐苦,作了这一种破天荒的举动,安敢不再接再励,以成此未竟之志呢?"①不过,《侦探世界》再未复刊。1930 年代与 1940 年代,中国又有《侦探》、《大侦探》、《新侦探》、《每月侦探》等专门性杂志出版,可惜这些杂志对武侠小说已不再感兴趣,这可能是因为作家和编辑们对侦探小说的认识又更进了一层,也可能与 20 世纪 20、30 年代天马行空式的剑仙派武侠小说和武侠电影大为流行有关。然而,武侠与侦探、科学的亲密关系并没有到此终结。到了 20 世纪末期,又出现了《大侠与名探》文丛,将翻译的侦探小说与原创的武侠小说置放在一起,虽然书中两者之间的关系似乎并不明显,但它昭示着一种写作的可能。而到了 21 世纪,韩云波在论及大陆新武侠时又说道:"大陆新武侠的文化进步性,突出地表现为科学主义、理想主义、和平主义的'三大主义'。"②由此显见,年轻一代的武侠小说家们正着手于从科学这里寻找新的写作资源。他们会有新的突破吗?倘使回首,看近百年前,在科学主义思潮的影响下,武侠小说曾表现出的注重写实、批判和理想的姿态,也许他们能够得到一些有益的启发。

①　赵苕狂:《别矣诸君》,《侦探世界》,1924 年,第 24 期,第 3 页。
②　韩云波:《"三大主义":论大陆新武侠的文化先进性》,《西南师范大学学报》(人文社会科学版),2006 年第 2 期,第 65 页。

第五章

渐成系列的侠客形象

对于小说而言,所讲的故事、所传递的认识无疑都是非常重要的,但这些都依靠活生生的人物形象才能得以流传。清末民初的侠义小说,在侠客形象的塑造方面,无疑是有其成就的。各类侠客形象不仅散见于各类报刊小说单篇,更有有心人将其汇编成册。如1919年,姜侠魂曾主编《武侠大观》,将侠客的故事分门归类,分为"侠中仁"、"侠中孝"、"侠中智"、"侠中义"、"侠中幻"、"侠中勇"、"侠中隐"、"侠中烈"、"侠中趣"、"侠中艳"等。该书的首篇是《林肯侠史》,讲述美国"大侠"总统林肯的故事,其后还收录了《李秀成别史》、《华盛顿轶事》等篇。以上种种,至少说明了清末民初时期,一部分人对侠客形象的认知,不再局限于传统的豪侠,而正趋于泛化。下文将重点分析少年英雄、时代女侠、江湖异人、僧道奇侠等四种类型的侠客形象,由点及面,来梳理清末民初侠义小说在侠客形象塑造方面的主要成绩。

第一节 应时而生的少年英雄

清末民初的国民性改造思潮,体现在小说中,自然就会出现与之相匹配的人物形象。梁启超的《少年中国说》,使侠义小说中的这一种人物形象塑造有了大致的方向。而在风起云涌的社会浪潮中,无数挺身而出的激愤少年,也为侠义小说的人物描写提供了大量的写作资源。也许诸多读者的阅读期待还会落在行侠仗义、神龙见首不见尾的传统豪侠身上,但与时代变革高度契合的少年英雄形象已经出现在不少侠义小说作品中,给人留下了深刻的印象。

一、对"少年中国之少年"的吁求

梁启超《少年中国说》的发表,给同时代的人提供了一个非常重要的话题。之后,关于"少年中国之少年",不少有识之士展开了讨论,他们呼吁这一类人物的大量出现,并把国族生存的希望,寄托在这些人物身上。

人们对于少年的吁求,是精英知识分子基于保国保种的焦虑。在《少年中国说》中,梁启超开篇便铺排了自己内心的不平,他对日本人称我国为"老大帝国"很是不满,其云:"呜呼!我中国其果老大矣乎?任公曰:恶!是何言!是何言!吾心目中有一少年中国在。"①由此言可知,梁启超关于少年的种种言论,其起点,是为了建设一个"少年中国"。而对于一个国家来说,其少年与否,取决于国人的精神状态,故而,他又提出,要想讨论一个国家的老少,应该先讨论人的老少。人的状态,决定了国家的富强。正是基于以上的逻辑,梁启超将再造少年中国的重任,赋予了中国少年。他用特有的梁氏表达,强调了这一认识:

故今日之责任,不在他人,而全在我少年。少年智则国智,少年富则国富;少年强则国强,少年独立则国独立;少年自由则国自由,少年进步则国进步;少年胜于欧洲则国胜于欧洲,少年雄于地球则国雄于地球。②

梁启超的这一观点,可谓雄论,在当时影响力甚大。实际上,在当时,与梁启超持同一种观点的人并不少见。如《清议报》第66册曾载蔡锷所撰《今日少年》一文。在文中,蔡锷援引了布鲁德利的言论,认为国家未来的强弱存亡,掌握在今日少年的手中。他充满忧虑地指出,中国已经极弱不堪、行将灭亡,要想使其强盛起来并生存下去,这一任务实在是既重又难。他说:"此至难至重之任,无论肉食之徒,与夫老朽之辈所放弃谢绝,抑非其所胜任也。千钧一发,属吾侪少年。少年不努力,则徒贻后人悲而已。少年其努力哉,其努力于今日哉。"③简而言之,这一重任,肉食之徒与老朽之辈均无法承担,有能力承担的,只有少年,故而少年必须努力。又如《箴少年》一篇,著者不详。这篇文章指出,少年的地位尊严就是国家的地位尊严,这一点已经得到了世界上诸多少年国家历史的证实。基于此,文章说

① 任公:《少年中国说》,《清议报》,1900年,第35期,第1页。
② 任公:《少年中国说》,《清议报》,1900年,第35期,第4页。
③ 蔡锷:《今日少年》,《清议报》,1900年,第66册,第1页。

道:"凭少年元气之低昂,可知国家之盛衰。吾所谓少年者,岂青龄妙年之谓哉?气力活泼,怀抱壮图者,即少年耳。"①这篇文章讨论到此处,实际上对"少年"予以重要的界定。所谓"少年",并不限于"青龄妙年",而是指"气力活泼、怀抱壮图"的人。正是由于有如此的认识,"少年中国之老少年"的称谓才能够顺利地问世。以上种种言论,均将强国的责任,明确地赋予了"少年",即活泼上进之人。

在此认识的基础上,不少同道者创作了一系列诗歌作品,以鼓舞少年的斗志。在《清议报》第39册上,有署名"同是少年"者,写了一篇《寄少年中国之少年》,其云:"平生了了恩仇事,叱咤风云气不平。肘后印诚如斗大,壁间剑跃辄宵鸣。元龙豪气犹湖海,小范罗胸有甲兵。鸷鸟盘空应一击,未容狐兔便纵横。"②这首诗,强调的是侠客的激昂之气,在立意上,与辛弃疾的词有相似之处。剑公在《新小说》杂志上发表的《新少年歌》,其云:"新少年,别怀抱;新世界,赖尔造。伤哉帝国老老老,妙哉学生小小小,勖哉前途好好好!自治乃文明之母,独立为国民之宝。思救国,莫草草,大家着意铸新脑,西学皮毛一齐扫,少年姑且去探讨。"③这首诗,在新脑——新少年——新世界这三者之间建立起密切的关联,而所谓"新脑",诗中列出了自治、独立与西学等几个关键性词汇,此中可以明显地看出所谓"新少年"的新意,在于思想的进步。仁和女士丁志先在《少年歌》中,更加充分地展示了少年所面临的困境和要承担的职责:

我为中国人,要晓得中国事。强邻今四逼,国亡可立俟。嗟我中国四百兆人,真可怜同在梦中颠倒颠。今日时势有何望?惟望少年中国之少年。少年中国之少年,赖尔立身保种解倒悬。为英雄兮亦少年,为奴隶兮亦少年,英雄奴隶,一任自择而为焉。我虽年幼无所知,闻说将为奴隶清夜惯不眠。奴隶兮,奴隶,我愿舍死脱此恶孽之纠缠。④

这首诗歌,强调了中国所面对的强邻四逼、国亡可立的困境,指出少年的职责在立身保种、解除困境。她还列出了少年面临的两种选择:一是英雄,一是奴隶。少年到底该如何选择?她通过直抒胸臆,表达了自己对即将身为奴隶的不甘,以

①　《箴少年》,《国民日日报汇编》,1904年,第4期,第14页。
②　同是少年:《寄少年中国之少年》,《清议报》,1900年,第39册,第1页。
③　剑公:《新少年歌》,《新小说》,1903年,第7期,第158页。
④　丁志先:《少年歌》,《女子世界》,1904年,第2期,第59页。

此来激励他人。整首诗歌的救亡意识显得非常强烈。

直至辛亥革命前后,人们对于少年的期许依然没有减少,作者们不断地创作诗歌,以警醒少年。如署名为"知耻"者所写的《我爱少年》,其云:"少年不重逢,一日难再晨。我可爱之少年,当兹风云际会,应如何淬励奋起,以发扬我共和国之精神? 奈何犹有以宝贵光阴虚掷脂粉队中。呜呼,我爱少年,少年其速猛省。"①又如亚震的《少年》云:"少年当立志,报国日方长。姓氏千秋誉,勋猷四海扬。冠裳酬父母,铁血绞疆场。行矣君毋馁,唯兹汉祖光。"②诸如此类,皆为激励少年,为国奋起,显现出诗人的共同认识与立场。

人们对于时局的判断,以及对于少年的期许,同样出现在小说之中。清末时期发表在《浙江潮》杂志上的一篇比较著名的小说《少年军》当中,作者喋血生也明确地提出了这些想法。如《少年军(一)》讲美国学生军在战争中英勇对敌的故事,在小说的篇尾,他就发表评论,表达自己的期许。他说:"吾恨吾之身不能与其役,虽然,吾作此,吾惟遗我有情,吾有此心,吾终达此志,伫看二十世纪风潮中,必有'支那少年军'五字之旗之顶上放一点光彩,以照耀天地者。"③所谓"支那少年军",实际上承载着译者对中国少年的期望。在《少年军(二)》的弁言中,他又说:

《少年军(二)》记一千八百四十八年,伊大利抵抗墺国虎狼压制,不幸伊兵被围于克士闸,矢穷血殒,孤注尽负,而以一十四龄勇少年,为祖国出死力,作寄书邮,以请援。伊大利兵卒获大胜,而奴隶之冤气尽吐。吁,来日方长,战云不久即布于亚细亚大陆,我同胞尽奉此短篇为好脚本也。④

作者对于少年在改造旧世界、建设新世界中的作用发挥的期许,在这两段文字中都得到了充分的表达:建设少年中国,迫切需要愿"为祖国出死力"的少年中国之少年。

二、英勇多情的少年英雄

作为对这一时代的有识之士关于"少年中国之少年"强烈吁求的回应,清末民

---

① 知耻:《我爱少年》,《社会杂志》,1911 年,第 2 期,第 24 页。
② 亚震:《少年》,《民心》,1911 年,第 2 卷,第 36—37 页。
③ 喋血生:《少年军》,《浙江潮》,1903 年,第 1 期,第 140 页。
④ 喋血生:《少年军(二)》,《浙江潮》,1903 年,第 7 期,第 11 页。

初侠义小说在少年英雄形象的塑造方面展开了丰富的文学想象。这些人物形象的出现,使人们内心的期望变得更加具体可感。

梁启超的《侠情记传奇》对少年群侠的书写,为后来者提供了可资借鉴的文学范本。《侠情记传奇》的第一出"纬忧",刊于《新小说》第 1 期,写的是意大利马尼他姐弟二人,他们听说本国英雄加里波的的英雄事迹,激起了自身的爱国情怀。《侠情记传奇》要素齐全,可被视为标范。首先,它着力描写的是在暗无天日之处为建立"少年意大利"这一宏伟目标而奋斗的一群年轻人的故事;其次,当中出场的姐弟俩,与被侧面烘托的加里波的,皆满腔热血,勇于且乐于替祖国意大利出一口气;再次,它对姐姐马尼他这一女子的书写,一个非常重要的目的应是突出下面的话:"难道举国中一千多万人,竟无一个男儿? 还要靠我女孩儿们争这口气不成?"①在这一出的最后,作者又借弟弟之口说:"我想那加里波的的血性、热情、奇才、壮思,正和我姐姐天生成一对儿。"②由此可猜测,接下来,爱情故事应该能够在这一对侠义的少年男女之间发生,小说会变得更加具有可读性。

以梁启超的《侠情记传奇》为模板,此时期的诸多侠义小说在少年侠士形象的描摹方面着重强调了几个主要特征。第一,是少年侠士勇于为国承担重任、不怕牺牲的精神。与《侠情记传奇》同样为未完结之作,天民的"侠情小说"《岳群》对少年侠士岳群的书写也颇具代表性。小说的开头从庚子事变时讲起,小说写道:

聂军门死守天津,既为英兵以绿气炮陷之,勇将被难者数百人。时湘人岳群者,亦与焉。岳群为人,诸君但知其为勇士,其为冒险者,其为文人,必不知其亦为天下之一痴情者也。惟英雄乃能多情,其说果然。③

这段话至少传达了两层意思:一是,岳群是一个为国征战的时代英雄;二是,岳群不仅是勇士、冒险者、文人,还是一个多情人。这就为人物形象的塑造定下了一个基调。小说还着重呈现了岳群的诸种品行,一方面让岳群自抒其胸怀:"学问总须高尚,方足自立世间。吾思吾国之弱,吾辈开通人,尚不思求一二实学,为国家少尽吾力,生也何为?"④这一自述,强调了其为国家而努力学习的情怀。另一

① 饮冰室主人:《侠情记传奇》,《新小说》,1902 年,第 1 期,第 154 页。
② 饮冰室主人:《侠情记传奇》,《新小说》,1902 年,第 1 期,第 156 页。
③ 天民:《岳群》,《月月小说》,1907 年,第 9 期,第 75 页。
④ 天民:《岳群》,《月月小说》,1907 年,第 9 期,第 76 页。

方面,小说还写了岳群打猎、击剑,和唱岳飞的《满江红》词,从多个方面来突出岳群这位少侠的不凡品质。虽然小说并未完成,人物形象的塑造也只进行到中途,但《岳群》中的少年侠士形象,应作如是观。

抱着类似认识的作品还有很多。周瘦鹃《中华民国之魂》将故事背景设定为清末的革命时期。在这一紧张的氛围之中,华家兄弟为忠于朝廷还是投身革命产生分歧。剑秋的《好男儿》写青年夫妇傅亚侠和朱婉娘,一个参加革命军,另一个参加红十字会,为祖国出力。小说还特意写到了二人婚后生活的一个场景。小说写道,二人在灯下读书,当读到"可怜无定河边骨,犹是春闺梦里人"时,亚侠表明了愿为祖国牺牲性命的志向,而婉娘也明确表达了对他的支持,少年男女互相扶持、愿意为国牺牲的精神世界由此生动呈现。《奇男侠女》叙一少年郎,愤国家专制太甚,暗结团体,思图改革,后参加革命。为配合人物的行动,小说中穿插了不少具有革命特征的言论,如:

> 寰球各国,政体不一。有专制者,有立宪者,有共和者。专制政体,首推中国及俄罗斯,此外若阿富汗、波斯、土耳其、亚比西尼亚等国。所为专制者何? 万机独断,遵守一二陈腐之主义,禁遏一切新奇之议论,人民皆慑服于其淫威之下,不能发达其文明思想。不知愈压制,则愈激烈。若以石投沸汤,未有不溅起者,此所以酿成政治革命之风潮也。①

正是这些言论,明确表达了对专制政体的反对,点明了故事发生的背景,强化了时代感,当时的中国读者能够在阅读小说的过程中对世界发展大势有更充分的认识,也使得少年英雄勇于面对时代洪流和国族困境的形象树立了起来。

第二,诸多作品强调了少年英雄的多情特质。这一特质,往往落实在郎才女貌、琴瑟和谐的情节模式上。小说《岳群》中道:"然'情网'二字,人之也易,其出也难。故即有绝大伟力之大英雄,亦万万不能出之,矧岳生乎?"②由此为小说中大力描写的岳群、寿奴之爱作了一个解释。为了使此爱更容易为人接受,小说着力描写了岳群的形貌与气质:

> 面如冠玉,体长腰细,双眉斜飞入鬓,目作丹凤态,光艳射人,貌威而不厉,言语温和,每猎常服蒨色衣,冠齐眉。持枪而出,同学者咸曰状类拿破仑。是宜有艳

---

① 太一:《奇男侠女》,《亚东小说新刊》,1914 年,第 1 期,第 1 页。
② 天民:《岳群》,《月月小说》,1909 年,第 24 期,第 16 – 17 页。

福者,兼以文学上人,邑有以才士称之。①

这种兼具中外英雄豪杰之长的相貌,无疑是最能够引领时代潮流的。小说同时还描写了能与岳群相配的理想女性寿奴的形象,男才女貌的模式由此呈现。这一写法得到不少作者的青睐,如《侠女奇男》中也着力描写了少年男女的出众容貌。当然,对于多情人而言,长相固然不容忽视,对于爱情的忠贞则显得更为重要。《好男儿》在描写傅亚侠和朱婉娘的关系时,也对一些重要因素加以突出说明。如:"二人少同里,长同学,及后,又同肆业于上海,年既相若,学业性情又相等,课余及星期日,时时携手同游,盖各以未婚夫妇相视矣。"②由此可知,二人都是受新式教育的新人,是同志式的情侣。《中华民国之魂》中,华家兄弟之间的矛盾还存在一个焦点,那就是谁能获得袁倩云姑娘的爱情。华家骥说:"自忖吾生一无所恋,舍爱祖国爱自由爱已故父母外,实爱彼花娇玉洁之倩云,而倩云亦复爱吾,一寸幼心,似结成万缕情丝,而纠于吾身。"③这对青年男女的痴情由人物现身说法来加以表白与剖析,更具说服力,也更显英雄的多情本色。《奇男侠女》写少年遭拘捕时,有拘留所所长女儿深明大义,帮助他,并因此逃出家门。少年后逃脱,进大学研究科学,并邀请女子进女学校。二人参加革命,并在革命胜利后归隐。此二人,可谓患难情深。这一情节安排,其实是才子落难、佳人相救的模式与男女志同道合的模式的结合。以上种种,从不同层面描写了少年英雄的美好爱情,可谓神仙眷侣,令人神往。

当然,对于小说中的少年侠士们来说,爱情之于为国献身,是属于锦上添花的部分。这一点,在《好男儿》中被特意点明。傅亚侠在给妻子的信中写道:"夫战死,荣誉也。为祖国而战死,尤荣誉之荣誉也……不敢以儿女私情误国家大事。"④这是明确地将国家大事置于儿女私情之上,符合人们的期待。类似的设定还可见于《并蒂痕》。当好男儿由爱准备投身革命之时,福兰也表示鼎力支持。女子的支持和牺牲在这些作品中几乎如出一辙。表面看来,在小说中,侠义精神发挥到极致,往往男女不能厮守,爱情因而受损;但这些写作的佳妙之处在于,在小

① 天民:《岳群》,《月月小说》,1908 年,第 14 期,第 7 页。
② 剑秋:《好男儿》,《礼拜六》,1914 年,第 11 期,第 11 页。
③ 瘦鹃:《中华民国之魂》,《礼拜六》,1914 年,第 26 期,第 5 页。
④ 剑秋:《好男儿》,《礼拜六》,1914 年,第 11 期,第 13 页。

说所设定价值体系中,这种牺牲行为往往使爱情更有价值,甚至于接近永恒。《并蒂痕》中,小说的叙事者直接边叙边评地说道:仇由爱"忍背乡井、别妻子,暴骨沙场,以马革裹尸者,实久羁缚于专制政体下,抑郁不伸,思以身殉社会,求所谓平等自由,以拯救同胞于水火……辛福兰女士以爱家国而移爱其夫,侠情勃发,效木兰从军,欲比美红玉。"①木兰、红玉乃是千古留名的人物,拿小说中的人物与此等人物作比,可见作者对少年英雄及其伴侣的评价之高。

三、与人物塑造相匹配的叙事

在这些着力描写具有强烈时代特征的少年英雄的侠义小说中,为了与人物的先进性相匹配,小说的写法也相应地有了较大的变化,现略取其一二,加以分析。

梁启超《侠情记传奇》的开头是:"扰扰群龙世界,亭亭似水流年,雨打斜阳,天黏芳草,那够我侬消遣。望月华故国三千里,怨锦瑟无端五十弦,奇情除问天。"②虽然此为"传奇",但先言景色,再谈人情的写法,却为后来的小说所沿袭和继承。如《古刹中之少年》的开头便着力营造了一种不同寻常的氛围:

黄昏风雨,天黑如盘,夜气寂寥,四无人迹,此时有少年,兀坐斗室中,把酒自酌,手一青萍,时时拂拭,若甚珍惜。剑光黯然如水,寒气袭人肌肤起栗,而壁上孤灯亦为之荧然无焰,似有无数冤鬼,绕此少年肘下而泣者。盖此区区三尺,已不知砍却几许好头颅矣。③

此少年是谁?氛围又为何如此阴森?这样的小说开头,能够将紧张感迅速地传递给读者,从而有利于故事情节的展开。另有一些作品,借小说开篇的风景描写,进一步优化故事的讲述方法,着力构建小说的倒叙结构。如剑秋的《好男儿》就采用了这样的开头方法:

夕阳如血,射玻璃窗幕而入,室中阴森之气为之一展。斯时也,乃有一少年军官,侧其首,僵卧于血色之褥上,血濡濡自肋旁下,嚙其齿不作一呻吟语。旁坐一女子,作看护妇装束,一手抚创口,一手以白丝巾拭去肋旁之血,且拭且微叹……俄闻枪声历历起,自东北忽远忽近,少年乃张目问曰:"我军登山矣乎?"女子答曰:

---

① 段庐:《并蒂痕》,《生计》,1912 年,第 1 期,第 6 页。
② 饮冰室主人:《侠情记传奇》,《新小说》,1902 年,第 1 期,第 153 页。
③ 无我:《古刹中之少年》,《礼拜六》,1914 年,第 22 期,第 40 – 41 页。

"登山久矣,我军且追奔逐北也。君其毋虑。"少年乃鞑然而笑。①

这种写法的好处是,将小说的精华部分提前呈现在读者面前,同样会提起读者的阅读兴趣。

在叙事方面,《中华民国之魂》与同时代的小说作品相比,是较为独特的。这篇小说的开头,不仅采用了风景与人物活动相结合的倒叙方法,其中还包含了更具新意的写法,就是突出强调了人物目光的区别:"眸子瞳瞳,俱洞黑如点点漆,第一则目光现英武勇鸷之色,一则呈狡狯忍刻之状。兄弟容止奇肖,惟此两双眸子,羞堪区别。知彼英武勇鸷者为弟,而狡狯忍刻者兄也。"②就这段文字而言,"知彼英武勇鸷者为弟,而狡狯忍刻者兄也"这一句本可以不写,在下文通过人物对话等方式来自然点明,不过作者还是这么写了。之所以作这样的处理,关键还是受中国传统小说写法的影响,需要在小说开头明确人物的身份。但是,更值得注意的是,小说在强调二人的区别时,用了"惟此两双眸子,羞堪区别"的表述。俗语有云:眼睛是心灵的窗户。强调用眼神来区分人物,实际上是突出人物内心的差异,这一写法在清末民初的小说中还不多见。

除了开头之外,《中华民国之魂》在叙事上有不少值得一提的创新之举,其中之一是小说情节的场景化。小说全文分五个部分,每个部分皆为一个独立场景。其中,第一部分的主要内容是兄弟争论,第二部分的主要内容是华家弩冒充家骥骗倩云之爱,第三部分的主要内容是家骥在战场英勇杀敌,第四部分是家弩以倩云之爱骗家骥代其入狱,第五部分主要写倩云法场救家骥。与同时代诸多作品所采用的传统小说叙事方式相比,这部小说,在故事情节的场景化处理方面,是很有新意的。究其原因,应与作者周瘦鹃此时期丰富的小说翻译经历有关。当然,这种写法,在当时的其他侠义小说中也略可见,如《岳群》已发表的部分分为五个章节,其标题分别是:初会、晚霞中之寿奴、洗心、(第四章缺标题)、病寿奴。这五个章节的标题分别总结了本章的最重要内容,各章节虽不是由单纯的个别场景组成,但在小标题的引领下,其内容也能够较好地凝聚在一起,呈现出场景化的特征。

《中华民国之魂》在每个部分当中以人物对话来替代作者陈述的写法,也有其

---

① 剑秋:《好男儿》,《礼拜六》,1914 年,第 11 期,第 11 页。
② 瘦鹃:《中华民国之魂》,《礼拜六》,第 26 期,第 4 页。

特别之处。如小说的第一部分有如下对话：

骥怒呼曰："吾唾汝面矣！汝只合作满虏涤器奴去耳！"

驽伸拳作势曰："汝叛贼，吾且扑杀汝！"

骥之面立赤如血，血管怒张若铁线，目熠熠怒射，如严下电，大呼曰："何谓叛贼？汝其有以语吾来！"

驽曰："汝食大清之毛，践大清之土，深恩厚泽，不知图报，乃妄萌贰心，背吾大清，是非叛贼而何？"

骥嗤然作冷笑曰："汝实叛贼耳！吾问汝，汝身为汉家赤子乎？汝列祖列宗非汉家苗裔乎？汝今不忠于汉家，而忠于异族，斯叛贼耳！"

驽旋其踵，厉声言曰："乃公且凭此满腔忠血，保吾大清三百年天下去，殊无暇与汝哓哓，汝竟顽梗不从吾行乎？"

骥毅然答曰："誓死不汝从！"①

从这段对话可以发现，作者将人物的表情、动作与语言有机结合，让人物自己出演自己，在人物立场和性格等的表现方面已经显得较为成熟。而小说在表现对话关系中，将段落分行排列，则进一步优化了故事讲述的节奏。这种写法同样也出现在一部分清末民初的侠义小说中。如早在1904年，陈景韩在《路毙》一文中，也曾采用类似写法，并且产生了一定的影响。1923年，胡寄尘在《星期》杂志上发表《侠少年》一文，在该文的序言中，他说："'侠客谈'者，约十余年前陈景韩先生所著也。书中之文，昔曾寓目，今复读一过，弥觉其爽快可喜。近《星期》将出版'武侠号'，余即仿其体以成此篇。"②由他的这段言论可知，陈景韩的小说写法，有"爽快可喜"之效。而此评语，不仅可用于周瘦鹃的《中华民国之魂》，同时也是侠义小说本来就该提供给读者的一种阅读观感。在这些作品中，小说的叙事方法与人物塑造、主题烘托能够相辅相成，给读者以更好的体会。

朱志荣说："在继承传统文学技法的同时，现代通俗文学作家又从外国小说中汲取营养，并在与新闻学的互动中对旧有的技法进行改造，或直接使用新的创作技巧，现代通俗文学在新旧中外文学的双重滋养下成熟起来。"③从以上分析可

① 瘦鹃：《中华民国之魂》，《礼拜六》，第26期，第4-5页。
② 胡寄尘：《侠少年》，《星期》，1923年，第50期，第1页。
③ 朱志荣：《中国现代通俗文学艺术论》，上海：上海三联书店，2009年版，第84页。

知,清末民初部分侠义小说的作者,在学习、借鉴外国小说技巧的过程中,能够将其巧妙而适当地用在写作中,从而使人物形象的塑造与小说叙事风格更为有机地结合,作品的质量因此而得以提升。

第二节　传统与现代之间的时代女侠

自唐传奇以来,小说中就不乏女侠,其突出者,如红线、聂隐娘等,一直被人们提及。《初刻拍案惊奇》当中的部分篇章就提到了包括以上人物在内的多位女侠,当下又有相关影视作品问世,历经千年而魅力不衰,可见其深入人心。研究者对此也多有关注,如《论唐人小说中的侠女形象及其影响》①详细分析了唐传奇中的女侠形象,《明清文人心态与唐侠女形象的嬗变》②重点阐述了明清文学对于唐代侠女的改编,《从唐人女侠传奇到 21 世纪女性武侠》③则指出了从唐到当代小说中的女侠形象一以贯之的女性主体性。这一现象固然可贺,但也暗含隐忧:似乎女侠的艺术形象在唐朝就已经固化,后人只能是沿此设定亦步亦趋,或小幅调整。实际上,文学史的发展并非如此乏味。清末民初时期,不少小说作者曾顺应时代要求,书写了一批投身革命的女性英雄,突破了唐传奇的藩篱。关于这一点,《论清末民初小说中的“英雌”想象》④、《雌风吹动革命潮——晚清小说内外的“英雌”学生析论》⑤等文曾予以关注,并以“英雌”命名,突出了这一种女侠形象的重要特征。不过,如果将更多的小说文本纳入阅读视野,则可以发现,这一“英雌”概念还难以完全涵盖清末民初女侠形象的核心内质。围绕女侠形象的塑造,此时的不少作者在传统与现代之间做出倾向明显的选择,但也有相当一部分在二者之间

---

① 王昕:《论唐人小说中的侠女形象及其影响》,《文学评论》,2009 年第 3 期,第 157 – 161 页。

② 陆学莉:《明清文人心态与唐侠女形象的嬗变》,《文艺研究》,2009(6):166 – 168 页。

③ 杨萍:《从唐人女侠传奇到 21 世纪女性武侠》,《西南大学学报》(社会科学版),2008(4):37 – 41 页。

④ 李奇志:《论清末民初小说中的“英雌”想象》,《中南民族大学学报》(人文社会科学版),2007 年第 4 期,第 150 – 153 页。

⑤ 黄湘金:《雌风吹动革命潮——晚清小说内外的“英雌”学生析论》,《南京师大学报》(社会科学版),2015 年第 3 期,第 126 – 135 页。

徘徊,从而显得既丰富又复杂。此时期小说中的女侠形象折射出一个时代的格局和气象。

一、革命潮起与欧风东渐

清末民初的小说作者对女侠形象的关注和书写,受到两种因素的影响,一为在世界革命风潮中女性英雄的不断涌现,一为国外致力于描摹理想女性的文学作品被不断译介。此二者为女侠形象的塑造提供了代表时代潮流的参照系。

此时期精英知识分子对革命女性的咏唱声调极为高亢。1900 年,《清议报》载日本石川半山的《论女权之渐盛》,该文是近世中国女权运动的重要文献。其云:"欧美女子权力若是其盛,而未有参政之权,故无从与男子齐驱并驾,于平等之义犹阙焉,于是准女子参政事议出。"①在此类言论的影响下,中国早期持女权主义立场的女子们,多参与政治、投入革命,并被赋予"女侠"的名号。这些女子中社会影响最大的,莫过于女侠秋瑾。秋瑾在《敬告中国二万万女同胞》一文中说:"诸位晓得国是要亡的了,男人自己也不保,我们还想靠他么? 我们自己要不振作,到国亡的时候,那就迟了。"②秋瑾等人将自身的解放与国族危机紧密结合,她们在这方面的付出与牺牲,得到了精英知识分子阶层的高度认同。在当时部分知识分子的认识中,秋瑾不仅是一位为女性解放而奋斗的英雄,更是为全中国同胞的福祉而牺牲的侠客。这种认识,不仅是对于秋瑾这一独特个体的态度,在某种程度上也是对女侠这一形象之本质特征的理解与期待。秋瑾在此时代的影响力是不断绵延的。《呜呼鉴湖女侠秋瑾之墓》刊载于《竞业旬报》1908 年第 37 期,详细讲述了秋瑾逝世和下葬的历程,又分析了各方势力的博弈,以及秋瑾之坟再次被平的结果,在激烈的指责中明确表达了对英雄的敬仰。其他凭吊鉴湖女侠的诗词散见于各类报刊,如《法政学报》1913 年刊登吴芝瑛女士(秋瑾遗体收葬者之一)等人所写悼诗多首,诗云:"昔日同游地,今朝来哭君。百年谁不死,三尺此孤坟。时事哪堪道,英灵自有群。行人痛冤狱,掩泪话殷勤。"③其后又有多首类似诗词发

① ［日］石川半山:《论女权之渐盛》,《清议报》,1900 年,第 47 期,第 8 页。
② 秋瑾:《敬告中国二万万女同胞》,《中国社会思想史资料选辑·晚清卷》,南宁:广西人民出版社,2007 年版,第 374 页。
③ 吴芝瑛:《悼诗》,《法政学报》,1913 年,第 1 卷第 1 期,第 1－2 页。

表,直至 1920 年代依然不绝,也从另一角度印证了吴女士诗句"英灵自有群"的认识。秋瑾的时代影响力的不断延续,暗示着这个时代的精英知识分子对其所代表的价值观的认同。这一认同,构成了一种独特的文化氛围,为清末民初小说的女侠书写提供了较为坚实的社会基础。

秋瑾的同行者广泛分布于海内海外。《女子世界》1907 年载《记露女侠暗杀事》一文,讲"虚无党员诛残酷贱奴麦突斯"事,文章的最末评论道:"夫露西亚国民,其所希望者,政治问题耳。然国人昵就党人而拥护之也如是;其栈伙之追少女也,不肯竭力以追及之;其途之人且出力以掣动之;寻其马夫之所出,则又有为之地主者焉。噫,可惊也已。"①此评论强调了女侠的英勇与民心趋向的关系,由此明确了一种社会合力的存在。《记俄国女侠马里亚事》(《新世纪》1908 年第 45 期)讲"他吴薄"省城代理总督罗延诺甫性情乖张,苛虐乡民,全省人民恨如切骨,于是女侠马里亚除暴安良,暗杀了总督。文章特意收录马里亚对自己的受刑过程进行详细描述的书信,以此突出女侠英勇无畏的精神。以上两篇,各有其来历,《记露女侠暗杀事》一文,杂志清楚注明录自于右任创办的《神州日报》;而《记俄国女侠马里亚事》,则讲述了俄罗斯社会革命党人玛丽亚·司披利多诺瓦的故事,日本学者樋口进在《巴金和无政府主义》一文中对此予以证实。② 除此二位外国女侠,还有一批本土女子现身说法。《妇女时报》1911 年第 5 期登载女英雄照片,分别为《中国女侠叶静子女史西装小影》、《中国革命军女侠林原高子女史日装小影》,林原高子注明为林则徐孙媳,照片时代气息浓烈,颇有号召力,也可见这个时代对于女侠的革命者身份的基本设定。

与此同时,翻译文学中的女侠形象也为本土小说的书写提供了有益的借鉴。《女子世界》自 1904 年第 8 期开始,连载周作人翻译的《侠女奴》。译者在前言中评论此"侠女奴"时,希望能以这种人物形象来唤醒国人,不做奴隶。从这个实用性的角度出发,也就能够理解周作人翻译此小说的目的。周作人在翻译过程中,对小说的故事情节进行了一定的修改,将女奴最终的去向由原来的结婚改成了侠隐。作者的改写有助于照顾国内读者的阅读习惯,在此基础上使理念更好地传

---

① 《记露女侠暗杀事》,《女子世界》,1907 年,第 2 卷第 6 期,第 8 页。

② [日]樋口进:《巴金和无政府主义》,《巴金研究在国外》,长沙:湖南文艺出版社,1986 年版,第 280 页。

递,这也可以算得上是一种策略。围绕《迦茵小传》的翻译,历史上曾起波澜,可资佐证。但从文学翻译的标准来看,这样的改写是否合适? 此时恐怕是一个难以回答的问题。但从年轻的周作人所做的选择看来,思想理念的传递比文学翻译的"信达雅"更为重要。

此时翻译文学推出的女侠形象,其侠义精神往往与国民意识联系在一起。梁启超说:"以一国之民,治一国之事,定一国之法,谋一国之利,捍一国之患,其民不可得而侮,其国不可得而亡,是之谓国民。"①由此可知,"国民"一词的内涵至少包括权利、责任、独立、自由,"国民"及其所代表的价值体系,系舶来品,培育"世之奴骨天成者"的文化土壤本难以生成,翻译文学为其引入提供了途径。20 世纪初,崇岳在《直隶白话报》发表的《日日新室杂录》以笔记体的形式,记录了不少海外女子的故事,虽很难说是翻译文学,但也颇为接近。其《七岁女童亦知爱国》等篇,写美国、法国等国家女子爱国的情怀,再配以评论,呼唤、督促女同胞觉醒的目的性非常明显。而《侠女》一篇,赞美的则是女子见义勇为的精神,实质上是爱群的品质。小说写一名英国灯塔看守者的女儿,勇敢下海,救出数名遇难者。一个平民女子,能有如此举动,无疑当得起"侠女"二字的评价。爱国之情、救人之举,胜在常人也可仿行;侠女的平民身份,更是强化了小说与现实的关联,增添了故事的引导性。《侠女》最后说道:"女子都能如是,做男子的不更当勉励吗?"②时人一般皆愿女子觉醒,而此论以女子来鞭策男子奋进,较为少见。可见在作者看来,需要觉醒的,不仅是女子,也包括男子,乃是全体民众。发表于 1924 年的译作《侠女凤娜传》,写协约国间谍刺探德国军情,得凤娜帮助,凤娜自言此乃"国民之天职"。此论一出,便将"侠"与国民意识明确联系在一起,从而使"侠"的品质获得了更具现代意味的概括。这篇小说的开头也颇为有趣,它写道:

既而酒酣,一人乘兴言曰:"今敢以数十年来之经验,下一断语,天下之妇人,皆玩具耳,一美丽之玩具耳。其才能,除博人爱情外,无他长矣。"是时吾老友杰晤起而言曰:"若言非信,窃谓妇人之才智,有时直能驾吾人而上之,君言乃触吾一故

---

① 梁启超:《论近世国民竞争之大势与中国之前途》,《清议报论说》,1901 年,第 1 卷第 1 期,第 34 页。

② 崇岳:《侠女》,《直隶白话报》,1905 年,第 2 期,第 4 页。

事。思念及兹,吾当先浮一大白,再为诸君告之,以证吾言之非妄言。"①

这种抬杠式的对话使侠女凤娜的故事更易获得关注,随着故事情节的推进,读者对于能在才智方面超过男子的妇人的期待必然会得到充分的满足,男女平权的认识也借此机会深入人心。编辑王钝根对这篇小说的叙述技巧极为赞赏,应该也包括对这一小说开篇的认同。

剑平在小说《侠女》的开头说:"惊涛骇浪,血花四溅,玉颈粉身,染之即赤。吾读露西亚革命史,不禁眼枯泪干,而罘然想望一可敬可贵之奇女子也。"②此言证实了翻译小说与原创文学的一种内在关联。在西学东渐的大背景下,西方现代文化对于女性国民身份的强调,通过翻译者"侠"的命名,实现与中国传统文化的嫁接,逐步改变了国人对女侠的传统认知,进而影响到国人的女性观和国民意识的建构。

二、政治女杰与理想青年

此时的小说家,受国家民族危机的刺激,沉浸于激愤而悲情的时代语境,很难不受感染;而以上的种种文字,往往又进一步启发了作家的文思,小说对于革命女侠形象的书写势在必然。

维新派人士最先将体现其政治诉求的外国女侠纳入小说的世界。1897 年,梁启超在《倡设女学堂启》一文中曾经说:"夫男女平权,美国斯盛;女学布濩,日本以强。兴国置民,靡不始此。"③由此可知维新派对于女性解放之于国家富强关系的基本认识,"男女平权"可被视为"新民"思想体系的一个重要组成部分。这一认识在文学中的呈现,是通过对外国政治女杰的描摹,呼唤国内女英雄的出现。1902 年,《新小说》杂志第 1 期开始连载的《东欧女豪杰》中,着力描写了一群以苏菲亚为首的致力于反抗强权的俄国女性。小说用"女豪杰"来指称这些女子,她们可被看成是 20 世纪小说中新式女侠形象的发端。该文作者"岭南羽衣女士",经考证,实为罗普,康有为弟子之一。批者"谈虎客",系韩文举,亦为康门弟子。小说中,叙事者评论道:

① Herve Sehwedersky:《侠女凤娜传》,《社会之花》,1924 年,第 1 卷第 12 期,第 1—2 页。
② 剑平:《侠女》,《滑稽时报》,1915 年,第 1 期,第 1 页。
③ 梁启超:《倡设女学堂启》,《时务报》,1897 年,第 45 期,第 4 页。

我们女儿,现在是受两重压制的。先要把第一重大敌打退,才能讲到第二重……近来不是在我们里头造出许多政治上有关系的女英雄吗?……你们专制暴虐的人听者,现在时势已经变了,强权是用不着了,你不信,试瞧瞧那地球上第一个大权力大威势的人岂不是被几个极娇小极文弱的女孩儿弄倒吗?①

《新小说》何以连载《东欧女豪杰》这一政治意味极为强烈的小说?叙事者的评论实际上已经作了解释。在他们看来,女子受到强权和男权的双重压制,而需要首先推翻的,便是强权的压制;至于男权,尚在其次。《新小说》的创办,旨在新民,而《东欧女豪杰》中的这些言论,其目的是"使国人能感知,以便在潜移默化中接受小说想阐释的政治思想",②小说很好地体现了杂志创办者的办刊理念。

《东欧女豪杰》给同行者提供了话题,并由此形成了群体共识。《东欧女豪杰》的影响,有文字记载的,集中显现在《女子世界》等期刊所刊载的关于这篇小说的诗词唱和方面。由罗普本人撰写的《东欧女豪杰中作》刊载于《女子世界》1904年第4期,诗云:"天女天花悟后身,去来说果复谈因。多情锦瑟应怜我,无量金针试度人。但有马蹄惩往辙,应无龙血洒前尘。劳劳歌哭谁能见,空对西风泪满巾。"③这些诗句写得比较隐晦,还看不出作者明确的诉求,但其他应和诗词的诉求就非常明显了。此类诗词,有刊登于《女子世界》第4期君武所作的《和羽衣女士东欧女豪杰中作》,以及刊登于第6期的同怙所作《甲辰春夕独坐挑灯偶读羽衣女士东欧女豪杰唱和诗神韵魄力迥异寻常唤起国魂断推此种依韵感和》、第8期汪毓真所作的《读东欧女豪杰感赋》,汪诗云:"慷慨苏菲亚,身先天下忧。驰驱千斛血,梦想独夫头。生命无代价,牺牲即自由。可怜天纵杰,不到亚东洲。"④该诗固然不算是优秀诗作,但读来颇有直抒胸臆之感。此外,冶民发表于《江苏》1903年第7期的《读羽衣女士东欧女豪杰有诗二章依韵和之》,亦有类似表达:"莽莽神州似乱纷,谁知巾帼愧须眉。绞枯爱国千行泪,收拾情天一局棋。未死春心犹裹茧,已灰侠首为投魑。宝鞘龙剑今何在,此事当年聂姊知。"⑤直接将苏菲亚比作

① 岭南羽衣女士:《东欧女豪杰》,《新小说》,1902年,第1期,第34-35页。

② 蔡爱国:《梁启超与二十世纪历史小说的发源》,《明清小说研究》,2008年第2期,第175页。

③ 岭南羽衣女士:《东欧女豪杰中作》,《女子世界》,1904年,第4期,第4页。

④ 汪毓真:《读东欧女豪杰感赋》,《女子世界》,1904年,第8期,第15页。

⑤ 冶民:《读羽衣女士东欧女豪杰有诗二章依韵和之》,《江苏》,1903年第7期,第143页。

了聂隐娘,点明了诗作者对小说人物女侠身份的体认。以上种种诗句,大多将落脚点放在如何联系中国的现实上,放在对女侠的革命性的解读上,这是对《新小说》推出"东欧女豪杰"目的的应和,显然也是此时的精英知识分子围绕群体的时代使命逐步形成的共识。

也有一些作家将视线转向自身所处的这一时空,描摹了理想的青年男女形象。《侠女奇男》发表于1907年,对国昌和汉英这一对年轻夫妇的出众之处进行铺排。小说描述了夫妇二人的品貌:"(国昌)仪表上,卓荦人材,眉清目秀,比私塾中各童,翘然特异,正如鹤立鸡群一样……(汉英)性沉静,读书最慧,善工诗词,惟性爱华丽,裔兴夫妻,恒以掌珠珍之。俗所谓娇生娇养,未受文明教育,智慧尚未大开。"①可见是两个惹人怜爱的灵气少年。小说突出强调了国昌作为新知识分子的少年志气,同时又叙写了二人在洞房花烛夜的联语考试,一方面继承了才子佳人式的传统审美趣味,另一方面也是对夫妻志同道合的和谐关系的呈现。在此基础上,小说的情节脉络向革命的方向延伸:二人成婚之后,在国昌的提倡下,汉英即日放足,换上文明装束,双双去日本留学,并于学习之余,研究各国大势,以及中国何以如此衰弱等问题,并合著新书《中国还魂史》。金天翮在《女界钟》里曾对理想婚姻进行畅想:"我同胞欲实行其社会主义,必以一夫一妻为之基础:红袖添香,乌丝写韵;朝倚公园之树,夕竞自由之车;商量祖国之前途,诞育佳儿其革命。"②小说所写的婚姻生活,大致与之相类同。至于《中国还魂史》,该书虽不可考,但其时有诸多类似著作出版。《大陆》杂志曾于1904年载《政府严禁书报》一文,列出了当年清政府公布的查禁书目,其云:"近闻南中各书坊报馆,有寄售悖逆书,如《支那化成论》、《支那革命运动》、《新广东》、《新湖南》、《浙江潮》、《并吞中国策》、《中国自由书》、《中国魂》、《黄帝魂》、《野蛮之精神》……种种名目,骇人听闻,丧心病狂,殊堪痛恨。"③与此相对照,可见作为一种符号的《中国还魂史》所代表的时代写作潮流。以上种种情节,几乎占据了小说的大半篇幅,写就了当时进步知识分子的典型人生履历。小说字里行间依然有男子主导的意味,但女性毕竟走出了家门,走出了国境。传统与现代的紧密结合,照顾了两种阅读趣味,又或

---

① 伯耀:《侠女奇男》,《中外小说林》,1907年,第9期,第54页。
② 金天翮著,陈雁编校:《女界钟》,上海:上海古籍出版社,2003年版,第79—80页。
③ 《政府严禁书报》,《大陆》,1904年,第2卷第3期,第13—14页。

者是,照顾了在两种阅读趣味之间摇摆的一类读者。

革命女性在历史潮流中的勇敢作为,使此时期的小说在女侠形象的书写方面获得了更多的资源,并因此而出现了写实性的创作趋向。天忏所著《女侠传》,开始连载于《大共和画报》1915 年第 24 期,写了李小媛、扈隐红、吴淑卿、史啸琴、林韵芬等多位奇女子的故事。关于这些女子的身份,小说中曾分别提及,如李小媛系秋瑾的学生,"虽厕身女界,颇有男子慷爽气,且夙具慧根,经女士灌输,亦渐抱种族思想。久之,女士遂引为同调。"①在小说中,这些女侠都有着各自生动的经历,如李小媛遇匪首王天纵,鼓励并帮助王练兵,参加革命,在关键时刻出谋划策,为胜利立下大功;革命胜利后,在小媛充满识见的提议下,二人归隐。扈隐红督促丈夫阿福念书、入伍,阿福在革命中牺牲,她说:"大丈夫,以颈中碧血,牺牲民国,固应尽之天职。然大功未建,遽尔身死,逝者之目不瞑矣。虽然,吾行竟其志。"②隐红自己又混入张勋府中刺探机密,使革命军赢得胜利。吴淑卿自陈其择偶对象的标准是:

仗三尺剑,断胡儿头,推倒满清政府,建造共和民国,此其人,儿愿以身事之。否则,素抱种族思想,奔走海内,号召同志,拼大好头颅,与满奴一掷,事成,为当代伟人;事败,亦博死后荣誉,儿亦可降格俯就。不尔者,宁终贞耳。③

简而言之,她要选择的理想夫婿,即为革命英雄。淑卿又上书黎元洪,被委任组织女子北伐队,战功赫赫,而不居功。每一篇的篇幅虽不长,但凡是这一类能够突出人物精神特征的部分,作者总是不吝文字。《女侠传》虽为"札记小说",但吴淑卿等部分人物于史可考,由此可知,从苏菲亚到李小媛、吴淑卿等,中国的女性解放,从文学到现实,迈出了实在的一步。只不过,李小媛的最终选择是归隐而非参政,又给这一进步增添了一条灰色的尾巴。

在女侠形象的塑造方面,蒋景缄的杂剧《侠女魂》同样也是一部值得重视的作品。对这部作品的解剖,有利于更好地理解女侠形象的生成过程。该作品刊载于晚清刊物《扬子江小说报》第 1 期——第 5 期,它虽然算不上一部杰作,却是一部颇受关注的作品。阿英的《晚清文学丛抄·传奇杂剧卷》曾收此作,不过仅录《足

---

① 天忏:《女侠传·李小媛》,《大共和画报》,1915 年,第 4 卷第 25 期。
② 天忏:《女侠传·扈隐红》,《大共和画报》,1915 年,第 5 卷第 8 期。
③ 天忏:《女侠传·吴淑卿》,《大共和画报》,1915 年,第 5 卷第 15 期。

冤》一折。因《扬子江小说报》极为难寻，故而后人往往误认《侠女魂》只存阿英所
录《足冤》一折。但即使仅此一折，所得评价也已比较高了。一般谈及晚清戏剧的
女性解放主题的文字，往往都会提及此剧。陈芳《晚清古典戏剧的历史意义》中的
观点比较具有代表性，该书指出：《足冤》中的胡仿兰，"其为妇女解放运动牺牲生
命，显见已有女性的自觉"。① 后又有王汉民、刘奇玉的《清代戏曲史编年》②和左
鹏军的《晚清民国传奇杂剧文献与史实研究》③等书，指出《侠女魂》实由五折组
成，为其他学者的研究提供了更坚实的基础。如果结合当时的文艺潮流，将此五
折戏作综合的观察，必然会对《侠女魂》产生更为全面的认识。

　　刊载《侠女魂》的《扬子江小说报》，是一本办刊时间比较短暂的文学期刊。
据《中国近代文学大系·史料索引集》，该刊 1909 年 5 月创刊于汉口，1909 年 9 月
停刊，共出刊 5 期。④《中国近代文学大系》仅收其 2－5 期的目录，未见创刊号目
录。而阿英在《晚清戏曲小说目》中所述，应是第 1 期所刊载的内容。其云："《侠
女魂杂剧》……谱清季八女侠事，各一出。死于革命之秋瑾，死于放足运动之胡仿
兰，皆各得一席。首有作者自序，及其夫人所作序。后序对八人史实，各有介
绍。"⑤阿英的这段描述为后来的诸多研究者所重视，具有较高的资料价值。因
《扬子江小说报》第 1 期的缺失，阿英的记录，如"清季八女侠"等，有助于人们了解
蒋景缄写这部戏的最初设想。除了《足冤》外，目前可搜集到的《扬子江小说报》
第 2－5 期，分别刊载了《拒烟》、《兵解》、《探狱》和《赠金》等四折。也就是说，实
际上计划中的"清季八女侠"，今天所能见到的，只有胡仿兰、周苣香、秋瑾、张佛香
和段佩嬛等五位。之所以如此，很有可能是《扬子江小说报》就此半途夭折了。在
清末民初，私人办刊难度较大，后继乏力者诸多，不少期刊都曾出现与《扬子江小
说报》类似的情况。

　　《扬子江小说报》的主编是胡石庵。胡石庵在戊戌变法时期就与谭嗣同相识，
后又与唐才常有过合作，可算是维新派阵营中的一员。辛亥革命前后，又以自身

---

①　陈芳：《晚清古典戏剧的历史意义》，台北：台湾学生书局，1988 年版，第 256 页。
②　王汉民、刘奇玉：《清代戏曲史编年》，成都：巴蜀书社，2008 年版，第 378 页。
③　左鹏军：《晚清民国传奇杂剧文献与史实研究》，北京：人民文学出版社，2011 年版，第 177
　　－180 页。
④　魏绍昌：《中国近代文学大系·史料索引集(1)》，上海：上海书店，1996 年版，第 370 页。
⑤　阿英：《晚清戏曲小说目》，上海：上海文艺联合出版社，1954 年版，第 31 页。

力量在革命舆论的营造方面大力作为,也可算得上是革命派的一员。从《扬子江小说报》的目录来看,该刊物与梁启超的《新小说》杂志在构成上比较类似。为《扬子江小说报》写稿的作者当中,除胡石庵本人外,李涵秋、包天笑、蒋景缄等人都有较好的表现,尤其是胡石庵本人所撰的"爱国小说"《罗马七侠士》,很有《新小说》所载《东欧女豪杰》、《洪水祸》等小说的风范。《扬子江小说报》第 2 期刊载了一篇《本报对于爱读诸君之歉词》,当中也明确提到《新小说》对其办刊的影响,它说:"吾曩读《新小说》有言曰:'人情之嗜小说而恶正史,殆已为世人普通之性质,匪吾国为然,即考之太东西之人,亦莫不皆然,时无古今,地无中外,其理则一。'故今月《扬子江小说》既发现于世,其在阅者,盖靡不欢迎之者。"①从以上可知,把《扬子江小说报》视作汉口的《新小说》,大概是能够成立的。

这就能够理解,何以被阿英指称为"杂剧"的《侠女魂》,在《扬子江小说报》中被贴上"传奇小说"的标签。在《扬子江小说报》中,可见《侠女魂》的标题前面都有"传奇小说"四字,后有"小说之九"的标注。所谓"小说之九",是指在杂志上,排于《侠女魂》前面的,尚有八部小说。第 2 期排在《侠女魂》前面的分别是"爱国小说"《罗马七侠士》、"政治寓言小说"《蒲阳公梦》、"哀情小说"《梨云劫》、《湘灵瑟》、"侦探小说"《金钏案》、《蜂蝶党》、《新炸弹》、"传奇小说"《六如亭》等。实际上杂志各期篇目略有区别,《侠女魂》也并不总是排在小说的第九个。"传奇小说"一词何解?将戏剧视为小说,是清末时期特有的一种文学观点。1897 年,严复、夏曾佑发表《本馆附印说部缘起》,当中就提到:"其具有五易传之故者,稗史小说是矣,所谓《三国演义》、《水浒传》、《长生殿》、《西厢》、'四梦'之类是也。"②把戏剧纳入小说的范畴,这是严复和夏曾佑的创新之说,在此前,人们一般不作如是观,至少《四库全书》没有采用这样的分类方法。在《新小说》杂志中,梁启超的同仁们分别就这个问题发表了自己的观点。如定一说:"故中国小说界,仅有《水浒》、《西厢》、《红楼》、《桃花扇》等一二书执牛耳,实小说界之大不幸也。"③浴血

---

① 顿:《本报对于爱读诸君之歉词》,《扬子江小说报》,1909 年,第 2 期,第 2 页。
② 严复、夏曾佑:《本馆附印说部缘起》,《中国近代文学大系·文学理论集(2)》,上海:上海书店,1995 年版,第 248 页。
③ 定一:《小说丛话》,《新小说》,1905 年,第 2 卷第 3 期,第 171 页。

生更是直接地说:"中国韵文小说,当以《西厢》为巨擘。"①以上种种可见,在当时,有一部分研究者将小说与戏剧文本混为一谈。《扬子江小说报》将《侠女魂》列为小说,事实上是对这一种观点的继承。而其第5期所载《中国元明清大小说家一览表》中,王实甫、孔云亭等人大名列于其中,这更是明证。

《侠女魂》表现出关于女界"新民"的强烈的价值诉求。《侠女魂》凡五折,五位主要女子都有上场诗一首。上场诗对于一折戏的意义是毋庸置疑的,试摘录《侠女魂》其中部分上场诗句,可见其遣词造句的特征。如:"苦羁囚,准备离魂葬,抉不破文明障。"②(《足冤》)"绣幕寒尖,唾壶红泻,那更劳吞吐烟霞。"③(《拒烟》)"眼看他张罗罟,太行掩一指,制造成种族藩篱。"④(《兵解》)"黑暗乾坤狱吏尊,个中几辈楚骚魂。"⑤(《探狱》)"儿家不是悲秋客,黄种无依泪总零。"⑥(《赠金》)这五首上场诗都写得文意盎然,但从中能够很明显地找到具有时代特征和独特意味的词语,如"文明"、"种族"、"黄种"等等。"黑暗乾坤"、"烟霞"等词汇虽然不如上面几个词语那么醒目,但也能够体现出一定的关注视角和价值立场。这些词夹杂在上场诗中,古今杂糅,初看比较突兀,但考虑到1909年这样一个独特的年份,就能够明白作者的思想和眼界,也大致能够领略到当时思想界的一种共同的价值观。

上场诗当中隐约的价值取向,在剧中人物的自我介绍里被更清晰地表达出来。《拒烟》中,周苣香上场自述如下:"侬家周苣香,支那弱质,邗上名家。长适蒋门,凤敦静好,顾以慈萱遽谢,阶桂双萎,门祚凄零,姜菲浸润,积劳致疾,烦忧伤人,遂构沉疴,莫寻零药。"⑦由此可见,这是一个境遇凄凉的多愁多病女子,是足以引起同情的。但在其后的故事中,她宁可一死,也拒绝服用鸦片来止痛,这种坚定的意志与自我陈述中的境遇形成鲜明的对照,人物形象因而显得更为生动。当然,更多的剧本并不需要如此的铺垫,而是直接将主旨表达出来。《足冤》中,胡仿

① 浴血生:《小说丛话》,《新小说》,1903年,第8期,第175页。
② 蒋景缄:《侠女魂》,《晚清文学丛钞·传奇杂剧卷》,北京:中华书局,1962年版,第207页。
③ 蒋景缄:《侠女魂》,《扬子江小说报》,1909年,第2期,第19页。
④ 蒋景缄:《侠女魂》,《扬子江小说报》,1909年,第4期,第31页。
⑤ 蒋景缄:《侠女魂》,《扬子江小说报》,1909年,第3期,第23页。
⑥ 蒋景缄:《侠女魂》,《扬子江小说报》,1909年,第5期,第37页。
⑦ 蒋景缄:《侠女魂》,《扬子江小说报》,1909年,第2期,第19页。

兰上场时，便作如下的自我介绍："自家胡仿兰，托身虽在女界，生平素喜开通。每慨两万万同胞将荡平之天足，屈成弯曲的弓形，损害健康，自求桎梏，莫此为甚。因之躬为提倡，普劝戚畹。那姊妹姒娌们倒也颇为崇信，改革者竟自不少。"①从中显见，本折戏是要推崇放足的，而在当时，放足显然是女性解放的一个重要环节。又如《赠金》中，段佩环也有一段颇有意思的自述："自家浙杭段佩环是也，幼居沪上，长适武陵，饱玩湖山，钓游桑梓。夫子俞品璋氏，又能热心教育，汲引后生，在儿家却也无甚缺陷。只是我中国幅列地球，最先开化，今日外人相视，动夷吾人于犹太朝鲜，儿家不能以广厦之万间分同胞之一痛，值此山川寂寥、泉石凄怆，好不闷损人也。"②以一般人的眼光来看，段佩环的生活已属美满，但段依然并不满足，导致其不满足的原因，并不是自己的生活有什么缺失，而是心忧国家民族的地位和前途。

　　剧本所设置的矛盾冲突进一步强化了女界"新民"的价值诉求。《足冤》中，胡仿兰因鼓励姐妹放足，被其婆婆威逼服毒自杀。《拒烟》中，周苣香宁可病死，也不吸食鸦片。《兵解》中，秋瑾坚毅地奔赴刑场，无丝毫畏死之心。《探狱》中，张佛香的敬意令身陷囹圄的进步记者杜课园深受鼓舞。《赠金》中，段佩环的赠金举动令落难的应考士子王麐日心存感激，不再寻死。以上种种，或不惜生死以坚守信仰，或扶持他人以改良社会，故事中的女子在面临抉择时的种种表现是令人感动的。作者选择这样的题材，进行如此的铺排，传递的是处于历史变革期的人们对于女性自身解放和积极融入社会洪流的殷切期望。

　　这种期望在各折戏的尾声处得到了进一步的渲染。剧本往往在尾声处通过人物的自我剖析和咏唱，使主题更加明确。在《足冤》中，胡仿兰在临死前发出了呐喊："俺和你文明黑暗成瀣沆，却便将义务仔肩付渺茫。回头望望那女权鼎重，有若个敢重扛？我握拳透爪血承眶，河满曲，哀声放。"③从中显见人物内心的高度使命感。剧本也会用立意明确的散场诗来强化主题。如《拒烟》中便设置了如下的散场诗："光明女界自由花，晚节从容愿未差。垂死春蚕留纪念，不须惆怅玉

---

①　蒋景缄：《侠女魂》，《晚清文学丛钞·传奇杂剧卷》，北京：中华书局，1962 年版，第 207 页。
②　蒋景缄：《侠女魂》，《扬子江小说报》，1909 年，第 5 期，第 37 页。
③　蒋景缄：《侠女魂》，《晚清文学丛钞·传奇杂剧卷》，北京：中华书局，1962 年版，第 210 页。

钩斜。"①将周茝香的拒烟之举与"自由花"捆绑在了一起,该剧的思想意义顿时呈现。

关于《侠女魂》中的侠女形象,曾有学者提出疑惑:"此剧旨在揭露缠足给妇女造成的痛苦,剧名《侠女魂》,而从此折中未见侠女事迹,因此疑此剧未完成。"②此论当予以辨析。《侠女魂》五折戏中的"侠"的内涵比较丰富。《侠女魂》中的"侠"可分为三个层面。胡仿兰的放足、周茝香的拒烟,究其实质,是对女子自身的拯救,是对女子独立性的强调。她们的行为,体现的是中国女子从传统的附庸地位向具有现代性的独立个体的转变;她们的遭遇,说明了这一转变的艰难。虽然艰难,却能够坚持,这种不屈是侠的精神的重要组成部分。张佛香探狱、段佩环赠金,是对侠的"路见不平拔刀相助"式的利他主义精神的注解。这种侠的行径,尤其是段佩环的赠金行为,与古代戏曲中的书生落难、小姐相救的故事模式很接近;但之所以张佛香和段佩环被指认为女侠,是因为她们不求回报。《赠金》中就有如下的对话:

(旦)先生过奖,妾何敢当。笔墨之间,又不敢于妄答。只有留为纪念,志此一番盛情。先生珍重,妾去矣。

(末)未知何日,仰报高厚?

(旦)区区之赠,何足挂齿?且妾不望报也。(作拂袖迳下介)③

而被侠女所鼓舞的人,他们内心的激动一旦被表达出来,就会使这种侠的行为更有价值。如《探狱》中杜课园便有一番这样的自我陈述:"贵媛过誉,倍增汗颜。但小子经此番提倡,倒不敢妄自菲薄。便是狱中日月,也要求一消受之实在,以副盛心。"④至于秋瑾在剧中对于自由和女权的践行和咏唱,无疑是对"为国为民,侠之大者"侠义精神的诠释,这为"女侠"这一概念立起了现代的标杆。

《侠女魂》中的侠女形象,就其性质而言,与红线女等女侠并不属于同一系列,它的所谓"侠女",究其核心,是对于《新小说》同仁等一批思想先驱者的女性解放诉求的认同。但在这个新式女侠的形象谱系中,《新小说》等提供的,更多是外国

---

① 蒋景缄:《侠女魂》,《扬子江小说报》,1909 年,第 2 期,第 22 页。
② 么书仪等:《戏剧通典》,北京:解放军文艺出版社,1999 年版,第 534 页。
③ 蒋景缄:《侠女魂》,《扬子江小说报》,1909 年,第 5 期,第 41 页。
④ 蒋景缄:《侠女魂》,《扬子江小说报》,1909 年,第 3 期,第 28 页。

侠女形象,而《侠女魂》所塑造的这五个女性形象,则是新式的中国侠女。从历时性的角度来看,从《东欧女豪杰》到《侠女魂》,也存在着一个从外国榜样到本土实践的学习与推广的过程。

《侠女魂》这部剧,是一部带有强烈时代色彩的杂剧。虽然就艺术性而言,它并不算非常出色。但作为史料,它记录了清末民初社会演进的一些足迹。无论是女性主义的研究者,还是侠义文化的关注者,都可以从中找到部分符合需求的材料。而对于文学史家来说,梁启超等人所引领的“新小说”潮流后来到底是如何演化的?《扬子江小说报》及其刊载的这部《侠女魂》无疑做出了较好的说明。

三、直面传统与写作困境

女性的觉醒,不单需要女性革命者的不断涌现,更需要广大女性对于自身权益与义务的准确体认,而这些女性正生活在家庭中,生活在传统文化的语境中。清末民初小说的作者们意识到了这一点,并试图在革命话语之外,寻找女侠品质与传统文化的契合点。不过,这显然不是一蹴而就便能实现的。

男作家们都希望自己笔下的女侠形象能够使女子奋起。谈虎客在《东欧女豪杰》第一回的批言中说:“著者是望人皆为英雄的意思,我辈不可不勉。便不做大的,也要做小的,不做有名的,也要做无名的。”[1]指向可谓非常明确。1904 年,《女子世界》杂志开始连载《中国女剑侠红线聂隐娘传》,作者柳亚子在小说中说:“此出色之人物(红拂)也,吾姑不述,而述最奇之红线、聂隐娘。呜呼,吾述之而无奇也,吾女同胞其亦闻而兴起乎?”[2]尽管小说所写的内容是老生常谈,但作者还是希望这些旧人物能够在新时代中找到继承者,焕发其青春。那么,这些言论是否能起到预期的效果?男作家们是较为肯定的,他们甚至还将这一认识写进了小说。西阳的《女盗侠传》写朱某解饷入都,在道中遇到一黑衣女妓,该女子实为贼的耳目;朱某历数古代名妓事迹,“为之劝慰,且故意推波助澜,以激发其豪气,妓亦悲歌慷慨,泣下数行”,[3]于是该女子授予小旗,护其过境。男作家通过这种文学想象,表达了对自己的慷慨言论在女子世界中影响力的高度自信。这一自信是

---

① 谈虎客:《东欧女豪杰·批注》,《新小说》,1902 年,第 1 期,第 33 页。
② 松陵女子潘小璜:《中国女剑侠红线聂隐娘传》,《女子世界》,1904 年,第 4 期,第 2 页。
③ 西阳:《女盗侠传》,《滑稽时报》,1915 年,第 3 期,第 23 页。

清末民初小说女侠形象塑造的重要动力。

　　部分作家将女侠从革命中解脱出来,置于历史和生活中。许指严 1913 年发表的《南阳女侠》将女侠故事植入历史,讲述飞娘既为父复私仇,也为民族复公仇,更欲刺杀雍正,可谓惊天动地。小说开头有如下评论:"夫世宗不戮曾静……其中必非无因。至于夺嫡时,各邸招致游侠,互相党争,尤为信史。而有一女侠贯串其间,惊心动魄处,红线隐娘所不足方驾也。"①作者通过这些语句,来暗示女侠行迹的真实性,并试图以女侠的坚毅精神,来推翻人们关于"弱女子"的旧识。程瞻庐 1916 年发表的《梅村侠女》则渲染了女子在俗常生活中的不凡举止。小说写村民遇旱灾挨饿,大户黄积封囤米不卖,并打算借此机会霸占阿霞;阿霞则将计就计,诱导黄为筹钱卖米,救了村民,并当众表明不嫁主义,使黄落空。小说最后写道:"而篱畔垂萎之菊,经此一番灌溉,亦勃勃有生气,不复作憔悴可怜之色矣。"②将村民比作"垂萎之菊",而阿霞则为灌溉之人,小说对这位女侠的评价不可谓不高。而对于一位女子而言,终身不嫁的代价无疑是极为沉重的。以上小说在描写女侠的同时,大概是为了加强情节的戏剧性,无意中抬高了女侠的标准,使其难以被模仿。

　　部分向壁虚造式的写作实质上已经陷入不断重复的困境。长期以来,处于男权社会中的人们对于女侠的想象并不丰富,故而他们能获得的写作资源非常有限。《无耳车夫》写强盗车夫欲行抢劫,被新妇所惩戒。小说将新妇视为侠女,并评论道:"世人读红线聂隐娘传,辄叹其夭矫如龙,为女界特开生面。然如此妇之英勇神奇,其技亦不在红线隐娘下。"③这一言论固然激奋人心,但还是暴露出"红线隐娘"这一参照系的陈旧与局限性。而能从根本上说明这一困境的,是此时的小说对女侠的剑侠式书写。红雪同人的《侠女》描摹了侠女碧情的高妙功夫:"离席起飞,绕半空,灯烛尽灭,回翔上下,宛如蝙蝠。少焉,弓鞋堕地,细碎有声,情儿已兀立席前,首发不蓬,衫袖整齐。"④类似的篇章还有杏痴的《女侠》,小说写"十五六妙龄女子"芸姑出任镖师,遇险时,"(芸姑)乃以手探怀中,出一物,形圆似

---

① 许指严:《南阳女侠》,《小说月报》,1913 年,第 4 卷第 4 期,第 16 页。
② 瞻庐:《梅村侠女》,《妇女杂志》,1916 年,第 2 卷第 10 期,第 8 页。
③ 小徐:《无耳车夫》,《余兴》,1915 年,第 8 期,第 46 页。
④ 红雪同人:《侠女》,《礼拜六》,1915 年,第 67 期,第 54 页。

盏,抛之空中,盘绕如白练,堕地生火光烨然。凡十三发,平列道上,井然不紊。"①
吴致远的《侠女》写两个强盗入室拟行不轨,为少女所杀。小说特别描述了少女引
发的两道白光,与芸姑的功夫如出一辙。甚至直至 1923 年,《侦探世界》载小说
《女侠》,以强盗自述的形式,描写一个惩戒强盗的女郎行侠之举,显得较为巧妙,
但一旦写到女侠的功夫,则不免落入窠臼:"(女郎)言已,樱口微起,而一道匹练之
白光,已绕余(强盗)右手,而五指竟纷纷堕地矣。"②小说以此不凡的剑术增加了
阅读的趣味。但这一趣味与体现科学的侦探小说是否合拍? 显然作者与杂志编
辑都思考不足。吴致远《侠女》的最后评论道:"惟以纤弱女子,而能出其凶狠手
段,击杀二盗,其心虽忍,其技亦足称已。彼二女子之不以名传于世,意者其侠女
之流亚与?"③这些小说在很大程度上就是古代侠女小说和剑侠小说的"流亚",文
学趣味性毫无疑问是存在的,但思想鼓舞力恐怕就匮乏了。

　　还有部分小说将女侠与妓女这两种身份结合在一起,更是偏离了女性解放的
轨道。1905 年,《新新小说》载《女侠客》,讲妓女芳儿的故事。作者署名"侠",实
为龚子英。小说最后对芳儿的侠义行为进行了正面的解读:

　　侠之狭义,即报复是也。恩怨分明,推己及人,是所报复者,不时之恩怨,充类
包义。又常本其不平之心,为他人报复恩怨焉。不忍负人养育之恩,宁牺牲名节
以报之,正是异日成侠客之原。世之忘恩负义而侈口说英雄者,是侠之贼也。夫
岂知侠之真意?④

　　通过对芳儿侠义行为的阐释和肯定,传达的是对俗世中的口是心非者的激愤
和否定。这本杂志中有颇多狂语,但也具有一定的合理性。1914 年,又有片云的
《女侠三姑娘》,讲乾隆时,京师有三姑娘者,"侠女也。色艺为一时冠,声气通大
内,达官贵人多奔走其门,名士狱往往得一言而解,以是士林交口誉之,学士大夫
无知与不知,争以一识面为幸"。⑤ 这一写法,倒似描写了一个女丈夫,而"学士大
夫"们,则继承了自古以来文学作品中常见的落难才子的传统,其中包含的心理姿

① 杏痴:《女侠》,《礼拜六》,1915 年,第 35 期,第 35 页。
② 范海容:《女侠》,《侦探世界》,1923 年,第 10 期,第 14 页。
③ 吴致远:《侠女》,《澄衷》,1921 年,第 1 期,第 3 页。
④ 侠民:《女侠客》,《新新小说》,1905 年,第 2 卷第 8 期,第 6 页。
⑤ 片云:《女侠三姑娘》,《快活世界》,1914 年,第 1 期,第 6 页。

态与女性解放在某种程度上有契合之处。应该是由于女性解放的道路过于艰难，现实世界中的普通女子受各种束缚的制约，尚且难以走出家门，更遑论行侠仗义？自然也就不能成为小说理想的描摹对象，故而这些急于要表达理念的作家们只好把注意力转移到更具备客观条件的妓女身上。然而，他们都忽略了一点：妓女这一职业的存在，显现的是对女性的基本尊重的缺失，实际上是对女性解放的极大反讽。

在谈及妇女所面临的现实困境时，张竹君曾阐述道："推原其故，半由于男子之压制，半由于女子之放弃……吾女子之构成此险者，厥有二原因。盖一由于不知学，一由于不能群。不知学，故志虑浅薄，无以周知天下之故。不能群，故痛痒不相关，平居既不能有乐群之益，猝有变故，又不能为将孤之呼。"①在她看来，从"学"与"群"两个方面着手，有利于女性解放的推动。但红线、聂隐娘，抑或是剑仙，抑或是妓女，都难以给"学"和"群"提供有价值的支持。从这一点来看，此时妇女解放运动领跑者的深沉思虑并没有得到男同胞的重视与应和。由此也可知，此时期着力于鼓吹女性解放的男作家们，有相当一部分本身并不具备宽阔的理论视野和充分的思想准备。他们有推动时代进步的主观愿望，但在侠女形象的塑造过程中，无论是人物的行迹、功夫还是身份设置方面，多少还带有旧时痕迹，与女性所面临的现实困境和心理诉求距离颇远。

清末民初的侠义小说对于女侠形象的书写，虽只是女性解放运动的一个边缘部分，但无论如何，它在当时的社会也曾经产生过较大的影响力，为投身女性解放运动的先驱者们提供了舆论上的支持和情感上的抚慰，同时也成为女性解放运动的参与者对社会大众进行解释、宣传和引导的重要途径。清末民初的女性解放运动虽声势较为浩大，但也步履艰难，究其原因，当权者的漠视或者口惠实不至当然是极为重要的一条，民众的认识不足恐怕更具有决定性，这些在客观上束缚了小说家的想象力，从而使此时期的女侠形象书写呈现出乏力的一面。但是，当时的不少作家是持小说"新民"观的，按此逻辑，这些障碍本可以是通过文学的途径在一定程度上起到消解的效果。之所以效果还不够明显，关键是因为当时的部分知识分子在提倡女性解放的过程中没有很好地将其与当时中国的传统与现实联系

---

① 张竹君：《女子兴学保险会序》，《中国新女界杂志》，1907 年第 4 期，第 3－4 页。

起来,目的与路径之间产生了偏离,这一教训值得铭记。

第三节　行迹离奇的江湖异人

20 世纪中国现代武侠小说的可读性,不仅在于塑造了一群令人称道的大侠,也在于塑造了诸多怪异而有趣的江湖人物,他们的身上更多地承载着读者对江湖世界的想象与向往,使人津津乐道。其实,在清末民初时期,一部分侠义小说已经开始了对江湖异人形象的文学书写,并且部分编辑者也开始有意识地将这种人物作为一种类型,汇总奉献于世人面前。胡寄尘的《江湖异人传》与姜侠魂的《天涯异人传》是其中两部比较重要的著作。下文将通过对这两部著作的分析,来揭示此时期侠义小说在江湖异人书写方面的基本特征。

一、从现实认知到小说书写

所谓异人,即指表现得与寻常人不一样的人。异人在现实生活中始终存在,并且基于人们对于所谓"寻常"的不同理解,呈现为不同式样。现实中的异人的广泛存在,为小说书写提供了无限的资源。

关于异人,近代报刊曾有过讨论和报道,但从不同视角出发,文中的异人表现出不一样的特征。精英知识分子对异人的理解有自己的侧重点。早在 1857 年,《六合丛谈》就发表《海外异人传:该撒》一文,介绍凯撒的历史。文后,作者评论道:"泰西帝号,从古未有之,自该撒始,与秦王政相似,亦豪矣……天生异人,固不以中外限。"①此处所谓异人,实质是指能够影响国家、民族发展进程的英雄豪杰,对应的是俗常之人,而不是指生理特征上的异于常人。此时期,还有人探讨了小说中的异人形象,如《大陆报》1904 年第 6 期的"豆棚闲话"栏目曾刊载《异人》,对《水浒传》中的宋江赞不绝口,其云:"宋江无特别之才,而脑中能容此一百七人,以一百七人之才为其才,即特别之才。宋江真异人哉!"②并借此为英雄鼓吹。《大陆报》的编辑主要是留日归国的学生,以宣传革命派思想为主,他们的所谓异人,

---

① 蒋敦复:《海外异人传:该撒》,《六合丛谈》,1857 年,第 2 期,第 7 - 8 页。

② 《异人》,《大陆报》,1904 年,第 6 期,第 5 页。

在宋江，则指向领导才能，其实文章之意，是指在精神上表现出符合革命需求的特征的那些人。

与精英知识分子不同，社会大众关于"异人"的认识往往处于生理特征层面，显得更加直观可感。1884 年，《益闻录》刊载新闻一则，题为《拿禁异人》，讲官府捉拿异人事。所谓异人，文中描述道："有穿西服者，挈幼童三人至园（狮子林），设帐卖阅。该孩一十四岁，一十岁，一仅四岁，身躯无异常人，而其首甚小，不啻梨园所演大香山戏剧中小头鬼。"①类似的在身体方面比较特殊的异人，《益闻录》第364 期《异人》还描述道："生有三子，所奇者一有股无肱，一有肱无股，一则面向背后。"②诸如此类可见，面向社会大众的文字，其所描述的异人之异，更多显得直观，一目了然。

当精英知识分子的趣味与普罗大众的视角遭遇，又会有怎样的反应？当时报刊的相关文字报道中也涉及这一问题。1902 年，《杭州白话报》刊有新闻《访拿异人》，当中的异人形象是："本籍余杭，向来为乡里所不容，出门在外，曾到过日本，把辫子剪去，改了一套服式，也不是西洋装，宽袍大袖，好像一个和尚。他著一部书，叫做《訄书》，他生平的宗旨，全在这部书内。人家看他的衣裳，听他的说话，多狠奇怪，当他有疯癫病。"③此文所说的异人，应为章太炎。所谓的"异"，强调的是他所秉承的西方现代思想以及与之相适应的生活习惯，与中国民间根深蒂固的传统认知之间造成了剧烈冲突，因而本该视为"英雄"的人，却在现实当中被大众视作异类。以上种种，大致可知清末民初时期社会各阶层对于异人的认识的分歧。这同时也意味着，因立场的分歧始终存在，故而所谓异人，在人们的认知中也将始终存在，这使小说的异人书写获得了较为稳固的现实基础。

提及清末民初侠义小说对异人的描写，首先应该讨论胡寄尘的《江湖异人传》。根据记载，该作品收于广益书局 1914 年出版的《寄尘短篇小说》，惜该书未能得见。可查阅者，是从《七襄》旬刊 1914 年第 3 期开始连载，至第 7 期的《江湖异人传》，共包含笔记小说十四则。

---

① 《拿禁异人》，《益闻录》，1884 年，第 387 期，第 400 页。
② 《异人》，《益闻录》，1884 年，第 364 期，第 263 页。
③ 《访拿异人》，《杭州白话报》，1902 年，第 2 卷第 22 期，第 2 页。

《七襄》刊载《江湖异人传》情况

序号	篇名	《七襄》刊期
1	二乞儿传	第3期
2	记桃坞先生	第3期
3	记朱欣	第3期
4	邵谒传	第3期
5	记某剃工事	第3期
6	李德林传	第5期
7	书熊老仆	第5期
8	张广才、滕半仙传	第5期
9	太仓庖人传	第6期
10	记萧敬孚轶事	第6期
11	万夫雄传	第6期
12	记河间大汉	第7期
13	记林先生	第7期
14	胡孝子传	第7期

关于《江湖异人传》的写作缘由和写作方法,胡寄尘曾予以阐释。在《七襄》第3期所载的《江湖异人传》序言中,他说:"余性好奇,尤喜闻特立独行之事,四年来见闻所及,得一村童、一饥民、一乞丐、一盲子、一黄冠、一烈士,各为文传之,名曰《江湖异人传》,曾刊以行世。兹复记五人,仍以旧名名之。他日有闻,更当续著,或亦虞初本意,而稍胜于齐谐滑稽之流。文以简洁达意为止,不求藻饰,读者当知吾意焉。"①由此可知,所谓江湖异人,在胡寄尘的认识中,主要指"特立独行"的人。而所谓"虞初本意",应是指《虞初新志》等偏向于记录真人真事的写作倾向,而非记录奇闻异事的志怪作品。综合可知,胡寄尘所要记录的,是生活中可闻可见的特立独行者,而非远离现实的妖魔鬼怪。在写作方法上,胡则强调简洁达意,不以华丽言辞取胜,这一点,与内容的选取相契合。在《七襄》第5期所载的《江湖异人传》序言中,胡寄尘又说:"据所见闻,笔之简册,事务求实,文务求简。

---

① 寄尘:《江湖异人传·序言》,《七襄》,1914年,第3期,第1页。

高山仰止,景行行止。世之览者,抑有同心乎?"①他再次强调,之所以记录这些人与事,是为所记之人事本身能使人产生敬佩之心,而决不是靠小说的文辞取胜。以上表达,实际上囊括了胡寄尘关于"异人"写作的几条原则:一是特立独行,一是务求真实,一是行文简洁,一是可供景仰。

基于这样的理念,《江湖异人传》中的十四则笔记在人物与故事的选取方面,有不少共同之处。《江湖异人传》选取的人物来自不同的社会阶层和身份,其中有知识分子,有车夫、庖丁、瓷器贩子,有仆人,也有乞丐,可谓三教九流。这些人物,之所以能够进入《江湖异人传》,均是因为他们在精神层面表现出与常人迥异的特征。如《二乞儿传》写两个乞儿,一为李凤林,一为吴二,为办学而乞讨。此等行为,与武训的作为类似,其不仅迥异于乞丐,同时也与大多数凡俗之人拉开了距离。《太仓庖人传》则写庖人下毒,欲杀降清者。这篇小说从立意上来说,与当时所谓"驱除鞑虏"的口号相适应;而从人物塑造方面来讲,一个厨师的觉悟,要比当时的诸多"肉食者"还要高,这充分显现出其与众不同。类似的写法还见于《记朱欣》,小说写朱欣为某家仆,闻辛亥革命事起,投民军。一个仆人,却有如此觉悟,则其他人又当如何?作者在选材时,应该已经思考了这个问题。除此而外,《江湖异人传》还突出表现了不少值得颂扬的良好品行。《记桃坞先生》写桃坞胡先生授徒于乡,虽穷困,却不愿受他人扶助,安守贫困。《记河间大汉》中,大汉表面是一个寻常车夫,其实他为了庚子事变中死去的亲人,执着于复仇,为此不仅学习拉车,还学习了三国语言,人物坚毅的品格由此呈现。从以上可知,作者所选取的人物,所记录的行为,均在彰显有利于推动社会向好的精神或品质。胡寄尘笔下的所谓江湖异人,行为与常人相比也许有部分怪异之处,但其最终的价值指向,有利于推动社会进步。

为使这一价值指向更加容易地为读者所探悉,从而更大程度地发挥其社会教育的功能,作者在作品中或明或暗地表明自己的立场。《李德林传》写一个景德镇瓷器贩子李德林,朴实温雅,与普通贩卖者不同,他的买卖很公道,从不为挣更多的钱而丧失原则。他说:"我国商业窳败,皆无信误之。"②李德林肯定说过很多话,但为何是这几句可以进入小说中?选择也是一种批评,作者借其人之口,表达

①　寄尘:《江湖异人传·序言》,《七襄》,1914年,第5期,第1页。
②　寄尘:《李德林传》,《七襄》,1914年,第5期,第1页。

了自己的社会批判的立场。《记朱欣》写朱欣得主人赠诗,作品收录了诗作的全文:"胸无一字气吞胡,让尔堂堂作丈夫。万里关河三尺剑,汉家将帅本屠沽。"①这同样也是借用他人之口,来传达作者对人物和社会的评判。

不仅如此,作者的立场,在诸多作品中,直接以评论的方式加以呈现。如《张广才、滕半仙传》写张广才、滕半仙为世人开路,缩短路程。作者评论道:"二人除榛莽而通人迹,比之西人所谓辟地,宁复多让。而史乘地志不载,仅存老爷半仙之名,付与野老村童闲话,此则谁之过也?"②此段是惋惜英雄事迹之不传,或不能如实相传。在《胡孝子传》中,作者写胡孝子之孝顺,感动天地,并进而发表了自己的意见:"猛虎走避,巨石越空,为孝思所感欤? 抑偶然也? 吾不敢知。"③这段评语,为两种可能性都提供了机会,事实上,是为两种可能性背后的传统认知和现代理念留下空间。当然,小说作者最用力表达的,是针对社会失范,对读者大众提出的各种思想引导。《万夫雄传》写万夫雄手无寸铁,为救人,与猛虎斗。作者也借此发问:"孰谓吾国人少尚武之性、任侠之风耶?"④这显然是针对某种指责国人为病夫的言论而发。《二乞儿传》中,作者也说:"世风升降,家国兴衰,其端甚微,其来甚渐,一言一动,虽小民有关世道,况士君子乎? 呜呼,可不慎哉!"⑤这是强调处于社会各层次的民众对于国家民族的责任。《记桃坞先生》中作者也评论道:"世风日变,以清介为迂远,又谁乐闻先生事哉?"⑥这是对于一种不良社会风气的谴责。由此种种,可见作者对于社会腐败是有明确的批判态度,谓其愤世嫉俗,亦不为过;而与之共生的,是作者在选录特别的人与事、并对其发表评论的过程中所表现出来的积极与正直的一面,这是难能可贵的。

胡寄尘之后,姜侠魂编辑的《天涯异人传》在异人形象的书写与呈现方面,取得较大成绩。此书最初于1917年由上海交通图书馆出版发行,收有吴绮缘和"抒怀斋主"撰写的序。全书共收入小说作品七十二则,其中部分属于同一作品,因篇幅等原因进行了章节分割。从书目中又可知,其中所收的胡寄尘的作品,均选自

---

① 寄尘:《记朱欣》,《七襄》,1914年,第3期,第2页。
② 寄尘:《张广才、滕半仙传》,《七襄》,1914年,第5期,第2页。
③ 寄尘:《李德林传》,《七襄》,1915年,第7期,第2页。
④ 寄尘:《万夫雄传》,《七襄》,1914年,第6期,第3页。
⑤ 寄尘:《二乞儿传》,《七襄》,1914年,第3期,第1页。
⑥ 寄尘:《记桃坞先生》,《七襄》,1914年,第3期,第2页。

胡的《江湖异人传》,这显示了两者之间的继承关系。

《天涯异人传》收入作品情况

序号	篇名	作者	序号	篇名	作者
1	周翁	顾古湫	2	任三	顾古湫
3	盲道人(上)	许慕羲	4	盲道人(下)	许慕羲
5	甘凤池	许慕羲	6	戈照隣	戴钧衡
7	三奇人	许指严	8	孙孟孚	选卿
9	桃坞先生	胡寄尘	10	剑客	痴虫
11	铁箫乞者	阙名	12	陈八公	寥
13	张供奉	生	14	风道人	阙名
15	祝由科	许宗杰	16	吴定州	遇春
17	零陵老衲	泗滨野鹤	18	铁骨余天罡	奚燕子
19	鞠茂堂	奚燕子	20	窎店异客	胡旡闷
21	老者	阙名	22	尤生黄天雄	闻野鹤
23	褚复生	山阳焜	24	太仓疱人	胡寄尘
25	葛衣仙	醉公	26	卖菜佣	张庆霖
27	卖菜翁	江南长恨子	28	郑成仙	阙名
29	鲁仙	徐岳	30	麻衣僧	徐岳
31	冯雄	阙名	32	成都山洞之异人	阙名
33	徐一青	秋风	34	宋山	秋风
35	楚二胡子(一)	长恨子	36	楚二胡子(二)	阙名
37	卖瓜人	广老	38	白太官(一)	江南长恨子
39	白太官(二)	江南长恨子	40	白太官(三)	汤用中
41	白大痴	江南长恨子	42	异丐(一)	许宗杰
43	异丐(二)	阙名	44	异丐(三)	禹甸
45	异丐(四)	佩兰	46	跛道	佩兰
47	某少年	梅郎	48	黄氏子 王季明	桥西亭长
49	三绝技者	生入	50	吴生	罗韦士
51	古塔下客	罗韦士	52	草庵和尚	阙名
53	樵夫	野僧	54	黄力士	无聊

序号	篇名	作者	序号	篇名	作者
55	刘胜	胡朴庵	56	髯舠公	阙名
57	某道士	阙名	58	华善述	阙名
59	山林友	阙名	60	半仙	阙名
61	李德林	胡寄尘	62	熊老仆	胡寄尘
63	张广才滕半仙	胡寄尘	64	河间大汉	胡寄尘
65	林先生	胡寄尘	66	胡孝子	胡寄尘
67	跛丐	王瀛洲	68	金沟李	杨南邨
69	浣纱妇	杨南邨	70	辰阳卖薯翁	杨南邨
71	张七	杨南邨	72	黄须客	杨南邨

《天涯异人传》的作者构成情况比较复杂。其中，顾古湫为清代著名经学家，戴钧衡为近代诗文家，胡朴庵、胡寄尘、闻野鹤、许指严等均为南社成员。这些作者的作品能够被编入同一本小说集，则又说明作品之间具有某种联系。这一可能存在的联系，在吴绮缘为《天涯异人传》所写的序言中被加以阐释说明。吴在序言中表达了他对于异人的基本认识，他说："举凡耳目所及，几无一而非俗物也。然间有轶出常规，不与群伍；或立志高蹈，遁迹林泉；或未忘俗情，游戏人世；要皆与碌碌余子不相类。"①由此可知，吴绮缘所认为的异人，即超出常规、与"俗物"不同的人。他在序言中，还强调了姜侠魂编辑此书的一个基本目的，是为收集名人杰作，并刊行于世，从而能够补社会教育的不足，为众生说法。也就是说，《天涯异人传》编辑出版的目的，主要是为开展"社会教育"。由此也可预知，《天涯异人传》中所谓异人之"异"，在条件许可的情况下，也可以摇身一变，成为已经失落却至关重要的社会道德规范和行为准则。所谓"异"，只是相对而言，更多呈现的是一部分精英知识分子对于社会现状的不予认同，以及相应提出的改革主张。作序者所总结和阐释的理念在诸多作品中不断回想。在《周翁》的文末，顾古湫就评论道："余幼读《剑仙传》，辄惊惑诧异，以为非世上人。夫人为一事诚致其精果，历久而

---

① 绮缘：《天涯异人传·序》，《天涯异人传》，上海：交通图书馆，1918 年版，第 1 页。

不懈,必有大过人者,非异事也。"①他这一段评论,强调的是类似"只要功夫深、铁杆磨成针"的人生信条。许指严在《三奇人》文末则说道:"三奇人,皆清季人物,绝非虚妄。有才与力若此,未尝一竟其用,惜哉。当世交臂,相待殊落落,逮后世传一二轶事,则人徒以剑仙、飞天夜叉、铁扇道人、大力童子等视之,迂儒则闭目摇首,且曰子不语怪力乱神。呜呼,所谓奇人者,又安往而不数奇耶?"②这段表述,旨在为奇人辩护,并表达对社会误读英雄、埋没英雄的强烈批评。类似的表述,还可见于《铁骨余天罡》中,作者评论道:"幼时闻余天罡拳师名久矣。初不知其究竟也。近晤鹤沙张君传述余事极详,惜无生花笔,博好身手,为落魄英雄一吐气耳。"③此论也是在为英雄的没落而感到不平。表达相近意思的还有《髯艄公》,作者评价道:"髯何人哉?其古虬髯公之流亚欤……当明之季,天下未尝无英雄,顾其时不能用英雄,使英雄埋没于山巅水涯间,而明之天下遂亡于胡奴之手,岂不悲哉!然如髯者,意趣非常,殆犹不屑为人用也。"④《三绝技者》中,作者也评论道:"范尘土寇冕,愚孝成性,志行卓卓可风。卞甘老风尘,见义勇为,其亦古昆仑之流亚。天下何尝无英雄哉!"⑤以上言论,均在强调英雄无用武之地的悲哀,同时也就表达了对限制英雄发挥作用的社会的批评。与批评对应的是认可,那么怎样的异人值得认可?《异丐(三)》中,作者给出了看法:"徐三,一乞丐也,竟亦有人崇拜者,以其有一绝技耳。而金某于丧子之际,能出资助其成功,为地方造福,是亦难能可贵矣。"⑥这一看法,一方面说明了人有一定技能的重要性,一方面又充分肯定了个体为地方造福、为集体奉献的可贵品质,这些观点,显然是有助于引导读者向正确方向前行的。

　　《天涯异人传》中的以上种种现身说法,某种程度上可以被视为对胡寄尘在《江湖异人传》中所持观点的呼应,实际上是清末民初精英知识分子关于社会批判与建设的立场体现。这样的人物故事及评论,有利于读者在阅读过程中更好地把握编者意图,理解作品内涵,从而使作品的教育功能得以实现。

---

① 顾古湫:《周翁》,《天涯异人传》,上海:交通图书馆,1918 年版,第 2 页。
② 许指严:《三奇人》,《天涯异人传》,上海:交通图书馆,1918 年版,第 38 页。
③ 奚燕子:《铁骨余天罡》,《天涯异人传》,上海:交通图书馆,1918 年版,第 46 页。
④ 阙名:《髯艄公》,《天涯异人传》,上海:交通图书馆,1918 年版,第 95 页。
⑤ 生入:《三绝技者》,《天涯异人传》,上海:交通图书馆,1918 年版,第 86 页。
⑥ 禹甸:《异丐(三)》,《天涯异人传》,上海:交通图书馆,1918 年版,第 76 页。

二、作为功夫代言者的异人

作为一部小说合集,《天涯异人传》不仅作品数量较多,且写作于不同时代,呈现各种风貌。以其为中心,来考察清末民初侠义小说中的异人形象,无疑具有一定的可行性。在对《天涯异人传》的解读中,能够发现,尽管这些作品出自不同时期的不同人物之手,但它们在人物形象的塑造方面存在颇多的相似之处。《天涯异人传》在异人形象的塑造方面,最值得一提的,是对他们所拥有的功夫及其武德的大力描摹。

不少作品对人物的强大力量进行了渲染。《周翁》的描写是比较典型的代表。小说首先对周翁的强悍进行总体介绍:"翁形体魁硕,修八尺余,不持寸铁,以徒手搏人,出入千百群中,如无人也。"而打算与之比试功夫的陈氏子,则"能立水中,以双手迎巨舰,当风激浪涌,饱帆扬船,如矢直注,触陈手则止。"①且不管二人具体如何比试,仅从这一般介绍中,就可知他们的非凡实力。而小说又通过比试说明:对手越强大,翁的功夫则表现得更高,小说借此来强调了"强中自有强中手"的认识。除此而外,其他作品也通过各种方式对人物的力量进行了铺排。《孙孟孚》中,作者介绍称孙孟孚"善技击,以腿扫地,作旋风舞,地砖悉碎如粉"。② 能将地砖踢碎成粉状,其人的腿脚之力可谓非同一般。《窦店异客》中的黑面虬髯,不仅在饮酒吃肉时颇有豪爽之气,而且在独自一人与数十人搏斗时能够完胜对手,这一强大的搏击能力无疑会给人留下较为深刻的印象。相比而言,黄力士(《黄力士》)在外形与力量方面形成的强烈对比,更让人感觉诧异。小说写道:"(黄力士)躯干弱小,不满五尺,面赤赭,若婴沉疴,然骁勇异常,膂力过人,牛仆道,七八健汉合力勿能举,力士掖之,走若飞。纵身一跃,能跃五丈涧。骈四指以削石,石立碎。"③这一描述本来就已经很令人吃惊,而小说尤觉不足,又写他独自一人阻止两村的村民械斗,顿时将此人的神力突出呈现在读者面前。

一些作品则将关注点由外力转向人物的内力修为。《三奇人》中,沂水窦景燕,一日步行可达四五百里,可谓神行太保。后世也曾有武侠小说专门以此类描

---

① 顾古湫:《周翁》,《天涯异人传》,上海:交通图书馆,1918 年版,第 1 页。
② 选卿:《孙孟孚》,《天涯异人传》,上海:交通图书馆,1918 年版,第 38 页。
③ 无聊:《黄力士》,《天涯异人传》,上海:交通图书馆,1918 年版,第 92 - 93 页。

写来突出人的内力之强劲与轻功之不凡。《楚二胡子》中对人物内力的描写,显得层次较为丰富。小说写道:"(楚二胡子)时年已七十余,须发尽白,而颜色红白如婴儿,精神矍铄,饮食兼人,满头白发鬖鬖,惟囟门寸余,童童不生一茎。虽严寒冰雪,未尝见其戴帽,而额间尝腾腾有蒸气。"①这一描写,将他的深厚内力通过异于常人的外貌表现出来。小说还写他以绳子为卧榻,每日练功,能以内功医治肿毒跌打损伤等症,并能以一人之力抵千万人拥挤之势,诸如此类,从不同方面进行描述,每一面都显出他的不同凡响。不少作品是通过描写打斗来突出人的内力之强大。《卖菜翁》写到,一个到常州大教场砸场子的山东人,拳击卖菜老翁,"拳中老人腹,如入败絮,急缩手时,拳已入老人腹,为老人腹夹住,臂痛欲折,不能伸缩,且身如触电,骨节酥麻,不觉双膝跪下"。② 这一场打斗,以常人无法想象的方式结束,突出的是老人的强劲内力和高超的应敌水平。一个卖菜老人,能有此修为,当然令人惊异。白大痴(《白大痴》)是白太官之孙,"憨态可掬,任人玩弄而不知,人以其顽愚可欺也"。③ 这么一个类似弱智的人,却可以徒手制服二牛;当他运用"蛤蟆劲"时,可与粮丁缆夫百余人斗,而人皆跌倒;当他举手左右指点时,被点者均不能动,其智力与功夫形成了强烈的对比。在描写人物强盛内力的过程中,部分作品开始出现了神话化的倾向。《鞠茂堂》中,鞠茂堂"从余天罡得秘术,内功运气,体如坚石,刀枪不入。久之能蹲地,以阴功接人拳,远掷之,无不披靡"。④ 练内功至刀枪不入,已几乎到达神话的境界。写人的内力之强盛者,最夸张的莫过于《甘凤池》,小说中,甘凤池被描写为"身材短小,不异中人。于武艺无所不晓,且善内工,能运气,熊经鸟伸,导引服气之术,靡不精研。力可扛鼎,手能破坚,握铅锡辄镕为水。或立而酣卧,鼾声如雷,虽数十人推之,不能动"。⑤ 小说紧接着叙写了他成功躲避三架红衣大炮攻击的事迹,其描述神乎其神,明显受到世纪之交社会上的一些流行的故事和说法的影响。

　　除力量之外,武器如果运用得法,不仅有利于制服敌手,也同样能够彰显人的

---

①　长恨子:《楚二胡子》,《天涯异人传》,上海:交通图书馆,1918年版,第64页。

②　江南长恨子:《卖菜翁》,《天涯异人传》,上海:交通图书馆,1918年版,第55页。

③　江南长恨子:《白大痴》,《天涯异人传》,上海:交通图书馆,1918年版,第72页。

④　奚燕子:《鞠茂堂》,《天涯异人传》,上海:交通图书馆,1918年版,第46页。

⑤　许慕羲:《甘凤池》,《天涯异人传》,上海:交通图书馆,1918年版,第17页。

不凡之处,并进一步增强小说的可读性。《三奇人》中,临淄李蕙门下有关东客,作品铺排其用兵器之神,令人瞠目结舌。小说描述道:

> 躯干伟昂,气宇轩爽,持双铁椎,折叠置肘下。其器以铁柄长尺许,上系铁链亦尺许,末有铁丸,大如茶杯,欹然轩举,轮舞如飞。令人四面以石乱击,则狂溅猛射,如激浪飞花,四击人面如流弹。公孙大娘之舞剑器,不是过也。又能以空拳距五寸许拚砖石,片片碎。目能夜视微物,黑暗中以刀斫之,皆宛转引避。曾与人决斗,约暗中持刀乱斫,良久未能略中也。日中注视日光,瞠目不瞬,绝不病晕眩。其奇技如此。①

有此本领,如与盗贼斗,保持不败,已是应有之意。而小说还特意安排其与妖龙斗,且取得胜利,终于让他尽显英雄本色。

其他小说中的人物运用兵器的能力也许不足以达到关东客这一水平,但也分别有其可观之处。如《吴定州》中,吴日常间"好持三尺管,黝漆光泽,吸淡巴菰,偶屏置廊角,人不能举,盖以铁铸成者"。② 以普通人举不动的铁管吸烟,自然已经暗示了人物的神奇之处,至于后来的建功立业,也就在常理之中。在一些作品中,所运用的兵器虽小而微,异人却往往能借此显露出神入化的功夫。《老者》中,老者以针术定劫匪,"(劫匪)坐者、立者,皆与泥塑相似"。③《张供奉》中,张允明除书法外,能以袖箭百步外刺人双目。《褚复生》中的褚复生,"精枪法,横矛飞舞,旋转如风,名曰'四平枪'。当其舞时,虽数百人,莫能近也。隐居沪渎,不轻以技示人"。④ 有横行乡里者,褚以箸点人额头,运神功,中其要害,致其毙命。以上种种关于人物使用的兵器与威力,皆已不同于常规,从而突出其人之异。

小说还描写了一些奇门异术,借此来烘托施行者的与众不同。《祝由科》写江湖医生治病之能。小说中,善祝由术者,能治毒蛇咬伤,并不受巨金酬谢,与普通医者形成了强烈的对比。作者在小说开头评论道:"祝由科,能治疾,易药石为符咒,世皆诋为江湖幻术者流。然间有灵验如神,令人不可思议,绝非虚眩者可同日

---

① 许指严:《三奇人》,《天涯异人传》,上海:交通图书馆,1918 年版,第 30 页。
② 遇春:《吴定州》,《天涯异人传》,上海:交通图书馆,1918 年版,第 44 页。
③ 阙名:《老者》,《天涯异人传》,上海:交通图书馆,1918 年版,第 48 页。
④ 山阳焜:《褚复生》,《天涯异人传》,上海:交通图书馆,1918 年版,第 50 页。

语。是故不可以一笔抹煞,悉辟其为妄也。"①由此可知作者对这一职业的态度。捕蛇之能,当然也是值得一提的异能。《异丐(三)》中写异丐徐三,"浙东人也。善捕蛇,并能医蛇毒,远近农人,咸敬爱之。因此名虽为丐,实则不丐"。② 他还能解释乡中少年中蛇毒的原因,并且施法除去就毒蛇,可谓经验丰富。《异丐(四)》中,乞丐浑身涂满烟油,持黄鳗蛇,消灭危害乡里的剧毒竹叶青,整个过程也比较惊心动魄,强调了捕蛇的不易。部分小说还重点表现了人对动物的驯化和利用。如《成都山洞之异人》写山中的一群异人,可以骑巨鹰,翱翔四海,远至好望角。《古塔下客》则写客携鹰、犬,与古塔中伤人之猴斗。诸如此类的故事,通过彰显施行者非同一般的能力,使其异人形象更容易为读者接受,同时也给现代武侠小说留下了诸多可资借鉴的故事元素。

当然,在一种较为顽固的传统认识中,神奇的剑术依然是表现异人之异的重要途径。《浣纱妇》写浣纱妇与道士斗,一人十指中白气云涌,一人头顶上现赤光,有此能力者,必属神人,绝非凡品。《铁箫乞者》中,日本铁箫乞者"于箫中出小剑,仅五寸许,光芒射人,向天一指,化为白练飞去",③这也是借鉴了过往剑侠小说中关于飞剑的基本写法。《剑客》写剑侠能在酒楼上施剑术断树枝,固然令人诧异,但仔细考量,他的这一本领的施展也只是在凡俗之人面前的示威,剑术所发挥威力的神奇之处,也还停留在凡俗之人所能认识和想象的层面。不过,这些作品也有其呼应时代之处。如在《剑客》的开头,作者叹道:"负剑气,擅奇术,仗三尺剑,铲尽人间不平事,此等异人奇士,自古有之。而凌夷至今,侠魄消沉,国魂堕落,古所称黄杉红线之流,遂绝于天壤。惟十年前大刀王五,庶几近之,惜术不足耳。"④由此亦可知,所谓剑术,只是由头,作者想要借此表达的,还是对于"侠魄消沉,国魂堕落"的惋惜。

在突出表现这些异人的各种奇异功夫的时候,有些作品还不忘强调谦虚做人的美德,以进一步突出小说社会教育的功能。《甘凤池》写甘凤池与小沙弥斗技,知天外有天人外有人,已有暗示读者之意。在《卖菜翁》中,老人批评山东人道:

---

① 许宗杰:《祝由科》,《天涯异人传》,上海:交通图书馆,1918年版,第43页。
② 禹甸:《异丐(三)》,《天涯异人传》,上海:交通图书馆,1918年版,第75页。
③ 阙名:《铁箫乞者》,《天涯异人传》,上海:交通图书馆,1918年版,第40页。
④ 痴虫:《剑客》,《天涯异人传》,上海:交通图书馆,1918年版,第39页。

"少年不更事,学得数路拳术,便欲欺人,自以为天下无敌,横行乡曲,真井底蛙耳。"①更是借人物之口,施行了一次武德教育。相比而言,《尤生黄天雄》对谦虚这一美德的书写更显充分。小说写粤中尤生,精技击,颇为自傲。一日,他路遇侏儒黄天雄,对其表现出蔑视,却被其击败。黄天雄自陈道:"我本无能,宜君之薄视。然天下不乏奇才,君后此幸,勿薄人过甚,亦盛德事耳。"②这句话表面看起来是黄在谦虚,实际上却是教导尤生要谦虚待人,"勿薄人过甚"。在这段故事的最后,作者联系自己的经历评论道:"吾纪是事,吾乃顿忆往日一段历史。某岁之夏,有俗儒过我,吾不为礼。俗子有愠色,吾告之曰:'足下之才固上于仆乎?仆亦不难泥首至地。'俗子乃逡巡出。是时意气特甚,今而后知为过矣。书此以当忏悔。"③作品所讲述的故事与作者基于自身经历的忏悔有机融汇,使小说成为一个"社会教育"的范本。

三、与俗世常态的区隔

所谓异人,不仅表现为功夫的高超,同时还应该表现为与现实世界、与俗世常态的差异与区隔。《天涯异人传》中的不少作品致力于表现这种区隔。

这一区隔,首先落实在"天涯"二字上。所谓"天涯",在小说集中,往往指向地域。小说中的人物来自不同地方。《周翁》中的老翁是常熟芝塘里人,《盲道人(上)》中的道人托迹于溧阳县张渚镇之三清观中,《甘凤池》中的甘凤池乃江宁人,以上,皆属于江南地域。《孙孟孚》中的孙孟孚是邠州人,《吴定州》中的吴定是歙州人,《宋山》中的宋山是汴洛间的大盗,相对江南,这些属于北方。《异丐(三)》中的异丐徐三是浙东人,《黄力士》中的黄力士乃衢州人,相对江南,则属于南方。不仅如此,还有《铁箫乞者》一篇,当中的人物为日本铁箫乞者,不识姓名,小说言其或许有可能是高丽人。这样一来,从地域层面看,所谓"天涯",其意义就显得更为明确:相对于身居某地的读者个体而言,这些异人散居于浩茫人海中的任意之处,正应了"天下之大、无奇不有"的认识。

当然,所谓的"天涯",还不仅局限在地域方面。小说中的人物,就身份而言,

---

① 江南长恨子:《卖菜翁》,《天涯异人传》,上海:交通图书馆,1918 年版,第 55 页。
② 闻野鹤:《尤生黄天雄》,《天涯异人传》,上海:交通图书馆,1918 年版,第 49 页。
③ 闻野鹤:《尤生黄天雄》,《天涯异人传》,上海:交通图书馆,1918 年版,第 49 – 50 页。

有寻常职业人,但偏偏做出不寻常的举动;也有剑客、乞丐、医者等,其职业并非大众所熟知的士农工商,且因为其独特的身份,他们往往游走于江湖,居无定所,故所谓"天涯",还有在生活方式上与凡世俗夫相区隔的意思。

部分作品,致力于从寻常职业者身上挖掘与人们习惯认知的不同之处。《卖瓜人》描写了一个瓜农,他与普通瓜农的不同之处在于:他不仅有种五色瓜的技术,并且在买卖过程中还对买瓜者区别对待,他卖给儒士的价格比卖给官吏的价格更便宜,并且不卖瓜给满人。作为一个瓜农,不论他曾经有着怎样的经历,毕竟只是一个糊口者,能有这样的心性,做出这样的举动,实属不易。《郑成仙》中,郑成仙以织簸箕为业,表面看只是一个普通的小手艺人。但他能为乡邻立志修桥,积钱为银,期间遭遇颇多,年过七十后,其志才终于实现。这一点,无论俗流还是士人,大概都是很难做到的。《三绝技者》车夫范金胜持鞭,以一人之力斗群盗,帮助镖客抢回被劫的财物。小说还安排他陈述了个人的惨痛经历,以使他的这些侠义行为变得更加合理。小说通过写这些处于社会底层的小人物的不凡举止,意在提供一个独特的参照系,提醒社会各阶层人士关注那些本应拥有却失落已久的责任意识和担当精神。《卖菜佣》主要讲卖菜佣的子女身份及背后的恩怨情仇。其中故事,与金庸《天龙八部》段誉及其众姐妹的关系颇有相似之处。姜侠魂评说道:"子非其子,而子即其子;女是其女,而女非其女。佛家之所谓色即是空、空即是色者,非耶? 若佣者,尤非寻常之侠也。"①这个故事的兴趣点,主要分布在人伦层面。以上所涉及的人物,无论是瓜农、手艺人,还是卖菜佣,本来都是日常生活中的常见人物,但小说偏偏从这些人物身上挖掘出了那些异乎寻常的举动和经历。

部分作品在日常生活的周边搜寻不寻常之人,叙写他们的不寻常故事,以凸显其奇特之处。《天涯异人传》中收入了一些描写乞丐这种日常生活的边缘人的作品。《异丐(一)》写江湖流丐强索钱财,幼丐见义勇为。"(幼丐)骨瘦肉削,厥状如猴,人因称之为'小猴子'。索钱不扰人,与之可,不与之亦不嗔,儿童戏以砖石投,亦避之不与较量。"②就这样一个不起眼的柔弱乞丐,居然也有自己的坚持,殊为不易。《异丐(二)》中写了与人们的一般认知迥然不同的乞丐,"其为丐也,

---

①　姜侠魂:《卖菜佣·评论》,《天涯异人传》,上海:交通图书馆,1918 年版,第 54 页。
②　许宗杰:《异丐(一)》,《天涯异人传》,上海:交通图书馆,1918 年版,第 74 页。

衣履整洁,不与凡丐同,而亦不与凡丐伍。入市求乞,不受饮食,但索钱,多不过十数文,少亦须五六文,再少弗受也。"①乞丐能够保持衣履的整洁,也不与其他凡丐为伍,也不贪钱财,可谓丐中君子。《跛丐》中,跛丐终日行于集市中,时而掩面痛哭,时而仰天大笑,自陈其因,原为军中排长,因林则徐禁烟,与列强大战,落败。他自述道:"余自恨不能为国复仇,然余殊愿国人复之。但余周行四方,见吾国人均酣醉于花天酒地中,何知有国耻? 乌乎,中国已矣!"②沉痛之心,溢于言表。这些作品对于乞丐的描写,无疑跳出了一般认知的界限,营造了陌生化的文学效果。

当然,《天涯异人传》中的异人,更多是脱出日常生活限制的人,但这些人往往通过对历史的介入而表现出自身的强大力量。《盲道人》中,盲道人出场时的样貌非常落魄:"敝袍一领,补缀之痕,纵横上下,往复回环,密如蚁聚,虽严寒酷暑,未尝易也。观中道旅睹其年老衰瘁之态,均唾弃之,勿与为伍。"③但当盲道人为保护道观免遭抢劫,一人独战数十强盗,显易筋经、点穴法的威力时,其不凡的能力开始逐渐显露。而后,他解释自身来历,原为雍正时十三侠客之一员,曾深入介入政治斗争,于是,其庐山面目完全呈现在读者面前。此外,小说还写他收汪生为徒,传授剑术,并解释剑术中丸与剑两派的分别,他不仅知其然,还知其所以然,从而表现出在剑术方面的造诣。姜侠魂在文后评价道:"丸剑两说,厥有真传。雍正盗位之疑,稗乘每主其说。惟飞侠入口,似嫌矫枉过正,断难成为信史。然其一路说来,亦觉头头是道。盖武成二三策,从古如斯;文人附会之谈,何书乌有? 读时即信以为真,亦无不可耳。"④姜侠魂批评了小说中的部分情节的过于离奇之处,但是对大部分内容的真实性还是持肯定的态度,其中自然包括盲道人介入雍正夺嫡的故事。类似的写法还见于《周翁》等作品。《周翁》将周翁置于钱谦益与柳如是的故事中,周翁为护卫柳如是出力不少。《甘凤池》中,甘凤池曾遇少年,原来系郑成功的部下。故事中的人物一旦与历史上的名人挂钩,则可迅速与日常的凡俗生活拉开距离,传奇色彩渐浓,文学趣味顿增。

也有一些作品中所写的异人,虽不能影响历史的进程,但在面对社会不平时

---

① 阙名:《异丐(二)》,《天涯异人传》,上海:交通图书馆,1918 年版,第 74 页。
② 王瀛洲:《跛丐》,《天涯异人传》,上海:交通图书馆,1918 年版,第 101 页。
③ 许慕羲:《盲道人(上)》,《天涯异人传》,上海:交通图书馆,1918 年版,第 3 页。
④ 姜侠魂:《盲道人(下)·评论》,《天涯异人传》,上海:交通图书馆,1918 年版,第 17 页。

的所作所为,也能显现其对于失范的社会生活的纠正能力。在这些作品中,异人最为常见举动的是路见不平、拔刀相助。《宋山》中的大盗宋山,"膂力过人,一手能举五百斤。酷嗜酒,醉则狂歌街头。卧处无定所,随足迹所至,以为家"。① 他虽为盗贼,却有正义之心,帮助汪云杀痞棍卢九香,并自行投案,以免连累他人,表现出一人做事一人当的品格,可谓豪气过人。还有一些异人,能够为集体出生入死,更显出不凡的层次与追求。《铁骨余天罡》的余天罡,"从异人游,得铁布衫、金钟罩秘术,遍历秦豫燕鲁,所至角技,声名鹊起"。② 有了这些经历,他本身就已经是一个传奇人物,而当他出面率领众徒弟,组织团练,保护乡里时,这个人物的传奇性就显得更加突出。类似的还有《吴生》,幼时顽皮,从塾师学艺,曾为强盗,后率众人抵御敌军,后乡人为其立庙,称其为"石马将军"。清末战乱频仍,小说对于异人所发挥的社会作用的想象,更多地集中在他们抵御来犯之敌的英雄行径方面。所谓"异",不仅指他们的身份与众不同,同时也指他们所持的这种将集体利益置于个人利益之上的价值观。

与部分作品将剑术作为功夫来加以描写一致,有些作品在写异人时,也写到了属于"子不语"的那一种类型。如《樵夫》、《华善述》都写到了人物遇仙的经历,《半仙》中的和尚也有神机妙算之能力。《辰阳卖薯翁》写卖薯翁帮助韦把总找回饷银的故事。小说中写的丢失饷银的过程虽颇为怪异,也还饶有趣味;而小说最后还出现了鬼魂,则让人感觉诧异。这些作品的存在,折射出当时社会思想的丰富与多元。

基于传统认知对于故事真实性的执着,一些作者为了使小说所传递的理念更令人信服,还不断强调故事的真实性。部分作品交代了故事的来源,如《剑客》中指出:"乃据吾所闻于乡先进冯雨人先生者,则异矣。"③《戈照隣》中则说:"姚丈吁门幼随其尊甫馆李翁家,亲见照隣,为余言其事如此。"④另外部分作品,则直接以人际关系为小说的真实性作保,如《陈八公》中有云:"寥生有世丈曰陈八公。"⑤

---

① 秋风:《宋山》,《天涯异人传》,上海:交通图书馆,1918年版,第62页。
② 奚燕子:《铁骨余天罡》,《天涯异人传》,上海:交通图书馆,1918年版,第45页。
③ 痴虫:《剑客》,《天涯异人传》,上海:交通图书馆,1918年版,第39页。
④ 戴钧衡:《戈照隣》,《天涯异人传》,上海:交通图书馆,1918年版,第24页。
⑤ 寥:《陈八公》,《天涯异人传》,上海:交通图书馆,1918年版,第40页。

《张供奉》也有"吾邻乡有布衣张允明"①这样的语句。这些写法,固然与清代笔记小说有着较高的相似性,但用在此处,自有其特别的作用。但毕竟这些故事中,有些确实过于离奇,很难用"真实"这个词来加以总结和概括,于是,就有人提出了相应的观点。《三奇人》中,许指严在小说开头评说道:

> 说部恒喜言怪力乱神……究之是否信史,虽老于世故者,不敢遽必。何则?谓为必有,彼齐东野语,海角渊言,传之不一,其人考之,无可根据,安知其非欺人炫俗,故作此河汉惊怖之言。谓为必无,而奇材殊能,离群绝类,往往珊骨猿臂,生有异禀,矫捷飞行,出人意外,又安知不为山泽龙蛇,确有此灵秀钟毓之妙?②

这段话,辩证地强调了故事情节的可能性,有其一定的道理。施勒格尔曾说:"诗里发生的事,在现实中要么从来不发生,要么经常发生。否则它就不是真正的诗。人们不必一定要相信它现在的确在产生。"③小说中的事,并不一定要是真实发生,才有资格被记录下来。对于"真实"的标准和要求来说,许指严的观点,以及《天涯异人传》在异人书写方面的种种做法,其实比较贴近小说的本质。

第四节　世俗化的僧道奇侠

在现代武侠小说中,僧、尼、道等出家人形象始终发挥着重要的功能,他们的存在,使小说的可读性得到了强化。而这一种人物形象,在清末民初时期大量出现在侠义小说中。《方外奇谈》作为民国早年出版的一本以僧、尼、道为主要人物的短篇武侠小说集,它对于这些方外人士的描述,对于其功夫的彰显,以及相应的文学表现方法,都带有明显的时代特征,一方面体现出早期的现代武侠小说在这方面的艺术探索,另一方面,它们也是对清末民初的宗教论争以及由此引起的大众观念改变的文学书写和立此存照。通过对这本书的研读,可以更好地理解现代武侠小说宗教人物形象塑造的早期形态及其深层原因。

---

① 生:《张供奉》,《天涯异人传》,上海:交通图书馆,1918 年版,第 41 页。
② 许指严:《三奇人》,《天涯异人传》,上海:交通图书馆,1918 年版,第 25 页。
③ [德]施勒格尔:《阿西娜神殿断片集》,北京:生活·读书·新知三联书店,2003 年版,第 69 页。

一、致力于重新审视的宗教论争

在清末民初的"大变局"中,西学东渐,同时民族主义高企,在"存亡"主题的引领下,人们开启了对中国传统宗教与外来宗教的反思历程。在这一过程中,曾出现诸多的争鸣文章,它们致力于重新审视中国传统宗教,显现出强烈的时代色彩。

较早见于文字的,是有教会背景的期刊所发表的传教士或时人对于中国传统宗教的再认识。《万国公报》里的不少文章对中国传统宗教佛教与道教进行了具有学理色彩的考据与分析,其影响力不可小觑。如《印度佛教原流总核》一文说:"总而言之,佛教有大病三:一曰错误,二曰欠缺,三曰弊短……萨格木那真圣人也,其著书立说,与耶稣小异大同,当年并无创修寺院、供奉偶像、出门当会等事,其弟子将无作有,踵事增华,立出未来佛、过来佛、现在佛、西天活佛以及观音、普萨、罗汉等号,其敬佛愈切,而佛之本真亦愈失。"①这种言论通过对佛教发展历程的梳理,将佛教思想与宗教活动做了区分,以客观的姿态,将矛头指向当时人们所熟知的一部分宗教形式。《辟道教》一文说:"余读抱朴子之文,惜其未生于今世化学之后。若使观今日之化学,则亦必自笑其愚,而焚其所得之丹书与所著之书,悔焉不辍矣。"②以现代科学作为立论之基,符合当时一部分知识分子的认知习惯,而其结论则是在一定程度上否定道教的部分理论,自然能够得到一些思想激进者的认同。所刊载的文章表现出与《万国公报》相似立场的,是同样具有教会背景的《益闻录》。其所载《佛考》一文说:"予考西书,释迦者,阁部之名,凡为同部,俱可称之,故不得为号。"③这一发现强调的是"考西书"的支撑,因为有近世西学兴起的背景,故而平添了话语的权威。《道教本旨辨》一文则说:"质诸有识,理固然耶,况三十六天、三十六宫等事,明明与天学家言,大相触背,一事不足凭,而他事亦从可推矣。"④显然,这些论述往往都以现代科学和现代思想作为立论基础。虽然以上种种言论的背后,有不同宗教调节相互关系的痕迹,但这些文章所显现出的唯

---

① 韦廉臣:《续印度佛教原流总核》,《万国公报》,1877 年,第 437 期,第 26 – 27 页。
② 艾约瑟:《辟道教》,《万国公报》,1879 年,第 560 期,第 88 页。
③ 佚名:《佛考》,《益闻录》,1886 年,第 295 期,第 452 页。
④ 佚名:《道教本旨辨》,《益闻录》,1883 年,第 241 期,第 128 页。

科学、不盲从的论说方式,在当时无疑是会获得一部分读者认同的。

《益闻录》等期刊在此时期还登载了大量表现当时的宗教界与俗世之间不和谐关系的记事类文章。如《驱佛》一文着重强调了匪人对佛会的利用:"释氏之说,儒者弗称。然南人佞佛媚神,往往附会其词,愚而莫解。即如江阴一隅,每有无赖之徒,聚会肥己,而庸愚无识,趋之若狂,因而匪人匿迹,其中蓄异志而酿祸机,借众生波,大为风俗之害。"①佛会与匪人之间原本并无关联,但本段文字所举的事例,暗示着两者之间的关系,容易引起部分习惯于"因噎废食"的读者的应和,对佛教的清誉无疑会起到消极影响。颇多持类似立场的记事类文章散见于《益闻录》各期,如《佛会闹事》(1880 年,第 46 期)、《劈佛快举》(1881 年,第 112 期)、《佛竟无灵》(1883 年,第 309 期)、《媚佛无灵》(1884 年,第 359 期)、《佛种无良》(1887年,第 649 期)等,记录了信佛百姓的种种悲惨或不堪的境遇。除此而外,《益闻录》还登载了诸多描写不检点的出家人形象的文字,如《剧盗装僧》(1880 年,第 64期)、《淫僧诱拐》(1882 年,第 139 期)、《妖僧惑众》(1884 年,第 338 期)、《僧道斗法》(1885 年,第 427 期)等,当中记录了不少出家人有损自身清誉的不良行径,勾勒出当时宗教界鱼龙混杂的复杂状态。而《万国公报》有《弃佛归正三则》(1880年,第 574 期)一文,讲了几个佛教信徒转而皈依基督教的故事,这大概是《万国公报》和《益闻录》记录以上种种事迹的一个重要原因。

以上这些宣传文字尽管有一定的可读性,但影响力毕竟有限,严肃的人们还是会展开更为深入的思考。其中,梁启超等知识分子对宗教的社会功能有着强烈的期待。梁启超雄文《论佛教与群治之关系》为佛教大鸣不平,提出了佛教的六大好处:佛教之信仰乃智信而非迷信,佛教之信仰乃兼善而非独善,佛教之信仰乃入世而非厌世,佛教之信仰乃无量而非有限,佛教之信仰乃平等而非差别,佛教之信仰乃自为而非他力。针对时人对于佛教的种种质问,他进而提出:"然则印之亡,佛果有罪乎哉? 吾子为是言,则彼景教所自出之犹太,今又安在也?"②梁启超的言说铺排恣肆,煽动力极强,这篇文章想必能起到较好的效果。但梁何以有如此言论发出? 这要从他的另外一篇文章中找寻答案。梁启超《论支那宗教改革》一文中提出,一个国家要想独立,就不能不努力增进国民的思考能力;要想增进国民

---

① 佚名:《驱佛》,《益闻录》,1883 年,第 313 期,第 562 页。
② 中国之新民:《论佛教与群治之关系》,《新民丛报》,1902 年,第 23 期,第 55 页。

的思考能力,就不可不争取转变国民的思想;要想转变国民的思想,就不得不在他们习惯的信仰方面,做一些除旧布新的工作。他指出:"泰西所以有今日之文明者,由于宗教改革,而古学复兴也。"①"新民"是梁启超的评判标准,也是当时诸多关心民族、国家命运的有识之士的价值取向。梁启超以西方文明史为参照系,从改良群治这一目标倒推,找到了佛教这一在他看来极为重要的工具和方法。宗教救国,是梁启超等知识分子当时所提出的又一种救亡图存的方案。

　　然而,梁启超对于佛教社会功能的这种近乎理想主义的推崇,其实很难说服一部分着眼于利益的凡夫俗子。1905 年的《东方杂志》刊有《论释教之害》一文,其云:"以教徒论,拥利自肥之释教教徒,已背其清净寂灭之教宗;以教宗论,清净寂灭之释教,无生之可言,必不能为社会生利。无论如何,释教教徒皆在可屏之列。"②"生利"二字,是此番言论的基本出发点。这一认识并不新鲜,早在维新变法时期,康有为就曾言:

　　查中国民俗,惑于鬼神,淫祠遍于天下。以臣广东论之,乡必有数庙,庙必有公产。若改诸庙为学堂,以公产为公费,上法三代,旁采西例,责令民人子弟年至六岁者,皆必入小学读书,而教之图算、器艺、语言、文字。其不入学者,罪其父母。若此,则人人知学,学堂遍地。③

　　这一表述常被视为清末"庙产兴学"政策的理论源头之一,其实用主义的立场极为明显。从清末到民初,"庙产兴学"曾数次形成热潮,并由此引发宗教界与世俗社会之间的剧烈矛盾冲突。实际上,康有为固然是为了普及教育,是为了国族复兴,但倘使以康的初衷来概论此后几十年民间因"庙产兴学"而引发的种种利益冲突,不免显得过于天真。说到底,在这一类的观点中,"实用"是标准,"利"是核心。

　　不仅如此,当时人们的言论中还存在将宗教与迷信混为一谈的见解。1903年,《杭州白话报》刊发兴中会会员孙翼中所撰《论中国社会之腐败》,其第四章"论中国人的迷信鬼神"对国人迷信的批判可谓不遗余力。该文开篇就说:"迷信

---

①　梁启超:《论支那宗教改革》,《清议报》,1899 年,第 19 期,第 1 页。
②　佚名:《论释教之害》,《东方杂志》,1905 年,第 2 卷第 1 期,第 2 页。
③　康有为:《请改直省书院为中学堂乡邑淫祠为小学堂令小民六岁皆入学折》,《康有为全集(第四集)》,北京:中国人民大学出版社,2007 年版,第 318 页。

鬼神,却不专是中国人的,那西洋人耶稣教的迷信上帝,日本国里寺院,遍地都是。但外国人的迷信鬼神,于国家并没有害处,并且外国人的迷信鬼神,却是迷信宗教。"①显见,在他的视野中,迷信和宗教简直是一体的。民国初年,这一认识依然存在,并且有向民间传播的势头。如在 1914 年,《警务丛报》收录了一则由"江阴梁警务长"所撰的破除迷信四言韵示:

销毁神方,遵奉部令;杜绝根株,选经示禁;寺庙庵坛,仍敢排印;愚夫愚妇,未除迷信;任意祈祷,不分病症;药品拉杂,无异饮鸩;何苦乃尔,误伤生命;前项单签,焚如净尽;倘再出板,严击重惩。②

从中也可见,在当时的一部分基层执法者眼中,民间迷信与宗教是难以区分的。宗教与迷信果然如上述观点所示乃原本一体的吗?从理论上来说,当然不是。但在当时人的眼光中,这二者之间的关系被聚焦、被放大,成为当时人们否定宗教的重要认识基础。这种认识一旦逐步累积,其影响力不可小觑。到了 1920 年,就有《宗教底破产》一文,其云:

到了现在,"德谟克拉西"和科学,并占了全世界的势力;人们觉得威权是毒物,被动的信仰是不中用的,高压下的势力,当有反应力去抵抗他的,人们要实行互助,排除伪爱,和用科学的方法去探求真理,用不着迷人迷鬼的话的,所以觉得宗教是不适应的。宗教就在这个时候没有立脚点;就在这时候,不得不宣告破产。③

德先生和赛先生属于新的理论武器,而"迷人迷鬼"与"宗教"的混同,则可被看作是此前若干年的误解的叠加。

在以上种种认识的基础上,就有了蔡元培对宗教与美育关系的估量:"知识、意志两作用,既皆脱离宗教以外,于是宗教所最有密切关系者,惟有情感作用,即所谓美感。"④从而也就有了胡适在现有宗教体系之外的另起炉灶:"我的宗教的教旨是:我这个现在的'小我',对于那永远不朽的'大我'的无穷过去,须负重大

---

① 医俗道人:《论中国社会的腐败》,《杭州白话报》,1903 年,第 3 卷第 6 期,第 1 页。
② 佚名:《破除迷信》,《警务丛报》,1914 年,第 3 卷第 31 期,第 35 页。
③ 陈德征:《宗教底破产》,《民国日报》,1920.10.29。
④ 蔡子民:《以美育代宗教说》,《新青年》,1917 年,第 3 卷第 6 期,第 2 页。

的责任,对于那永远不朽的'大我'的无穷未来,也须负重大的责任。"①尽管"宗教"这个词汇依然被沿用,但其内涵和特质已经被知识分子在一定程度上加以重新阐释。这样的阐释,显得更加具有建设性,显现出较为强烈的时代风格。

以上种种探讨、论争,辐射至文学领域,便有了一系列体现此类价值判断的小说写作。如社会小说《佛无灵》(《礼拜六》,1915 年第 65 期),恨人撰,讲马姓妇女中迷信之毒,不信医药,断送了女儿的性命,以此显见"中国恶俗之贻害社会"。②事实上,仅以《佛无灵》为标题的小说,除了这一篇之外,还有抱真所撰的"哀情小说"(《小说月报》,1911 年,第 2 卷第 2 期)和李思纯、壮悔所撰的"社会小说"(《娱闲录》,1914 年第 8 期)等。这些作品选材各异,但就其主题和立场而言,却是一致的。而在僧人形象的塑造方面,李定夷的《茅山僧》(《繁华杂志》,1914 年第 4 期),标为"忏情小说",写玉真与镜侬之爱遭人破坏,落得悲惨下场,玉真看破红尘,削发为僧,易名月清和尚。小说的最大卖点,莫过于情浓之玉真与心死之月清的强烈对比,归根结底在于利用了人们对和尚情史的好奇。壮悔的《记山东僧》(《娱闲录》,1915 年 16 期),写一老僧通过捕鸟,显露高超的暗器功夫,警告了欲作恶的舟子,保护了行路人。小说标为"武技小说",技击武功的彰显自然是题中之义,而老僧的侠隐色彩则是这篇小说的另一可读之处。以上种种,皆可见此时俗世之人对于宗教的敬畏有所削弱。

作为一部专门性的短篇小说集,初版于 1920 年的《方外奇谈》致力于用世俗的眼光来观察、分析宗教人士,用小说的方式来塑造僧道形象,这可被看作是在清末民初宗教论争大潮的推动下,民间对于宗教和宗教人士认识的一种文学呈现。

二、编创者的入世情怀

《方外奇谈》作者署为"毗陵李定夷、高阳不才子主纂",高阳不才子乃许指严。李定夷是许指严的学生,二人皆为近现代通俗小说家。笔者所见版本系残本,实为该书的上卷。加州大学伯克利分校东亚图书馆馆藏此书,系香港 1970 年代重印本,当中版权页显示,其原初版本为上海国华书局民国十二年(1923 年)十二月第三版。这一版本,与笔者所见相比,版式有细微差别,内容因多了下卷,显

---

① 胡适:《不朽:我的宗教》,《新青年》,1919 年,第 6 卷第 2 期,第 105 页。
② 恨人:《佛无灵》,《礼拜六》,1915 年,第 65 期,第 52 页。

得更为丰富。该书上卷共收入短篇武侠小说60篇,分别为:葛怀天14篇,朱鸿寿12篇,顾明道10篇,李定夷10篇,俞牖云5篇,邹企达4篇,佚3篇,吴绮缘2篇。笔者所见之书无版权说明,未知出版者及出版时间,但许指严所撰序言中有"民国九年一月"字样。有研究者指出,该书系1920年1月由上海国华书局出版,①两相对照,此说较为可信。民国十二年(1923年)版本的上卷篇目与笔者所见完全相同,下卷另收入短篇小说72篇,分别为:朱剑山31篇,不才子16篇,刘建勋11篇,朱鸿寿7篇,吴绮缘5篇,江山渊1篇,葛怀天1篇。这是一次大规模的小说集结。

《方外奇谈》收入作品情况

序号	篇名	作者	卷别	序号	篇名	作者	卷别
1	一微头陀	顾明道	上卷	1	不醉僧	刘建勋	下卷
2	报恩庵尼	顾明道	上卷	2	秃秃	刘建勋	下卷
3	赤脚僧	顾明道	上卷	3	卖解女	刘建勋	下卷
4	六奇道人	顾明道	上卷	4	脱尘僧	刘建勋	下卷
5	莽和尚	顾明道	上卷	5	伶人梁某	刘建勋	下卷
6	碧霞道姑	顾明道	上卷	6	僧道角力	吴绮缘	下卷
7	关西行者	顾明道	上卷	7	侠尼	吴绮缘	下卷
8	吴门僧	顾明道	上卷	8	潼关尼侠	吴绮缘	下卷
9	一清长老	顾明道	上卷	9	古刹奇僧	吴绮缘	下卷
10	复仇秘史	顾明道	上卷	10	云台山女尼	朱剑山	下卷
11	御车僧	俞牖云	上卷	11	布艺道人	朱剑山	下卷
12	风道人	俞牖云	上卷	12	无量庵老僧	朱剑山	下卷
13	粉面侠	俞牖云	上卷	13	义禅	朱剑山	下卷
14	寒月和尚	俞牖云	上卷	14	江阴贫道	朱剑山	下卷
15	角觚戏	俞牖云	上卷	15	塞外僧	朱剑山	下卷
16	大腹尼	邹企达	上卷	16	泰安僧	朱剑山	下卷

---

① 李文倩:《李定夷及其文学研究》,苏州:苏州大学,2008年,第171页。

续表

序号	篇名	作者	卷别	序号	篇名	作者	卷别
17	曹州小尼	邹企达	上卷	17	痴道人	朱剑山	下卷
18	白头尼	邹企达	上卷	18	杨拳师口述之游方僧	朱剑山	下卷
19	鳖道人	邹企达	上卷	19	白眉僧	朱剑山	下卷
20	邬闰英	葛怀天	上卷	20	带发僧	朱剑山	下卷
21	小黑张	葛怀天	上卷	21	少年尼	朱剑山	下卷
22	小无锡	葛怀天	上卷	22	白衣道人	朱剑山	下卷
23	康泰尔	葛怀天	上卷	23	寄禅和尚	不才子	下卷
24	王雄	葛怀天	上卷	24	钟和尚	不才子	下卷
25	玉山十条龙之赵鹤亭、姚吉敬	葛怀天	上卷	25	乌拉山老僧	不才子	下卷
26	玉山十条龙之闵坚定	葛怀天	上卷	26	王克章	不才子	下卷
27	玉山十条龙之戴伯钧	葛怀天	上卷	27	了凡	不才子	下卷
28	玉山十条龙之王一林	葛怀天	上卷	28	超恒	不才子	下卷
29	玉山十条龙之洪承嗣	葛怀天	上卷	29	铁罗汉	不才子	下卷
30	玉山十条龙之苏纪唐	葛怀天	上卷	30	袒臂僧	吴绮缘	下卷
31	玉山十条龙之江福保	葛怀天	上卷	31	胖罗汉	朱剑山	下卷
32	玉山十条龙之李梅安	葛怀天	上卷	32	医僧不空	江山渊	下卷
33	玉山十条龙之周二仙	葛怀天	上卷	33	练工术	不才子	下卷
34	行游僧	佚	上卷	34	聂道人	不才子	下卷

续表

序号	篇名	作者	卷别	序号	篇名	作者	卷别
35	伶人徐某	佚	上卷	35	异僧	不才子	下卷
36	秃秃僧	佚	上卷	36	云影僧	不才子	下卷
37	怪道人	朱鸿寿	上卷	37	黔僧	不才子	下卷
38	黄武英家之拳僧	朱鸿寿	上卷	38	张孝仁受僧报	不才子	下卷
39	梦禅僧	朱鸿寿	上卷	39	奇僧	不才子	下卷
40	李拳师口述之僧尼	朱鸿寿	上卷	40	飞来僧	不才子	下卷
41	行脚僧	朱鸿寿	上卷	41	知非和尚	不才子	下卷
42	散道人	朱鸿寿	上卷	42	狂僧捕盗	朱剑山	下卷
43	双斧僧	朱鸿寿	上卷	43	句容侠僧	朱剑山	下卷
44	老尼身世	朱鸿寿	上卷	44	大罗和尚	朱剑山	下卷
45	疯道人	朱鸿寿	上卷	45	觉禅	朱剑山	下卷
46	狂笑道人	朱鸿寿	上卷	46	捕蛇僧	朱剑山	下卷
47	墨道人	朱鸿寿	上卷	47	江河异僧	朱剑山	下卷
48	和尚道台	朱鸿寿	上卷	48	铁骨和尚	朱剑山	下卷
49	莲花尼	李定夷	上卷	49	丐僧	朱剑山	下卷
50	无名尼	李定夷	上卷	50	孝僧	朱剑山	下卷
51	歌尼	李定夷	上卷	51	法远	朱剑山	下卷
52	聋尼	李定夷	上卷	52	尼奉真	朱剑山	下卷
53	谛慧	李定夷	上卷	53	金陵尼	朱剑山	下卷
54	静真	李定夷	上卷	54	无名之侠尼	朱剑山	下卷
55	闽僧	李定夷	上卷	55	舟中尼	朱剑山	下卷
56	无牒僧	李定夷	上卷	56	念洪道人	朱剑山	下卷
57	小和尚	李定夷	上卷	57	驼道人	朱剑山	下卷
58	灵隐寺僧	李定夷	上卷	58	老道侠行	朱剑山	下卷
59	禅关盗窟	吴绮缘	上卷	59	复仇尼	葛怀天	下卷
60	铁钵禅师	吴绮缘	上卷	60	荆道人	朱鸿寿	下卷
				61	黑僧	朱鸿寿	下卷

序号	篇名	作者	卷别	序号	篇名	作者	卷别
				62	真悟之侠行	朱鸿寿	下卷
				63	僧卧云	朱鸿寿	下卷
				64	小僧慈普	朱鸿寿	下卷
				65	僧武超之自述	朱鸿寿	下卷
				66	奇异之道人	朱鸿寿	下卷
				67	智利和尚	刘建勋	下卷
				68	月禅尼	刘建勋	下卷
				69	施道人	刘建勋	下卷
				70	云间僧	刘建勋	下卷
				71	萧道士	刘建勋	下卷
				72	钝道人	刘建勋	下卷

　　《方外奇谈》内页有"武侠丛刊之三"字样。"武侠丛刊之一"为李定夷编纂的《武侠异闻》,1919 年由上海国华书局出版。"武侠丛刊之二"为李定夷主纂的《尘海英雄传》,1919 年由上海国华书局出版。另又有上海国华书局 1928 年所出的《僧道奇侠传》,一般被认为是李定夷的代表作之一,实际上是《方外奇谈》的又一个版本。时隔近十年,而能改头换面重新出版,可见有一定的市场需求,也可见当中的一些立场和观点依然有存在的理由。而香港的出版机构能于半个世纪之后再次印刷该书,又可见其文学质量之高,以及市场需求的持续性,和思想认识的一致性。

　　其实,武侠与宗教的结合并非新鲜事。韩云波在回顾中国历史上的侠与宗教的关系时曾说:"侠与宗教结合,带上宗教禁限和幻想的神秘性……不仅宗教有习武传统,有类似侠的苦节危行;侠也在武功中吸收宗教法门,并以观寺庙庵为庇护所;同时,亦教徒亦侠客之士亦不复少。"[1]唐传奇《懒残》、话本《杨谦之客舫遇侠僧》、笔记小说《雪中头陀》等散见于不同时代作品集的系列作品隐约构成了一种

---

　　①　韩云波:《论中国侠文化的基本特征——中国侠文化形态论之一》,《西南师范大学学报》
　　（哲学社会科学版),1993 年第 1 期,第 109 页。

文学传统。与此传统相比,《方外奇谈》到底有何新意? 在《方外奇谈》的序言中,许指严对本书的编辑思想进行了阐发。他说:

> 近世国家多故,贤人在野,负奇材异能者,辄以不中奴隶绳墨,摈不见用。浸假而愤激自放,或夷然思解脱,则去而沙门黄冠,横山涉水,心力所注,举宣尼所谓怪力乱神者,何所不有? 若夫闺阁深闳,幽抑沉郁,不获自见,乃假径仙佛,以自了其生平。而聪明才力,不发于此,即发于彼,亦理势之所不容已者也。①

这一言论,表现出编者对方外人士的深深同情,同时也将本书置于一种社会批评的氛围之中,使读过此序的读者,不免带着一种预设的情感与立场来解读小说。这种观点并非许指严的独创,而是一种时代观念的延伸。例如《侦探世界》所载的《镖行与绿林》一文也说:"这一类的人,要是投入正道,为国出力,一定能够出人头地的。"②这大概是处于军阀混战时期的一部分忧国忧民者的共识,他们通过对人物命运的感慨而委婉传递出对社会的批判,至于宗教或者皈依本身,并不是他们关心的重点。从这些论述可以看出,作者的视角是入世的,因而其笔下的方外之人,被彰显的是俗世经历的那一部分,所谓的"方外",只是一个标签,这跟宗教界所理解的出家人概念的重点显然是不一致的。而本书被列入"武侠丛刊",则意味着,在编者眼中,这部小说集里的方外之人大致都还有一个侠的身份。显而易见的是,本书的编者、作者们并不在乎佛教或道教的教义如何,也不在乎方外之人该如何根据教义修行,他们在乎的,是这批有着"方外之人"身份的侠客们跟尘世之间的关系。这一点,在《方外奇谈》民国十二年版和《僧道奇侠传》皆收入的俞牖云所撰序二中得到更充分的体现。其云:"此我国自庚子以后民族不振之一大原因,而外人呼东亚病夫之所自来也。考我国武术最盛时期,在有清一代,少林实为武术之枢纽,今人多有言之者,意在发挥我民族精神之光辉乎?"③从诸如此类文字可知,《方外奇谈》一书之编辑,实为借宗教的影响力,一改"东亚病夫"的名头,使民族精神之光辉再次绽放,而绝不是为了阐明宗教理念,或普及宗教教义。

《方外奇谈》的首篇,顾明道所著《一微头陀》,就是对这种编辑理念的生动文

---

① 高阳不才子:《方外奇谈·序一》,《方外奇谈》,上海:国华书局,1920 年版,第 1 页。
② 茫丐:《镖行与绿林》,《侦探世界》,1923 年,第 10 期,第 3 页。
③ 俞牖云:《方外奇谈·序二》,《方外奇谈》,上海:国华书局,1923 年版,第 1 页。

学阐释。小说主要写了主角黄扬明的三个人生阶段的情况。小说写到，黄的第一个人生阶段，是其蛰伏于俗世的阶段。他幼有膂力，喜习武艺，读韬略，能舞雌雄剑，是一个文武双全的人物。遇到儒生之流，他必定谩骂其为无用的书箧。这种过激的反应实际上也就是强烈自我期许的折射。第二阶段，是黄的志向实现阶段。清兵侵略辽东，黄闻说后，拍案而起，自称大丈夫当以身报国，杀尽虏种，马革裹尸，一副铜筋铁肋，岂能埋没蓬蒿间？于是投军杀敌。因人物塑造的需要，小说又安排他作更为详细的时事批评：

> 方今四郊多垒。辽东风云日益紧迫，满清上下一心方兴未艾，真心腹之大患也。而倭寇则又乘风扬帆，时时劫掠海岸，民不堪其扰。南方诸蛮，又离德离心，夜郎自大。国中则灾眚时见，疫疬交作。而宫中又有挺击之案，祸发萧墙，未可轻视。加以豺狼当道，政事日坏，此诚危急存亡之秋也。为将吏者，日惟吐哺握发，延揽天下豪杰，以匡扶国家之不暇，而公奈何不礼壮士？①

小说篇幅不长，却毫不吝啬地以如此之多的文字来铺排，最后一句，尤见作者的用心。第三阶段是其看破红尘阶段。黄知事已不可为，辞官穷游，后在天台山削发为僧，自号"一微头陀"。这篇小说被置于头篇，说明它的诉求与本书的编辑理念是最相符的。小说对黄扬明的整个人生历程的书写，强调了他的个人品质、爱国情怀，同时也将不利于他发挥才能的外部环境呈现出来。小说花大力气让其表露心迹，试图感动读者，在此基础上，他无缘为国出力、终而出家的悲情才能够显得更加突出。至此也可看出，小说所写的这种取道"方外"的人生路向，带有强烈的悲剧色彩，对它的描写，更侧重于表达作者对俗世不平的否定，这体现出一种"批判现实主义"的立场。

正是由于社会批判的一致立场，《一微头陀》这种对方外人士的悲情俗世人生经历的关注与书写成为本书中不少作品的共同倾向。李定夷的《静真》中，静真系吴门白云庵尼，本小家女，幼时有习武天赋，掷黄豆，百发百中。后父亲去世，不能独自存活，于是出家。这个故事的核心是旧社会中妇女的生存困境。朱鸿寿的《老尼身世》写湖南有女子齐耀英，有膂力，身长八尺，面黑多麻，能挽弓，又善双剑，功夫极高：马上舞剑，恍如电光交驰，令人目眩，不可辨识其人与马。她参加太

---

① 顾明道：《一微头陀》，《方外奇谈》，上海：国华书局，1920年版，第2-3页。

平天国军,作战勇敢,所向披靡。太平天国最终失败,她于是出家为尼。朱鸿寿笔下的疯道人(《疯道人》)原为江南大营帮统,因人诬告,而被处死。半夜活转来,逃亡吴江,改着道人服装,佯狂自放。这些故事所着力呈现的,都是人生不得志的状态。以上种种,或为贫穷,或是心冷,或有冤屈,而愤然出家;所有的矛头,其实都指向那个不公不义的社会。这种决绝的立场,与五四新文学相比,也并不显得特别的落后。

在这些小说中,还写到了方外之人的各种不凡经历。朱鸿寿的《和尚道台》中有一位叫黄儒兴的人,本为山陕间剧盗,兄弟共三人,号称"秦中三虎";兄弟皆落网,儒兴只得披剃为僧,改名安禅,居终南山。俞牖云《御车僧》写僧自述经历:曾为罪犯,为非作歹,力大无比,官府不能捉,后幡然自悟,出家为僧。吴绮缘的《禅关盗窟》则写剧盗横行江淮间,为大军所迫,削发受戒。这些小说,都含有"巨盗——出家人"的情节模式。对这些人物来历的书写,其社会批判效果显然不够充分。因为它们实质上更多显现的是对文学传统的继承。清代笔记小说中,方元鹍《雪中头陀》就描写了一个有盗魁身份的豪气头陀。但从这些描述中,也能发现,小说对他们出家行为的解释,并不是指向对教义的领悟,而是对现世危害的逃避。

三、方外之人的行侠仗义

关于僧人、道士,民间本就有所谓"跳出三界外,不在红尘中"的认识。《方外奇谈》的编者和作者们显然也是懂这个道理的。所以,《方外奇谈》所谓的"奇",不仅在于着力写这些方外之人尘缘未了的情形,还在于写他们在面对世间不平之时的利己和利他等种种仗义行为,而"清规戒律"根本无法阻碍其生命力一刹那的绽放,奇侠由此生成。

对自身权利的强调是一切侠义行为的基础,故而武侠小说的复仇主题在本书中得到了充分的彰显。顾明道《报恩庵尼》中写某显宦解职,行路时投宿庵中而被杀。老尼留书一封,不知去向。书信中说:"余之为尼,不得已也。盖余含垢忍辱,卧薪尝胆,已数十年矣。天幸仇人未死,狭路相逢,卒被我手刃之,亦一大快事。"①这段自我陈述,与"君子报仇十年不晚"的民间认识不谋而合,也不排除作者写作时就有借鉴的动作,但不得不承认,这段文字可见出老尼复仇之志的坚决程度。李定夷的《小和尚》则将报恩和报仇捆绑在了一起。五原龙王庙被烧毁,小和尚无处可去,镇人阎某心怜之,给衣食。阎与蒙人争,吏畏蒙人,颠倒黑白地宣判,阎冤死,小和尚为之诵经七昼夜,又扑杀其仇人,后又为不累及他人而自首。小和尚这类弱小,能冲冠一怒,血溅当场,体现出人性与尊严的高贵,从一个侧面强调了平等意识,给读者的冲击力也非常大。这类小说与唐传奇中的《谢小娥传》有着高度的相似性。小说写到这里,一般也就不会再叙述这些人此后的行径了。因为无论是就小说情节发展而言,还是就这些人物的自身实力来说,复仇无疑是最高潮的部分,千年来,一贯如此。

在自助的问题解决后,助人的可能性便逐步呈现。路见不平、拔刀相助式的侠义道德被小说中的僧、尼、道们发扬光大。李定夷的《闽僧》写了一个扬州人张阿虎,生有膂力;习艺于武探花季铭勖处,性骄蹇,稍有所能,即沾沾自喜;学未有成,背师遁归乡里,收徒,部属多无行。以上属于情节的铺垫部分,它将与读者的生活经验不期而遇,从而调动起读者的内心记忆。而有经验的读者都知道,恶有恶报的环节一般都会在这些充分的铺垫之后出现。作者自然也不会辜负读者:一日,张阿虎骚扰寺庙,闽僧出头与之较量,终于惩戒了恶人,皆大欢喜的结局由此生成。更多的小说渲染的是方外人士助人于危难之际的英雄情怀。朱鸿寿《怪道人》中,范某游山东,迷失于山中,遇一少年,投宿于古刹,又有道人来。少年本乔装的强盗,强与范同宿,于是道人杀少年。这一篇,与唐传奇中的《京西店老人》颇为相似,主题既定,但趣味无突破之处。朱鸿寿《墨道人》中,吴某攻敌,但为日本敌人所败,幸得道人相救。以上种种助人行径,并不区分身份或阶层,只谈道义,相比而言更具说服力。又有葛怀天的《小无锡》,写小无锡到苏州某绅家盗窃,县尹强令退休的金三捕盗,金三不敌小无锡,欲自杀。小无锡为救金三被扣为人质的家人,随金三投案。小无锡的这种自我牺牲精神,与以上种种助人行为相比,是毫不逊色的。同时代鲁迅《祝福》等作品中曾深刻呈现世人对苦人的凉薄,而这些小说对侠义者助人行径的重视和描写,跟《祝福》中的思想具有深层的内在关联。

---

① 顾明道:《报恩庵尼》,《方外奇谈》,上海:国华书局,1920 年版,第 6 页。

相比于上文中对单个人的帮助,出家人在乱世中扶助乡里的作为大概更容易让人感动。顾明道《报恩庵尼》写山西某村有报恩庵,村中遇盗贼,众人仓皇奔逃,老尼干预,杀盗,擒盗魁,而不居功。顾明道《一清长老》中,红羊之役,蹂躏十六省,扰乱十余年,而醴陵东乡某村,以区区弹丸之地,而能岿然独存,安然无虞,皆为一清长老之功。俞赓云《寒月和尚》中写道,泰兴黄家桥西北五里许有古寺,主持僧法名寒月,自谓少林派中人。辛亥之役,兵变为匪,四处骚然。寒月嘱居民各自闭关噤声,而自己与兵匪一夜激战。以上种种,可见在作者的眼中,所谓的"方外",亦绕不过人情与乡情。而小说之所以强调这些人情与乡情,背后恐怕是对社会动荡和蚁民人生惨淡的清醒认识。曾有论者责备国人在痴迷武侠小说时所持的依赖思想,却不知除却这种无望的依赖和遐想之外,处于乱世中的民众又能找到怎样的精神救赎路径?似乎也很少有文学作品能给出更好的建议。

时值国家、民族多难之际,为国出力也理所当然成为小说中方外之人的使命。顾明道《六奇道人》中,道人自陈志向,欲首举义旗,推翻清室,以使茫茫神州无瓜分之祸,以使汉人终脱于奴隶之苦。与其往来者皆为当世英豪,且多为留学生。数年后,道人投于武昌起义军中,为国捐躯。在叙述完这一故事之后,顾明道现身说法:

> 阳夏一役,东亚睡狮,如梦方醒,崭然露头角于世界舞台之上,是皆革命诸先烈不惜喷热血、掷头颅以造成之夜。不谓八年以来,政治日坏,内乱频乘,外侮迭起,竟至萎弱销沉,岌岌焉有亡国之象。呜呼,是谁之过与?①

显然,能够写出方外人士为国为民而奔走之情节的作家,内里不免也怀有同一志向,否则又如何有这一段振聋发聩的质问?又有葛怀天《康泰尔》一篇,写出了中西民族矛盾与国威的发扬。康泰尔,英国大力士,献艺于上海新世界。他所主持的角力比赛,与中国的比武不同,禁拳打脚踢,但可以互相揪扭,或推送,以背脊着地为负。小说解释道:自霍元甲、马永正等人在沪献艺而后,外国人知我国拳术之利害,难以对敌,因此创出此法。这种解释肯定是想当然,但这一段陈述中,又隐隐包含着较强烈的自豪感。小说又写,某日,一青衣小帽之华人,跃登台上,击败康泰尔,整衣冠,配金牌,虽不留姓名,扬长而去,却在实质上维护了民族名

---

① 顾明道:《六奇道人》,《方外奇谈》,上海:国华书局,1920 年版,第 14 页。

誉。写到这里,作家不免激动而进行长篇品评:

先民有云:学道所以养身,习礼所以立身,练武所以卫身。吾国古时,丈夫皆佩剑,示其有勇。尚武之风,由来已久,故技击之术,研究独精。腾跃蹲跗,曲踊跌扑,五花八门,炫目惊心,神化奥妙,非局外人所能道也。与日本大言不惭之武士道相较,诚天壤之判矣。寖至后世,安于淫乐,习于奢华,以文弱为美德,目习武为下流,重文轻武,沿为风俗,国势日促,良有以也。晚近士大夫有鉴及此,于学校中设拳术一课,令青年子弟,从事练习,特古调重弹,知音稀疏。而江湖负贩,市井屠沽,转多负绝技、怀异能,此则有志救国、热心习武者,应屈身以求之,诚以强身即所以强国,卫身即所以卫国也。①

这段评论,重温了中国古代尚武传统的辉煌,批判了重文轻武的认识,肯定了拳术教育,同时对身负异能、有志救国者的报国无门的状况展开批评、提出建议。显然,从小说情节本身是推不出这一结论的。这一观点之所以会出现,实际上是源自于作者面对现实而产生的焦虑,以及作者对社会变革的殷切期望。两相对照,可见当时之提倡尚武精神者,不少也是对古今中外有过一番考察,也是出于一颗为国为民的侠心。

当然,并不是所有的作品都能体现出如上这般的单纯与高蹈,也有小说显现出与《水浒传》一般的"替天行道"的逻辑。邹企达《曹州小尼》中,小尼对强盗说:

余固不能禁汝等不抢劫,但不能劫廉吏及客商耳。闻今日有某太守纪纲携巨金过此,某太守者,贪而虐,名挂白简,令纪纲携金啖藩司,以弥缝此事。人民恶其贪,而又草菅人命。汝等今日劫其金,杀其仆,所以为太守警,亦所以为人民除害也。②

总而言之,在小尼看来,强盗不能抢劫普通民众,但可以抢劫腐败官吏,且这一举动是"为民除害"的壮举。小说还写道,小尼因散金的行为,而被称为"小菩萨"。朱鸿寿的《和尚道台》讲的也是类似的故事,和尚安禅居终南山,"凡属行旅商贾,彼必尽力保护;如遇贪官污吏之携资过境,仍率众劫之,以散给附近居民之贫乏者"。③以上种种,都是讲的同一种法则。唆使强盗抢劫,而以被抢之人的贪

---

① 葛怀天:《康泰尔》,《方外奇谈》,上海:国华书局,1920年版,第73-74页。
② 邹企达:《曹州小尼》,《方外奇谈》,上海:国华书局,1920年版,第60页。
③ 朱鸿寿:《和尚道台》,《方外奇谈》,上海:国华书局,1920年版,第118页。

恶来强调自身行为的正义性,这也是当时读者所熟知的逻辑,中国的故事中是这样写的,当时翻译进来的一些外国小说也是这样写的。这些言论,作者不厌其烦地把它写出来,看来是颇为赞同的。在《双斧僧》中,朱鸿寿还给了这种法则一个官方的肯定,可见其对这一逻辑心爱至极:李天一作大案,遭官方围捕,机智逃脱,后又怜惜胥吏差役,于是自首。"(大吏)问何以行劫,则曰:是皆贪官污吏,不劫之,不足以儆。大吏曰:汝知犯国法乎?僧曰:彼贪官污吏,刻剥小民,独不犯法?而大吏一任其逍遥耶?"①大吏居然因为这段对答,认可其义勇,于是释放了他。这样一来,似乎连官僚系统也承认这种行为的合法性了。作家欲鼓吹这种精神,确实花了不少力气,甚至表现出浪漫主义的特征。但并不是所有人都认可这一逻辑,如刘再复就说:"目的和手段是密不可分的互动结构,使用黑暗的手段、卑劣的手段不可能达到光明、崇高的目的,'无法无天'的野蛮行为不可能'替天行道'。"②刘再复此论言之有理。

四、小说趣味性的增强

以上种种文字,倘若仅仅是一些民间记忆的记录,则其记载功能也并无特别之处,因为史籍文本同样也具有这一功能。而小说既然要面向大众读者,就不免要营造阅读的趣味。颇具趣味的写法往往就是小说成其为小说的最重要因素,这一点,《方外奇谈》的诸作者们显然是心知肚明的。

各种夸张而有趣的人物形象出现在《方外奇谈》中。小说首要的任务是写人,武侠小说自然也会延续这一传统。《方外奇谈》以夸张的笔墨描写了一个又一个与众不同的人物。顾明道的《赤脚僧》,写清高宗御驾至广陵,微服出游,于酒楼中遇一僧,僧衣衫褴褛,面貌奇伟,赤其两脚,据座洪饮,喝完酒不给钱,帝为之代偿。这是一个恃才自傲的世外高人形象。与之类似的是俞艐云《风道人》中人物描写的套路。小说写道,同光间,扬州市上有风道人,以鬻字为业,其所书字体,仿佛为张旭狂草,笔兴一酣,能够片刻写罄数纸,如画无数圈子于纸上,肥如巨绳,瘦似细丝,普通人都莫名其妙,而士大夫多视为珍宝,然有得有不得,辄随道人意。此种

---

① 朱鸿寿:《双斧僧》,《方外奇谈》,上海:国华书局,1920 年版,第 109 页。
② 刘再复:《社会性"造反有理"批判——《水浒传》小逻辑质疑》,《书屋》,2010 年第 2 期,第 10 页。

行径,颇有晋人风范。又有邹企达的《蹩道人》,写光绪初年有一蹩道人,隐居于茅山,人因其两足行走不便,故称之为蹩道人。如有儒者来拜访,道人必能与其作竟日谈。其又练拳技十六年,无论长枪短戟,以及各派拳术,无不精通。由此看来,分明是一个文武双全的奇才。以上各种怪异人物,很难见于日常生活,而能聚集于一书中,无疑给人带来了充分的阅读快感。然而,这些人物会有怎样的内心波动? 小说往往并不关注。之所以如此,显然是因为小说的通俗性使然。

《方外奇谈》既为"武侠丛书"之三,技击功夫自然也成为小说重点书写的对象。在《方外奇谈》中,出家人的功夫被小说刻意地渲染和强调。顾明道《吴门僧》中,僧张臂提三人,举香炉过其顶,绕庭三匝,香炉鼎应有不下二百斤。俞牖云《御车僧》,写御车者为一僧,相貌奇特,能把车举起来,吓走路途中之可疑者。这些描写出来的功夫都已经比较出彩了。顾明道《关西行者》又写神弹子宋雄飞,艺术超群,有行者募化,与宋起争执,行者接宋某数弹,左右手及口各接一弹,昂首吐出,击中飞鸟。小说不但写了功夫,更强调了"天外有天人外有人"的谦虚心态。功夫可谓出神入化,铺垫更是巧妙无比。俞牖云《角觝戏》非常用心地铺排了一个尼姑表演角觝戏的场景,其云:

> 扬州城南有角觝之戏,友挈予往,至则有尼焉,戎装窄袖,踞锦鞯,马色深赤,横刀回翔,寒光冷然,马引吭萧萧鸣,尼奋策之,俾怒而驰,驰如飞,沙尘卷地起,往复于周行。行纵可里许,横八尺,观者分叙左右,若雄堞之迤逦,摩肩骈足,屏息似水鸡。欣欣若未得,未尝云倦也。已而踞鞍之尼,喑呜而叱咤,啸声动天地,风云似变色。观者辟易数十武,尼于是极弄其马上之技矣。踞焉,而跽,跽而鹤立,而垂一足以旋转,而仰竖双钩,手按马背,马奔不已。观者咸骇异,足缩缩而不前,舌桥然而不下。久之,赞美之声扬。[①]

所写的功夫自然是不弱,而重要的是,小说不惜用大量的文字来铺排功夫演练的场景,这显现出小说审美趣味的流转。

小说诞生之时,正是技击武术在国内逐步推广的阶段,因此小说字里行间也收录了不少与出家人有关的练功方法和武术理论。李定夷《莲花尼》中说:拳术有内外派之别。外家始于隋朝大业年中的少林寺,就是今日所谓的少林派;内家传

---

① 俞牖云:《角觝戏》,《方外奇谈》,上海:国华书局,1920年版,第57页。

自宋代张三锋,张原本是武当丹士,故而有武当派之称。既有少林与武当的深厚积淀,出家人表现出高超的功夫,就显得理所当然。出家人是如何练出功夫的?朱鸿寿的《行脚僧》中讲了在少林寺的习武过程:"余之初入寺也,但令骈五指,插入瓦瓮之铁屑中,每日起落数百次,初时指痛欲裂,甚且有皮破血流者。一年后,不觉痛,亦不流血,以指插墙,墙砖应手碎。手握拳石亦碎。自是学刀剑,习枪铜,以及一切武器。"①《秃秃僧》也写秃秃僧练武的经历:"三年毕技击,复习内功,始学运气术,十丈间吹火使灭,乃易火而为羽,使飞,复易卵,使起,继至气之所至,物为洞,石为碎。"②对于功夫,出家人又有怎样不落俗套的解释? 李定夷《灵隐寺僧》中,西湖灵隐寺僧了空对练武理论进行了详细的剖析:

法应分身为数部,练时张两足,作骑马势而立,怒目直视,满汲其气,忍不使出。俾流行遍体,至面赤筋起,始一易之。先平伸两足手,俯而前,反伸两手,抑而后。自项至尻,挺直不动,令气运行丹田。次以带缀囊。盛小铁丸其内,筑左右将台各百余。次筑左右二乳,次筑胸部,即舒长囊带,由肩抛击背部,次筑丹田左右,末用短棒棒天庭,声如䶂,响彻户外。每部皆练十日,日习三次,久则血肉之躯能成铜筋铁骨,身体既强,始可进言武技。③

这段文字简直可以当教材使用了。以上种种,有历史梳理,有现身说法,有详细解释,可谓形式丰富。实际上,如果联系到朱鸿寿等人的武术教师和民国初年武术教材编撰者的身份,小说采取这种写法也就显得自然而然了。

练武之人的武德问题也是不容回避的一个重要问题。朱鸿寿的《散道人》中,当胡朴请求白须道人传授武功时,道人表示,他们不收俗家人为徒,俗家人如果一定要学艺,就必须要摒弃一切情欲和势利。在胡练成武功之后,道人又强调说:

然而技虽小成,当谦和若书生,不可有粗卤态,致坏我道。惟今世衰道微,人心日下,地方之恶劣士绅,常与县令通同声气,以鱼肉乡民。苟目见有此等不平事,而汝仍不为抑扶者,是徒费此一番学习,何贵具此好身手? 谦和对人,原属对常人耳,非谓对于乱臣贼子,尽用谦和也。汝其牢记勿忘。④

---

① 朱鸿寿:《行脚僧》,《方外奇谈》,上海:国华书局,1920 年版,第 103 页。

② 佚:《秃秃僧》,《方外奇谈》,上海:国华书局,1920 年版,第 91 页。

③ 李定夷:《灵隐寺僧》,《方外奇谈》,上海:国华书局,1920 年版,第 133 页。

④ 朱鸿寿:《散道人》,《方外奇谈》,上海:国华书局,1920 年版,第 105 页。

这一番说辞,批判了社会现实,同时对练功者的谦和与张扬进行了区分。1921 年,钱淦曾为朱鸿寿所著的武术教材作序,在序言中,他说:"独是武力不可弛,武力亦安可黩? 不善用其武力而黩,则适足以戕生;善用其武力而不黩,则适足以卫生。"①这一番关于如何适当地使用武力的思考,是建立在他对于民国以来军阀专权现实的深刻认识的基础上。这也足以佐证,《方外奇谈》中的部分作品,借得道的出家人之口,对武德的强调,实际上与社会现状、民间诉求形成了强烈的呼应关系,并肯定了他们所认为的基本原则。

在着力强调出家人的形象与功夫,以增强小说的趣味性之外,部分小说作品也借鉴了同时代的其他作品,拓宽了小说趣味的生成路径。将人物行为与历史故事相结合,是增加武侠小说阅读趣味的重要法门,故而小说中的方外人士不免也会介入到历史的进程中。顾明道的《复仇秘史》是一篇容量较大的故事。它写清世宗谋夺嫡时,私养剑侠之士,一时人才独盛。蒯武乃个中健将,奉命招山东响马王金镖,王性耿直,因言及兔死狗烹事,被雍正处死。蒯为王复仇,惜败,一双儿女被友带走。儿女长大,拜铁掌僧为师,又到伏魔大帝庙学拳术、器械、飞行术。五载后,功夫已成,又从无名女侠学剑术。三人北上,入宫报仇。这篇小说除了包含方外人士这一重要情节元素外,还容纳了学武、复仇等环节,更是将小说中的人物活动与历史传说巧妙地混杂在一起,似真又假,似假又真,完全是一部长篇武侠小说的故事架构与气魄,定然能让当时的读者爱不释手。

男女之情是文学作品增强趣味的不二之选,即使是在《方外奇谈》这种书籍中,它也同样存在。顾明道的《碧霞道姑》便是写了一个郎才女貌的故事。清光绪末年,余杭刘生,以倜傥自负,谙拳术,生平爱慕聂隐红线之流,欲娶得巾帼英雄为妻。一日与朋友史某同游雁荡山,入桃花村,见女冠,随之去玄女庙,遇到众美人,做了刘郎第二。一月后,二人思归,遭到阻拦,碧霞救了刘生,刘生从而恋上碧霞,多经周折,终而大团圆。小说的最后,写到革命事起,全家归隐黄山。按说徐枕亚《玉梨魂》之后,"革命 + 恋爱"的模式已然隐隐成型,模仿的难度系数不高,小说既已写到革命,而又让人物归隐,这一结局的设置与《神雕侠侣》存在某种契合。

在中国传统的阅读习惯中,真实是趣味的基石,所以,在小说中交代故事来历

---

① 钱淦:《序》,《少林拳法图说》,上海:大东书局,1925 年版,第 1 页。

也是《方外奇谈》众多作者加强真实意味的习惯做法。朱鸿寿《李拳师口述之僧尼》交代了故事道听途书的来历："此为拳师杨殿荣所述,盖杨则亲闻之于李拳师者。"①李定夷《无名尼》则说："此事郭剑南君为余言之。"②俞牖云《御车僧》又云:"友人金某,尝为予言其叶公少时。"③以上种种,显现出小说所述皆不是亲眼所见,至于那些被当做故事来源的友人是不是确有其人,也是很难说的事。但对当时看故事的人来说,如果倾向于相信这些故事曾真实发生,那么这些言语一定可以提供一个极好的理由。相比而言,葛怀天《玉山十条龙》序言所述,调用了民间记忆的名义,显得更为高妙:"余生而孱弱,无缚鸡之力,每闻父老谈洪杨时吾邑义侠轶事,辄欣然忘倦。今就记忆所及,有所谓十条龙者,以供同好,文拙辞俚,所不计也。"④以上种种,客观上都增强了小说的似真性,也有助于小说趣味的着力营造。

从《方外奇谈》可以看出,当时的一部分知识分子具有着强烈的社会干预意识。他们对方外人士的考察,只是强调这一人生选择的悲剧意味,从而实现对社会不平的批判,而对其本应有的宗教情怀本身并无任何兴趣。他们笔下的方外人士,要么亲身经历过人世不平,要么对世间不平之事充满介入的冲动。这些人物的经历和冲动,与技击武功结合在一起,经过作者的生花妙笔,构成了一幅独特的时代群像,传递出强烈的入世情怀,如将其命名为"市井方外图",似乎也可成立。从《方外奇谈》的不断重版来看,从后世武侠小说中出现的诸多僧、尼、道人"多管闲事"的形象来看,这种文学写作路向,显然是受到读者欢迎的。

---

① 朱鸿寿:《李拳师口述之僧尼》,《方外奇谈》,上海:国华书局,1920 年版,第 102 页。
② 李定夷:《无名尼》,《方外奇谈》,上海:国华书局,1920 年版,第 122 页。
③ 俞牖云:《御车僧》,《方外奇谈》,上海:国华书局,1920 年版,第 50 页。
④ 葛怀天:《玉山十条龙·序言》,《方外奇谈》,上海:国华书局,1920 年版,第 77 页。

结　语

　　清末民初侠义小说到底给中国现代武侠小说留下了什么？有人物塑造的模式，有武功描写的框架，有武侠、言情、历史的融合，还有诸多充满想象力和趣味性的故事元素。此其中，最值得言说的，莫过于在中国现代武侠小说中存在的一种以民族、国家与社会为主要关注点的写作路向，这一路向，在清末民初的侠义小说中得到了充分体现。

　　清末民初时期侠义小说对"侠"的着力呈现，实际上承担着一个非常重要的任务，那就是唤醒与鼓舞大众的爱国、爱人、爱己的责任意识和担当精神，它们构成了近代中国社会文化转型的重要一环。崔奉源说："文学应有的使命，该在于启导社会。今日科学万能，无论中外，人被物质所诱惑，太自私，反正义，因而道德文明的尊严性，反而退步了很多。在此之际，侠义文学绝不可以只求消遣作用，必须鼓吹侠士原有的崇高精神，以扫除危害社会的一切不义行为。"①这一观点，用于解释清末民初侠义小说的写作动力，无疑也是合适的。这种写作是时代大变局的产物，与近代国民性改造思潮有着非常紧密的内在联系。"一种朴素的思想，即使没有加以纹饰，也往往会因为它本身所具备的崇高的力量而使人钦佩。"②虽然清末民初的侠义小说并没有在国民性改造思想方面提出更为深刻或独特的认识，但它对于这一思想的感悟与积极的文学呈现，无疑是有价值的。

　　这一写作路向在现代武侠小说时断时续地存在。向恺然的《近代侠义英雄

---

①　[韩]崔奉源：《中国古典短篇侠义小说研究》，台北：联经出版事业公司，1986 年版，第 261 页。

②　[古希腊]Longinus. *On The Sublime*. London, New York：Macmillan And Co. , 1890：15.

传》无疑是重要代表,朱贞木的《七杀碑》当中也有明显的痕迹,还珠楼主在新中国成立前后创作的一些作品可算得上一例,金庸笔下一部分体现"为国为民,侠之大者"理念的作品也应归于此列。"为贤之道将奈何?曰有力者疾以助人,有财者勉以分人,有道者劝以教人。"(《墨子·尚贤下第十》)可以认为:20世纪中国武侠小说通过写作实践,贯彻了这一基本认识。

从《近代侠义英雄传》到《七杀碑》,武侠小说实现了一次螺旋式的上升。《近代侠义英雄传》固然被誉为"书品"较高,但所谓"书品"更多是指其强调"国民"与"民族"意识。就小说的趣味性而言,写实的《近代侠义英雄传》远不如《江湖奇侠传》天马行空式的想象更加吸引人。韩云波说:"不肖生两大创作路向的并存,反映了现代武侠小说在追求趣味和追求品位之间难以兼顾的矛盾纠结,这种矛盾一直持续下去,贯穿了中国现代武侠小说的始终。"①此言甚是有理。中国现代武侠经过还珠楼主、王度庐等人的努力推进,趣味书写已经成为武侠小说写作的基本标准。后来者的写作,可以创新,但要想实现对这一标准的迅速而彻底的颠覆,其成功的可能性微乎其微。韩云波还曾提及平江不肖生1940年代的写作,他描述道:"'侠义'继承的新型'武侠'传统,却并未受到应有的欢迎,虽然他(平江不肖生)到40年代还写了《奇人杜心五》和《革命野史》,已是以革命写作武侠的末路悲歌了。"②杜心五本人于1930年代便由《国术周刊(天津)》进行详细介绍,实有其人,留给不肖生发挥的余地并不大,而《革命野史》则是一部写秋瑾等人革命故事的作品,写实性也相对较为突出。这类写作恐怕难以满足当时的读者胃口。与其相比,《七杀碑》在品味和趣味二者结合的方面倒是走了一条可资借鉴的道路。汤哲声认为,《七杀碑》着重写了"英雄肝胆,儿女心肠"。③"英雄肝胆"落实在杨展等侠客为国为民奔走上,具有主题的正确性,在1940年代有存在的现实基础;"儿女心肠"表现为男女情爱,彰显了文学的趣味性,是对一种持续性的读者需求的积极回应。

---

① 韩云波:《平江不肖生与现代中国武侠小说的内在纠结》,《西南大学学报》(社会科学版),2011年第6期,第38页。

② 韩云波:《"反武侠"与百年武侠小说的文学史思考》,《山西大学学报》(哲学社会科学版),2004年第1期,第19页。

③ 汤哲声:《中国现代通俗小说流变史》,重庆:重庆出版社,1999年版,第288页。

　　还珠楼主在新中国成立前后创作的武侠小说,处在这一螺旋式上升的延伸线上。相对于武侠小说传统,《力》主要写恶霸秦家所统治的桃源庄与李诚、李强兄弟率领穷苦人所建立的新村之间的矛盾和冲突,阶级斗争的特征一目了然,与传统的武侠小说相比,体现出某种先锋写作的意味。还珠此时更多写出的是《独手丐》等一类作品,将新的时代精神与小说艺术传统结合起来,在主题表现与趣味营造这两个方面寻求平衡。从这一点来看,他的写作既有向新时代的主动靠拢,也有对文类传统的自觉遵从。有必要指出的是,金庸的《射雕英雄传》连载于1950年代,距离还珠楼主的这些作品并不遥远,实属触手可及。实际上这两者之间还有着内在的关联,它们都与新中国的成立及其在社会文化领域内所引发的全面、深刻变革有关。但是,《射雕英雄传》《神雕侠侣》等小说所传达的"为国为民,侠之大者"的理念之所以能够在不同的时间段引起读者的强烈回应,一方面当然源于其传递的价值观有着深厚的社会文化基础,另一方面在更大程度上归功于小说高妙的文学书写,使读者获得了多方面的满足。因此,《七杀碑》《独手丐》与《射雕英雄传》在写作路向上具有一脉相承的意味,此中彰显的,是知识分子家园情怀的传承与待续。

　　有必要指出的是,武侠小说或通俗小说的写作范式归根结底由大众读者的需求决定。在清末民初这个"中国近代思想史的转型时代",①"危机"主题曾切实地存在于大众意识当中,对现代国民意识、现代伦理制度的表现也是市场、读者对小说写作的要求。清末民初侠义小说通过人物的塑造、故事的铺排而表现出的对民族、国家命运与社会进步的深切关注,对国民性改造思潮的积极回应,一方面自然是因为精英知识分子的清醒认识与进步理念使然,另一方面,也离不开读者大众在选择与阅读的过程中所表达的对小说这一努力的切实支持,此二者,缺一不可。

---

① 张灏:《中国近代思想史的转型时代》,《现代中国思想的核心观念》,上海:上海人民出版社,2010年版,第3页。

主要参考文献

1. 阿英:《晚清小说史》,北京:东方出版社,1996 年版。

2. 陈平原:《中国小说叙事模式的转变》,上海:上海人民出版社,1988 年版。

3. 陈平原:《千古文人侠客梦》,北京:人民文学出版社,1992 年版。

4. 陈平原、夏晓虹:《二十世纪中国小说理论资料·第一卷》,北京:北京大学出版社,1989 年版。

5. 范伯群:《中国近现代通俗文学史》,南京:江苏教育出版社,1999 年版。

6. 范伯群:《中国现代通俗文学史》,北京:北京大学出版社,2007 年版。

7. 韩云波:《中国侠文化:积淀与承传》,重庆:重庆出版社,2004 年版。

8. 李泽厚:《历史本体论》,北京:三联书店,2002 年版。

9. 梁启超:《新民说》,沈阳:辽宁人民出版社,1994 年版。

10. 梁启超:《中国之武士道》,北京:中国档案出版社,2006 年版。

11. 刘永文:《晚清小说目录》,上海:上海古籍出版社,2008 年版。

12. 刘永文:《民国小说目录》,上海:上海古籍出版社,2011 年版。

13. 鲁迅:《中国小说史略》,上海:上海古籍出版社,1998 年版。

14. 罗立群:《中国武侠小说史》,沈阳:辽宁人民出版社,1990 年版。

15. 钱穆:《中国历史研究法》,北京:生活·读书·新知三联书店,2001 年版。

16. 汤哲声:《中国现代通俗小说流变史》,重庆:重庆出版社,1999 年版。

17. 汤哲声:《中国当代通俗小说史论》,北京:北京大学出版社,2007 年版。

18. 汤哲声:《中国现代通俗小说思辨录》,北京:北京大学出版社,2008 年版。

19. 王立:《武侠文化通论》,北京:人民出版社,2005 年版。

20. 魏绍昌:《中国近代文学大系·史料索引集(1)》,上海:上海书店,1996 年版。

21. 徐斯年:《侠的踪迹》,北京:人民文学出版社,1995 年版。

22. 许纪霖：《二十世纪中国思想史论》，上海：东方出版中心，2000 年版。

23. 许纪霖、宋宏：《现代中国思想的核心观念》，上海：上海人民出版社，2011 年版。

24. 杨荫深：《中国俗文学概论》，台北：世界书局，1965 年版。

25. 俞祖华：《深沉的历史反省：中国近代改造国民性思潮研究》，济南：山东人民出版社，1996 年版。

26. 袁洪亮：《人的现代化：中国近代国民性改造思想研究》，北京：人民出版社，2005 年版。

27. 朱志荣：《中国现代通俗文学艺术论》，上海：上海三联书店，2009 年版。

28. ［韩］崔奉源：《中国古典短篇侠义小说研究》，台北：联经出版事业公司，1986 年版。

29. ［日］樽本照雄：《新编增补清末民初小说目录》，济南：齐鲁书社，2002 年版。

30. ［美］John Christopher Hamm. *Paper Swordsmen：Jin Yong and the Modern Chinese Martial Arts Novel.* Hawai' i：University of Hawai' i Press, 2005.

31. ［美］James J. Y. Liu. *The Chinese Knight – Errant.* London：Routledge and Kegan Paul, 1967.

32. ［美］Arthur H. Smith. *Chinese Characteristics.* New York, Chicago, Toronto：Fleming H. Revell Company, 1894.

后　记

2013 年春，某日，一个人背着重重的书包，走出华盛顿大学东亚图书馆，穿过吉野樱花瓣纷纷飘落的庭院。那一刻，耳边，一位歌者多情地吟唱着某棵秋天的树，内心，无晴无雨。

在此后的无数日子里，当思绪中飘过那一平常得不能再平常的片段时，总是有些恍惚。连自己都不敢相信，可以有这样一段时光，在遥远的西雅图，耐心地翻着故纸堆，不时地抬一下头，看看窗外的绵绵细雨，和一轮悄然变换的春秋四季，不去想来之前，也不思去之后，关心的，只有粮食、咖啡、和这本书里的话题。

拖了这许久，就算是完工了吧。再次翻开当时的记录，内心猛不丁又被撞了一下：这样的一本书，对那些安宁的日日夜夜，能否算得上一个说得过去的交代？

尽管如此，依然愿意把它当成一片小小心意，献给汤哲声、韩云波、韩倚松（John Christopher Hamm）三位先生，以及家人、师长和朋友。

这本小书的出版，得到教育部人文社会科学研究青年基金（项目号：14YJC751001）和中央高校基本科研业务费专项资金（项目号：2015JDZD09）资助；本人的华盛顿大学访学之旅，得到了江苏省高校优秀中青年教师和校长境外研修计划资助，在此一并致谢。

2016 年 8 月于无锡寓所